제3·4회 ZA 문학 공모전 수상 작품집

김민수 · 전승제 · 우명희 · 김희진 · 이종권

KRRR!

엘리베이터 액션
장마
여름 좀비
해피랜드
좀비, 눈뜨다

황금가지

| 차례 |

※3회 수상작인 「왕국의 도래」는 5회 수상작품집에 수록됩니다.

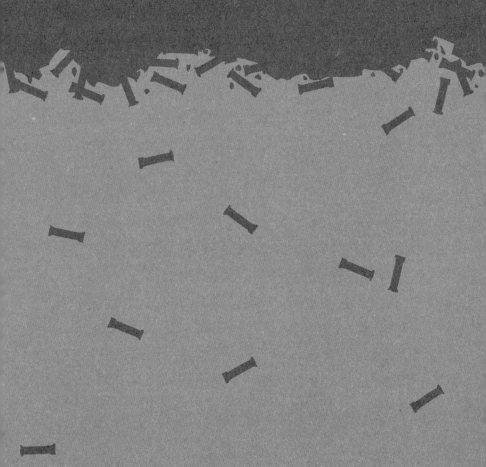

엘리베이터 액션

김민수

어릴 적 내가 살던 아파트 현관 옆에는 반지하인 기계실과 연결된 조그만 창문이 하나 뚫려 있었다. 가끔 지나다니다 보면 고양이가 그곳으로 들락날락거리는 모습을 몇 번 볼 수 있었는데, 어느 날 나는 무슨 바보 같은 생각을 한 건지(아니면 아무 생각도 안 했던 것인지) 호기심을 이기지 못하고 그 창문으로 기어들어가는 멍청한 짓을 저질렀다. 반쯤 창문을 통과했을 때 나는 뒤늦게 내 몸이 모두 넘어가기엔 창문이 충분히 넓지 않다는 끔찍한 사실을 알아차리게 되었고, 그 순간 엄청난 공포가 나를 사로잡았다.

나갈 수도, 들어갈 수도 없다. 눈앞에는 반지하의 칠흑 같은 어둠 속에서 이름 모를 기계와 파이프들이 웅웅거리는 소리를 내며 물끄러미 나를 바라보고 있었고, 어느 순간 나는 그놈들에게 볼

트와 너트, 철판으로 이루어진 눈알이 달려 있다고 확신하게 되었
다. 내가 방심하는 순간 저 자식들은 날카로운 칼날 손톱과 강철
이빨로 연약한 내 목줄기를 물어뜯어 버리리라. 어린아이 특유의
생동감 넘치는 상상력이 폭발하며 나는 패닉에 빠졌고, 어느새
비명을 지르며 눈물 콧물 범벅이 된 얼굴로 버둥거리기 시작했다.
필사적으로 기계에 똑바로 시선을 고정한 채(눈을 떼는 순간 놈들
은 기회를 놓치지 않고 나를 잡아먹으러 뛰어들 테니까) 빠져나가기
위해 수차례 안간힘을 썼지만 조금도 움직일 수가 없었다. 밀폐된
기계실에서 웅웅대는 기계음과 함께 울리는 내 비명소리 때문에
완전히 미쳐버리기 직전, 누군가 바깥에 끼여 있는 내 엉덩이를
찰싹 때리며 소리쳤다.

"조용히 해라!"

다행히도 내게 그 목소리의 주인공이 시장에 갔다 돌아오는 어
머니라는 사실을 알아차릴 정도의 이성은 남아 있었고, 그동안
의 훈련에 따라 반사적으로 나는 어머니의 명령에 따라 비명을
그쳤다.

"여기서 뭐 하는 지랄이고? 니가 무슨 꿩이새끼라도 된 줄 아
나?"

경상도 특유의 억양이 섞인 거친 말이 들리고, 곧이어 어머니
의 억센 손이 내 다리를 잡고 잡아당기는 것이 느껴졌다. 그러나
그 정도 힘으로 나를 빼내기엔 역부족이었고, 다시금 여기서 평
생 지나가는 사람들의 구경거리가 되어 친구라곤 눈앞의 철판 기
계들밖에 없는 삶을 살아야 될 거라는 상상에 공포가 스멀스멀
올라오던 순간, 뒤에서 작은 한숨소리가 난 후 한결 침착해진 어

머니의 목소리가 들려왔다. 말하자면, 나를 곤경에서 빼내주기 위해 어머니의 현명함과 재치가 발휘되는 순간이었던 것이다.

"경수야, 니 성룡 좋아하제?"

"응…… 어…….."

조그만 딸꾹질 소리와 함께 울음 섞인 내 목소리. 나를 포함해서, 과연 이 세상의 꼬맹이들 중에 성룡을 싫어하는 아이가 있기는 할까? 게다가 그 당시 나는 성룡 영화의 엔딩 크레디트에 나오는 NG씬까지 꼬박꼬박 챙겨보는 열혈 팬이었다. 다소 뜬금없는 이야기에 훌쩍거리면서도 나는 의아한 표정을 지으며 어머니의 말에 집중했다.

"얼마 전에 「러시아워2」 비디오 빌려봤던 거 기억하나?"

"응."

"거기 NG나는 거 중에 성룡이 좁은 계산대 구멍 통과하다가 목 걸리는 장면 기억나제?"

"어."

"그 때 아빠가 했던 말 기억나나?"

아, 그제야 퍼뜩 그 사실이 떠올랐다. 머리가 들어가는 구멍이라면 몸도 통과할 수 있다는 아버지의 말씀. 소방관으로 일하며 수많은 사람들을 구조해 보셨을 아버지의 말씀이니 분명 거짓말은 아닐 것이다. 적어도 나는 그렇게 믿었고, 한 줄기 희망의 빛이 보였다. 분명히 내 조그만 머리통은 이 창문을 충분히 쉽게 빠져나왔었으니까.

"지금 니가 울고불고 난리치느라 몸이 부풀어서 그런 기라. 성룡 아저씨 생각하면서 침착하게 몸 빼 보그라. 심호흡 어떻게 하는지 알제? 심호흡하면서 천천히 몸 빼면 나올 수 있을 끼다."

그때부터 대략 10분간 어머니와 나의 사투가 계속되었고, 마음을 가라앉히고 천천히 몸을 빼낸 결과 드디어 나는 그 빌어먹을 기계들과 작별인사를 할 수 있었다. 잘 있어라, 철판 괴물들이여! 대신 한여름에 멍청한 아들 덕분에 난데없이 땀을 한 바가지는 쏟은 어머니의 성난 매질 몇 대를 감수해야 하긴 했지만, 그래도 뭐 어떤가? 결국 나는 빠져나왔는데.

그날 이후로 십수 년이 지났고, 나도 이제 아무 생각 없이 좁은 창문으로 기어들어가는 멍청한 짓을 자제하는 법 정도는 아는 어른이 되었다. 하지만 인생이란 때때로 악마 같은 마법을 부려 사람을 당황하게 만들고, 그 결과 우리는 우왕좌왕하다 어린아이만도 못한 실수를 연달아 저질러버리기도 한다.

그러니까 말하자면, 지금 나처럼 말이다.

"크르르르르르르…… 그륵, 큭……."

엘리베이터에 작게 뚫려 있는 유리 창문 밖에서 비웃듯이 좀비 몇 마리가 신음소리를 낸다. 까맣게 잊고 있던 예전 기억이 난데없이 떠오른 건 분명 지금 상황과 맞아떨어지는 부분이 꽤 있기 때문이겠지. 작은 실수와 불운 몇 개가 겹치자 나는 다시 좁은 창문에 갇혀버린 어린애 신세가 되어버렸다. 그때와 다른 점은, 지금 내가 갇힌 곳은 멈춰버린 엘리베이터 안이고 바깥에는 좀비들이 동물원 원숭이 구경하는 것 마냥 나를 물끄러미 쳐다보고 있다는 사실 정도일까. 게다가 신나기도 하지, 지금 나를 도와줄 사람 따위는 어디에도 없다. 자포자기하는 심정으로 꼴사납게

12

볼에 묻은 눈물을 닦아내며 나는 생각한다.

'도대체 어쩌다 이렇게 되어버린 거지?'

* * *

2시간 전

물통을 기울이자 가득 찬 쌀알이 천천히 미끄러져 내린다. 한 알, 두 알, 그리고 와르르……

그 아래의 손바닥에 쌀알이 쌓여 작은 모래성을 이루고, 활짝 펴진 손바닥이 꽉 쥐이더니 쌀알을 밖으로 내던진다.

촤악!

"왕덕이 형, 뭐 하는 거예요!"

나도 모르게 그런 말이 튀어나온다. 물이 얼마 없다는 핑계로 생쌀을 씹으며 버티게 된 지 이제 대충 일주일째다. 맛대가리 없기는 하지만, 그래도 목숨 걸고 가져오는 귀중한 식량이다. 내가 뭐라 하든 말든, 그는 죄다 지겹다는 표정으로 손바닥에 묻은 쌀을 툭툭 털어내고 있다. 물론 나도 이젠 저놈의 빌어먹을 생쌀이 꼴 보기도 싫긴 하지만, 그렇다고 아깝게 그걸 내다버릴 필요는 없다.

"어차피 이제 세 시간 후면 이 빌어먹을 마트에서 나갈 텐데 무슨 상관이야? 누가 아나, 이 망할 쌀 벼락을 맞고는 아래 있는 좀비들이 우리를 구조하러 올라와 줄지?"

피식 웃음이 나온다. 사람을 구조하려 드는 좀비라. 분명 굉장히 색다른 구조 활동을 구경할 수 있겠지.

"격리 구역으로 탈출하는 날에 식량 당번이라니, 재수가 없어도 이렇게 없을 수가 있나."

그가 한탄한다.

"리더랍시고 설치는 그 경찰관 자식이 거들먹거리는 꼬락서니를 보면 꼭 지가 나서서 다 해결할 것처럼 보이는데, 결국 전부 딴 사람한테 떠맡기지. 장담하건대 그 인간은 좀비가 뒤꽁무니에 쫓아오면 망설임 없이 옆 사람을 먹이로 던져주고 도망갈 놈이야."

"그런 말 마세요, 형."

내가 반사적으로 반론한다.

"탈출하자고 의견 낸 것도 그 사람이잖아요. 우리도 전부 동의했고요. 누군가는 리더를 떠맡아서 일을 해결해야 한다고요."

"그래, 그렇지."

그가 한숨을 푹 내쉬며 말했다.

"결국 누군가는 그 빌어먹을 리더라는 걸 떠맡아야 하지. 하지만 내 너한테 미리 말해두겠는데, 주의하는 게 좋을 거야. 그 인간은 침착한 것 같아 보여도 마음에 여유가 없다고. 조급해하는 사람은 실수를 저지르게 마련이지. 장담컨대, 조만간 그 인간은 큰 실수를 저지를 거야…… 아주 큰 실수를. 그 전에 나는 작별 인사하고 떠날 거라고."

그가 손을 털고선 한숨을 쉬며 소방도끼를 집어 든다. 이제 출발할 거라는 신호다. 나도 옆에 놓아둔 쇠파이프를 들고 조심스레 그를 따라나선다. 비상계단으로 통하는 출입구 문을 열기 직전, 옆에서 조용히 중얼거리는 목소리가 들렸다.

"차라리 여기에 오기 전이 훨씬 나았는데."

* * *

이 마트에 식료품이 있는 층은 두 개다. 이미 썩어버린 고기나 채소, 과일들과 더불어 바로 그 지겨운 생쌀과 통조림이 자리하고 있는 1층, 그리고 기타 수입 식품이나 과자 같은 먹을거리가 있는 지하 1층. 지하 1층에는 이미 좀비들이 들어차 모험을 감수하기엔 너무 위험했고, 그나마 1층은 생존자들끼리 힘을 합쳐 좀비 놈들을 처리해 둔 덕에 적은 수가 남아 있긴 했지만 상대적으로 돌아다니기에 안전했다. 아직 전기가 나가진 않았으니 원한다면야 엘리베이터를 쓸 수는 있었지만, 사람의 눈구멍처럼 뻥 뚫린 엘리베이터의 유리 창문 너머로 그 네모난 감옥이 도착하는 땡 소리를 듣고 점심시간이 된 고등학생들 마냥 허겁지겁 기어오는 좀비들을 보게 되는 건 결코 유쾌한 일이 아닐 것이다. 그래서 우리는 필요할 때마다 비상계단을 이용했다.

사실 처음 이곳에 도착했을 때는 비상계단도 안전한 지대는 아니었다. 4층의 주차장 통로를 이용해서 겨우겨우 마트 안으로 들어왔나 싶었더니 비상계단 한가득 좀비들이 우글거리고 있었고, 결국 2층 층계참까지 억지로 좀비 놈들을 몰아낸 이후 우리는 더 이상의 사투를 포기하고 바리케이드를 설치하고선 3층 출입구로 요령껏(참 무책임하면서도 편리한 단어다.) 마트 내부로 진입하기로 합의를 봤다.

그러니까 말하자면, 식료품을 가지러 가기 위해서는 비상계단을 통해 옥상에서 3층까지 '요령껏' 내려간 후 마트 안으로 '요령껏' 들어가서 에스컬레이터까지 '요령껏' 다가가 1층까지 '요령껏' 내려간 후 음식을 주워 담고 다시 3층 비상계단까지 '요령껏' 돌아와야 하는 셈이다.

하, 하, 하. 언제 뒈질지 모르는 세상에서 그게 다 무슨 상관이겠어.

그리고 그 '요령껏'의 1단계(비상계단으로 옥상에서 3층까지 내려가는 단계)는 보통 수월하게 진행되는 편이었는데, 뭔가 잘못되려는 전조였는지 오늘은 시작부터 말썽이 생겼다.

"쉿."

비상계단을 내려가며 5층에 도착했을 때, 앞서가던 그가 내게 손을 들어 멈추라는 신호를 보냈다. 분명히 비상계단은 좀비 자식들이 더 이상 위층으로 못 올라오도록 바리케이드를 쳐 놨었는데…… 의아하게 여긴 내가 무슨 일이냐고 물어보려는 순간 가까운 아래에서 그 끔찍한 소리가 들렸다.

"크르르륵…….."

"망할, 저거 뭐예요?"

여전히 작은 목소리였지만, 흥분한 내 입에서 절로 그런 말이 튀어나왔다.

"저 자식은 어떻게 올라온 거야? 분명히 아래층하고 주차장 쪽 문하고 전부 바리케이드 쳐 놨잖아요!"

"……이미 올라온 놈을 어쩌겠냐. 이유는 좀 있다가 생각하고, 일단 처리하자."

그가 소방도끼를 양손에 단단히 쥔다. 나도 덩달아 긴장하여

장갑을 조이고 쇠파이프를 단단히 손에 쥐었다.

"가자."

그가 조심스럽게 앞섰고, 나는 그 뒤를 따랐다.

4층 층계참에 나를 식겁하게 한 바로 그 좀비가 서 있었다. 피로 물든 하늘색 와이셔츠에 검정색 청바지 차림의, 생전에는 꽤 인기가 많은 중년 남성이었을 그 좀비는 아무리 봐도 좀비 무리에 어울리게 된 지 얼마 되지 않은 듯했다.

"어떻게 된 거죠? 이 마트에 좀비들은 다들 최소 1주일은 지나서 저것보다 훨씬 상태가 안 좋을 텐데."

내 물음에 답하지 않은 채, 왕덕은 소방도끼를 약간 뒤로 빼고서 계단을 내려갔다. 세 걸음쯤 뒤로 다가간 순간 놈이 인기척을 느끼며 뒤를 돌아봤고, 틈을 놓치지 않은 그의 소방도끼가 깔끔하게 그 망할 놈의 대갈통을 내리쳤다. 그리고 두개골이 깨지는 기분 나쁜 소리가 들리며……

"조심해요!"

주차장과 비상계단을 잇는 뒤쪽 통로에서 느닷없이 좀비 한 마리가 튀어나왔다. 분명히 꼼꼼하게 막아두었던(내가 설치했으니 틀림없다.) 바리케이드가 약간 벌어져 있었고, 기회를 놓치지 않은 좀비 한 마리가 그 틈 사이로 기어 나온 것이다.

"이런, 씨발!"

그가 욕지거리를 내뱉으며 소방도끼를 휘둘렀지만 당황하며 내지른 도끼날은 당연하다는 듯이 빗나갔고, 틈을 놓치지 않은 좀비의 반쯤 썩은 손이 그의 팔을 움켜잡았다.

"흐아앗!"

한 박자 늦게 정신을 추스른 나는 당혹감과 공포가 섞인, 비명인지 기합인지 모를 이상한 소리를 내지르며 계단을 뛰어 내려가 그 망할 좀비 놈의 옆구리를 쇠파이프로 내리쳤다.

"조심해, 인마!"

뒤에서 왕덕의 작은 외침과 함께 갈비뼈가 으깨지는 역겨운 와작 소리가 들렸고, 녀석이 괴성인지 신음인지 구분되지 않는 소리를 뱉으며 뒤로 물러서는 순간 기회를 놓치지 않고 다시 자세를 잡은 그가 소방도끼를 휘둘렀다. 장작에 도끼가 박히는 듯한 우지직 소리가 들리고, 머리가 반쯤 매달린 구역질나는 모습을 한 채로 그 좀비는 천천히 바닥에 쓰러졌다.

"헉, 헉…… 구경하지 말고…… 빨리 바리케이드나 다시 막아."

숨을 몰아쉬며 그가 내게 말했다. 그렇지, 바리케이드…… 그 망할 놈의 바리케이드. 서둘러 책상과 잡동사니를 잡아끌어 틈새를 막으며 생각했다. 대체 어떤 망할 놈이 저걸 벌려둔 거야? 머릿속으로 불평불만을 쏟아내고 있을 때 왕덕이 내게 말을 걸었다.

"야, 인마. 망할 좀비 새끼들 팰 때는 조심해야 돼. 내가 되도록 저놈들 배 주위는 때리지 말라고 얘기 안 했었나?"

"네? 아뇨, 처음 듣는 소린데요."

"후……."

그가 숨을 고르며 잠시 생각하더니 묻는다.

"진짜 얘기 안 했어?"

"제가 뭐 하러 거짓말하겠어요?"

"……그래, 그건 그렇지."

18

그러고선 잠시 고개를 푹 숙이고 생각하더니 입을 열었다.

"마트 오기 전에 내가 전직 소방관이랑 다녔다고 얘기했었지?"

"네."

"그 사람이 어떻게 죽었는지도 이야기했었나?"

"아뇨……."

이야기할 때마다 딱 그 부분에서 끊어버리는데 어떻게 알겠어요. 내 눈에서 그런 말을 읽었는지 그는 시선을 피하더니 이내 다시 말을 이었다.

"그러니까……그 사람도 좀비를 죽여야 할 때마다 소방도끼를 썼었거든? 평소에 손에 익숙한 놈이 좋다면서. 머리 따는 솜씨가 일품이었는데, 어느 날 정신없이 싸우다 아무 생각 없이 녹색으로 커다랗게 부푼 좀비 놈 배를 찍어버린 거야. 근데 가스가 차서 그런지 몰라도 그 배가 아주 그냥 시원하게 폭발해 버렸지. 그래서 재수 없이 그 안에 있던 내장 덩어리들을 뒤집어써 버렸는데……."

그의 눈동자가 흔들린다. 눈을 질끈 감고 그 끔찍한 장면을 털어내려는 듯 머리를 두어 번 흔들고서는 그가 말을 이었다.

"모조리 녹아내렸어. 무기고 옷이고 피부고 완전히 무슨 염산을 뒤집어쓴 것 같았다고. 다행인지는 몰라도, 금세 다른 좀비 놈에게 목을 물어 뜯겼으니 그 고통은 잠깐이었겠지. 하지만 젠장, 그 끔찍한 광경이라니…… 지금까지 온갖 역겨운 걸 다 봐왔지만 그런 건 처음이었다고. 나는 겨우겨우 정신 차리고선 똥줄 빠지게 도망치다 너희들이랑 만난 거고. 그놈만 특별한 놈이었는지, 아니면 전부 다 그런지는 모르지만 주의해서 나쁠 건 없지. 그러니까."

그가 잠시 쉬더니 힘주어 말했다.

"절대로 좀비 놈들 배는 건드리지 마. 너 혼자 있을 때면 몰라도 적어도 내 앞에서는 하지 말라고. 알겠어?"

"……네, 알겠어요."

선뜻 믿기지는 않는 이야기였지만, 젠장, 애초에 좀비가 나타나는 건 믿을 만한 이야기였었나? 이젠 저놈들한테 초능력이 있다는 이야기를 들어도 별로 놀라지 않을 것 같다.

"아무튼…… 저 망할 바리케이드가 열려 있다는 얘기는 분명히 누가 들어왔었다는 뜻인 것 같은데……."

그가 잠시 생각하더니 갑자기 나를 휙 돌아보곤 히죽 웃으며 말한다.

"이번엔 네가 먼저 가라. 한 번 당했으니 교대해야지."

"……젠장. 형도 그렇게 좋은 인간은 아닌 거 알죠?"

"크크…… 그럼 제 목숨을 떡하니 내놓고 나다니는 놈이 좋은 인간이냐? 공평하게 살아야지. 빨리 가, 인마."

어쩔 수 없이 등을 떠밀리며 나는 비상계단을 다시 내려가기 시작했다. 3층의 출입구로 다가갈수록 평소엔 가끔 들리는 좀비들의 신음소리를 제외하고는 조용했던 비상계단에 불길하게 뭔가가 덜컹거리는 소리가 작게 깔려 있었고, 불안한 마음을 안고 3층 출입구에 도착했을 때 나는 이변을 발견하고선 작은 목소리로 외쳤다.

"형, 이거 봐요. 문이 제대로 안 닫혀 있잖아! 만약에 재수 없이 여기로 저놈들이 밀고 들어왔으면 우린 지금쯤 식량이고 자시고 목숨 부지하기에도 바빴을 거라고요!"

"……저기 저거. 뭐지?"

그가 천천히 문틈에 끼여 있었던 물체를 가리켰고…… 그건…… 그러니까…….

아직 싱싱한, 사람의 손이었다.

"……! 이런, 씹……!"

나도 모르게 당황하여 욕지기가 튀어나왔다. 차라리 좀비 놈의 반쯤 썩은 손이라면 몰라도 아직 멀쩡해 보이는 사람 손이 저기 떨어져 있다는 건…….

"……대충 짐작이 가는군. 문 열 때 조심해라."

뒤에서 왕덕이 조용히 말했다.

"아마 어제 들어온 불청객은 아까 그놈 혼자가 아니었나보다."

그래…… 그렇겠지. 어제 새벽에 보초를 선 인간은 어떻게 보초를 섰는지는 몰라도 좀비 놈들이 흐느적대며 돌아다니는 것 마냥 대충대충 선 게 틀림없다. 어느 자식인지는 몰라도 되돌아가면 얼굴에다 반드시 한 방 먹여줄 테다. 그렇게 생각하며 나는 조용히, 그리고 조심스럽게 마트 내부로 통하는 문을 열었고, 다시 한 번 욕지기가 튀어나올 뻔한 입을 겨우 틀어막았다. 비상계단 문을 열면 바로 오른편에 엘리베이터 두 대가 보이는데, 굳게 닫혀 있는 그 엘리베이터의 입구에 3층에 있던 좀비란 좀비는 모두 한데 모여 잔치를 벌이고 있었던 것이다.

덜컹거리는 소음은 바로 그 앞에서 나고 있었다. 엘리베이터 문이 좀비들의 무게를 더 이상은 버티지 못하겠다는 듯이 비명을 지르고 있었던 것이다. 그곳에는 이미 반쯤 뜯겨나간 시체 두 구가 로프에 걸려 거꾸로 대롱대롱 걸려 있었는데, 당연한 소리지만 좀비들이 사람을 거꾸로 매달아놓는 똑똑한 짓을 할 수 있을 리 없다. 말하자면…….

"좀비를 막으려던 덫에 사람이 걸렸군."

뒤에서 나지막이 목소리가 들린다.

"……불쌍한 자식들. 내 생각이 맞았어. 조심해서 지나가자고."

고개를 작게 끄덕이며 나는 긴장을 풀기 위해 침을 한번 꿀꺽 삼킨 후, 최대한 발소리를 죽여 만찬을 벌이고 있는 좀비 놈들의 뒤를 조용히 지나쳤다. 엘리베이터 문은 난데없이 밀려든 손님들의 무게를 겨우겨우 버티고 있는지, 불규칙적으로 위태롭게 덜컹거리는 소리를 내 우리를 깜짝깜짝 놀라게 했다. 게다가 겨우 이 정도 깜짝 파티로는 성에 차지 않았는지 내가 반쯤 그 현장을 빠져나왔을 때는 한 놈이 휙 돌아보는 통에 바지에 오줌을 지릴 뻔하기도 했다. 다행히도 놈의 눈구멍은 기능을 상실한 지 오래였고, 금방 녀석은 다시 친구들에게로 고개를 돌렸다. 안도의 한숨을 내쉬며 우리는 무사히 그 끔찍한 잔치판을 지나칠 수 있었다.

"그래도 놈들이 죄다 저쪽에 몰려 있는 덕분에 다른 곳은 수월하게 지나가겠군. 다시 올라가는 게 걱정이긴 하지만."

"젠장, 어제 보초 섰던 개자식은 도대체 누구예요? 좀비한테 눈알을 후벼 팼거나 우리를 엿 먹이려고 작정했거나 둘 중 하나인 게 분명해. 적어도 경고는 해 줘야 하는 거 아냐?"

"우리 중에 좀비한테 눈알을 후벼 파인 인간은 없으니 아마 후자가 맞겠지. 참고로 알려주자면, 어제 보초 선 사람은 그 잘나신 경찰관 나리였어."

"아니……잠깐만, 뭐라고요?"

2층으로 내려가는 에스컬레이터에서 멈칫하며 나는 그에게 되물었다.

"그 인간이었다고요? 그 인간이 우리를 엿 먹일 이유가 어디 있어요?"

"글쎄……의도라고 해야 하나. 아주 멍청하고 얄팍한 술수라고 해야 하나. 뭐, 좀만 생각해 보면 알 수 있을 거야. 잘 모르겠으면, 잠시 후를 기대하라고. 올라가서 조목조목 따져 줄 테니까."

"그래요, 그럼 이번만큼은 형 편을 들어야겠네."

그러나 안타깝게도 15분쯤 뒤, 내가 편들어 줄 사람은 좀비의 한 끼 식사로 생을 마감하고 만다.

* * *

이쯤에서 처음에 던진 질문, 그러니까 어쩌다 내가 엘리베이터에 갇혀 꼴사납게 질질 짜며 옛날 회상이나 하게 되었는가?에 대한 답을 하자면…… 이게 전부 거대한 스니커즈 간판 때문이었다.

머저리 같은 소리로 들리는 것 알고 있다. 하지만 어쩌겠는가. 사실은 사실인 것을.

한번 생각해 보라. 일주일간 빌어먹을 생쌀에다 쥐꼬리만 한 양의 통조림을 나눠먹으며 겨우겨우 연명하다, 거대한 초코바 간판이 「2001 스페이스 오디세이」에 나오는 웅장한 모노리스 비석마냥 눈앞에 나타난다면……

공자님이 우리 대신 그 자리에 있었어도 눈이 뒤집히지 않았을까?

*　*　*

"서두르죠."

1층의 식료품 코너 주변을 불안하게 둘러보며 나는 말했다.

"발전기 맛 갈 때가 다 됐다면서요? 비상등 꺼지면 꼼짝없이 손전등을 써야 할 텐데, 괜히 그러다 재수 없이 시야 있는 놈 비춰서 물리기도 전에 심장마비로 사망하고 싶지는 않다고요."

"설마 우리가 한창 일할 때 그따위 일이 벌어지겠냐? 걱정 말고 통조림이나 빨리 담아. 최대한 안 담아두면 격리구역까지 행군하는 내내 생쌀만 씹어야 할 거라고."

그 말을 강조하려는 듯이 저 위층에서 위태로운 "쿵—"소리가 들려왔다. 아마 좀비 놈들 무게에 헐거워질 대로 헐거워진 3층의 엘리베이터 문이 더 이상 참지 못하고 비명을 지르고 있는 중이리라.

"젠장……그게 더 끔찍하네요."

우울하게 대꾸하며 서둘러 내가 가방에 통조림을 채워 담고 있을 때, 그는 이미 일을 마치고 일어서 주위를 둘러보고 있었다.

"어제 들어온 인간들이 무슨 난리를 피웠는지는 몰라도 저놈들이 다른 곳에서 무슨 구경거리를 찾은 모양인데…… 수가 더 줄었잖아. 어디 빠져나갈 통로라도 있는 건가?"

"나가긴 뭘 나가요. 전에 직원 통로랑 창고 쪽 길이랑 다 막아뒀던 거 기억 안 나요?"

"흐음……."

그가 뭔가 생각하며 에스컬레이터 주위를 한 바퀴 빙 돌았고…… 그때 아마도 그의 눈에 그것이 보였을 것이다. 급하게 쌓아올려 뒀던 지하 1층 에스컬레이터 중간의 바리케이드 너머로, 모든 일의 원흉이 된 그 물체가.

그러니까…… 거대한 스니커즈 간판 하나가.

"이런 세상에."

그의 눈이 휘둥그레지는 게 몇 걸음 뒤에서도 똑똑히 보였다.

"여기 저런 게 있었나?"

"갑자기 무슨 말 하는 거예요?"

통조림이 가득한 가방을 짊어메고 핀잔을 주며 그의 곁으로 다가간 나도 눈이 휘둥그레질 수밖에 없었다. 좀비들이 비집고 돌아다니는 세상에 놓인 초코바 간판 하나라. 죽어버린 예전 세상에 바치는 비석으로서는 기가 막히도록 어울리는군.

"좀비 놈들이 돌아다니다 이쪽으로 밀어놓은 것 같은데요."

나름 합리적인 추리(사실 이 상황에서 이유 따위야 중요한 게 아니지만)를 내놓았지만 내 말은 그에게 공허하게 들렸으리라. 그걸 어떻게 아냐고? 내 귀에도 그랬으니까.

그러니까, 그때 우리에겐 왜 초코바 간판이 거기 있느냐…… 같은 건 전혀 중요한 문제가 아니었다. 처음부터 거기 있었지만 허구한 날 생쌀에 통조림만 주워 담느라 못 본 것일 수도 있고, 내가 말한 대로 좀비 놈들이 돌아다니다 저도 모르게 밀쳐놨을 수도 있지. 하지만 그보다 더 중요한 것은…… 그 간판이, 예전에는 길바닥에 떨어진 시커먼 돌조각만도 못하게 취급했을 그 간판이 그 순간에는 최고급 흑요석 조각만큼이나 너무나 매력적으로 보였고, 그래서 마치 너무나 간절히도, 불을 삼키기를 바라는 나방처럼…… 우리도 그 빌어먹을 스니커즈 한 조각이 간절해졌던 것이다.

아, 스니커즈.

애처롭게 바스락거리는 포장지부터 한 입 가득 침이 고이는 그 달콤함까지, 너무나 먼 옛날의 이야기만 같았다. 그 포장지를 세로로 길게 잡아 찢고서 새까만 밤처럼 코팅된 초콜릿의 그리운 향을 맡을 수만 있다면. 한 입 베어 물었을 때 느껴지는 캐러멜의 부드럽고도 끈적한 촉감에 혀를 내맡길 수만 있다면. 그리고 천천히 이와 혀를 놀려, 이 모든 재료가 서서히 녹아가며 뒤섞일 때 마치 칵테일 위의 체리처럼 미각을 즐겁게 해 주는 조그만 아몬드의 단단한 식감을 즐길 수만 있다면.

제기랄, 그 염병할 생쌀에 맛대가리 없는 통조림은 한 다스를 갖다 줘도 좋으니 스니커즈 한 조각만 먹을 수 있다면!

"너도 알겠지만."

옆에서 왕덕이 침을 꿀꺽 삼키며 말했다.

"에스컬레이터를 내려가서 몇 걸음…… 몇 걸음만 옮기면, 아래층에는 스니커즈가 박스 채로 쌓여 있지."

"제기랄, 형! 위험해요. 이거 진짜 위험하다고요."

머리를 감싸 쥐며 마지막 남은 이성을 짜내어 말했지만, 이미 우리는 뱀의 유혹에 넘어가버린 이브나 마찬가지인 신세였다.

"네가 안 가겠다면, 나 혼자서라도 갈 거야."

아아, 결국 그 말이 나오고 말았다. 저 악마 같은 말을 내뱉는 인간들의 족보에는 분명 뱀의 피가 약간씩 섞여 있어 자신이 스스로뿐만 아니라 남까지도 유혹의 구렁텅이에 몰아넣는다는 사실을 자각하지 못하는 게 분명하다. 내가 저 상황에서 어쩔 수 있었을까? 게다가 더더욱 사악하게도 그는 이런 말을 내뱉었다.

"안 와도 상관없지만, 그때는 내 가방에 스니커즈를 미어터지게 채워 넣은 다음에도 네 몫은 없는 걸로 생각하라고."

내가 어떤 선택을 할 수 있었을까?

아니다. 사실, 솔직히 전부 털어놓자면 그런 게 아니었다. 무슨 말로 유혹을 한다 해도 헛소리 집어치우라고 말한 후 올라갔으면 전부 끝날 문제였다. 그러니까…… 이 핑계 저 핑계 대며 남 탓을 해 보지만, 결국 그가 무슨 소리를 하던 내 선택은 하나였던 것이다.

나는 이미 미치도록 스니커즈가 먹고 싶었다.

왕덕은 벌써 바리케이드를 훌쩍 넘어가고 있었고, 나도 허둥지둥 그 뒤를 따라갔다. 지하 1층에 굳이 바리케이드를 치고 들어가지 못하게 막아놓았던 것은 이미 손을 못 쓸 정도로 좀비들이 우글거리기 때문이었는데…… 웬일인지 그 많던 놈들이 드문드문 눈에 띄었다. 지금에 와서야 뒤늦게 좀 더 신중히 그 이유를 고민해야 했었다고 후회하지만, 그 당시 나는 그놈의 스니커즈에 눈이 멀어 그저 우리가 재수 좋게 좀비 놈들이 자리를 비웠을 때 내려왔겠거니 하고 여겼다.

그래, 지옥의 아가리로 향하는 길목은 항상 조용한 법이다. 우리는 너무도 쉽게 키보다도 높이 쌓인 스니커즈와 각종 초코바 상자에 도달했고, 그 장대한 광경에 잠시 감탄한 뒤, 왜 진작 이곳에 내려와 보지 않았을까 후회하며 허겁지겁 상자를 뜯었다. 평소의 조심스러움은 죄다 날려버린 채 크리스마스 선물을 받은 꼬맹이마냥 우리는 흥분에 차 박스를 개봉했고 그 안에는 인류의 마지막 남은 위대한 유산, 스니커즈가 위풍당당하게 (심지어 종류도 세 가지씩이나!) 자리 잡고 있었다.

우리는 가방이 미어터지도록 스니커즈를 정신없이 집어넣었고, 솔직히 고백하건대 우리는 그 빌어먹을 초코바를 더 집어넣기 위해 통조림 몇 개를 살그머니 빼버리기도 했다. 경비대장 아내의 유혹마저 뿌리치던 창세기의 요셉이 초코바 하나에 영혼을 파는 이 장면을 봤다면 아마 기절초풍하고도 남았으리라. 하지만 절제의 미덕이니 뭐니 하는 개소리는 일주일간 생쌀만 씹던 우리에겐 딴 나라 이야기로 여겨졌고…… 결국 그 때문에 우리는, 마치 쥐덫에 놓인 치즈를 정신없이 갉아먹는 생쥐마냥, 다가오는 위협을 눈치조차 채지 못한 채 속수무책으로 당하고 만 것일지도 몰랐다.

"이야, 이제 이대로 쓰러져 죽어도 여한이 없겠는데."

한입 가득 초코바를 물고 우물거리던 왕덕이 그렇게 말하는 순간, 난데없이 뒤에 있던 박스들이 와르르 무너져 내렸다.

"이런 씨발, 뭐야!"

그 뒤에서 보라색으로 역겹게 물든 팔들이 불쑥 튀어나왔고, 그 순간 나는 모든 좋았던 환상들이 끝장나버렸다는 걸 깨달았다. 이변을 깨달은 그가 소리 지르며 몸을 돌려 소방도끼를 주우려 했지만, 이미 때는 늦었다. 좀비 두 마리가 순식간에 그의 목줄기를 물어뜯었고, 날카로운 비명소리와 함께 그는 쓰러져내렸다. 나로 말할 것 같으면, 눈앞에서 그가 죽어가는 자의 무시무시한 경련을 일으키고 있을 때까지도 이 급격한 상황 변화를 받아들이지 못하고 입안에 초코바를 가득 넣은 채로 부들부들 떨며 모든 걸 지켜보고만 있었다. 우리가 초코바에 정신 팔린 사이에 저 망할 놈들이 상자 뒤로 슬그머니 다가와 습격했다는 건데, 이제 와서 상자를 먼저 치우고 시야를 확보했어야 했다는 때늦은 후회를 해 봐야 늦었다. 만일 왕덕의 죽어가는 손이 올가미처럼 내 발목을 움켜쥐지 않았더라면 나 역시도 그곳에서 그대로 비참한 최후를 맞이했을 것이다.

"으아아아악!"

급작스레 발목에 느껴지는 믿을 수 없을 만큼 강한 힘에 나는 비명을 질렀고, 그 때 좀비에게 먹히는 최후까지도 너무나도 날카롭고도 강렬한 눈빛으로 나를 바라보는 그와 시선이 마주쳤다.

그가 살아남은 나를 원망했는지, 부러워했는지, 아니면 저 멍청이가 빨리 도망 안 가고 뭐하는 거야, 하고 죽음의 문턱에서까지도 내게 핀잔만 줬던 건지는 모르겠지만(개인적으로는 마지막이라고 생각하고 싶다.) 나를 정신 차리게 했던 건 그의 눈빛이 점점 흐리멍덩해지며 인간의 눈빛에서 그저 좀비 한 마리의 눈빛으로 바뀌는 광경이었다. 공포와 슬픔이 뒤섞여 나도 모르는 사이 눈이 흐릿해졌지만 지금은 감상에 젖을 때가 아니었다. 앞에는 좀비 두 마리가(이제 잠시 후면 세 마리가 되겠지.) 곧 식사를 마치고 디저트로 나를 잡아먹으려 들 것이고, 에스컬레이터로 돌아가자니 이미 이 소란을 눈치 챈 좀비 놈들이 뒤에서 느릿느릿 포위해 오고 있었던 것이다.

어쩔 수 없이 에스컬레이터 방향을 뒤로 하고, 마지막으로 그를 돌아보고선 (최후의 유언을 그따위로 남기고 만 왕덕이 형에게 진심으로 안타까움과 애도를 표한다.) 나는 정신없이 뛰기 시작했다. 미친 듯이 매장을 가로질러 달려가던 중에 내 시선은 무의식적으로 직원 창고 쪽을 향하게 되었고, 그 순간 나는 악몽이라는 놈이 우리를 괴롭히는 데에는 꼭 피 튀기는 잔인함이나 끔찍한 괴물의 형태가 필요한 것은 아니라는 사실을 이해하게 되었다. 많은 뜻을 함축한 단 하나의 장면만으로도 평범한 풍경이 무시무시한 악몽으로 돌변할 수도 있는데, 내 경우에는 바로 활짝 열려 있는 직원 창고의 문이 그런 종류의 악몽이었다. 그 사이로 침입자를 맞아 잠시 외출 나갔던 좀비들이 이변을 알아차리고선 꾸역꾸역 꾸준히 몰려들고 있었고, 그 광경을 본 순간 내 머릿속에서 많은 것들이 명확해졌다.

첫째, 어제 새벽 마트에 침입했던 인간들은 4층 주차장 통로로 들어온 그룹이 전부가 아니었고, 둘째, 목숨 걸고서라도 물자를 조달하러 마트에 들어올 정도로 바깥 상황이 그리 좋지 않으며, 셋째, 그 잘나신 경찰관 양반이(이 정도 상황에 처하고서도 그 인간을 욕하지 않는다면, 글쎄, 그냥 좀비 무리에 끼이는 편이 훨씬 낫겠지.) 아무 말도, 경고도 하지 않고 식량 조달을 위해 무리하게 우리를 내려 보낸 이유는 그 역시도 바깥에서 지속적인 식량 조달을 기대하기는 어렵다는 사실을 알아차렸기 때문일 것이다. 그리고 넷째, 마지막이자 이게 가장 중요한 건데, 나는 이제 완전히 좆된 것 같다. 엘리베이터 옆에 비상계단이 있기는 했지만 상기했

듯이 이미 좀비들이 들어차 있었고, 직원용 통로 역시 좀비들로 막혀 있다. 즉 내가 택할 수 있는 길은 엘리베이터뿐이라는 뜻인데…… 나는 3층에서 엘리베이터 앞에 옹기종기 모여 잔치판을 벌이던 좀비들이 벌써 머릿속에서 사라져버릴 만큼 멍청한 인간은 아니다. 하지만 지금 내게 선택권이라는 것이 남아 있었나?

내게는 엘리베이터 버튼을 누르는 것 외에는 별다른 수가 없었다.

엘리베이터는 2층에 멈추어 있었고(만약 3층에 멈춰 있었더라면 버튼을 누르는 내 손이 두 배는 더 심하게 떨렸으리라.) 더 높은 층에 멈춰 있지 않은 것에 하느님께 감사드리며(그 감사는 결국 얼마 오래 못 가지만) 생애 가장 짧고도 긴 카운트다운이 시작되었다. 2층. 엘리베이터가 움직이기 시작하는 낮은 모터 소리가 들리고, 비상문이 벌컥 열린다. 처음 이곳에 왔을 때 비상계단 아래로 몰아넣었던 좀비들이 복수라도 하겠다는 듯 내 쪽을 보며 천천히 걸어오기 시작한다. 1층. 저 멀리 계산대 너머로 우리가 스니커즈를 정신없이 담던 상자들에 발이 걸려 좀비 몇 마리가 쓰러지는 광경이 보인다. 불운한 왕덕의 모습은 아직 보이지 않았다. 내 정신 건강에는 다행인 셈이다. 지하 1층. 땡 소리가 들리고, 직원 창고 문을 통해 나갔다 돌아온 좀비들이 일제히 내 쪽을 주목한다. 무대 위에 서 있는 신인가수들조차 지금의 나만큼 떨리지는 않으리라. 서늘한 시선들을 무시하며 엘리베이터 안을 돌아보고, 나는 그 안의 좀비 두 마리와 눈길이 마주친다.

무슨 일이 있어도 저 엘리베이터를 타야만 한다. 이 염병할 장소에서 반드시 나가고 말 테다. 그리고 그 경찰관 자식에게 왕덕이 형의 몫까지 합해서 두 배로 갚아줘야만 한다. 그 개자식의 위선을 폭로하고 모두의 안전을 미끼로 남을 속여 위험에 빠트리는 그 쓰레기 같은 본성을 직접 뿌리뽑아주마. 거듭 다짐하며 나는 좀비와 마주 섰다.

문이 열린다. 첫 번째 녀석이 기다렸다는 듯이 내게 달려든다. 쇠파이프로 놈의 역겨운 포옹을 막은 뒤 녀석의 밀어붙이는 힘을 이용해 옆으로 내동댕이친다. 엎어져 버둥거리는 놈의 목을 온 힘을 다해 찔러버리고, 썩은 수박을 쑤신 듯한 기분 나쁜 촉감을 털어내며 재빨리 뒤돌아 남은 한 마리를 공격할 태세를 취한다. 그러나 재수 없게도, 목의 관통상 따위는 아랑곳하지 않고서 아직 완전히 죽지 않은 놈이 손을 뻗어 내 발목을 붙잡았다. 꼴사납게도 나는 커다란 소리를 내며 앞으로 쓰러졌고…… 예상치 못한 역습에 당황하여 소리를 지르며 일어나려고 버둥거리던 와중에 나는 평생 기억에 남을 만한 우스꽝스러운 장면을 보게 되었다. 친구가 친히 적의 발목을 잡아주었는데도 그 멍청한 녀석은 허겁지겁 엘리베이터 밖으로 나오다 지면과의 틈새에 발이 걸려 넘어져버린 것이다! 나는 무의식적으로 쇠파이프를 들어 올렸고, 중력에 아무런 저항도 하지 않는 놈의 몸은 너무도 쉽게 파이프에 꼬치구이처럼 박혀버렸다.

예상하던 방식은 아니었지만 그래도 나는 무사히 난관을 빠져나왔고, 아니 빠져나왔다고 생각했고, 허겁지겁 쇠파이프를 쑥 빼내어 아직 기운이 남아 버둥거리는 놈의 몸을 발로 차 밀어버린 뒤 문이 닫히는 아슬아슬한 순간에 엘리베이터에 탑승할 수 있었다. 옥상으로 올라가는 버튼을 연타하며 간절히 좀비 놈들이 우연히라도 바깥의 문 열림 버튼을 눌러버리지 않기를 빌었고, 기도가 통했는지 다행히도 문은 무사히 닫히고 낮은 기계음이 들리기 시작했다. 엘리베이터에 뚫려 있는 유리 창문 뒤로 한 박자 늦은 좀비 무리가 모여들고 있었고, 놈들은 마치 시위하는 사람들처럼 팔을 들어 문을 쿵쿵 내리치고 있었다. 하지만 잘 있거라, 이 개자식들아, 나는 죽은 자들의 집단 '나는 인육을 원한다!' 시위에는 눈곱만큼도 관심 없으니까. 나는 살아 있는 사람들의 세계로 다시 올라갈 거고, 너희들은 이 마트에서 백 년이고 천 년이고 썩으려무나. 이제 난 어떻게 그 경찰관 나리에게 빚을 갚아 줄지나 열심히 궁리해 보련다.

그러나 1층을 지나치는 순간 마트의 모든 불이 꺼지고, 엘리베이터는 멈추었다.

* * *

누군가, 만약 누군가가 왼손에는 맥주 캔을 쥐고 오른손에는 리모컨을 들고서 HDTV로 내 일거수일투족을 구경하고 있었다면, 그리고 만약 내가 살아남는 쪽에 배팅했더라면, 아마 지금쯤 그는 난데없이 시커메진 화면을 멍하니 바라보며 이게 과연 무슨 헛짓거린지 알아내려 애쓰고 있으리라. 잠시 후 TV 화면에는 마트의 발전기가 그 결정적인 타이밍에서 나가버렸다는 사실을 알려주는 자막이 뜰 테고, 그는 맥주 캔과 얼굴을 잔뜩 구기며 난폭하게 TV 전원을 꺼버릴 것이다. 그리고 이 유쾌한 이벤트의 주

최자(당장 내 머릿속에는 허연 머리칼과 수염을 하고 한 손에는 지팡이를 들고서 앞에서는 순진한 척, 뒤에서는 사악하게 웃음 짓고 있는 신이란 작자가 떠오른다.)는 오늘도 어린 양들을 등쳐 먹어 벌어들일 수수료를 생각하며 실실 웃고 있겠지.

"이런 제기랄, 이럴 수는 없어! 여기까지 와서 이럴 수는 없다고! 빨리 이거 다시 움직여, 이 개새끼들아! 도대체 뭐가 문제야? 다 빠져나왔더니 여기서 이러는 법이 어디 있어!"

분노와 좌절감에 휩싸여 나는 애꿎은 문을 거세게 발로 차며 고함을 질렀다. 정말 이럴 수는 없다. 차라리 죽을 운명이었다면 얼마든지 더 일찍 죽일 수 있는 기회가 많았을 텐데, 왜 꼭 썩은 동아줄 같은 희망을 내려줘 놓고선 여기서 끊어버리는 걸까? 이런, 이런 개 같은 짓을 내 인생에 계획한 작자가 도대체 누군지는 몰라도, 그 인간은 구제할 여지가 없는 변태 새끼다. 남이 당황하고 좌절하는 장면을 구경하면서 딸이나 칠 개새끼들이다. 자기를 저주하고 원망하는 소리를 들으며 황홀경에 사정할 미친놈들이다.

"이러는 법이 어디 있냐고! 움직여, 이런 씨발! 움직이라고!"

천국에 입구에서 발을 헛디뎌 지옥으로 떨어져버린 영혼처럼, 어둠 속에서 억울함과 서러움에 저도 모르게 눈물을 줄줄 흘리며 나는 마구잡이로 엘리베이터 벽을 발로 차고 손으로 두들기며 소리 질렀다. 1층 출입구를 약간 지나친 채로 엘리베이터는 멈춰 있었고, 바깥쪽 출입문에 작게 뚫린 창문으로 좀비 놈들이 내 괴성에 호응하듯 비명을 지르며 함께 마구 문을 두들기고 있었다.

"탱―!"

문을 수십 번은 걷어차 발가락의 아픔조차도 마비되어버릴 때쯤, 나는 뭔가를 밟아 미끄러져 넘어질 뻔했다. 커다란 금속음을 내며 내가 밟은 물체는 엘리베이터의 벽을 쳤고, 그 소리가 약간의 제정신을 돌아오게 도와주었다.

"이런 씹, 또 뭐야!"

성질을 내며 나는 그 정체를 조사하기 위해 뒤늦게 손전등을 켜 그쪽을 비추었고, 그제야 내가 쇠파이프를 손에 쥐고 있지 않다는 사실을 깨달았다. 다시 무기를 들자 그나마 약간 안심이 되었고, 뒤늦게나마 나는 바깥으로 나 있는 엘리베이터의 작은 유리창을 보고서 내가 얼마나 난리를 피워대고 있었는지 깨달았다. 얼마 남아 있지 않던 1층의 좀비들이 이 신나는 쇼를 구경하기 위해 옹기종기 문 앞에 모여 환호하며 앙코르를 부탁하고 있었던 것이다.

"역겨운 새끼들!"

나도 모르는 사이에 모여든 군중을 보고선 살짝 간담이 서늘해져 그렇게 혼잣말을 내뱉었다. 그 덕인지는 몰라도, 당혹감에 멈춰버렸던 머리가 다시 조금씩 작동하기 시작했다.

그 망할 놈의 발전기가 나랑 무슨 원수를 졌는지는 모르겠지만, 아주 기가 막힌 타이밍에 맛이 가 준 덕분에 내가 이 엿 같은 상황에 처했다는 것을 떠올리기는 어렵지 않았다. 엘리베이터의 문을 여는 건 어렵지 않은 문제다…… 정전 상황이 되면 대부분의 엘리베이터는 수동으로 문을 개폐할 수 있도록 전환된다. 하지만 바로 바깥에 좀비 놈들이 이렇게나 모여 있는 상황에서 문을 열면, 나 역시 왕덕이 형과 같은 신세가 될 것은 불을 보듯 뻔했다. 바깥의 놈들을 바라보며 나는 몇 분 전의 스스로를 책망했다. 멍청한 놈 같으니, 잘 하는 짓이다. 당황하지 말고 조용히 있었으면 여기서 문을 열고 바로 나갈 수도 있었을 텐데. 탈출할 기회를 혼자 알아서 걷어차 버렸구나. 다음번엔 뭘 걷어찰래? 니 목숨?

아니다, 이제 와서 후회해 봤자 소용없는 짓이다. 난리를 피우며 불러들인 좀비 떼가 알아서 사라져주기를 기대하기는 힘들다. 뭔가 방법을 생각해야 한다. 여기서 나갈 수 있는 방법을…… 조금 늦기는 했지만, 호랑이 굴에 물려가도 정신만 차리면 살 수 있다지 않은가. 천천히 엘리베이터를 둘러보자. 뭔가 떠오를 지도 모른다. 뒤쪽 절반은 유리로 되어 있고, 매장으로 향하는 정면은 금속으로 되어 있다. 눈구멍 같은 작은 유리 창문 두 개 사이로는 좀비 놈들의 역겨운 몰골이 보이고……

유리. 그래, 어쩌면 저쪽으로 나갈 수 있을지도.

나는 쇠파이프를 단단히 쥐었다. 엘리베이터 뒤쪽의 유리를 깰 생각이었다. 고층이었으면 자살 행위였겠지만 여기는 1층이고, 저 유리를 깬 다음 유유히 걸어 나가면 된다. 아주 똑똑한 생각이구나, 경수야. 상으로 여길 나가면 스니커즈를 마음껏 먹게 해 주마. 머릿속에 있는 누군가가 그렇게 속삭였고, 나는 피식 웃으며(누군가가 그 웃음을 봤으면 아마 저 인간은 미쳤거나 곧 미칠 거라고 생각했으리라.) 쇠파이프를 힘껏 내리쳤다. 한 번. 두 번. 유리는 꼼짝도 하지 않았지만, 나는 아무리 단단한 유리라도 내려치다보면 언젠가 깨지리라는 희망을 품고 계속해서 쇠파이프로 유리를 내리쳤다. 그러나 겨우 열 번 남짓 내리쳤을까, 엘리베이터 안을 뒤흔드는 날카로운 금속음이 울림과 동시에 뭔가 내 볼을 스치며 뒤로 튕겨나갔다.

"티잉―!"

나는 믿을 수 없다는 표정을 지으며 손을 내려다보았다. 방금 전만 하더라도 내 팔뚝 길이는 되던 쇠파이프가 손목 길이로 줄어들어 있었다. 그러니까…… 주운 지 3일도 안 된 쇠파이프가 열심히 유리를 내려치다…… 두 동강 났다 이거지.

부러져버린 쇠파이프를 보며 나는 경악했다. 쇠파이프의 끝 부분은 부러졌다기보다는 녹았다고 표현하는 것이 맞아 보였다. 마치 염산이라도 뒤집어쓴 것처럼. 여전히 그 부분은 조금씩 녹고 있었고, 나는 비명을 지르며 이젠 손잡이만 남은 쇠파이프를 집어던져 버렸다.

이건 말도 안 돼. 하지만 그 순간 지하 1층에서 내 쇠파이프에 배가 꼬치구이처럼 꿰이던 좀비가 머릿속을 스쳤다. 왕덕이 형의 경고와 함께.

'무기고 옷이고 피부고…… 모조리 녹아내렸어.'

'절대로 좀비 놈들 배는 건드리지 마.'

이런 세상에나, 꼼꼼하기도 하지. 아주 나를 차근차근 엿 먹이려고 작정하셨구면. 차라리 부러진 조각이 내 대가리에 박혀버리게 해 주지 그랬어. 그럼 이 개 같은 장소에서 더 이상 헛지랄 할 필요도 없을 텐데. 이렇게 짧아진 쇠파이프로 이 두꺼운 유리를 깨기는 불가능하다. 뒤에 떨어져 있는 남은 쇠파이프 조각은 이미 조금씩 녹아 이전의 형체를 잃어가고 있었다. 좌절감에 휩싸여 자포자기하며 무릎을 털썩 꿇은 순간, 비상계단 쪽에서 불빛이 보였다.

처음엔 다시 발전기가 작동했을 것이란 희망을 품었지만, 다시 생각해 보니 그럴 리는 없었다. 그랬다면 엘리베이터가 바로 움직여주었을 테니까. 이리저리 흔들리는 그 희미한 불빛은 분명 손전등 빛이었다. 손전등? 좀비들이 손전등을 쓸 리는 없다. 그렇다면 나와 함께 있었던 생존자들이 탈출을 시작했다는 이야기인데…… 하지만 왜? 아직 탈출 시간까지는 1시간은 넘게 남았을 텐데? 무슨 일이 벌어지는지 혼란스러웠지만, 나는 희망을 품고 좀비들 뒤로 시선을 옮겼다. 생존자들이 적은 수는 아니었으니, 약간의 위험을 감수하더라도 밀어붙이면 엘리베이터 앞의 좀비 정도는 처리할 수 있을 것이다. 건축과 출신이라는 말도 안 돼는 이유로 내가 바리케이드 치는 일만 몇 번을 맡아서 했는데, 저 인간들도 양심이 있다면 나를 구해주겠지. 그러나 내 시야에 그들의 얼굴이 보인 순간, 내 희망은 떨어트린 접시처럼 산산조각나고 말았다.

생존자들의 숫자가 훨씬 줄어 있었다. 게다가 그들의 얼굴에는 극심한 공포가 나타나 있었는데, 뭔가 문제가 생겼다는 이야기였다. 또 다른 생존자 집단에게 습격 받은 것인가? 아니면 좀비 놈들이 어딘가 우리가 모르던 곳으로 올라왔나? 이유야 알 수 없지만, 그들의 몰골로 짐작해 보건대 나를 구해줄 의지 따위는 전혀 남아 있지 않은 것 같았다. 하지만 그대로 포기할 수는 없었다.

"이봐요! 좀 도와 줘요! 문제가 생겨서 여기 갇혔어!"

엘리베이터 문을 두들기며 나는 간절히 외쳤고, 그룹의 제일 뒤에서 따라가던 그 망할 경찰관 양반이 (참 목숨 하나는 끈질긴 인간이다.) 내 소리를 들었는지 이쪽을 돌아봤다. 하지만 나와 눈이 마주친 짧은 순간, 나는 그의 싸늘한 표정에서 대답을 들을 수 있었다. '다행이군. 자네가 1층에 있던 좀비들을 모아준 덕에 우리가 고생을 덜겠어.'

그 표정을 본 순간 나는 이성을 잃고 문을 두들기며 소리쳤다.

"……이런 씨발, 안 돼! 이 개자식아, 너 때문에 이렇게 된 거잖아! 양심이 있으면 날 구해주란 말이야! 내가 지금까지 목숨 걸고 바리케이드 설치하던 게 몇 번인데, 너희들 전부 덤비면 여기 이 정도 좀비새끼들 쯤이야 처리할 수 있을 거 아냐!"

그들 모두 분명히 내 말을 들었을 것이다. 아무도 돌아보지 않았지만, 나는 그렇게 확신했다.

하지만 동시에, 그들은 누구도 내 말을 듣고 있지 않았다. 양심의 가치 따위는 목숨 앞에서 텅 비어 있는 스니커즈 포장지만도 못한 셈이다.

귀를 막고, 어둠에 눈을 가리고, 손전등을 흔들며 그들은 그렇게 나를 버리고 떠나버렸다.

텅 빈 마트의 엘리베이터에서 울리는 내 절규를 듣는 자들은 오직 좀비들뿐이었다.

* * *

멍하니 엘리베이터 벽에 등을 기대고 앉아 있는지 몇 분이 흘렀을까? 아무 생각도 나지 않았다. 피곤하고, 모든 게 귀찮아졌고, 어떻게 하면 고통스럽지 않게 죽을 수 있을지 고민해 봤지만 지금 상황에서는 그조차도 마뜩찮아 보였다. 바깥의 좀비 놈들은 지치지도 않는지 계속해서 문을 두드렸고, 그와 함께 엘리베이터 통로에서는 계속해서 불규칙적으로 뭔가 "쿵—"하고 울리는 소리가 나고 있었다. 록 음악의 베이스음처럼, 이젠 그 소리조차 익숙해져 주의를 기울이지 않으면 그런 소음이 나는지도 잘 알 수 없었다.

그렇게 반쯤 좀비 같은 표정을 한 채로, 한 손에는 반쯤 남은 스니커즈를 들고 나는 모든 일의 원흉인 그 염병할 초코바를 씹고 있었다. 하하하, 왕덕이 형, 형이 그렇게 먹고 싶어 하던 초코바예요. 아, 물론 나도 먹고 싶었지. 아니 오해하지 마세요, 형을 원망하는 건 아니니까. 그냥 앞으로 2주 정도는 아주 질려버리도록 이걸 처먹을 수 있을 것 같아서요. 부럽죠? 스니커즈 때문에 엘리베이터에 갇히더니만 이젠 스니커즈를 먹으면서 죽을 수 있겠네요. 세상에 나만큼 재수 좋은 인간이 어디 있을까. 그 위는 어때요? 거기도 스니커즈가 있을라나? 내가 형이 있는 곳으로 갈 때쯤에는 품절되기를 바라야겠네요. 왜냐면 젠장, 그때쯤 되면 그놈의 스니커즈는 아주 꼴도 보기 싫어질 테니까. 앞으로 얼마나 버틸 수 있을까요? 2주? 3주? 아껴 먹으면 한 달? 여기서 기약도 없이 생존자를 기다리다 뒈지는 게 나을까요, 그냥 저 몽당연필만 한 쇠파이프를 내 목에 꽂아 넣어서 깔끔하게(생각해 보니 그리 깔끔하진 않을 것 같네요, 하하.) 뒈지는 게 나을까요? 그래, 경수야. 이 동네에 더 이상 생존자는 없을 것 같고 헛된 희망에 괴롭게 발버둥 치느니 어서 내가 있는 곳으로 올라오려무나. 지금 저승 인구가 만원이라 스니커즈는 머지않아 품절될 것 같으니 걱정할 것 없다. 어서 올라오너라.

쿵. 엘리베이터 통로가 울린다. 올라오너라. 이 위로. 이 위로.

이 위로.

위로.

"이런…… 멍청한 새끼!"

나는 고함을 지르며 일어섰다. 나는 바보, 병신이다. 대가리에 뇌 대신 빌어먹을 화이트 초콜릿이 꽉 차 있는 천치였다. 위. 그렇게 많은 스파이, 스릴러 영화를 봤으면서 왜 그 생각을 못했을까.

나는 허겁지겁 팔을 뻗어 엘리베이터 형광등 덮개를 벗기고 난간을 위태롭게 밟고 섰다. 제발, 여기서 길을 막지는 말아다오. 이쯤 했으면 충분하잖아. 나는 간절히 빌면서 팔을 위로 올려 엘리베이터의 천장을 밀었고…… 그러자 지붕의 해치는 저항하지 않고 부드럽게 밀려 올라갔다.

아아, 나갈 수 있다. 여기서 나갈 수 있어. 심장이 쿵쿵 뛰었다. 엘리베이터 통로에 울리던 소음은 해치가 열린 후 한층 더 커졌다. 왕덕이 형, 죄송하지만 당분간은 거기에 안 올라가도 될 것 같네요. 벌써 탈출에 성공한 양 나도 모르게 키득키득 웃음이 나왔다. 그래, 길은 있다. 언제나 길은 있게 마련이다. 여전히 왼손에 들고 있던 스니커즈를 마저 먹고 바닥에 빈 포장지를 던져버린 후, 작은 사각형 구멍의 한 변을 붙잡고 몸을 밀어 올렸다. 팔에 힘을 주자 그리 어렵지 않게 머리와 몸통이 빠져나왔고, 한 발을 들어 올리며 옆으로 몸을 받치고서 나는 드디어 그 악마 같은 공간에서 빠져나올 수 있었다.

아직 새벽이라 유리 통로로 비치는 밖은 어두웠다. 반대쪽에 있는 다른 건물에는 영어로 세일이라고 적힌 붉고 커다란 현수막이 세로로 매달려 있었고, 그쪽 건물은 아직 정전이 되지 않았는지 희미한 불빛이 건물 주변을 장식하고 있었다. 날이 밝아지려면 한참은 기다려야 하리라. 손전등 빛이 좁은 엘리베이터 통로를 비추고, 내 옆에 엘리베이터 지붕에 연결된 강철 와이어가 보였다. 내겐 그 줄이 마치 천국을 향해 올라가는 동화 속 남매의 동아줄처럼 느껴졌다. 사악한 좀비 호랑이는 썩은 동아줄을 붙잡고 수수밭으로 추락하리라!

살아날 길이 조금씩 보이긴 했지만, 아직 모든 것이 해결된 건 아니었다. 저 줄을 붙잡고 올라가는 게 아마 생각처럼 수월하진 않을 것이다. 아무런 안전장치도 없고, 내 두 팔뚝만 믿고 위로 올라가야 한다. 영화나 게임 같은 곳에서야 주인공이 힘든 기색도 없이 밧줄을 잡고 잘만 올라가지만, 나는 평범한 대한민국 남성 A일 뿐이다. 그나마 장갑이 있어서 다행이었다. 줄을 잡는 데 조금은 도움이 되겠지. 이제 나머지는 좀비들을 때려잡으며 키운 팔 힘을 믿는 수밖에 없다. 올라간 다음엔? 음…… 잘은 모르겠지만, 일단 2층까지 줄을 잡고 올라가서 마트 쪽 엘리베이터 문을 향해 몸을 던지면 되지 않을까? 조금 좁긴 하겠지만, 문턱을 잡고 어떻게든 올라가기만 하면 수동으로 바깥쪽 문을 열면 될 것이다.

그래, 뭐…… 어떻게든 되겠지.

크게 심호흡을 세 번 하고서 나는 와이어를 잡았다.

그리고 그 때, 난데없이 뭔가 폭발하는 듯한 쾅 소리가 들렸다.

* * *

반사적으로 고개를 들었을 때 내 눈에는 믿을 수 없는 광경이 펼쳐지고 있었다. 처음 마트에 진입할 때부터 비명을 지르던 3층 엘리베이터의 문이 기어이 버티기를 포기하고 수직 통로로 낙하하는 길을 택한 것이다. 그와 동시에 문 앞에 몰려들어 파티를 벌이던 좀비들이 비처럼 우수수 떨어지고 있었고, 내 맹세컨대 그 흐리멍덩한 눈을 한 개자식들 중 한 놈은 심지어 떨어지는 와중에도 나를 발견하고서는 그 탐욕스러운 아가리를 쩍 벌리기까지 했다.

"이런 씨바아아아아아아아아아앜!"

수직 통로에 내 절규가 울려 퍼졌고, 나는 생각하고 자시고 할 것도 없이 빠져나왔던 해치 구멍으로 몸을 날렸다. 아슬아슬하게 머리가 해치를 빠져나왔고, 급하게 몸을 날렸던지라 착지와 동시에 옆으로 넘어지며 엘리베이터 난간에 세게 머리를 찧었다. 아픔에 신음할 새도 없이 무거운 문이 엘리베이터의 지붕을 때렸고, 금속이 부딪히는 거대한 꽝음이 울리며 엘리베이터는 대략 1미터쯤 내려앉았다. 순간적으로 몸이 공중에 뜸과 동시에 다시 한 번 벽에 내 머리가 부딪혔고, 눈앞에 불이 번쩍이며 세상이 팽팽 돌았다. 간신이 기절할 뻔한 정신을 겨우겨우 다잡아 놓았을 때 마치 이건 마무리라는 듯, 해치 구멍으로 좀비 시체에서 잘려 나온 머리 하나가 굴러 떨어졌다. 그 머리는 마치 축구공처럼 데굴데굴 구르다 방금 내가 버렸던 빈 스니커즈 포장지를 짓누르며 멈춰 섰다. 맙소사, 이 좁아터진 엘리베이터 안에서 별의 별 꼴을 다 구경하는군. 육중한 문에 깔린 천장의 머리 없는 몸에서는 피가 뚝뚝 떨어져 엘리베이터 바닥을 적시고 있었다. 좀비 대가리의 흐리멍덩한 눈을 보자 구역질이 나왔지만 억지로 겨우겨우 삼켜냈다. 이 좁은 공간에서 토하는 건 그리 좋은 생각이 아니다. 게다가 구토는 체력을 많이 소비하는 짓이다. 체력을 아껴야 한다. 체력을 아껴서……

체력을 아껴서, 이제 어쩌자고?

"푸흡…… 푸히히히히…… 크크, 크흐흐…… 흐흑…… 흑…… 으흐흑……."

처음에 이 개 같은 상황을 믿을 수 없어 나오던 웃음은 나도 모르는 사이에 흐느낌으로 바뀌었다. 아직도 지끈거리는 머리를 감싸 쥐고 옆으로 쓰러진 채로, 나는 울었다. 인생을 살면서 이렇게나 서럽게 울어본 적이 있던가? 이렇게나 내 인생이 불운의 연속으로 얼룩져 있던 때가 있었던가? 이제 다 포기하고 싶다. 오, 하느님, 스니커즈를 먹고 싶었던 게 그렇게나 큰 죄였습니까? 그렇다면 차라리 왕덕이 형을 데려갈 때 저도 함께 데려가지 그러셨습니까. 제가 전생에 얼마나 큰 죄를 지었기에 사형 집행을 골드버그 장치마냥 이리저리 사람 피곤하게 빙빙 돌려가며 진행하시는 겁니까.

아직 포기하지 않고 맥주 캔을 홀짝이며 TV를 구경하고 있을 개자식들이 갑자기 머릿속에서 떠올랐다. 처음 이 엘리베이터에 갇혔을 때 한 상상의 계속이다. 내가 생존하는 쪽에 배팅한 그 자식들은, 지금쯤 비록 돈은 잃을지라도 배팅한 금액이 아깝지 않을 분량의 원맨쇼를 구경하고 있으리라. 그렇게 생각하니 흐느낌 사이에서 다시 피식피식 웃음이 새어나왔다. 그래, 정말 이건 최고의 원맨쇼로군. 무대장치도, 배우도, 대본도 모두 환상적이다.

보는 사람 입장에선 아주 죽여주겠지. 하지만 그 덕분에 배우는 죽어나는구나.

여전히 좀비 대갈통의 허여멀건 한 눈은 나를 뚫어져라 쳐다보고 있었고, 엘리베이터의 유리 눈구멍 두 짝도 함께 나를 주시하고 있었다. 쓰러진 채 하염없이 훌쩍이며 나는 문득 옛날 일을 떠올렸다.

반지하 기계실의 창문에 몸이 끼여 옴짝달싹도 못하던 그때. 볼트와 너트와 철판으로 이루어진 기계 괴물들이 불쌍한 꼬마를 끝장내버릴 수 있는 절호의 기회를 간발의 차이로 놓쳐버린 그때. 그들이 지금 돌아오고 있었다. 그리고 나는 성공적으로 붙잡혀, 지금 그 괴물의 뱃속에 있다. 괴물의 이름은 엘리베이터다.

모든 게 끝장이다. 처음부터 여기서 살아나갈 길 따위는 없었다. 애초에 초코바 하나 먹겠다고 멋도 모르고 지하 1층으로 달려든 시점에서 나는 생존자 실격이었던 것이다. 이제 이곳에서 나는 천천히, 그리고 괴롭게 죽어가겠지. 자포자기하는 심정으로 꼴사납게 볼에 묻은 눈물을 닦아내며 나는 생각한다.

도대체 어쩌다 이렇게 되어버린 거지?
도대체 어쩌다……

* * *

순간, 귀에 누군가의 숨결이 느껴진 것 같았다.
더러운 짐승이 먹잇감 앞에서 내뿜는 뜨겁고 역겨운 숨결이.

나는 화들짝 고개를 들었다. 드디어 올 것이 온 것인가? 하지만 사방은 여전히 어두컴컴했다. 바깥에서 희미한 불빛이 들어오고 있기는 했지만 그래, 빌어먹게 어두컴컴했다. 나는 무의식적으로 위로 고개를 들었고, 순간 피가 한 방울 떨어지자 나는 비명도 지르지 못한 채 얼어붙고 말았다. 여전히 해치 위에 놓여 있던 목 잘린 좀비의 시체를 잊고 있었던 것이다. 황급히 고개를 돌리자 이번엔 바닥에 놓여 있던 놈의 모가지와 눈이 마주친다.

*너도 알고 있지? **녀석**이 오고 있는 거야.*

그 머리가 순간 입술을 달싹이며 내게 말을 걸어, 나는 결국 참았던 비명을 지르고 말았다. 비명 소리는 바깥의 좀비들을 다시 흥분하게 만들고, 놈들이 다시 엘리베이터 문을 쾅쾅 두드리기 시작한다. 머리는 역겨운 미소를 지으며 말했다.

*너도 나처럼 **녀석**에게 잡아먹히겠지.*

어느새 그 머리는 원래대로 돌아와 흐리멍덩한 표정을 짓고 있었지만, 이제 나는 완전히 미쳐버릴 것만 같았다.

"이 비, 비겁한 새끼야!"

나는 그 머리를 향해 쓸데없는 발악을 하며 소리 지른다.

"그따위 소식을 전해놓고 지금 자기는 아무 상관도 없다는 듯이 있는 거야? 이 거, 겁쟁이 새끼, 죽어서도 쓰잘데기 없는 쓰레기 같은 새끼!"

그렇게 미친 듯이 소리 지르며 나는 화풀이라도 하듯 그 머리를 발로 차버린다. 엘리베이터 벽에 머리가 부딪히고 뭔가 와지직, 하고 깨지는 소리가 나며 오른쪽 눈이 빠져버린다. 온 몸이 공포로 들썩이며 덜덜덜 떨고 있던 와중에, 오른쪽 귀에서 다시 그 역겨운 숨결이 느껴지며 낮은 목소리가 내게 속삭였다.

당연히 저 녀석은 아무 상관도 없지. 표적은 너니까.

아니야. 제발, 나는 아니라고 말해 줘.

갑자기 가슴이 답답해지고 호흡이 가빠졌다. 마치 누군가 펌프를 들고 밖에서 엘리베이터 안의 산소를 모두 빼내기라도 한 것처럼, 숨을 쉬기가 너무 어려웠다. 그 옛날, 창문에 끼였던 때에 느껴졌던 근거 없는 공포가 다시 돌아와 뱀처럼 내 온몸을 휘감고 있었다. 목을 붙잡고 헛구역질을 해대며 억지로 숨을 쉬려고 발악하는 나를 흐리멍덩하게 쳐다보고 있는 좀비의 대가리. 몸통에서 힘없이 떨어져나간 저 대가리처럼, 나도 결국 방심하면 저렇게 끔찍한 몰골로 잡아먹힐 것이다.

잡아먹힌다니…… 누구한테? 좀비는 저 밖에 있는데?

뻔하잖아. 이 엘리베이터가 너를 잡아먹을 거야.

그러고 보니…… 엘리베이터가 점점 좁아지고 있었다. 그래, 분명했다. 이 엘리베이터는 나도 모르는 사이에 조금씩 줄어들고 있었다. 마치…… 마치 위장처럼.

이성과 광기에 경계가 있다면 그 순간 나는 그 금을 밟고 위태롭게 서 있었던 셈이다. '말도 안 돼!' 약간 남은 이성이 희미하게 외치지만 머릿속의 조그만 악당이 그 말을 비웃는다. *말이 안 될 이유가 어디 있어? 좀비가 돌아다니는 세상에. 방금 전에 문짝이 떨어진 건 너를 곤죽으로 만들어 소화시키기 편하게 하기 위한 사전작업이었던 거야. 실패했지만 상관없지. 기회야 얼마든지 있으니까.*

맙소사, 나는 도대체 얼마나 어리석은 짓을 저질렀던 것인가?

어쩌면 이곳은 단순한 엘리베이터가 아니었을지도 모른다. 공포
에 질린 채 나는 상상했다. 여기는 사실 엘리베이터 안이 아니었
다. 여기는…… 그러니까…… 괴물의 위장 속이다. '그게 사실인
지 어떻게 알지?'

당연히 알 수 있다. 쇠파이프가 녹아내렸던 것은 사실 좀비의
위액 따위가 원인이 아니었다. 나도 모르는 사이 이 괴물은 위액
을 분비해 쇠파이프에 묻혔고, 이제 곧 그 지독한 액체는 내 발을
삼키고 천천히 고통스럽게 나를 녹일 것이다…… 증명 끝.

애꿎은 좀비 머리는 애초에 아무 말도 한 적이 없었고, 여전히
엘리베이터의 크기는 그대로였으며, 쇠파이프를 비밀리에 녹인 다
른 위액 따위는 어디에도 없었지만, 진실 따위는 더 이상 중요하
지 않았다. 중요한 건 내가 그렇게 믿고 있었다는 사실이었다. 아
마 그 상태 그대로였다면 얼마 지나지 않아 나는 호흡곤란이나
발작이나, 뭐 그런 것으로 인해 죽었을지도 모른다.

하지만 그 때, 나는 보았다.

그 충격에도 깨지지 않고 꿋꿋이 버틴 엘리베이터 뒷부분의 유
리면 너머로, 길게 뻗어 있는 붉은 세일 현수막 위에서 미끄러져
내려오는 성룡의 모습을.

* * *

지금 생각해 보면, 간단한 원리였다. 어렸을 때의 경험이 떠오
르며 그 시절의 공포와 상상력이 돌아온 덕에 호흡곤란으로 죽기
일보 직전까지 갔다면, 당연히 그 시절의 우상도 함께 돌아올 수

있을 것이다. 적절한 시점에 적절한 무대장치가 갖추어지자 그것은 성룡의 형태를 빌어 내 눈앞에 나타났다.

「러시아워」 1편의 마지막 부분에서, 악당을 물리친 후 성룡은 건물 천장의 구조물을 힘겹게 붙잡고 버티다 힘이 다해 떨어진다. 다행히도 아래층에서 파트너인 크리스 터커가 붉은 현수막을 끌어와 아슬아슬하게 그를 받아내고, 성룡은 그 위를 미끄러져 내리며 무사히 위기에서 탈출한다. 지금 내 눈앞에서는 그 장면이 다시 재생되고 있었고, 심지어 나는 세일 현수막 위를 미끄러져 내리며 그가 나를 향해 윙크하는 모습까지도 볼 수 있었다.

한순간 숨이 멎는 듯했다. 바닥에 무사히 착지한 그 환영은 눈 깜짝할 사이에 사라져버렸지만, 아마 최소한 5분은 넘게 내 시선은 그쪽에 고정되어 있었을 것이다. 다시 정신을 차렸을 때, 나는 깨달았다. 호흡이 정상적으로 돌아오고 있었다. 좀비 머리는 흐리멍덩한 표정을 지은 채 옆으로 누워 저 멀리 어딘가를 보고 있었고, 엘리베이터는 좁기는 했지만 처음 들어왔을 때 크기 그대로였으며, 쇠파이프가 녹은 잔해는 여전히 바닥에 널브러져 있었지만 그 외에 뭔가가 녹은 흔적은 아무 데도 없었다.

"푸흡…… 푸하하하하하!"

이 엘리베이터에 들어온 후 처음으로 큰 소리를 내어 웃을 수 있었다. 너무 유쾌하게 웃은 나머지 심지어 눈물까지 찔끔 나왔다. 그래, 원래 어린아이의 공포란 게 그런 법 아닌가? 세상 어디에나 무서워할 것들이 존재하지만 (특히 좀비가 우글대는 세상이라면 말할 것도 없다.) 상상에서 나온 공포는 결국 상상으로 돌아가는 법이다.

나는 아직 죽지 않았다. 그거면 충분하다, 안 그래?

"여기서 살아서 나가면…… 그리고 전기가 충분하다면, 날 한 번 잡아서 「러시아워」 시리즈를 몽땅 봐야겠군."

혼자서 그렇게 중얼거리며 나는 다시 일어섰다. 떨어진 문짝이 해치를 가리고 있었다면 도로 주저앉아 울어버렸을지도 모르는 일이다만 다행히도 해치 구멍은 비어 있었다. 구멍을 통해 천장 위의 시체에서 피가 가끔씩 뚝뚝 떨어지는 것만 제외하면, 이상은 없었다.

다시 탈출을 시도하기 위해 엘리베이터 난간 위에 위태롭게 섰을 때, 순간 해치 옆에 아직 살아있는 좀비가 있을지도 모른다는 생각이 들었지만 애써 무시했다. 만약 그랬다면 이 안으로 놈들이 내는 소리가 새어 들어왔을 텐데 마트 쪽의 좀비들이 내는 괴성을 제외하면 다른 소음은 들리지 않았다. 아마 떨어져 내렸던 좀비들은 대부분 튕겨나가 수직 통로의 빈 부분으로 추락했거나 문에 깔려 죽었을 것이다. 어차피 저곳으로 나가는 것 외에는 딱히 다른 대책이 없으니 다른 가능성은 생각하지 않기로 했다.

다시 손을 뻗어 해치 입구를 잡고 몸을 끌어올렸다. 목이 잘린 시체에서 새어나오는 더러운 피가 옷에 묻었지만 어쩔 수 없었다. 잔뜩 인상을 찌푸리며 최대한 피가 묻지 않도록 조심하며 나는 다시 엘리베이터의 지붕 위로 올라갔다.

당연한 이야기지만 처음 올라왔을 때보다 이곳은 훨씬 난장판이 되어 있었다. 떨어져 내린 좀비들의 시체가 분해되어 이곳저곳에 널려 있고, 문이 좀비들을 찍어 누르며 튄 피가 사방을 적시고 있었다. 역겨운 광경이었지만, 저것보다 더한 장면들도 몇 번 봤던 적이 있다. 애써 마음을 가라앉히고 통로 위쪽으로 시선을 향했을 때 나는 중요한 사실을 깨달았다. 문이 떨어져 내림과 동시에 3층에 모여 있던 좀비들 대부분이 수직 통로로 떨어져 내렸고, 그 말은 한 층만 더 올라가는 수고를 감수한다면 혼자서도 비교적 안전하게 이 마트를 탈출할 수 있다는 뜻이었다. 사실 엘리베이터의 바깥쪽 문과 통로 사이의 턱은 안전하게 뛰어내리기엔 너무 좁은 편이었고, 발을 헛디뎌 떨어지기라도 한다면 비록 높이가 높지는 않더라도 다칠 가능성이 농후했다. 게다가 재수 없이 엘리베이터 지붕이 아니라 수직통로 옆의 틈으로 떨어져버리면 그대로 전부 끝장이다. 결국, 3층의 문이 사라져준 덕분에 여기서 더 안전하게 탈출할 방도가 생겼다는 뜻이다. 허탈한 표정이 절로 떠올랐다. 도대체 세상사란, 이 단순하고 좁아터진 엘리베이터에서조차도 왜 이렇게 복잡한 것인가? 좋은 일이란 뭐고 나쁜 일이란 대체 뭘까?

크게 한숨을 한번 내쉬었다. 감상에 빠져 봐야 아무 짝에도 쓸모없었다. 지금 중요한 건 결정이다. 그래, 한 층만 더 올라가자. 어차피 올라가야 한다면 조금이라도 안전하게 나갈 수 있는 편이 낫다. 그렇게 결정을 내리고서 나는 불이 켜진 채 해치 옆에 떨어져 있던 손전등을 주웠다. 난리통에 해치로 몸을 날리면서 주머니에서 떨어졌나본데, 다행히도 문에 깔리지 않고 멀쩡한 것을 보니 아직 내 운이 다하지는 않은 것 같다. 배터리를 아끼기 위해 손전등 불을 끄려는 찰나에 바닥에 떨어져 있는 야구공이 눈에 띄었다.

"이건 또 왜 여기 있어?"

혼자 중얼거리며 그 옆을 손전등으로 비춘 순간 나는 깜짝 놀랐다. 야구점퍼를 입은 어린 남자아이 좀비가 문 밑에 하반신이 깔린 채로 뻗어 있었다. 녀석의 얼굴은 반쯤 함몰되어 온갖 참상을 봐 온 나조차도 잠시 움찔할 수밖에 없었다. 할리우드 영화였다면 절대 이런 장면은 안 나오겠지. 손전등을 옆으로 황급히 치우며 그런 생각을 했다.

물론 좀비가 어른 아이 가리면서 옮겨가는 건 아니지만, 왠지 이건 정당하지 않다고 느껴졌다. 잠시 동안은 말이다. 하지만 불치병에 걸린 사람에게는 뭐 정당한 이유가 있었던가? 재수 없이 산짐승이 앞에 뛰어들어 절벽 밑으로 마지막 드라이브를 하던 수많은 사람들과, 대한민국에서 좀비가 되어버린 인간들 대다수가 뭐 정당한 죄가 있어서 죽은 건가? 결국 살아있는 사람만이 정당한 셈이었고, 나는 살아야만 했다. 소년의 야구점퍼에서 흘러나온 야구공을 주워 가방의 앞주머니에 집어넣으며 마음을 다졌고, 그러자 비록 합리화라 할지라도 한결 마음이 편해졌다.

"야구공은 필요할 때 유용하게 잘 써 주마."

나도 모르게 그렇게 중얼거렸다. 그리고 옆에 있는 강철 와이어를 붙잡으며, 다시 한 번 나는 중얼거렸다.

"이번엔 정말로 올라갈 거야. 이번이 진짜 마지막이야. 만약 이번에도 실패하면……."

재수 없는 소리를 삼켜버리려는 듯이 나는 침을 꿀꺽 삼키며 말을 멈췄다. 뭔가 근거가 있는 것은 아니지만, 이번이 마지막이라는 사실만은 확실하게 느껴졌다. 그래, 그건 확실했다. 누군가 설명해 보라고 강요한다면야 그냥 예감일 뿐이라고 설명할 수밖에 없겠지만, 가끔 어떤 종류의 확고한 예감이 우리에게 말을 걸 때가 있다. 문 뒤에 염소가 있는지 롤스로이스가 있는지 굳이 열어보지 않아도 알게 되는 일이 정말 가끔은 존재하는 것이다.

"……올라가자."

나는 와이어를 힘껏 붙잡았다.

* * *

2층 높이에 도달했을 때 나는 여기서 저 좁은 문턱으로 점프해 균형을 잡는다는 생각이 얼마나 무모하고 바보 같았는지 깨달았다. 손바닥 하나 너비도 되지 않는 저 틈으로 안전하게 착지하는 건 성룡이 온다고 해도 쉬운 일이 아닐 터였다. ('아냐, 성룡이라면 가능할 거야.' 머릿속에서 누군가가 속삭였지만 무시했다.) 결국 3층으로 올라가야 한다는 내 판단이 맞은 셈이다. 온몸에서 땀이 비 오듯 흐르고, 팔이 조금씩 뻐근해지기 시작했지만 못해먹을 정도는 아니었다.

"아직 할 수 있어. 조금만 더 하면 돼. 조금만……."

혼자 그렇게 중얼거리다 갑자기 웃음이 터졌다. 세상이 이 꼴이 나기 전에 헬스장에서 트레이너에게 똑같은 소리를 몇 번이나 들었던지. 헬스장 트레이너란 놈들은 힘겹게 운동을 한 세트 끝내고 나면 옆에서 느긋하게 이런 개소리를 지껄인다. '자, 열심히 잘 하셨고요, 한 세트만 더 하죠.' 욕이 절로 튀어나올 것 같지만, 그래도 의외로 시도하면 어떻게든 해낼 수 있다. 그러니 경수야, 한 세트만 더 하자고. 엄살 부리지 말고.

바깥을 쳐다보자 수직통로의 유리면 밖으로 붉은 세일 현수막이 흔들리고 있었다. 왠지 모르게 그걸 보니 힘이 솟았다. 여기서 나가면 저 천을 한 조각만 잘라서 가방에 매달고 다니리라. 누군가 물으면 내 행운의 상징이라 대답해야지. 그렇게 생각하며 나는 다시 줄을 잡고 낑낑거리며 올라가기 시작했다. 그러나 잠시 후, 목표했던 높이가 대략 3미터 정도 남았을 때 수직통로 안에 기분 나쁜 소리가 울려 퍼졌다.

"크륵…… 크르르르……"

'이런 젠장!'

아직 몇 마리가 남아 있었나. 혹시라도 이제 와서 뒤늦게 통로 바깥으로 몸을 던지면서 나를 붙잡고 늘어지진 않겠지. 하지만 한번 불길한 생각이 들자 그 생각은 머릿속을 떠나질 않았고, 나는 서둘러 남은 거리를 낑낑거리며 올라갔다. 3층 바닥보다 약간 높은 높이. 그곳에 도착한 나는 숨을 몰아쉬며 줄을 붙잡은 채 마트 안쪽을 살짝 들여다보았고, 입구의 왼쪽과 오른쪽에 각각 두 마리씩 어슬렁거리는 좀비들이 보였다. 저런 게으른 자식들. 남들 다 뛰어내릴 때 뭐한 거야. 엉뚱한 불만을 터뜨리며 나는 생각했다. 지금 마트 안으로 뛰어들면 아마 착지하자마자 놈들의 밥이 되겠지. 통로로 유인해 놈들을 없앤 후에 들어가야 한다. 지금 높이에선 자칫 옷자락이 잡힐 위험이 있어 나는 힘겹게 다시 1미터가량을 올라갔다. 아무리 그래도 점프를 할 줄 아는 놈이 있을 리는 없겠지. 그렇게 생각하며 나는 한 손으로 땀을 훔치고 고래고래 소리를 지르기 시작했다.

"이리 와, 이 자식들아! 나는 여기 있다! 와서 어디 한번 잡아

먹어봐, 이 더러운 새끼들아!"

한 마리.

"어디 한번 와 보라고! 니들이 좋아하는 신선한 고기가 여기 있단 말이다! 아까 하던 것처럼 잔치를 벌여 보란 말이야!"

두 마리…… 세 마리. 아래쪽에서 뭔가 부러지고 터지는 듯한 소리가 나지만 볼 여유가 없다. 팔에 힘이 점점 빠진다. 위험하다. 마지막 남은 개자식은 뭐 하는 거야.

"뭐 하냐, 이 게으른 새끼야! 겁먹지 말고 와 보란 말이야!"

이상하다. 분명히 이 정도 소음이면 정신없이 달려들 텐데, 왜 마지막 놈은 반응이 없을까?

"귀라도 먹었냐? 어서……"

그 말을 하는 순간 나는 깨달았다. 아하, 그렇군. 정말 귀가 먹었을 수도 있다. 그럼 착지해도 소리는 못 듣겠지. 하지만 정전 때문에 온통 어두운 마트 안에서 재수 없이 놈과 부딪히지 말라는 법은 없다. 팔 힘도 거의 다 빠져나갔고, 무기조차 없으니 지금 좀비 놈들과 싸움을 벌이는 건 위험하다. 어떻게든 엘리베이터 입구 주변의 좀비 놈들은 다 처리해 두고 싶은데…… 혹시나 싶은 마음에 나는 가슴팍의 주머니에 꽂힌 손전등을 입구에 비추어 보았고, 그러자 효과가 즉시 나타났다.

"키에에에에에에엑!"

불빛이 비춰지자마자 좀비의 비명이 들려왔고, 나는 깜짝 놀라 하마터면 와이어를 놓칠 뻔했다. 허겁지겁 걸어오는 발소리가 들리고 양쪽 귀가 불에 탄 것처럼 흉측하게 뭉그러진 놈의 얼굴이 보임과 동시에, 아무 망설임 없이 놈은 입구를 통과해 걸어오던 속도 그대로 추락했다. 너무 자연스러운 추락이라 마치 찰리 채플린이 좀비를 연기하는 것 같은 느낌마저 들었다. 아마 지금처럼 심각한 상황이 아니었더라면 웃었을지도 모르겠군.

하지만 이제 팔의 힘이 다해가고 있었다. 웃을 여력 따위는 없다. 당장에라도 마트 안으로 뛰어야만 했다. 혹시라도 거리가 모자라 추락하면…… 제기랄, 추락하면 여기서 죽는 거지 뭐. 어쩌라는 거야. 이제 와서 머뭇거리는 것도 웃기는 짓이다.

"으아아아아아압!"

기합소리를 크게 내며 나는 있는 힘껏 줄을 박차며 마트 내부로 점프했다.

쿵!

두 발이 땅에 닿는 이 느낌이 이렇게나 반가웠던 적이 있었던가. 착지하자마자 그런 생각이 들었다. 아슬아슬했지만, 나는 추락하지 않았다. 그래, 추락하지 않았어. 추락하지 않았다고. 그렇게 환희에 찬 순간, 불안정한 자세로 착지한 탓에 무게중심이 쏠려 몸이 휘청거렸다. 바닥을 손으로 짚으며 체중을 받치려 했지만 이미 팔은 힘이 거의 다 빠져나가 나는 결국 엉덩방아를 찧고 말았다.

"하…… 하하…….'

바닥에 주저앉은 채로 나는 힘없이 웃었다.

"진짜…… 진짜 저기서 나온 건가?"

믿을 수가 없었다. 혹시라도 내가 본 성룡의 환상처럼, 이 모든 게 사실 환상이었던 것 아닐까 싶어 뒤를 돌아보기까지 했지만 이곳은 분명히 3층의 비상계단 옆, 입구가 뻥 뚫린 엘리베이터 통로 앞이었다.

"이런, 제기랄…… 정말로 나왔잖아. 진짜 밖이야. 밖이라고…… 오, 하느님, 감사합니다. 감사합니다, 하느님. 나는 살아남았어. 저 망할 엘리베이터에서 빠져나온 거야. 하느님, 감사합니다……."

바닥에 엎드려 흐느끼며 (그렇게나 날뛰며 욕을 해댔던 사실은 모조리 까먹은 채) 나는 믿지도 않던 하느님을 찾으며 감사를 드렸고, 미친놈처럼 엎드린 채로 머리를 쿵쿵 찧으며 기도를 드렸다. 누구 말마따나, 죽음의 문턱 앞에서 무신론자는 없다니. 그러나 정신없이 기도드리던 그때, 대충 꽂아둔 손전등이 마트 바닥으로 떨어져 데굴데굴 구르며 마트 이곳저곳을 비추었고……

놈과 나의 눈이 마주쳤다.

* * *

한순간 나는 엎드린 자세 그대로 얼어붙을 수밖에 없었다. 어디서 새로 들어온 건지, 아니면 왕덕이 형과 여기를 지날 때는 보지 못했던 것인지, 처음 보는 좀비 한 마리가 나를 빤히 쳐다보고 있었다. 아마 가능성은 전자가 높겠지. 그리고 직감적으로 계획보다 탈출 시간이 빨라진 것과 뭔가 관계가 있을 것이라는 생각이 들었다. 그러나 이제 와서 다 무슨 소용이랴?

놈의 배는 초록색으로 역겨울 만치 커다랗게 부풀어 있었고, 배 뿐만 아니라 온몸이 비만 환자처럼 부풀어 투실투실했다. 살아생전에도 비만이었을 것 같은 녀석이었는데, 죽어서 더욱 몸집이 풍만해졌나보다. 아직 시력이 남아 있는지 놈은 손전등 빛을 보고 고개를 갸웃거리더니 마치 야생의 곰 같은 낮은 목소리로 포효했다.

"크어어어어어어어어엉!"

"이런, 씹……!"

허겁지겁 일어나 앉으며 주변에 무기를 찾기 위해 두리번거리던 순간, 왕덕이 형이 말해준 소방관의 최후가 떠올랐다. '그 배가 아주 시원하게 폭발해 버렸지. 그리고 내장 덩어리를 뒤집어쓰면……'

"아아악, 씨발!"

그러니까, 아직 탈출했다고 기뻐하기에는 일렀던 셈이었다. 엘리베이터에서는 탈출했지만 마트에선 아직 나가지 못했으니 말이다. 아직 위험 지대에서 모두 벗어난 게 아니건만, 그놈의 엘리베이터에서 탈출했다고 세상 전부를 가진 것 마냥 기뻐하다니 멍청해도 이렇게나 멍청할 수가 없다. 하지만 놈은 이미 나를 보고 말았고, 이제 와서 벌어진 일을 되돌릴 수는 없다. 에스컬레이터 옆에서 놈은 천천히, 하지만 꾸준히 나를 향해 걸어오기 시작했다.

제기랄, 어떡하지. 무기야 정 안되면 옆에 있는 마네킹 팔이라도 뽑아서 쓰면 되지만 저 불안정한 놈은 온몸이 부풀어 있어 잘못 겨냥하면 끝장이다. 도망갈까? 그런데 어디로? 마트를 헤집으며 정신없이 도망 다니다 다른 좀비 놈들이 더 붙으면?

여기까지 왔는데, 겨우 그 엘리베이터에서 탈출했는데 여기서 죽을 수는 없다. 뭔가 방법이 있을 것이다. 뭔가…….

그 때, 가방 앞주머니에 넣어둔 야구공이 생각났다.

그래, 야구공. 유용하게 써 주겠다는 약속을 지킬 수 있겠구나. 이런 식으로 쓰게 될 줄은 몰랐지만 말이지. 나는 허겁지겁 가방을 벗어 야구공을 꺼냈다. 주울 때는 몰랐는데 뒷면에 누군가의 사인이 그려져 있었다. 다급한 상황이라 이름을 알아볼 수는 없었지만, 누구든 상관없으니 제발 마지막 난관을 빠져나올 수 있도록 도와주길 빌며 나는 오른손에 야구공을 쥐었다.

놈과의 거리는 대강 마흔 걸음 정도 떨어져 있었다. 하마터면 급한 마음에 놈을 보자마자 쥐고 있던 야구공을 던져버릴 뻔했지만 이렇게 먼 거리에서 나 같은 놈이 정확히 목표를 맞출 수 있을 리가 없었다. 게다가 팔의 힘도 부족하다. 기다려야 했다.

그래, 기다려야 했다. 놀란 가슴이 진정될 때까지. 집중할 수 있을 때까지. 맞출 수 있다는 확신이 들 때까지. 말하자면 나는 지금 9회말 2아웃 상황에서 세이브를 따내야 하는 투수인 셈이다. 스트라이크도, 볼도 없다. 생존을 위해서는 데드볼만이 허용되는 희한한 룰 아래서 놈과 나의 마지막 시합이 벌어지고 있었다.

서른 걸음. 아직 아니다. 잘 집중할 수가 없었다. 맞출 수 있다는 확신이 서질 않는다. 여전히 팔이 욱신거렸다. 나는 아직 헐떡이던 호흡을 진정하려 안간힘을 썼다.

스무 걸음. 조금 망설여졌지만, 아직 팔에 힘이 모두 돌아오지 않은 것을 고려하면 놈을 처치할 만큼 빠르게 던질 수 없을 것 같았다. 기다리자.

열아홉.

열여덟.

열일곱.

놈의 얼굴을 정면으로 쳐다보았다. 멀리서 봤던 것보다 몇 배는 더 흉측했다. 이곳저곳 부풀어 오른 수포들, 한 걸음 옮길 때마다 출렁거리는 살, 그리고 탐욕스러운 눈. 저 역겨운 얼굴로 몇이나 잡아먹은 것일까? 내가 그 역겨운 식탐을 여기서 끝장내주마. 여전히 온몸이 조금씩 떨리긴 했지만, 다행히도 호흡이 점차 안정되었다. 나는 천천히 팔을 들었다.

열여섯. 놈이 다시 한 번 포효한다. 얼굴 주변의 부풀어 오른 살이 역겹게 떨린다. 크게 심호흡 한번.

열다섯. 확신이 들었다. 바로 지금이다. 거리도, 타이밍도 완벽하다. 남은 팔 힘을 끌어 모아…… 공을 던진다.

새하얀 공이 마트의 어두운 복도를 가르며 놈을 향해 날아간다. 놈이 내지른 포효의 잔향이 귀에 울리고, 공은 놈의 배 한가운데에 정확히 처박힌다. 마치 스펀지에 공이 박히는 듯한 둔탁한 소리가 울리는 것도 잠시.

"푸악―!"

풍선이 터지는 듯한 소리를 상상했는데 내 생각보다 몇 배는 역겨운 소리가 들려왔다. 영화 에일리언에서 새끼 에일리언이 배를 뚫고 튀어나올 때나 들릴 법한 효과음이다. 놈의 시체는 갈가리 찢어지며 복도 이곳저곳에 튀었고, 내 발치 바로 앞에도 몇 조각이(우웩) 튀었다. 그리고 그 시체 조각들은 치지직거리는 기분 나쁜 소리를 내며 조금씩 녹아들었다. 쇠파이프와는 비교도 안 되는 속도였다.

"이겼다."

온몸이 긴장했던 탓인지 순식간에 힘이 쫙 빠져나가며 나는 바닥에 털썩 소리가 나도록 주저앉았다.

"이겼어."

멍하니 그렇게 중얼거리며 생각했다. 이제 정말 끝이야. 젠장, 더 나올 테면 나오라지. 이제 더 이상은 못 해먹겠어. 다행히도 이런 내 마음을 누군가 알아주었는지 적막이 마트 내부를 감쌌고, 나는 잠시 정적 속에 머물러 있었다.

언제 껐는지는 모르겠지만 손전등은 꺼져 있었다. 지금 혹시 내가 졸았나? 몇 마리 없다고는 해도 아직 좀비들이 돌아다니는 마트 안에서? 아니겠지, 설마. 뭐, 사실이라고 해도 큰 상관은 없다만. 사방은 고요했고, 좀비들 특유의 '질질 끄는 발소리는 이제 거의 들리지 않았다. 그러니까 적어도 엘리베이터 주변에는 더 이상 위협이 없다는 뜻이다. 하지만…… 아무리 그래도 기본적인 경계를 잊으면 안 된다. 그건 이 세상에서 살아남기 위해 필수적인 거니까. 나는 정신을 다시 다잡고 손을 뻗어 손전등을 집어 들었다. 전원을 켜 보니 건전지가 접촉 불량인지 손전등이 깜빡거렸고, 신경질적으로 뚜껑을 두세 번 두들기자 다시 빛은 원래대로 돌아왔다. 주변에 다른 놈이 없는 것을 확실하게 확인하고 나는 자세를 고쳐 옆의 벽에 기대앉았다.

그러니까, 나는 정말로 살아남은 셈이다. 게임 종료, 지금까지 시청해 주신 관객 분들께 감사드립니다. 배팅 금액은 구매처에서 돌려받으실 수 있으니 참고하시고, 내일 있을 시합도 기대해 주십쇼. 그럼 이만…….

자꾸만 미친놈처럼 피식피식 웃음이 튀어나왔다. 왕덕이 형은 죽고, 내가 속해 있던 집단은 날 내다버리고 자기들끼리 격리 구역으로 탈출을 시도하는 중인데 혼자 여기 앉아서 즐거울 게 뭐가 있다고?

바보 같은 질문이다. 그 난장판과 지옥을 뚫고 올라와 이렇게 악착같이 살아남았는데 웃음이 안 나오면 그게 오히려 미친 놈 아닐까? 어쨌든 나는 그렇게 생각한다. 그래, 나는 살아있었다. 비록 스니커즈 하나 먹겠다고 바보 같은 짓을 하다 죽을 뻔하긴 했지만, 그래도 살아남았다. 살아남아서, 스스로 약속했던 것처럼 「러시아워」 시리즈도 보고 바깥의 붉은 현수막도 기념으로 작게 잘라서 가져가야지. 나와 함께 바보짓을 하다 먼저 황천길로 가버린 왕덕이 형은 나중에 충분히 애도해 줄 생각이다. 여유가 된다면 말이지만.

그리고 그 빌어먹을 경찰관 자식이 있다. 톡톡히 값을 치르게 해 줘야지. 어디로 가는지는 이미 알고 있으니 내 목적지도 정해진 셈이다. 그놈도 가능하다면 이 마트의 엘리베이터에 가둬버리고 싶지만 가는 길에 또 다른 좋은 방법이 떠오를지도 모르는 일이다. 그건 그때의 즐거움으로 남겨두자. 다른 생존자들은 뭐, 지금 생각해 보면 그런 상황에선 솔직히 나라도 어쩔 수 없었겠지. 큰 유감은 없다. 조금 이야기하면 금방 화해하고 합류할 수 있을 것이다. 서로 어느 정도 이해관계가 맞을 테니, 좀 어색하긴 해도 쫓아낼 리는 없겠지. 어쩌면 다 함께 그 경찰관 나리를 엿 먹일 수도 있겠다.

다만, 여전히 다른 사람들을 깜짝 놀래켜 줄 생각이 사라진 것은 아니다. 생각만 해도 즐거워지는군. 개자식들아, 엘리베이터의 망령이 다시 나타났다!

뻥 뚫린 엘리베이터 입구 밖의 유리 통로로 희미하게 하늘이 밝아진 것이 보였다. 아직 짙은 남색이지만 한두 시간 있으면 해가 떠오르리라. 벌써 시간이 이렇게나 지났나. 이 지긋지긋한 마트는 이제 꼴도 보기 싫다. 먼저 탈출한 사람들과 가능한 한 조금이라도 더 일찍 합류해야 한다. 흔적이 사라지기 전에 서둘러 따라가야겠군.

그 전에, 먼저 해둘 일이 있다.

나는 얼굴 한가득 미소를 지으며 가방에서 스니커즈 한 개를 꺼냈다.

〈끝〉

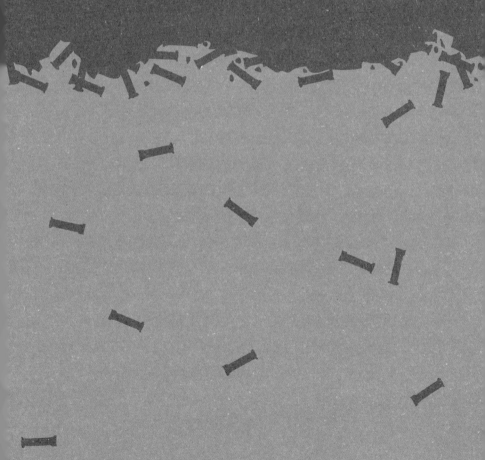

장마

전승제

1

이번 장마는 상당히 늦게 시작하는 듯했다. 해가 쨍쨍한 하늘을 창문 틈으로 조심히 바라보니 한숨밖에 나오질 않았다. 일기예보를 바랄 수 없으니 그저 기다릴 뿐이다. 하지만 그저 기다리는 것도 슬슬 한계다. 집에 남은 마지막 물을 한 모금 마신 것이 벌써 이틀 전이었다. 뭐라더라, 333법칙인가 뭔가에 의하면 인간이 버틸 수 있는 한계가 음식 없이 삼 주, 물 없이 삼 일, 공기 없이 삼 분이라고 한다. 아마도 평균 수치가 그렇다는 거겠지만 어쨌든 그 평균 수치에 다가가고 있는 것이다. 하지만 꼭 그런 법칙이 아니고라도 몸이 먼저 느끼고 있다.

오늘도 평소와 같이 일어나서 눈을 떴다. 하지만 자리에서 일어나지 않고 고개만 들어서 시간과 비가 오는지를 확인했다. 시간은 열 시였고 비는 오지 않았다. 오늘도 물은 글렀구나 하며 몸을 일으키는 순간 머리가 찡해지고 다시 누울 수밖에 없었다. 먹지를 못해서 몸이 상했거나 지병이 빈혈이거나 한 것도 아니었으므로 생각할 수 있는 것은 한가지였다. 아, 내가 목이 말라서 그렇구나. 그리고 지금 이런 상황이다.

사실 긍정적으로 생각하면 목말라 죽으려면 아직은 시간이 남았잖아? 라고 생각할지도 모르겠지만 나는 지금 혼자고 만약에라도 몸을 제대로 움직이지 못할 정도로 심각해질 경우 꼼짝없이 목말라 죽거나 어렵사리 나가서 힘도 못 써보고 물려 죽거나 둘 중 하나일 것이다. 그런 사태는 되도록 피하고 싶다. 그런 생각을 하고 있자니 갑자기 밖이 소란스러워졌다. 차도 없고 사람도 거의 없어진 지금 밖이 소란스러워지는 이유는 단 한 가지밖에 없다. 누군가가 쫓기고 있으며 누군가들이 쫓아가고 있는 것이다.

그런데 내가 생각한 것보다 그 쫓기는 누군가가 집에 가까이 온 모양인지 소란스러움이 점점 커져갔다. 나는 거의 2주 만에 느끼는 궁금증을 참지 못하고 창문으로 다가가 반투명한 유리창을 조금만 더 열었다. 우리 집은 주택가 한복판의 T자형 길 중 T의 왼쪽 겨드랑이에 위치한 다세대주택의 꼭대기 집이었다. 따라서 창문을 통해서 길 전체를 다 볼 수 있는데 그런 창문 사이로 보인 것은 웃통을 벗은 남자였다.

남자는 볼품없이 마른 몸으로 거의 수십 명에 가까운 사람들을 뒤에 달고 달리고 있었다. 게다가 달리는 방향이 하필이면 바로 우리 집 쪽이었다. 도대체 저 남자가 무슨 바보 같은 이유로 저렇게 목숨을 걸고 달리는지는 알 수 없었지만 확실한 건 나에게도 그다지 좋은 상황은 아니었다는 것이다. 나는 혹시나 남자 뒤쪽의 사람들에게 내가 보일까 고개를 더 숙이고 남자를 관찰했다. 남자의 손에는 1.5리터짜리 물통이 두 개 들려 있었는데 아무래도 근처의 슈퍼에서 가져온 모양이었다.

그렇게 우리 집을 지나치나 싶어 보는데 잘 달리던 남자는 우리 집에서 10미터 정도 떨어진 지점까지 오더니 발을 헛디디고 넘어졌다. 우당탕 하는 소리와 함께 두 개의 물통이 굴러가고 하나는 터져버렸다. 남자는 힘겹게 일어나 터지지 않은 물통을 하나 집어 들더니 소리치며 자신의 머리 위에 부었다.

"망할 비야 내려라! 아니 내리지 마라! 시발 돌아버리겠네!"

그리고 바로 사람들이 그에게 달려들어 몸을 물어뜯었다. 나는 그쯤에서 창문을 닫았다. 으아아아아아 하고 길게 들려오던 비명소리가 창문이 완전히 닫히고 나니 어어어어어어 하는 정도로 먹먹하게 들려왔다. 나는 그 남자가 미친놈이라고 생각했지만 나라고 그런 미친 짓을 하지 말라는 법도 없었다. 창문을 닫아도 남자의 모습은 계속 머릿속에 머물렀다. 망할 비야 내려라 으아아아아 아니 내리지 마라 으아아아아 시발 돌아버리겠네 어어어어어. 마치 기우제를 지내는 것 같았다.

그 후로 나는 결국 아무것도 할 수 없었다. 물 없는 밥이 목을 넘어갈 리 없으니 곰팡이가 조금 핀 빵으로 대충 허기만 때우고 말았다. 그 후에는 읽히지도 않는 책을 잡았다가 들리지도 않는 라디오를 잡았다가 하면서 시간을 때우고 초저녁이 되어서야 잠이 들었다. 그리고 새벽에 잠에서 잠깐 깨어났을 때 드드드드드드 하는 소리가 들려서 창문을 열어보니 비가 내리고 있었다. 장대비였다. 고개를 돌려 빨간 동그라미가 거의 칸을 다 채운 달력을 보니 6월 26일이었다.

나는 남자의 상태를 확인하기 위해 남자가 쓰러져 있을 길 한 복판을 쳐다보았다. 나는 그가 자리에서 일어나지 않고 그대로 죽어 있기를 바랐다. 하지만 아니나 다를까 그는 천천히 비와 피가 섞인 웅덩이에서 몸을 일으키고 있었다. 남자는 몸을 완전히 일으켰지만 비를 피할 생각은 없어보였다. 그리고 제자리에 가만히 서서 입을 달싹거리고 있었다.

"내려라, 내리지 마라, 씨발 돌아버리겠네."

남자의 말을 상상하며 나는 그렇게 중얼거리고 창문을 닫았다. 내일은 물을 찾아 남자가 몸을 던졌을 슈퍼로 달려갈 생각이었다. 비가 드드드드 소리를 내며 떨어지는 가운데 나는 다시 자리에 누웠고 그 불규칙한 소리를 자장가 삼아 잠이 들기 시작했다. 나는 잠들기 직전에 비가 오는 것을 기뻐해야 할지 말아야 할지 고민했지만 결론은 나지 않았고 한 가지 생각만 확실하게 각인되었다.

이제 장마가 시작되었다. 그뿐이었다.

0

그는 대학교 2학년이었다. 따라서 기말고사가 끝나고 찾아온 여름방학이 일찌감치 찾아온 더위에 비하면 훨씬 반가웠지만 사실 시간이 지나면서 조금씩 늘어지는 중이었다. 방학이 시작할 때 즈음에는 이거 한다 저거 한다 말은 많았지만, 2박 3일 여행을 한번 갔다 오고 고등학교 때 친구를 몇 번 만나니 오히려 나가기가 더 귀찮아졌다. 물론 그런 나태해진 남자 대학생들에게는 게임이 찾아오기 마련이었고 그에게도 그러했다.

어느 날 오후에 그는 비가 올락 말락 흐린 하늘이 기분 나빴지만, 장마 전의 찌는 듯한 더위를 조금 식혀준다고 생각하니 기분이 그나마 괜찮았다. 게다가 월요일이 시작되고 군인인 아버지가 부대로 돌아가는 것을 배웅하러 어머니가 집을 비우신 탓에 그는 집을 독점하고 편한 기분을 느끼고 있었다. 하지만 집에 혼자만 있으니 오히려 더 심심하고 지루해졌다. 누군가 자신을 부르지 않을까 싶어 핸드폰을 확인했지만 무의미한 카카오톡만 300여 개가 쌓여 있었다. 그는 어쩔 수 없이 자신이 친구들을 소집하기로 했다.

그렇게 30분 정도가 흐르자 장소와 시간이 맞춰졌다. 학교 앞 여섯 시. 그는 서둘러 옷을 갈아입고 집을 나섰다. 학교 가까이에 사는 사람들은 여유가 있는 시간이었지만 그는 아쉽게도 통학시간이 너무 길었다. 집을 나서기 전에 우산을 가져가야 하나 망설였지만 그는 가져가지 않았다. 일기예보에서는 비가 오지 않고 흐리기만 할 것이라고 했기 때문이었다. 물론 거의 맞춘 적이 없는 일기예보지만 한 번 믿어보겠다고 생각했다.

그는 5분 거리인 역으로 가서 지하철을 탔다. 그리고 종착역 주위에 사는 유일한 장점으로 편하게 좌석에 앉았다. 평소처럼 이어폰을 귀에 쑤셔 넣고 출발하는 지하철에 몸을 맡긴 채 흔들흔들 목적지를 향해 나아갔다. 그렇게 생각 없이 핸드폰을 들여다본 지 얼마쯤 지나고 문득 여기가 무슨 역인가를 확인하기 위해 그는 고개를 들었다. 지하철 천장에 달린 모니터에는 뉴스속

보가 진행 중이었다. 2차 베트남 전쟁을 위해 미국이 개발 중이던 신무기가 동남아의 섬에서 실험 중 무언가 오작동을 일으켰다는 것, 이번 올림픽에서는 베트남이 참가국가에서 제외되었다는 것, 그리고 마지막으로 그날 저녁에 비가 온다는 것이었다. 그리고 최하단의 글자가 안국역임을 말해주고 있었다.

그는 비가 온다는 사실에 기상청에게 일종의 배신감을 느끼며 허탈하게 웃었다. 그는 결국 집에 쌓여 있는 아까운 우산은 남겨두고 편의점 우산을 사야 하는 것인가 싶었다. 편의점 우산이 4~5000원에 달한다는 끔찍한 사실에 치를 떨던 그는 항상 무시하던 지하철 상인이 팔고 있던 물건에 흥미가 동했다. 우비였다. 그리고 우비를 사면 양말과 바지 밑단이 젖지 않도록 발목 위쪽까지 오는 비닐양말과 손에 끼는 비닐장갑을 함께 준다는 모양이었다. 심지어 가격이 2000원이었다.

결국 학교 앞 역의 개찰구를 지나는 그의 손에는 우비 세트가 들려 있었다. 하지만 출구로 나간 그가 그 우비를 당장 쓸 필요는 없었다. 조금 애매하지만 일기예보가 말한 저녁이 그가 지하철 출구를 나가는 때가 아니었던 것이다. 그는 학교 앞까지 걸어가서 친구들을 만났고 바로 술집으로 향했다. 그리고 그가 거나하게 취해서 2차를 외칠 때에도 비는 내리지 않았고 2차를 나올 때에야 비가 왔다. 그는 친구들에게 자신이 산 우비 세트를 자랑하며 착용했고 먼저 가보겠다며 손을 흔들었다.

간신히 막차를 탄 그는 살짝살짝 졸았는데 조는 중간에 지하철에 탄 한 남자가 쓰러지는 것을 보았고 다음에 깼을 때는 응급대원이 왔다 갔다 하는 모습을 보았다. 그리고 다음에 깨어보니 종착역이었고 청소하는 아주머니가 그를 흔들어 깨우고 있었다. 아저씨 일어나세요, 하는 말에 자리에서 일어난 그는 나 아저씨 아닌데 하는 생각을 하며 집으로 터덜터덜 걸어갔다. 비는 아직도 내리고 있었지만 부슬비였다. 이제 곧 비가 그칠 듯 싶었다.

집에 도착한 그는 우비와 장갑, 양말을 벗고 깔려져 있던 이불 위에 그대로 누워 잠이 들었다. 그날 새벽은 상당히 시끄러웠지만 취기에 잠든 그는 일어나지 않았다. 결국 아침 늦게 일어난 그는 습관처럼 창문을 열었고 길거리에 쓰러진 한 남자가 피와 비가 섞인 웅덩이에서 일어나 뭐라고 말하는 광경을 보았다. 해가 쨍쨍한 덕분에 입이 달싹거리는 것이 잘 보였다. 남자는 아마도 이렇게 말하는 것 같았다.

"일어나."

2

평소처럼 눈을 떴다. 조금 기분이 찜찜하기는 했지만 '평소처럼'이란 그런 것이다. 분명히 뭔가 꿈을 꾼 것 같기도 하고 아닌 것 같기도 한 찜찜함 말이다. 그리고 역시 평소처럼 시간을 확인했다. 오전 열 시였다. 그리고 다시 창문으로 고개를 돌렸다. 이미 소리가 많은 것을 말해주고 있기는 했지만 이건 일종의 습관이자 의식 비슷한 것이었다. 자리에서 일어나 방의 창문을 조금 열자 비가 내리고 있었다. 그것도 상당히 많이. 다행이었다. 새벽에 잠깐 일어나서 비가 오는 것을 목격한 것이 꿈이 아니었나 싶어서 불안했는데.

사실 이렇게 안도하고 있을 시간도 없었다. 비가 멈추기 전에 반드시 물을 구해와야 한다. 그리고 되도록 식량도 오래 보존할 수 있는 것이 필요하다. 지금 집에 있는 것들은 대부분 쉬거나 상하거나 해먹기 힘든 것들뿐이었다.

하지만 음식을 위해서라도 일단은 물이다. 밥을 하려고 해도 물이 필요하고 라면을 먹으려고 해도 물이 필요하고 애초에 뭔가를 먹으면 소화시키기 위한 최소한의 물이 필요하다. 게다가 당분, 염분 모두 섭취했을 경우 갈증을 유발한다. 참 밥 한번 먹기 힘든 세상이 되어버렸다.

하지만 비상시에 물은 어떻게 할 수 있는 문제가 아니다. 없는 걸 뭐 어쩌겠는가? 그러니 잘 상하지 않고 요리에 물을 소비할 필요가 없는 가공식품이 필요하다. 게다가 해먹는 것도 귀찮으니 가공식품이 오히려 편하다. 어차피 살기 위해 먹는 거면 해먹기 편한 게 좋다.

나는 이불을 던져버리고 자리에서 일어났다. 일단은 이쯤에서 생각을 관두고 일단 움직이기로 했다. 아무리 생각을 해 봤자 물이 나오는 것도 아니고 음식이 나오는 것도 아니다. 하지만 비는 언젠가 멈춘다. 그러니 우선 행동이 먼저인 것이다. 나는 화장실로 달려가서 우비의 상태를 확인했다. 어디 찢어진 곳은 없는지 구멍 난 곳은 없는지 확인했다. 다른 비닐제품들과 비닐봉투들도 마찬가지로 꼼꼼히 확인했다. 만약 어딘가에 구멍이라도 있으면 나도 어제의 남자처럼 될지도 모를 일이다.

옷은 움직이기 불편하지 않을 정도까지만 최대한 껴입고 양말은 두 겹, 그 위에 내가 조금 개조한 우비를 걸치고 손에는 비닐장갑 여러 겹을 낀 후 발에는 비닐양말을 신고 비닐봉투를 여러 겹 씌운다. 비가 들어오지 않게 발목, 손목에 테이프를 칭칭 감고 신발은 아버지의 군화를 신는다. 머리에는 비닐을 여러 겹 겹치고 눈 쪽에는 구멍을 뚫어 물안경을 붙인 머리 가리개를 쓴다. 역시 머리 가리개도 몸과 벌어진 틈이 없도록 테이프를 칭칭 감는다. 이렇게 하면 스스로 생각해도 참 괴상한 모습이 된다.

안이 비치지 않는 노란 우비에 비닐장갑, 우비 모자 밑에는 까만 봉투가 씌워져 있고 눈 부분은 큰 수경이 있어서 눈만 깜빡거린다. 거기에 바지 모양으로 자르고 붙인 우비 덕분에 바지도 노란 바지를 입은 것처럼 보이지만 신발은 군화이다. 여기에 방수가 되는 어머니의 등산가방에 목제 야구방망이를 들고 물총을 등에 메면 멍청한 생존자가 완성된다. 하지만 이 복장과 장비는 경험에서 나온 것이다. 죽기 직전의 경험에서 말이다.

나는 창문으로 밖의 상황을 쳐다보았으나 역시 아무도 돌아다니지 않았다. 비가 올 때까지 기다린 보람이 있었다. 나는 망설일 것도 없이 현관문을 열고 집을 나섰다. 망설이는 시간조차 아까웠다. 만약 밖으로 나가 있는 동안에 비가 멈추면 그건 집을 나가기 전에 비가 멈추는 것보다도 더 심각한 상황이었다. 제발 그렇게 되지 않기만을 바랄 뿐이다. 그리고 나는 우리나라의 장마를 믿는다. 우리나라의 장마는 고작 조금 내리다가 마는 정도가 아니다. 엄청난 수의 수재민을 만든 재해 수준의 장마인 것이다. 그러니 부디 계속 내리길.

나는 뚜벅뚜벅 군화 소리를 내면서 계단을 내려갔다. 그리고 잠가놓았던 현관문을 열고 밖으로 나갔다. 건물 입구의 처마 밑에서 비를 보자니 딱 적당한 수준이었다. 긴장을 풀 겸 숨을 한 번 쉬고 조심스럽게 처마를 나와 길을 따라 걸었다. 드드드드 하고 우비로 떨어지는 소리에 긴장감이 고조되고 계속해서 옷이 젖는 느낌이 들어서 불안하다. 이 초조함은 도저히 적응이 안 되서 노이로제가 걸릴 지경이다.

나는 어제의 그 남자가 달려온 길을 따라 걸었는데, 지나치는 건물들의 창문 안을 보니 사람들의 형상이 보였다. 하지만 그들이 어떤 사람인지는 알 수 없었다. 아쉽다는 표정으로 먹잇감을 바라보는 사람일지도 모르고 아니면 저 사람도 죽겠구나 하는 표정으로 바라보는 사람일지도 모른다. 뭐, 어느 쪽이든 상관없다. 어차피 양쪽 모두 비가 오는 동안에는 밖으로 나오지 않을 테니까.

그렇게 얼마간 걸으니 내 앞에 뭔가 움직이는 것이 보였다. 잠깐 본 것이지만 완전히 빨간색이었다. 비정상인 쪽 사람일까 싶지만 그럴 리가 없었다. 그들은 비가 오면 움직이지 않으니까. 하지만 혹시나? 사실 모를 일이었다. 내가 무슨 생물학자나 의사도 아니고 그들이 비 속에서는 절대 움직이지 않는다는 과학적 근거가 있는 것도 아니었다. 그냥 지금까지 그랬으니까 그렇게 생각할 뿐이다. 하지만 만약 오늘부터는 그렇지 않은 족속이 생겼다면? 나는 방망이를 든 손에 힘을 줬다. 그리고 머릿속으로 여러 번 시뮬레이션을 하며 그 빨간 무언가가 숨은 차 뒤쪽으로 걸어갔다.

거리는 점점 가까워졌다. 하지만 내가 거리를 좁히는 것일 뿐 그쪽에서는 거리를 좁혀오지 않았다. 거의 5미터 정도로 가까워졌을 때 빨간 물체가 차 뒤쪽에서 서서히 일어났다. 손에 들려 있

는 건 아무래도 칼이 아닌가 싶었다. 그 칼을 보니 안도감과 긴장
감이 동시에 몰려왔다. 그냥 사람인 것에 안도하면서도 그 칼이
내 배를 들어갔다 나올 수도 있겠다고 생각하니 손에 힘이 빡 들
어갔다. 말을 걸어야 하나 생각하고 있는데 그 사람이 나를 마주
보고 반대쪽으로 슬슬 걸어가기 시작했다.

마치 서부영화의 대결장면을 보는 것처럼 나와 그 사람은 서로
를 마주보고 이동했다. 그쪽도 나도 원하는 방향으로 완전히 이
동 한 후에야 서로 눈치를 보며 몸을 돌렸다. 하지만 몸을 돌리고
나서도 나는 뒤를 계속 돌아보았다. 비가 우비에 떨어지는 소리
때문에 발소리가 잘 들리지 않아서 나를 찌르려는 걸 눈치 못 챌
수도 있겠다는 생각이 들었기 때문이다. 하지만 그건 기우였던지
그 사람도 자신의 갈 길을 갔다.

뒤늦게 뭔가 아쉬운 기분이 들었다. 비가 오는 날 나처럼 우비
를 입고 돌아다니는 사람은 처음 봤기 때문이다. 지금까지 시간
이 꽤나 지났으니 마주친다면 마주칠 수 있었을 텐데 이상하게도
빨간 우비와 마주친 건 처음이었다. 나와 비슷한 사람이라면 그렇
게 긴장할 필요도 없었지 싶다. 그냥 말이라도 걸어볼 걸 그랬다.
살 만하신가요? 뭐 힘드신 일은 없으시고요? 뭐, 흔한 개소리되시
겠다. 하지만 그 사람도 나처럼 말을 걸어봤으면 좋았겠다고 생각
하고 있으면 좋겠다.

나는 거기까지 하고 그 사람에 대해서는 그만 생각하기로 했
다. 말을 하거나 다시 만나거나 하려면 우선은 물이나 음식이나
그런 것들이 필요했다. 그 사람을 만나고 긴장했던 탓인지 목이
더 마르는 것 같았다. 게다가 옷 자체가 꽁꽁 싸매고 있어서 정말

더럽게 더웠다. 습하고, 덥고, 목마르다. 여름 최악의 삼박자가 나를 옭아매고 있었다. 나는 발걸음을 조금 더 빠르게 해서 서둘러 이동했다. 잠시 잊고 있었지만, 비가 언제 멈출지도 모를 일이다.

마지막 코너를 도니 편의점 맞은편에 대형슈퍼가 보였다. 편의점은 이미 나도 그렇고 다른 생존자들이 털어서 나올 것도 없었고 심지어 척 보니 변한 사람이 비를 피해 들어가 있었다. 그나마 대형 슈퍼에 남은 물품이 많았다. 나는 슈퍼 앞에 섰지만 바로 들어가지 않았다. 편의점에도 있으니 여기에도 그놈들이 있을 게 뻔했다. 처음 내가 이곳에 왔을 때도 있었고 일주일 전에 왔을 때도 있었다. 덕분에 변한 사람들을 상대하는 데는 이제 꽤나 적응할 수 있었다.

나는 금이 간 유리창으로 안을 들여다보았다. 날은 흐리고 유리는 깨지고 전기는 안 들어오니 슈퍼 안까지 잘 보이지 않았다. 아무래도 발을 들여놓지 않으면 모습을 보이지 않을 생각인 모양이었다. 나는 등에 메고 있던 물총을 한 손에 쥐고 펌프질을 해서 공기를 압축시켰다. 그런 후 그 물총을 왼손에 쥐고 오른손에는 방망이를 들었다. 흡사 총과 칼을 든 게임 속의 캐릭터 같았다. 물론 이 상황도 게임에나 나올 법한 상황이지만 말이다.

나는 느리게 슈퍼 안으로 발을 들였다. 숨을 쉴 때마다 비닐이 입에 붙었다 때졌다 하며 비닐 오그라드는 소리를 냈다. 우비 특유의 비닐 옷 부스럭거리는 소리도 들렸다. 부스럭 지그적 부스럭 지그적 비닐과 우비가 규칙적인 소리를 내는 게 다 들릴 정도로 슈퍼 안은 조용했다. 그때 툭 하고 종이 곽이 떨어지는 소리가 들렸다. 왼쪽에서 들린 것으로 보아 과자 코너에서 무언가가 떨어진 모양이었다. 평소에도 곧잘 있는 일이다. 거의 가장자리에 걸려 있던 무언가가 약한 바람에 떨어지는 현상 말이다. 하지만 이번에도 과연 그런 것일까 싶었다.

나는 몸을 돌려서 과자 진열장으로 물총의 총구를 돌렸다. 그리고 한 걸음 한 걸음 좀 더 가까이 다가가자 서서히 소리가 들리기 시작했다. 진열장을 무언가로 치는 소리와 바닥에 옷이 스치는 소리였다. 머리에 뒤집어 쓴 비닐 때문에 크게 들리지는 않았지만 확실했다. 나는 물총을 앞으로 향하고 살금살금 걸었다. 그리고 어지럽게 서 있는 과자 진열장 너머로 무언가 움직이는 게 보였다. 누군가가 누워서 사지를 퍼덕이고 있었다. 가게 안은 어두웠지만 바닥에 흐르는 것이 피라는 사실은 알 수 있었다.

더 가까이 다가가니 벗겨진 웃통 사이로 1자가 3개 새겨진 배가 보였다. 칼에 찔린 모양이었다. 순간 내가 아까 마주친 사람이 생각났다. 그 사람이 찌른 것이 분명했다. 범인은 찾았다지만 피해자가 정상인인지 아니면 변한 사람인지 확인하기가 힘들었다. 결국 어쩔 수 없이 말을 해야 했다. 혼잣말이 아니라 다른 사람을 상대로 말하는 건 상당히 오랜만이었다.

"저기요. 괜찮으세요? 정상인이면 말하세요."

하지만 대답은 없었다. 너무 아파서 말이 없거나 변한 사람이었다. 그리고 그걸 확인 할 상당히 쉬운 방법이 있었다. 나는 물총으로 쓰러진 사람의 얼굴에 물을 뿌렸다. 그러자 그 사람은 질겁을 하고 얼굴에 묻은 물을 손으로 훔치며 몸을 파닥거렸다. 변한 사람이었다. 저렇게 극도로 겁먹은 반응을 보이는 건 변한 사람들뿐이었다. 나는 다행이라고 생각했다. 내가 만난 사람이 살인마는 아니었다니 말이다. 살인마에게 말을 걸 수는 없는 노릇이었다. 그리고 내가 상대해야 할 필요가 없어서 다행이었다. 사실 여러 가지로 몸이 약해서 힘이 들던 차였다.

나는 변한 사람을 무시하고 가방을 열었다. 대형냉장고에서 미지근한 1.5리터짜리 물통을 4개 꺼내고 통조림 진열대로 가서 햄, 장조림, 참치, 꽁치, 황도 등 여러 통조림을 챙겨 넣었다. 물을 끓이면 조리할 수 있는 밥과 녹아버린 냉동만두도 하나 챙겼다. 냉동만두는 생존에 적합한 음식이라기보다는 상하기 전에 그냥 내가 먹고 싶었다. 남는 자리에는 대충 과자를 쑤셔 넣고 출구로 향했다.

나오는 길에 보니 칼에 찔린 사람은 더 이상 움직이지 않았다. 나는 그를 힐끔 쳐다보고 슈퍼를 나서서 집으로 향했다. 어쩐지 빗발이 약해진 게 금방 그칠 것 같았다. 험한 꼴을 보지 않으려면 서둘러야 했다.

집으로 돌아가는 동안 어느 누구도 만나지 못했다. 내심 빨간 우비의 사람을 만났으면 좋겠다고 생각했지만 만나지 못했다. 그래도 언젠가는 또 만날 수 있겠지 싶다. 비가 오면 아마도 그럴 것이다. 그렇게 꽤나 희망찬 생각을 하며 집으로 돌아가는데 집 앞에서 그다지 기분 좋지 않은 것을 봐버렸다. 예의 기우제 남자가 여기저기 피를 흘리고 삼거리의 한 집 현관 앞에 누워 있었다. 확인할 용기는 없지만 사실 확인할 필요도 없다. 그 정도의 상처라면 죽는 게 당연하다. 비정상인 사람들은 괴물같이 행동하지만 몸은 괴물이 아니니까 말이다.

이렇게 돼서 남자는 정말로 기우제의 희생양이 되어버렸다. 비록 제단에서 죽지는 않았지만 결과적으론 그렇게 보였다. 나는 굵어졌다, 가늘어졌다를 반복하는 비를 맞으며 집으로 돌아갔다. 어쩐지 남자가 불쌍하다기보다는 그 빨간 우비도 저렇게 미치지 않았으면 좋겠다는 생각이 들었다. 장마가 왔으므로 이제 기우제는 필요 없으니까.

나는 다세대주택으로 들어가서 유리문을 잠그고 꼭대기 층으로 올라갔다. 올라가는 계단은 몇 주 전과는 달리 워커화의 뚜벅 소리 말고는 조용했다. 나는 집으로 들어가기 전에 우선 가방을 내려놓고 안에서 물건들을 전부 꺼내서 있을지 모르는 빗물을 수건으로 닦았다. 물론 비를 뒤집어 쓴 가방은 널어 말렸다. 그리고 그런 과정을 전부 끝낸 후에야 우비를 벗을 수 있다. 아주 조심스럽게 되도록 몸의 어디에도 빗물이 떨어지지 않도록 벗어야 한다. 벗은 우비는 그대로 복도에 설치한 건조대에 걸고 머리에 씌운 비닐봉투는 우선 수건으로 물기를 최대한 닦은 후에 역시 조심스럽게 벗는다.

다른 옷들도 그것의 반복이다. 다음에는 발에 감싼 비닐봉투를 벗겨서 널고 손에 낀 겉 부분의 비닐장갑을 벗는다. 그러면 물기가 없는 속 부분의 비닐장갑과 비닐양말이 나오고 사이사이 수건으로 물기를 닦으면서 속 부분의 옷을 벗으면 된다. 척 보기에도 간단해 보이지는 않겠지만 해보면 더 짜증나고 힘든 일이다. 마지막으로 수건을 널면 일은 끝이 나고 집으로 들어가면 된다. 물론 아직 덕지덕지 입고 있는 옷들이 남기는 했지만 말이다.

입고 있던 옷을 전부 벗고 부채로 온 몸의 땀을 말리고 나야지만 나는 어느 정도 긴장이 풀린다. 사실 집에 들어오고도 어느 정도는 지나야 감염되지 않았다는 것을 확신할 수 있지만 마르던 목을 축이니 그런 것들이 그다지 중요하게 생각되지 않았다. 게다가 몇 시간 동안 변하나 안 변하나 노심초사 할 만큼 힘이 남아도는 것도 아니었다. 무지하게 피곤했다. 그래서 막 아침이 지난 12시 정도였지만 잠을 청하기로 했다. 배가 고프기도 했지만 그건 일어나서 해결하면 될 일이다. 자리에 누워 눈을 감으니 그게 끝이었다.

0

술기운이 아침을 삼키고 그가 일어난 시간은 결국 점심 때였다. 결코 평소처럼 일어났다고 말할 수 없는 기상이었다. 머리는 아프고 목은 탔으며 시야가 어지러웠다. 거의 맹목적이다 싶을 정도로 물물 하고 중얼거린 그는 냉장고로 향해서 물을 벌컥벌컥 들이켰다. 얼음처럼 차가운 물 맛 덕분인지 그는 머리가 조금 맑아지나 싶었다. 거실의 소파에 앉아 머리를 긁적이며 그는 상황을 파악했다. 어머니는 안 계시고 밖은 어쩐지 시끄러웠다. 어머니는 슈퍼에 가셨거나 잠깐 어디 나가셨겠지 싶어서 그는 두 번째 의문을 풀러 베란다로 향했다.

길에는 사람이 하나도 없었다. 그 말은 적어도 소리가 주차 실랑이나 그 비슷한 소란은 아니라는 것이었다. 전체적으로 밖이 어수선하기는 했지만 소리에 더 집중하니 어디서 나는 소리인지 알 수 있었다. 시끄러운 것은 아래층이었다. 그런데 듣고 있자니 무슨 소리인지 알 수가 없었다. 분명히 피아노의 고음 같은 가는 소리였지만 그는 아래층이 피아노를 치는 걸 들은 적이 없었다. 혹시 TV소리인가 생각했지만 무슨 동물 다큐멘터리가 아닌 이상에야 그런 소리가 들릴 리는 없다고 생각했다. 그는 거기까지 생각하고 더 깊은 생각에 빠졌다. 어쩐지 자신이 들어본 적이 있는 소리 같았다.

그는 그 소리가 무엇인지를 떠올리려고 안간힘을 썼는데 알고보니 자신의 팔뼈가 돌아갔을 때 들은 소리였다. 정확히는 그 뼈를 맞추러 병원에 갔을 때 자신의 입에서 난 소리였다. 팔을 맞추기 위해 의사선생님이 팔뚝을 잡고 비틀었을 때 그의 입에서 나온 건 남자의 굵은 비명소리도 여자의 찢어지는 비명소리도 아니었다. 아파 죽을 것 같아 거의 끊어지는 듯한 그런 비명소리였다. 그런 소리가 아래층에서 들리고 있었다.

그는 순간 뭔가 범죄라도 일어난 것 아닌가 싶었다. 하지만 다시 설마 하고 생각했다. 물론 그 가설을 완전히 뒤엎지는 않았지만 역시나 설마라고 생각했다. 그는 어쨌든 이렇게 시끄러운 건 자제하도록 할 필요가 있다고 생각해서 떡진 머리를 가릴 모자를 쓰고 아래층으로 향했다. 그는 벨을 누르기 전에 내심 혹시 범죄라면 이라고 생각하며 핸드폰을 들고 112를 누를 준비를 했다.

땡동 소리가 들리고 그가 말했다.

"저기, 너무 시끄러운데 조금 조용히 해 주시면 안 될까요?"

그리고 그는 귀를 기울였다. 그러자 그 비명 비슷한 목소리가 끊어지고 발소리가 들렸다. 그는 이제 문을 열고 누군가 나와서는 조용히 하겠다고 죄송하다고 말할 것이라고 생각했지만 그렇지 않았다. 발소리는 점점 빨라지더니 문이 덜컹 하고 쿵 소리가 들렸다. 그는 깜짝 놀라서 뒷걸음질쳤고 그 비명소리 비슷한 것이 문 너머에서 들려왔다. 뭐라고 표현하기 힘든 소리였다. 으아아아와 끼아아아 의 중간에서 끼아아아 쪽으로 치우친 정도의 소리였다.

그는 112에 전화를 하며 집으로 돌아가 문을 잠갔다. 신호가 가는 동안 그는 도대체 경찰에게 뭐라고 말하고 신고를 해야 하는 건지 생각했다. 그러나 그의 그런 고민은 너무나 많은 통화량 때문에 전화연결이 되지 않는다는 말과 함께 끝났다. 그는 다시 한 번 전화를 걸어 보았으나 역시 같은 말 뿐이었다. 그 후에 몇 번을 더 시도해 보았지만 간신히 신호가 가도 받는 사람이 없었다. 전화를 하다가 그는 포기하고 부모님에게 전화를 걸었다. 하지만 이번에도 받지를 않았다. 그는 다시 몇 번인가 더 시도해 봤지만 삐 소리 이후 돈이 더 들어간다는 말만 계속 들려올 뿐이었다.

아무리 감이 없어도 이 정도 되면 누구라도 뭔가 이상하게 돌아가고 있다는 사실을 느낄 것이다. 그리고 그도 그러했다. 그는 평소처럼 핸드폰에 쌓여 있는 메시지를 읽어나갔다. 모든 메시지를 읽을 필요도 없었다. 메시지의 대부분이 지금 사람들이 다른 사람들을 물어뜯고 공격한다는 말뿐이었다. 아직도 오고 있는 메시지가 있는가 하면 새벽이나 아침에 날아오다가 끝난 메시지도 있었다. 그는 대화에 참가해서 여러 가지 정보를 얻어내려 했으나 하는 말은 그저 사람들이 사람들을 공격한다는 말의 반복이었다.

급한 마음에 TV를 켰으나 드라마, 예능프로, 어린이 채널 등 이미 녹화되어 틀어지는 것들뿐이었다. 어느 방송국에서도 뉴스 특보나 긴급속보 같은 것들을 보여주지는 않았다. 그는 결국 앉아 있던 소파에서 일어났다. 그리고 한창 명연기를 펼치고 있는 배우를 무시하고 리모컨의 버튼을 눌러서 TV를 껐다. 하지만 TV는 꺼지지 않았고 그는 이상하다 싶어 계속 버튼을 눌렀다. 그러자 TV 속의 배우가 고개를 돌려 그를 바라보더니 말했다.

"비가 멈췄다."

3

일어나서 시계를 보니 거의 네 시였고 비는 멈춰서 해가 나려 하고 있었다. 내가 원래 낮에 잠을 자는 편은 아닌지라 잠에서 깬 후에 어쩐지 정신이 조금 멍 했다. 심지어 순간적으로 왜 이렇게 잠을 오래 잤나 생각하다가 겨우 낮잠을 잤다는 사실을 깨달을 정도였다. 덕분에 내가 해야 할 일이 무엇인가를 알아내는 것도 오래 걸렸다. 그것도 몸이 스스로 알려주기 전에는 거의 무감각해져 있었다. 오늘 마지막으로 할 일은 사흘 만에 드디어 제대로 된 밥을 먹는다는 것이었다. 기꺼이 해 줄 생각이다.

쌀을 계량컵으로 한 컵 퍼서 아버지가 가져온 속이 깊고 움푹한 군용 쇠그릇에 물과 함께 넣었다. 쌀을 씻는다는 건 사치이므로 그대로 뚜껑을 닫고 화장실로 가져갔다. 그리고 방에서 책 같은 것들을 가져와 라이터로 불을 붙인 후 그 위에 쇠그릇을 놓고 화장실을 나갔다. 책이 더 필요할 것 같았다. 하지만 이제 태울 책도 별로 남지 않아서 얼마나 더 버틸까 싶었다. 가끔 날이 흐리면 우비나 비닐봉투에 남은 물기를 말리기 위해 불을 피우고 했더니 꽤나 많이 태워버린 것이다. 이젠 가구를 태우는 것도 생각을 해

봐야 할 것 같다.

나는 책을 화장실 바닥에 내려놓고 나머지 상을 차렸다. 상이라고 해봐야 참치 캔 하나에 고추장 통 하나가 끝이었지만 그것도 물이 있으니까 가능한 것이었다. 지금 이 마을에 변하지 않은 사람이 몇 명이나 있는지는 모르겠지만 적어도 그들 중 대부분이 나와 같은 사치를 부리지는 못하고 있을 것이다. 그러니 지금은 내가 이 마을에서 가장 부자나 다름이 없다. 물론 못 먹고 못 마시는 사람들이 불쌍하다고 생각하기는 하지만 그들을 돕다가 나도 못 먹고 못 마시는 상황에 처하기는 싫다.

그 남자가 기우제를 벌인 날에도 그랬다. 1층으로 내려가 문을 열고 그를 불러들였다면 남자를 구할 수도 있었을 것이다. 하지만 만약 그를 돕다가 최악의 상황이 벌어진다면? 혹시나 실패해서 그 남자가 아니라 다른 번한 사람들까지 끌어들인다면? 내가 무슨 일을 당할지는 안 봐도 비디오다. 내가 매정한 게 아니라 친절을 베풀기엔 세상이 너무 매정해졌다. 여유가 있어야 다른 사람을 돕는 것이고, 아무리 좋게 말해도 화장실에서 밥해 먹는 상황이 여유로운 상황은 아니니까 말이다.

밥은 애초에 적은 양이어서 금방 익었다. 사실 그동안 전기 밥솥으로만 밥을 해본 터라 처음에는 냄비로 밥하는 법을 몰라서 죽이 되거나 타거나 둘 중 하나였다. 하지만 그냥 그렇게 하다 보니 대충 감을 잡아서 요즘에는 덜 죽이 되고 덜 탄다. 죽이 되면 소금을 쳐서 그냥 죽으로 먹고, 타면 물을 타서 먹으면 된다. 가릴 여유는 없다. 이번에는 조금 죽에 가까운 형태로 밥이 익었다. 다행히 소금을 쳐서 먹을 필요는 없을 정도였다.

고추장을 밥에 푸고 기름을 뺀 참치를 반 캔 정도 넣으면 그럭저럭 먹을 만한 비빔밥이 된다. 참기름이 있으면 좋겠지만 참기름은 다 떨어졌고 이번에 가져오는 걸 깜빡했다. 밥은 매우 맛있었다. 덕분에 쌀을 한 컵 더 지어서 먹고 말았다. 사실 사흘 동안 굶었는데 한 컵은 너무 적기도 했다. 밥을 먹고 나서는 조금 뜸을 들였다가 물을 한 컵 먹었다. 소금기가 많은 식사는 아니었기 때문에 물 한 컵이면 충분했다.

모든 식사를 마친 나는 소파에 앉았다. 배가 부르니 이제는 힘이 나고 뭔가 다른 것이 하고 싶어졌다. 원래 사람이 의식주가 급하면 심심할 겨를도 없겠지만 나는 이제 급할 것이 없었다. 하지만 뭐를 하려고 해도 전기가 나간 이 시점에서 할 건 별로 없다. 해가 지기 전까지 책을 읽거나 멍하니 있는 게 전부인데 정말 시간이 오지게도 안 간다. 이럴 때일수록 사람은 다른 사람이 있어야겠구나 하고 생각한다. 적어도 누군가와 얘기하고 떠든다면 이렇게 지루하지는 않겠지. 오늘은 그냥 책이나 읽어야겠다. 아직 태우지 않은 책이 조금 남아 있다.

그렇게 생각하며 책을 읽으러 방으로 들어가려는 순간 비명소리가 들려왔다. 변한 사람들의 목소리와는 다른 평범한 여자의 비명소리였다. 나는 소리가 들린 방향을 짐작하며 창문을 열었다. 아마도 저번의 남자가 왔던 방향과 같은 방향으로 보였다. 처음에는 소리만 들리다가 곧 모습도 나타났다. 자세히 보니 머리가 짧은 여자였다. 물리는 걸 막기 위해서인지는 모르겠지만 파란 긴팔 옷에 청바지를 입고 있었다.

나의 대응은 평소와 같았다. 그저 창문을 조금 열고 쳐다보는 게 다였다. 그렇게 보고 있자니 여자는 점점 내가 있는 쪽으로 가까워지고 있었다. 등에는 학생들이 뒤로 메는 파란 가방을 한쪽 어깨에만 걸치고 있었는데 아마도 집에서 도망쳤거나 남자처럼 슈퍼에 들렀던 모양이었다. 그런데 집 앞을 지나갈 때는 소리를 못 들었으니 도망치는 거겠지. 왜 도망쳐 나왔을까? 물 때문인가? 나는 거기까지 생각하다가 스스로 조금 놀랐다.

평소에는 그냥 무시하는 수준이었지만 오늘은 평소보다 쫓기는 사람에게 관심을 더 보이고 있었다. 스스로 왜 이러나 싶어 진정하려고 했지만 여자의 모습이 창문에 가려지자 거의 무의식적으로 창문을 더 열고 말았다. 아차 싶었지만 설마 이걸 보지는 못했을 거라고 생각했다. 그러나 여자는 내가 있는 쪽을 똑바로 보고 있었다. '단순히 열린 창문을 보는 것뿐이야, 아니면 그냥 어디 들어갈 곳이 없나 찾는 것일지도 모르지.' 그렇게 생각하고 싶었지만 역시나 내 예상은 터무니없이 틀려버렸다.

"도와주세요!"

여자가 소리쳤다. 오래 달린 탓에 숨쉬기도 힘들 텐데 소리가 꽤 컸다. 저러면 주위의 모든 변한 사람들을 다 모으는 꼴이건만. 어쨌든 부정하고 싶기는 하지만 저건 아무리 생각해도 나한테 하는 말인 것 같았다.

"제발, 도와주세요!"

그리고 두 번째 외침이 들리고 나와 그 여자는 눈이 마주쳤다. 이제 그녀가 나에게 도움을 바라고 있다는 사실을 의심할 수가 없다. 하지만 나는 도와줄 상황이 아니다. 위험을 감수하고 싶지 않았다. 그렇다고 저 말을 외면하자니 나는 뭔가 굉장히 기분이 더러울 것 같았다. '하지만'과 '그렇다고'는 계속 머릿속을 맴돌았다. 그러다가 여자가 집에 거의 가까워졌을 때 '하지만'과 '그렇다고'는 결국 극적인 타협을 이루었다. 타협의 내용은 결국 창문을 닫는 것이었다.

그리고 나는 장비를 챙기기 시작했다. 조금 위험을 감수해 보기로 한 것이다. 어쩌면 저 여자가 빨간 우비를 입은 사람이었을지도 모르는 일이고 말이다. 물론 이건 그저 핑계다. 스스로에게 솔직하자면 사람을 보고 싶었다. 얘기도 나누고 얼굴도 마주 볼, 나를 물어뜯으려고 하지 않는 정상적인 사람이 필요했다.

나는 서둘러 나갈 준비를 했다. 옷은 길고 두꺼운 것을 입고 마스크를 찼다. 손에는 밖에 널어두었던 비닐장갑을 끼고 위에 다른 천 장갑을 꼈다. 역시 널어둔 비닐 양말을 신고 그 위에 일반양말과 신발을 신었다. 손에는 야구방망이를 들고 어깨에는 물총을 멨다. 필요한 장비는 그게 끝이었다. 물총을 펌프질하며 서둘러 계단을 내려가니 유리 문 너머로 거의 코앞까지 다가온 여자가 보였다. 나는 서둘러 유리문의 잠금을 풀고 문을 열었다.

"이쪽으로, 빨리요!"

나는 여자가 문을 통과하고 들어오자마자 문을 닫으면 변한 사람들을 피할 수 있겠다고 생각하고 있었다. 그런데 생각보다 여자와 사람들의 사이가 가까웠다. 문을 닫는 건 어렵지 않아도 아마 문을 잠그지는 못하고 밀리는 게 아닐까 싶었다. 나는 어쩔 수 없이 문틈에 발을 넣고 사람들의 얼굴을 노려 물총을 쐈다. 펌프질을 한 압축공기가 다 떨어져서 물이 나오지 않게 되었을 때 놈들의 대부분은 이미 발작을 일으키고 얼굴을 긁어대고 있었다.

그러다가 피가 나고 결국 바닥에 나동그라졌다.

나는 이제 됐다고 생각하고 문을 잠그려 고개를 들어 잠금장치에 손을 뻗었다. 그런데 그 순간 문이 밀리고 여자가 소리를 질렀다. 생각지도 못했던 충격에 뒤로 벌렁 넘어졌는데 고개를 들어보니 변한 사람이 열린 문으로 들어오고 있었다. 왜 저 놈은 멀쩡한가 싶어서 얼굴을 보니 물이 묻어 있지 않았다. 나는 숨을 죽였고 놈은 나를 보더니 바로 달려들었다.

"네놈은 배고파 죽겠지만, 나는 밥을 먹었다고."

그 놈이 나를 물려는 순간 나는 방망이의 굵은 부분으로 놈의 배를 밀어 다가오지 못하게 했다. 그리고 그 상태로 방망이에 힘을 주어 밀어내고 뒤쪽으로 천천히 일어났다. 오래 달린 후라서인지 아니면 밥을 못 먹어 그러는지 놈은 어렵지 않게 밀려났다.

"펌프질 좀 해요! 많이도 필요 없으니 물만 나가면 돼요. 손에 물 안 묻도록 하고요!"

나는 뒤쪽에 있을 여자에게 말했다. 그러자 그녀가 내 어깨에 메어진 끈을 풀고 공기를 압축시켰다. 소리로 들어서는 한 세 번에서 네 번 정도 펌프질을 하더니 뒤로 내민 손에 들려주었다. 나는 총구를 변한 사람의 얼굴 바로 앞에 대고 방아쇠를 당겼다. 그러자 놈은 다른 변한 사람들처럼 쓰러져 난리를 피웠다. 나는 그 사이에 온 힘을 다해 그놈을 밖으로 내보내고 서둘러 문을 잠갔다. 여자가 소리를 지른 탓에 바닥에 쓰러진 놈들 말고도 더 몰려올 것이 분명했다. 그러니 그 전에 집으로 돌아가는 편이 안전했다.

나는 뒤를 돌아보았다. 그제서야 여자의 얼굴을 자세히 봤는데 나와 비슷한 정도로 젊었다. 물어볼 말이 많았지만 일단 신상파악은 나중으로 미루고 계단에 주저앉은 여자를 거의 끌다시피 집으로 데려갔다. 우선은 그녀를 먼저 집안으로 들여보낸 후 나는 물총을 비롯한 장갑과 양말을 밖에 널고 집으로 들어갔다. 여자는 소파에 앉아서 고개를 숙이고 울고 있는 것 같았다. 나는 뭐라고 말을 해야 하나 고민하다가 결국 입을 다물었다. 사람과의 대화가 너무 오랜만이라서 어쩐지 어색하기도 했고 결국엔 할 말이 떠오르지 않았다. 그렇게 한참이 지나고 나서야 여자가 울음을 그치고 말했다.

"구해주셔서 고맙습니다."

그녀의 말에는 울음 끼가 남아 발음이 흐려져 있었다. 나는 다시 뭐라고 대답해야 하나 고민했다. 아닙니다, 별것도 아닌 걸요. 당연한 일을 했을 뿐입니다. 등등 여러 가지가 생각났지만 무슨 대단한 영웅이 할 만한 대사였다. 나는 결국 완전히 다른 말을 해버렸다.

"배고프지 않으세요?"

여자는 나를 뚫어져라 쳐다보다가 고개를 끄덕였다. 나는 자리에서 일어났고 결국 반 정도 읽다 만 책까지 마저 태우고 말았다. 정말로 내일부터는 가구를 태울 생각이다. 작은방에 있는 나무책상을 머릿속에 점찍어 두고 밥을 지었다. 반찬은 내가 먹은 것과 동일했다. 나는 여자가 밥을 다 먹을 때까지 가만히 앉아 있다가 그녀가 잘 먹었다는 말과 함께 자리에서 일어나자 먹은 그릇을 휴지로 닦아냈다. 그녀는 아까처럼 다시 소파에 앉았고 나는 맞은편 바닥에 주저 앉았다. 아침부터 저녁까지 피곤한 하루다.

"구해주신 것도 모자라 밥까지 주시다니, 감사합니다."

여자가 그렇게 말하자 어느 정도 익숙해진 내가 이번에는 제대로 대답했다.

"아닙니다."

그러나 그 이상 대화가 이어지질 않았다. 아닙니다, 말고 다른 질문이라도 해 볼 걸 하고 후회하고 있는데 여자가 먼저 얘기를 시작했다.

"저는 김선화라고 해요. 원래는 슈퍼 근처의 단독주택에 살고 있었죠."

그리고 나도 지금은 서로를 소개할 타이밍이구나 싶어 입을 열었다. 이번에는 질문을 하는 것도 잊지 않았다.

"저는 이정필이라고 합니다. 좀 늙어 보이지만 수염 때문이에요. 일단 대학생입니다. 그나저나 왜 집을 나와서 여기까지 오셨죠? 차라리 집 안이 안전했을 텐데요."

"집이 더 이상 안전하지 않았거든요."

"변한 사람들이 들어갔나요?"

선화 씨, 이렇게 부르면 좀 이상할까? 어쨌든 선화 씨는 내 질문에 대한 대답 대신 나를 쳐다보았다. 신기하다는 표정이었다.

"왜요?"

내가 질문하자 선화 씨는 아무것도 아니라며 손을 저었다.

"변한 사람들이라고 부르는 사람은 처음 봐서요. 보통 다른 사람들은 괴물이나, 욕을 섞어서 부르더라고요."

"다른 사람들이라면, 혹시 저 말고 사람들을 더 만났나요?"

그러자 이번에는 조금 당황하며 대답했다.

"아니요. 인터넷에서 글을 쓴 사람들 말이에요. 처음 일이 벌어지고 인터넷에 올려진 글들을 읽었죠."

인터넷이라, 전기가 나가고 상당시간 해 본 기억이 없다. 일이 나기 전에는 많이 했지만. 혹시나 아직까지도 인터넷을 하는 사람들이 있을까 하는 생각이 들었다. 집에 개인 발전기를 두고 있다거나 태양전지 판이 달린 집이거나 하면 컴퓨터를 켤 수도 있으니까 말이다.

"저기, 그런데 질문이 뭐였죠?"

"아, 변한 사람들이 집으로 침입했냐는 거였습니다."

선화 씨는 어떻게 대답할지 조금 고민하는 것 같았다. 고민할 거리가 있나 싶었지만 떠올리기 싫은 기억일지도 모르니까 조금 기다렸다.

"변한 사람이 들어온 건 아니었어요. 나갈 때는 정상이었는데 당하고 들어와서 그대로 변한 거죠."

"그게 누군지 물어봐도 될까요?"

내가 그렇게 물어보자 선화 씨는 다시 조용해졌다. 역시 떠올리기 싫은 기억이었나 보다. 대답하기 싫으면 대답하지 않아도 된다고 말하려는 순간 선화 씨가 말을 이었다. 말에 코맹맹이 소리가 섞여 있었다.

"남동생이요."

나는 다시 할 말이 없어졌다. 쓸데없는 걸 물어봐서 여자를 울린 기분은 썩 별로였다. 이번에야말로 타이밍을 놓치지 않고 말했다.

"제가 괜한 걸 물었네요. 말하기 싫으면 더 말하지 않으셔도 돼요."

선화 씨는 옷으로 눈 주위를 쓱쓱 닦았다. 눈 주위가 조금 빨개지고 연신 손을 움직여 눈물을 훔치는 모습에 어쩐지 남자의 본능이 살아나는 듯했다. 하지만 일단 마음을 진정시켰다. 그렇게 선화 씨는 한동안 눈물만 닦다가 겨우 다시 입을 열었다.

"아니에요. 그냥 계속 할게요. 다른 사람한테라도 말하고 나면 조금 후련해질지도 모르니까요."

선화 씨는 그렇게 본격적으로 자신의 얘기를 시작하려는 모양이었다.

"처음 일이 벌어졌을 때 저와 남동생은 자고 있었어요. 집안이 엄해서 일찍 잠드는 습관이 들었거든요. 그래서 한 열두 시쯤 잠이 들었는데, 그러다가 시끄러운 소리가 나서 새벽에 일어나보니 핸드폰이 울리고 있었어요. 전화는 아버지가 하신 거였죠. 아버지는 어머니와 식당을 하셨는데, 항상 새벽이 돼서나 들어오셨거든요. 그래서 어디서 술 한 잔 하시고 전화하셨나 생각했는데 받아보니 긴박한 목소리로 밖에 이상한 사람들이 잔뜩 돌아다닌다고, 이게 무슨 일인지 모르겠으니 절대 나가지 말라고 하시고는 끊으셨어요. 그리고 그게 부모님으로부터의 마지막 전화였죠."

부모님에게서의 전화라, 그러고 보니 부모님은 잘 계시는지 궁금하다. 군부대와 같이 생활하는 것 같으니 오히려 나보다도 안전한 생활을 하고 계시겠지. 부디 그랬으면 좋겠다.

"그 이후에 그럼 계속 집에 계셨나요?"

"저는 그랬어요, 아버지가 하신 말도 있었고 전화를 끊고 밖에서 비명소리가 들린다는 걸 깨달았거든요. 그래서 얼른 동생을 깨웠어요. 왜 깨우느냐고 짜증을 냈지만 아버지가 전화로 하신 말씀이랑 밖에서 들리는 소리에 대해서 말해줬죠. 동생은 창문으로 밖을 잠시 내다보다가 심각한 표정으로 컴퓨터를 켜고서는 인터넷을 뒤지기 시작했는데, 저는 옆에서 이게 무슨 일이냐, 무섭다, 부모님이 걱정된다 라고 계속 중얼거렸던 것 같아요. 남동생은 아무 말도 없다가 한 시간쯤 지나서 제가 부모님이며 친구며 경찰서며 여기저기 통화 시도를 하는 중에 인터넷으로 모은 정보를 설명해 주더군요."

그 정보가 무엇이었을지 대충 짐작이 가지만 예의상 무엇이었냐고 물었다.

"아마 다 아시리라 생각하지만, 비를 맞으면 안 된다는 거랑 물리면 변한다는 것도 들었어요. 물을 무서워 한다는 것도 들었죠. 남동생은 비를 맞으면 안 된다는 건 결국 수돗물도 안전하지는 않다는 말이라면서 만일을 위해 물은 되도록 미리 받아둔 것만 먹자고 했어요."

물을 무서워 한다는 정보는 확실히 말하면 조금 달랐지만 말을 끊고 싶지는 않았다.

"그 다음의 며칠은 집에 있는 것들로 버텼어요. 그러다가 전기가 끊기고 가스도 끊기고 마실 물까지 떨어지니 결국 밥도 먹을 수 없게 됐죠. 나중에는 동생이 밖에 놈들이 거의 없는 틈을 타서 바로 옆에 있는 슈퍼에 필요한 걸 챙기러 갔다 오는 식으로 버텼어요. 그렇게 몇 주 동안은 아무 일 없이 잘 버티나 싶었는데 결국 어제 일이 터졌죠."

나는 가만히 듣고만 있었다. 이건 대화가 아니었다. 선화 씨의 속풀이 비슷한 것이었다.

"어제 남동생이 비를 보더니 심상치가 않다고 했어요. 장마나 태풍이 오는 것일지도 모른다고 했죠. 그리고 만약 장마라면 며칠 간 비가 계속해서 내릴지도 모른다고, 만약 그러면 식량이나 물을 못 구하는 일이 있을지도 모른다고 했어요. 동생은 한참을 생각하더니 이번에 비가 멈추면 때를 봐서 가방을 잔뜩 가지고 며칠 동안 먹고 마실 걸 전부 가져오는 게 좋겠다고 했죠. 당연히 위험하다고 하지 말라고 했지만 그것만 잠깐 위험하면 나중에 편하다면서."

선화 씨는 말을 멈추더니 잠시 가만히 있었다. 표정을 보니 울음을 참는 모양이었다.

"막았어야 했어요. 절대 가지 말라고 해야 했어요. 나가려는 발목을 잡고 매달려서라도 나가지 못하게 해야 했었죠. 솔직히, 어차피 밖에 나가는 건 내가 아니니까, 죽어도 내가 죽는 건 아니니까 하는 생각이 조금은 있었을 거예요. 게다가 동생이 식량을 많이 구해오면 좋은 건 맞으니까, 그래서 확실하게 말리지 않았던 거겠죠. 그러고는 또 이렇게 남한테 기대서 살아남았어요. 구제불능이죠."

나는 그때 뭘 하고 있었나 생각해 보니 자고 있었다. 선화 씨와 그녀의 남동생한테 끔찍한 일이 벌어지는 순간 누구는 편히 자고 있었다고 생각하니 어쩐지 내가 굉장히 매정한 사람이 된 것 같았다. 순간 그렇지 않아요, 라고 말하려고 했으나 그만두었다. 자신의 한풀이를 하는 중에 그렇지 않다고 말하는 건 과연 좋은 것일까 하는 생각 때문이었다.

"저는 동생이 어떻게 당했는지도 몰라요. 아마도 물렸겠지 싶기는 하지만 집에 들어왔을 때는 이미 피투성이에 만신창이였거든요. 가방도 챙기지 못한 걸로 봐서 상당히 심했을 거예요. 그렇게 거실 한복판까지 겨우 기어 와서 결국 쓰러지더니 일어났을 때는 이미 정상이 아니었죠. 그리고 저는 변한 동생의 눈을 보자마자 집을 뛰쳐나왔어요. 그리고 지금 여기 있는 거고요."

그러고는 상당히 긴 시간의 정적이 흘렀다. 선화 씨는 말이 끝나서 조용했고 나는 할 말이 없어서 조용했다. 차라리 물어보질 말 걸 하는 생각이 들었다. 잘 들었습니다, 재밌네요. 하고 대답할 수도 없는 노릇인데다 마음만 무거워졌다. 마지막 보루는 선화 씨가 그나마 마음이라도 풀어냈는가 하는 것인데 선화 씨의 표정을 보니 그것도 아닌 모양이었다. 그렇게 정적이 이어지고 깨지지 않을 것 같은 침묵을 깬 건 이번에도 선화 씨였다.

"죄송한데 방을 하나만 빌려주실 수 있을까요? 도와주신 분한테 이런 말하기 뭐하지만, 혼자서 생각을 좀 정리하다가 자고 싶어서요."

나는 그렇게 하라고 하며 부모님의 방을 내주었다. 좋지 못한 영상에서 본 것처럼 내 방에서 같이 자기를 기대한 스스로를 욕하며 나도 방으로 들어갔다. 어쩐지 나도 생각을 해볼 시간이 필요할지도 모르겠다는 생각이 들었다. 부모님이며, 내가 외면해 온 도망치던 사람들이며, 앞으로의 일이며 여러 가지 생각할 거리가 있었다. 하지만 생각하다보니 이른 시간이었음에도 졸음이 몰려들었다. 결국 낮잠을 잔 보람도 없이 얼마 안 있어서 잠이 들었다. 마지막으로 생각한 것은 결국 내일 일어나서 생각하자였다.

0

그는 시끄러운 계단을 통해 밖으로 나갔다. 이게 도대체 무슨 일인가 싶었다. 사람들이 서로를 물어뜯는다는 친구들의 메시지도 그렇고 아래층에서 들리는 이상한 소리도 그렇고 이건 필히 좋지 않은 일임에 분명했다. 그는 일단 유리문을 나와 길 한복판에 서기는 했지만 어쩐지 그 이상 집에서 벗어나고 싶지 않았다. 무기를 들고 나왔어야 했나 생각하면서도 호들갑을 떠는 게 아닌가 싶기도 했다. 일단은 거리는 조용했기 때문이다. 그는 조심조심 길을 걸었다. 간간이 비명소리나 사이렌 소리가 들리기는 했지만 그가 있는 곳에서는 꽤나 떨어진 곳에서 나는 듯했다.

그러다가 그는 집 바로 뒤에 있는 초등학교 후문에 누군가가 서 있는 것을 발견했다. 뭘 하는 건지 가만히 서 있기만 했다. 그 사람의 모습은 서로를 물어뜯는다는 친구들의 말을 토대로 그가 상상한 괴물 같은 이미지와는 상당히 달랐다. 애초에 피 칠갑을 하고 있지도 않았고 자세가 어정쩡하니 서 있는 것 말고는 정상인으로 보였다. 그러나 혹시나 모르는 일이었다. 게다가 그의 목표는 상황 파악이지 인명구조도 친분 쌓기도 아니었다. 그저 상황을 살피는 것이 목적이었다.

그래서 그는 그 사람을 피해서 다른 방향으로 가려고 뒤를 돌았다. 그런데 그 순간 그의 핸드폰이 진동과 소리를 동시에 울리기 시작했다. 깜짝 놀라 서둘러 통화를 취소하고 고개를 들자 그 사람이 그를 향해 돌아서 있었다. 그 사람은 남자였다. 반팔 와이셔츠에 양복바지를 입은 평범한 직장인 복장의 남자는 두 가지 말고는 전부 정상이었다. 입 주위에 묻은 빨간 자국과 살이 쪄서 땅이 아니라 배가 있는 부분에 떨어진 빨간 자국들. 만약 보통 때였다면 그 남자가 마침 빨간 무언가를 점심으로 먹고 회사로 돌아가는 길이었다고 생각했을지도 모른다. 하지만 그는 지금이 보통 때와는 다르다는 사실을 알고 있었다.

그리고 뛰기 시작했다.

그 회사원이 자신을 쫓아오는지 아닌지 확인하지도 않고 돌아서 집으로 뛰었다. 집까지는 그래봤자 뛰어서 10초 거리였다. 금방 유리문 앞까지 달려왔고 문을 열자 자신의 오른쪽으로 달려오고 있는 회사원이 반사되어 보였다. 그는 순식간에 문으로 들어가서 유리문을 잠갔고 거의 간발의 차이로 남자가 문에 머리를 박아 뒤로 벌러덩 넘어졌다. 그는 다시 뒤도 돌아보지 않고 집으로 향했다. 계단을 올라가는 동안 남자의 괴성과 문 두드리는 소리가 들려왔다.

그는 현관으로 들어가자마자 걸 수 있는 모든 잠금장치를 걸고 소파에 앉아서 마음을 진정시켰다. 친구들의 메시지와 아래층의 괴성 그리고 자신이 목격한 것을 종합한 그는 세상이 이상하게 변했다고 인정할 수밖에 없었다. 그리고 도대체 이게 무슨 일인가 싶었다. 그는 달려서 가빠진 숨과 긴장이 풀려서 늘어진 숨을 삼키며 옷으로 땀을 닦아냈다. 하지만 아무리 닦아도 땀은 계속 흘렀다. 결국 그는 세수라도 한 번 해야겠다는 생각으로 화장실 문을 열었다.

세면대에 서서 물을 틀고 마음을 진정시킨 후 손을 담그려는 순간 핸드폰이 떠올랐다. 그러고 보니 전화를 건 사람이 누구였는지 보지도 않고 취소를 누른 터였다. 경찰, 소방서 아님 아버지일 수도 있는 거였다. 그는 물을 끄고 주머니에서 핸드폰을 꺼내번호를 확인했다. 걸려온 전화는 저장되어 있지 않은 번호였다. 게다가 알지도 못하는 번호였다. 이게 무슨 전화인가 고민하던 그는결국 그대로 전화를 걸었다.

다행히 신호는 이상 없이 가고 있었다. 몇 번 뚜 뚜 뚜 하는 소리가 들리더니 누군가가 전화를 받았다.

"상황실의 김길수 상사입니다. 무슨 일이십니까?"

그는 어리둥절했다. 상황실이면 무슨 상황실이며 김길수는 또누구인가.

"음, 그러니까, 그쪽에서 전화가 걸려 와서 다시 걸었습니다만."

"성함이 어떻게 되십니까?"

"네?"

그가 되묻자 김길수 상사는 다시 말해주었다.

"본인 성함 말입니다. 확인 절차에 필요하니 제시해 주셔야 합니다."

결국 그는 자신의 이름을 말해주었다.

"이정필입니다."

"이경덕 대령님의 아들 맞으십니까?"

"네, 맞습니다만. 무슨 일인가요?"

그는 그렇게 물었지만 대답은 받지 못했다. 수화기 너머로 작게'대령님, 아드님 전화입니다.'라고 말하는 소리가 들렸다.

"정필이냐? 왜 한 번에 전화를 안 받아서 걱정하게 만들어."

다짜고짜 아버지 목소리가 들렸다. 안도한 목소리였다. 그리고 전화기 너머에서 '정필아 괜찮니?' 하는 어머니의 목소리가 작게 들려왔다.

"밖에 나가서 상황을 살피느라, 그런데 아빠 이게 무슨 일이야? 밖에 있는 미친 사람들은 다 뭐고 그거 엄마 목소리지?"

"그래그래, 궁금할 거야. 그래서 지금 설명하려고 전화한 거고. 오래는 못해 군용 전화선이라 상부에서 전화가 왔을 때 받아야 하거든. 짧게 설명하마. 밖에 나갔다고 했지? 앞으론 절대 나가지 마, 아빠도 잘 모르는데 비를 맞으면 감염이 되고 뇌에 바이러스가 들어가면 사람을 미치게 한다는 거야. 물려도 마찬가지고. 알았지? 절대 나가지 마."

그는 전화기에서 들리는 아버지의 목소리에 어느 정도 안정이 됐다. 그래도 아버지와 어머니는 무사하신 것 같았다.

"그리고 수돗물도 되도록 마시지 마, 일본에서 준 데이터가 있는데 강으로 비가 들어가면 상수도로 통하는 정수시설에서 바이러스가 걸러지지 않는다는구나. 그러니까 일단 집에 있는 물만 마셔, 혹시 모르니까 아껴 마시고."

"잠깐만, 집에 물이 얼마나 있다고 그래? 그래 봤자 일주일 정도 마시면 끝인데?"

그가 그렇게 말하자 그의 아버지는 음, 흠을 반복하다가 다시 말했다. 별로 들어본 적 없는 아버지의 진지한 목소리였다.

"원래는 말하지 않는다는 조건으로 전화가 허용된 거긴 하지만 말해주마. 바이러스는 미국이 베트남에 쓰려고 만든 거야, 그리고 당연히 만들면서 백신 개발도 같이 했고. 그런데 그놈의 백신 개발이 늦어지고 있어. 하지만 곧 만들어질 거라고 미국에서 장담을 했으니 몇 주일 안에 만들어질 거다. 그러니까 물을 최대한 아껴 마셔, 그리고 혹시 감염이 되더라도 변하기 전에 집에 들어가. 그러면 아빠가 백신 가지고 가서 어떻게든 해 줄 테니까."

그리고 그와 그의 아버지는 한동안 말이 없었다.

"그래도 아빠랑 엄마는 안전한 곳에 있는 거지?"

"인석이, 네가 지금 누구 걱정할 처지야? 걱정은 하덜 말어, 아빠랑 엄마는 너보다 더 안전한 곳에 있으니까."

그의 아버지는 한숨을 쉬고 말을 이었다.

"가능하면 지금이라도 구하러 가고 싶지만, 아빠는 군인이잖니? 이동이 완전히 제한 돼서 움직일 수가 없단다. 미안하다. 그래서 전화라도 더 하고 싶지만 그것도 거의 불가능 할 거라고 봐. 그러니까 아빠랑 엄마 걱정은 말고 네 걱정이나 해. 아빠가 말한 거 명심하고. 엄마 바꿔줄게, 옆에서 바꿔달라고 난리다."

수화기가 몸에서 떨어졌는지 사람들이 웅성거리는 소리와 소리치는 소리 등 여러 가지 소리가 들렸다. 그리고 다시 소리가 먹먹해지고 그의 어머니가 전화를 받았다.

"정필아, 엄마야. 몸은 괜찮아? 밥은 먹었고?"

그는 순간 웃음이 나왔다. 밥을 먹었냐고 묻는 어머니가 너무 태평해 보였기 때문이다.

"괜찮아, 엄마. 내 나이가 몇 갠데, 걱정하지 마."

"이럴 줄 알았으면 그냥 너도 데리고 오는 건데 그랬다. 여긴 군인도 많고 안전한데. 그러게 같이 가자니까 귀찮다고 해서 이렇게 됐잖니."

그는 어머니의 가벼운 잔소리에 오히려 더 안심이 되었다. 어머니가 잔소리를 하실 정도면 확실히 안전하겠지 싶었다.

"나는 뭐 일이 이렇게 될 줄 알았나. 그래도 집에 엄마가 해놓고 간 반찬하고 밥 많이 남았으니까 먹고 버티고 있으면 돼."

그가 그렇게 말하자 아버지 목소리가 작게 들렸다. '이제 그만 전화 마무리 해, 시간 됐어.'

"이제 끊어야 하나 보다. 정필아 이쪽은 걱정 말고 잘 기다리고 있어. 갈 테니까. 아빠가 바꿔달란다."

"정필아, 아빠다. 아빠가 말한 거 명심하고 조용히 집에 있어. 꼭 갈 테니까. 그럼 이만 끊는다. 조심해라."

그리고 대답할 시간도 없이 전화가 끊어졌다. 그는 멍하니 핸드폰을 바라보다가 아직도 시간이 올라가고 있는 전화의 통화 종료를 눌렀다. 오묘한 기분이었다. 한쪽이 떨어져 나간 그런 기분이었다. 떨어져나간 것은 대부분이 걱정이었지만 일종의 교류가 사라진 기분이었다. 이제는 부모님을 걱정할 필요가 없어지고 혼자가 된 것이었다. 안도감과 함께 이상한 외로움이 느껴졌다.

그는 바로 화장실을 나왔고 집에 있는 모든 마실 것을 정리하기 시작했다. 베란다에 있는 끓여둔 보리차가 한 주전자에 냉장고에 보리차가 한 병 더 있었다. 주유소에서 아버지가 받아온 작은 생수 한 통과 이온음료가 페트병 하나째로 있었다. 그 외에는 그다지 없었다. 맥주가 한 캔 소주가 두 병 있었지만 마실 것에 술을 포함시킬 수는 없었다. 그는 다시 소파에 누웠는데 열려 있는 베란다 창문으로 개가 짖는 소리가 들려왔다. 이상한 것은 그가 그 소리를 알아들을 수 있다는 것이었다.

개는 이렇게 짖고 있었다.

"무슨 냄새 안 나냐?"

4

처음에는 집에 불이 난 건가 싶어서 눈도 못 뜬 채 자리에서 벌떡 일어났다. 하지만 덜 깬 잠에서 완전히 깨어나자 희미하게 느껴졌던 밥 익는 냄새와 조금의 연기가 섞여서 나의 코를 자극했다. 엄마가 집에 있고 세상이 정상일 때에는 방학이면 점심을 먹으라고 닦달하는 엄마의 목소리와 그 밥 냄새에 일어나곤 했다. 하지만 이것도 저것도 정상이 아닌 지금에 와서 그런 사치를 누릴 수 있으리라고는 생각해 본 적도 없어서 상당히 의외였다. 정상이던 시절 기억이 나서 기분이 좋았다.

나는 벽에 걸린 시계를 보고 시간을 확인했다. 열 시 반, 꽤나 오래 잔 셈이었다. 나는 하품을 하며 문을 열고 나섰다. 연기와 냄새는 문이 닫힌 화장실에서 나오고 있었는데 우렁각시가 아닌 이상에야 지금 밥을 하고 있을 사람은 단 한 명뿐이었다. 그런데 그 한 명은 왜 밥을 하고 있는 것일까? 나는 문을 열고 선화 씨에게 말했다.

"저기, 뭐하시나요."

선화 씨는 갑작스러운 등장에 놀랐는지 잠시 쳐다보다가 말했다.

"어제 생각을 해봤는데요. 어차피 신세를 져야 할 거라면 뭐라도 하고 싶어서요. 별로 없기는 하지만 이건 제가 가져온 쌀이에요. 물도 조금 가져왔고요."

그러고 보니 그녀는 파란 가방을 메고 있었다. 얘기를 들어보면 남동생이 변해서 집을 나왔을 텐데 그래도 그 바쁜 와중에 가방은 들고 나왔나 보다. 아니면 놈들이 집으로 들어올 때를 대비해서 미리 작은 짐을 챙겨놨는지도 모르고.

"딱히 그럴 필요 없습니다만, 굳이 그러시겠다면야 말릴 이유도 없지요. 맡기겠습니다."

나는 그렇게 말하며 문을 닫으려고 했는데 선화 씨가 나를 불러 세웠다.

"저기, 그런데 땔감이 부족한데 다른 태울 것 뭐 없을까요?"

그러고 보니 책도 다 태우고 이제는 가구를 태울 차례였다. 나는 머릿속에 가장 싸구려인 나무 의자를 떠올렸다. 아마 톱도 어디 있었던 것 같은데 톱으로 의자를 썰면 되겠지.

톱은 먼지가 잔뜩 쌓여서 베란다에 처박혀 있던 공구상자에 들어 있었고, 나는 당장 의자다리를 잘라 불을 피웠다. 은근히 나무를 자르는 일이 힘들었지만 먹을 생각하니 참을 만했다. 아침상에 올라온 밥과 반찬은 금세 없어졌고 나는 다시 의자 해체 작업에 들어갔다. 선화 씨는 그걸 구경하며 소파에 앉아 물었다.

"정필 씨는 계속 혼자 있었던 건가요?"

"그렇죠."

"심심하지 않으셨나요?"

나는 망치를 내려놓고 땀을 닦았다.

"저는 항상 그날 무엇을 할지를 생각해요. 그날 뭘 먹을 수 있는지 생각하고, 뭘 마실 수 있는지 생각하죠. 그리고 그날 할 일들을 하고 마실 수 있는 것과 먹을 수 있는 것을 마시고 먹어요.

그런데 아무리 그래도 나중에는 시간이 엄청나게 남아돌죠. 그럼 책을 읽거나 방에서 뒹굴 거려요. 항상 심심하죠. 그래서 누군가 말이라도 할 사람이 있었으면 좋겠다고 생각했는데 지금 이렇게 말할 사람이 생겨서. 음, 지금은 심심하지 않다고 해 두죠."

심심하다고 하면 심심한 생활이었다. 책 읽고, 비가 오기를 기다리고, 또 기다리고, 또 기다렸다. 이런 생활이 심심하지 않다고 한다면 그게 더 이상하겠지.

"하긴, 저도 옆에 항상 사람이 있어서 덜 심심했어요."

"남동생이요?"

내가 말하자 선화 씨는 잠시 생각하다가 말했다.

"아, 네, 뭐 그렇죠."

대화가 거기서 끝이 나자 나는 그녀의 남동생에 대해서 생각했다. 어제는 완전히 잊고 말을 못했지만 오늘 자고 일어나니 말했어야 했던 일이 생각났다. 아빠는 분명히 미국에서 바이러스의 약을 개발하고 있으며 몇 주 안에 완성될 거라고 말했다. 그리고 지금 그 몇 주가 지나가고 있었다. 더 걸릴지 오늘 당장이라도 올지는 모르겠지만 어쨌든 약은 반드시 만들어진다는 뉘앙스로 얘기했었다. 그러면 선화 씨의 동생도 살아만 있다면 정상으로 돌릴 수 있다.

"저기, 선화 씨한테 할 말이 있어요. 원래는 어제 말했어야 했는데 어쩐지 완전히 잊어버리는 바람에. 어쨌든 동생을 정상으로 돌릴 방법이 있어요."

선화 씨는 완전히 놀란 표정이었다. 영영 정상으로 돌아오지 못할 거라고 확신하고 있었으니 그럴 만도 했다.

"동생을 정상으로 돌려요? 그게 가능한 일인가요?"

"일단은요."

그리고 나는 아버지에게 들은 내용을 전부 설명했다. 선화 씨는 처음에는 농담하지 말라는 투였지만 내 얘기를 들으면서 점점 표정이 변해갔다. 얘기가 끝나고 선화 씨는 심각한 표정으로 무언가를 골똘히 생각하고 있었다. 나는 기뻐서 어쩔 줄 모를 거라 기대했지만 그러지 않았다.

"그러니까, 제 동생이 죽지만 않는다면 그 치료약으로 동생을 다시 정상으로 돌릴 수 있다 그 말인가요?"

"그렇죠."

선화 씨는 다시 생각에 잠겼다. 무슨 생각을 하는 건가 싶었더니 웃으며 입을 열었다.

"다행이네요. 그래도 방법이 있어서."

하지만 정상으로 돌리려면 아까도 말했듯이 선화 씨의 동생이 살아있을 필요가 있다. 하지만 과연 치료제가 만들어질 때까지 동생이 살아있을지 의문이었다. 변한 사람들 중 밖에 있는 사람들은 어떻게 해서든 버티는 모양이지만 집 안에 있는 사람들은 그렇지 못하다. 집에서는 지능이 부족한 그들이 직관적으로 물을 구할 곳이 없다. 그렇게 그들은 목이 말라 죽는 일이 허다한 것이다. 실제로 아래층에 있던 사람도 며칠이 지나니 잠잠해졌다.

"혹시 도망칠 때 문을 닫았나요?"

"어디 문이요?"

"현관문이요. 만약 닫혀 있다면 동생은 물이 없어 죽을 겁니다. 열려 있다면 살 수 있겠지만."

선화 씨는 곰곰이 생각을 하는 듯싶었지만 잘 기억이 안 나는지 얼굴을 찌푸렸다.

"잘 모르겠어요. 당연히 문을 열고 나왔겠지만 변한 동생이 저를 뒤따라 왔거든요. 그래서 문을 닫았던 것 같기도 한데. 음, 역시 잘 모르겠어요."

물 없이 버틸 수 있는 기간 안에 약이 만들어져 치료를 받을 수 있다면야 문제가 없지만, 언제 만들어질지 알 수 없는 일이었다. 오늘일지도, 내일일지도, 혹은 아예 내년에 만들어질 수도 있다. 아마 선화 씨도 나와 같은 생각을 하고 있을 것이다. 언제 만들어질지 모르는 치료제를 믿고 무작정 기다릴 수도 없는 일일 테니까. 내 예상대로 선화 씨는 다시 말을 이었다.

"정필 씨는 저를 살려주셨어요. 거기다 식량까지 나눠주시고 쉬도록 배려해 주셨고 게다가 이렇게 동생을 살릴 기회도 주셨죠. 이것만으로도 대단히 감사하고 있어요. 하지만 동생을 구하는 데 정필 씨의 힘이 필요한 것도 사실이에요. 그래서 염치불구하고 부탁드릴게요. 동생을 살릴 수 있게 도와주세요."

사실 이런 부탁은 동생을 살릴 수 있다는 얘기를 하기 전에 이미 예상한 일이었다. 하지만 그것에 대한 대답은 아직 결정하지 못한 상태였다. 생각해 보면 선화 씨를 구한 것 자체가 이미 나답지 않은 행동이었다. 나는 살기로 마음먹었다. 아버지의 말대로라면 얼마 정도가 지나면 되니까. 평생 이러고 살아야 하는 것도 아니니까 혼자라면 어떻게든 살아남을 수 있는 시간이었다.

그런데 선화 씨를 구하고 이제는 그녀의 동생에 대한 책임까지 떠안아야 하는 상황인 것이다. 어떻게 할까 싶어 선화 씨를 힐끗 보니 상당히 기대하는 표정이었다. 무시하고 거절할 수도 단순한 감정으로 덥석 받아들이기도 힘든 문제였다.

"조금 더 생각을 해보겠습니다."

결국 나는 애매하게 대답하고 입을 닫았다. 선화 씨는 조금 실망하는 듯했다.

"아, 네. 그렇죠, 결정하기 힘든 일이니까요."

그녀는 그렇게 말하고 잠시 앉아 있다가 가방을 정리하겠다며 방으로 들어갔다. 차라리 깨끗하게 거절했어야 했나. 아님 역시 남자답게 수락했어야 했나. 여러 가지 생각이 들었지만 역시 아직 확실하게 결정할 수 있는 일이 아니었다. 애초에 동생을 구할 방법에 대해서 말해주지 말았어야 했건만, 감정이 앞선 쓸데없는 참견이었다.

나무를 자르고 못을 뽑고 다시 나무를 잘랐다. 손에 일이 잡혀서 다행이었다. 만약 아무것도 안 하고 있었다면 어디에든 누워서 천장만 쳐다보고 있었을지도 모른다. 그나마 나무를 자르고 있자니 이런저런 생각이라도 하게 됐다.

나는 많은 사람들을 무시해 왔다. 저번의 남자뿐만 아니라 길을 뛰어가며 소리치던 수많은 사람을 무시했다. 그런데 이제 와서 그런 방침을 바꾸느냐 마느냐 하는 기로에 선 것이다. 바꾸고 싶은가 스스로에게 물어보면 솔직히 바꾸고 싶지는 않다. 애초에 선화 씨를 구한 것도 일종의 실수였다. 물론 덕분에 말동무가 생겨서 좋기는 하지만 그녀의 책임까지 내가 둘러 메야 할 필요는 없는 것이다.

하지만 또 다른 쪽으로 생각하면 돕고 싶기도 하다. 양심의 가

책을 느낄 필요가 없기도 하고, 선화 씨의 나에 대한 평판 역시 상당히 좋아지겠지. 세상이 정상으로 돌아오는 순간까지 선화 씨 같은 좋은 말동무가 있다면 좋을 것이다. 하지만 그녀가 나를 좋지 않게 생각한 나머지 말동무조차 해 주지 못한다면 그녀는 그저 식량과 물만 축내는 사람이 될 뿐이었다. 이제 와서 그녀를 내보낼 수 있을 만큼 내가 냉정한 사람인지는 의문이었다.

그녀의 남동생을 구한다는 것은 도박이다. 실패한다면 죽게 될지도 모르지만 성공한다고 해서 내가 직접적인 혜택을 누리는 것도 아니다. 단지 다루기 힘든 변한 사람 한 명과 말동무 하나가 늘어날 뿐이다. 성공과 실패의 갭이 너무 크다. 하지만 여기서 거절한다면 적어도 나와 선화 씨의 안위는 확실하게 지킬 수 있다. 죽었는지 어떤지 모르는 변한 사람을 위해 살아있는 정상인이 목숨을 위협받아야 할까? 나의 생각을 말하자면 대답은 당연히 '아니오'가 된다.

내 머릿속에서 결정은 이미 난 상태였다. 이제는 그걸 선화 씨한테 말하기만 하면 되는 것이다. 하지만 선화 씨한테 뭐라고 말을 해야 할지 알 수가 없었다. 미안합니다, 당신의 남동생을 구하기엔 어쩌고저쩌고 내가 생각한 모든 생각들을 다 털어놓고 논리적으로 설득해야 하는 걸까? 아니면 그냥 거절하겠다는 말만 하고 나와야 하는 걸까? 나는 부모님의 침실 밖에서 문고리를 잡으려다 말았다 살짝 손가락을 뻗었다가 말았다가 하면서 갈팡질팡거렸다.

거의 한 시간을 소파에 앉았다가 일어나기를 반복하다 결국 다시 소파에 앉아 내가 왜 이러나 하는 생각을 했다. 미안하니까,

동생을 구하러 가지는 못하겠으니 미안하니까. 이건 세상이 변한 초기, 정상인 사람들이 변한 사람들한테 쫓기면서 비명을 지를 때 내가 느끼던 감정이었다. 이제야 겨우 덤덤해지나 싶었더니 이런 상황이 나를 힘들게 하고 있었다. 아는 사람이냐 전혀 모르는 사람이냐의 차이가 이렇게 큰지 나는 몰랐다.

하지만 언제까지고 이러고 있을 수는 없었다. 나는 다시 소파에서 일어났다. 그리고 문 앞까지 가서 슬쩍 문고리를 잡았다. 이제 잡고 돌리기만 하면 되는데 힘을 주고 싶지가 않았다. 다시 이런 상황이냐 싶어서 한숨이 나왔다. 그런데 그 순간 문고리가 저절로 돌아가고 문이 열렸다. 당연하지만 선화 씨가 당황한 표정으로 서 있었다.

"저기, 대답이 너무 늦기도 하고 궁금해서 나와 봤는데요."

결국 강제적으로 말을 해야 할 상황에 몰리고 말았다. 스스로 하지 않으면 결국 이런 꼴이었다. 나는 시선을 남은 장작더미로 돌리고 머리를 긁적였다.

"저기, 그게 말이죠."

나는 거기까지 말하고 한숨을 쉬었다. 가장 말하기 힘든 부분만 남아 있었다.

"아무래도, 남동생을 구하러 가는 건 무리인 듯싶습니다."

거기까지 말하고 나는 슬쩍 선화 씨의 표정을 살폈다. 뭐랄까 아무런 표정이 없다면 없는 것이고 넋이 나갔다면 나갔다고 할 수 있는 그런 표정이었다.

"일단, 문이 열려 있는지 확실하지도 않고 동생을 데려올 수단도 마땅치 않고 무엇보다 물려서 감염이 된 거라면 상처가 심할 수도 있으니……."

"괜찮아요. 그만 하셔도 돼요."

나는 결국 논리고 나발이고 횡설수설 거렸고 선화 씨는 말을 끊었다.

"어려운 부탁인 거 잘 알아요. 제가 생각해도 동생이 살았을지 의심스럽기도 하고요. 애초에 동생을 죽었다고 생각하고 있었으니까요. 신경 쓰지 마세요."

그녀는 그렇게 말하더니 방으로 들어갔다. 고개를 돌리는 바람에 얼굴을 잘 보지 못했지만 마지막에 목소리가 떨리는 걸로 봐서는 아마도 우는 모양이었다. 역시 썩 좋은 기분은 아니었다. 하지만 내가 생각하고 결정한 일이었다. 선화 씨한테는 미안하지만 이게 맞는 일일 터였다. 옳은 결정이 아니라 나한테 맞는 결정이었다. 결국 이 결정이 나는 물론이고 선화 씨도 안전하게 지낼 수 있는 결정이 될 터였다.

하지만 어쨌든 그건 그저 내 생각일 뿐이었다. 나는 바보가 아니다. 선화 씨의 말을 그대로 듣고 안심하고 있는 건 아니다. 아마도 선화 씨의 나에 대한 인상을 바꾸고 앞으로 잘 지내려면 꽤 시간이 걸리겠지. 나는 다시 톱질하던 의자 앞에 앉아서 장작을 만들었다. 나무의자가 장작으로 변하고 나무에서 나온 톱밥과 자리를 치우고 나니 어영부영 시간이 지나가서 벌써 세 시였다.

밥을 하려고 철제 그릇에 쌀을 푸는데 두 번을 퍼야 할지 한 번만 퍼야 할지, 혹은 밥을 먹을 거냐고 물어봐야 할지 고민하다가 그냥 두 번을 펐다. 도저히 다시 문을 열고 물어 볼 용기가 없었다. 말하기 전에도 열기 힘든 문이었건만 말하고 나서도 별수 없었다. 나는 결국 화장실 문을 닫고 밥을 지어 반은 남기고 반만 먹었다. 남은 밥은 온기가 빠져나가지 않도록 뚜껑을 닫고 통조림과 함께 탁자에 올려놓았다.

밥을 먹고 거실 소파에 앉아 있는데 자꾸 방 쪽이 신경 쓰여서 노이로제가 걸릴 것 같았다. 세상의 모든 소음들이 손잡이 돌리는 소리나 문이 열리는 소리처럼 들려왔고 그럴 때면 얼른 문쪽을 돌아보았다. 결국에는 내가 방으로 들어가서 문을 닫아버렸다. 선화 씨가 방에서 나오면 그 소리는 들리겠지만 적어도 그 이외의 소리는 들리지 않아서 좋았다. 결국 그렇게 해가 질 때까지 이리저리 방 안을 돌아다니며 생각만 하면서 시간을 보냈다.

후회하고 싶지 않았지만 그냥 남동생을 구하러 갔으면 좋았을걸 하는 생각이 비집고 들어왔다. 어쩐지 스스로 냉정하고 조심스럽지 못하게 된 것은 아닌가 싶었다. 결국 그렇게 시간이 지나고 생각도 없는 저녁은 건너뛰고 잠을 청하기로 했다. 사람과 같이 먹는 밥에 맛이 들렸는지 혼자 밥을 먹으려고 하니 어쩐지 그다지 당기지 않았다. 나는 선화 씨는 배도 안 고픈가 하고 생각하며 잠이 들었다.

0

일주일 하고 3일 정도가 지나자 물이 슬슬 바닥을 보이기 시작했다. 그간 아낀다고 아끼기는 했지만 물로 밥을 지어먹고, 밥을 먹고 물을 마시고 하는 일이 반복되다 보니 소비량이 생각보다 많았다. 그래서 하루에 한 끼만 먹는다는 기준을 세웠지만 그래

봤자 시간이 조금 늘어날 뿐이었다. 그 일주일 하고 며칠 동안의 기간에 그는 정말로 온 힘을 다 해 버텼다.

전기는 그가 아버지와 전화를 한 다음 날에 끊겼다. 그리고 그 날 저녁에 결국 가스까지 끊기고 휴대용 버너조차 없었으므로 책을 태우기 시작했다. 어차피 쓸 수도 없는 화장실이지만 바닥이 타일이었기에 불을 붙여도 불이 옮겨 붙거나 하지는 않았다. 그렇게 그는 난생 처음으로 모닥불에 밥을 해 먹게 되었다. 눈이 맵고 불편했지만 다 먹고 살자고 하는 일이라고 그는 생각했다.

저녁에는 물과 식량을 아끼기 위해 일찍 자려고 했으나 그렇게 호락호락하지 않았다. 그는 늦게 자고 늦게 일어나는 이전 생활 패턴을 원망하며 술을 조금 마셨다. 덕분에 술기운에 일찍 자고 늦게 일어날 수 있었지만 그렇게 하니 건강에 좋을 리 없었다. 결국 술을 마시고 자는 건 포기했다. 다른 방법으로는 아무것도 없는 집을 뛰어다니고 피곤해지면 땀 범벅으로 잠을 청하기도 했다. 그러나 땀에 절은 몸으로는 찝찝해서 도저히 잘 수가 없었다. 결국 그는 그냥 누워서 눈을 감고 저절로 잠이 들기를 기다렸다.

그의 이러한 노력에도 불구하고 그 기간 동안에 백신은 만들어지지 않았는지 아무런 소식도 없었다. 마지막 물을 마시며 밖을 쳐다보았다. 비가 내릴 것 같은 흐린 하늘이었지만 날씨는 시원해질 기미가 없어서 땀을 뻘뻘 흘리고 있었다. 내리는 비를 어떻게 쓸 방법이 없나 생각해 봤지만 정수를 할 방법도 없을뿐더러 정수를 하더라도 믿고 마실 수 있을지 의문이었다. 길 쪽을 보니 변한 사람들이 일전에 내린 빗물 웅덩이에서 물을 마시고 있었다. 그림의 떡이었다. 그저 나도 저놈들처럼 비를 그대로 마실 수 있으면 하고 생각하는 게 고작이었다. 마지막 물이 바닥을 드러내자 그는 한숨을 쉬었다. 이제 어떻게 해야 하나 싶었다.

그날 오후부터 비가 본격적으로 내리기 시작했다. 그동안 작은 소나기 한 번 오고 비가 내린 적이 없었기 때문에 꽤나 큰 비였다. 그는 여전히 창밖을 바라보며 다 떨어진 물을 보충할 방법을 찾고 있었다. 그러던 그는 길가를 쳐다보고 한 가지 이상한 점을 깨달았다. 길 위에 아무도 지나다니는 사람이 없었다. 정상인들이야 당연히 그렇겠지만 변한 사람까지 아무도 보이지 않는 건 이상했다. 혹시나 해서 다른 건물들 입구를 슬쩍 훑어보았는데 아니나 다를까 변한 사람들이 입구에 몰려서 밖을 내다보고 있었다.

그는 저것들이 왜 저러나 싶었는데 꼴은 마치 비를 피하는 것 같았다. 정상인들이야 감염되지 않기 위해서라도 비를 피해야 하겠지만 변한 사람들까지 비를 피해야 할 필요는 없었다. 혹시 비를 무서워하는 건 아닐까도 생각해 보았지만 무슨 곤충도 아니고 내리는 비를 무서워 할 이유는 없었다. 게다가 아까 빗물을 마시는 모습을 보기도 했다. 이유야 어쨌든 저들이 비를 무서워하고 내가 비를 안 맞을 방법이 있다면 비가 올 때 슈퍼에 가서 물품들을 가져올 수 있지 않을까 생각했다.

순간 그는 우비를 생각해 냈다. 지하철 잡상인이 팔던 물건이지만 술에 취해 드문드문 드는 기억으로는 비에 하나도 안 맞고 집에 올 수 있었다. 어떻게 개조를 하면 잘 써먹을 수 있어 보였다. 하지만 문제는 놈들이 정말로 비를 무서워해서 비가 오면 절대 밖으로 나오지 않는가 하는 것이었다. 만약 비를 피하려는 건

맞지만 나오지 못하는 건 아니라면 그는 나가자마자 이빨 구멍을 몇 게 얻을 수 있을 터였다. 이건 한 번 시험해 볼 가치가 있었다.

그는 일단 비가 내리는 동안 밖으로 나가는 복장에 대해서 생각해 보았다. 우비와 비닐장갑, 비닐양말을 기본으로 해서 복장을 만들었다. 우비는 앞부분을 아예 봉합해서 틈이 없도록 만들고 뒤집어쓰는 형태로 만들어 우비 안에는 방수되는 스키복을 입었다. 상당히 덥기는 했지만 물이 들어갈 틈은 없어 보였다. 손에는 우비와 같은 재질인 비닐장갑 말고도 키친 비닐장갑을 몇 개 겹치고 아버지의 가죽장갑 위에 비닐장갑을 끼웠다. 발에는 비닐 양말 말고는 특별한 대안이 없었으므로 그냥 비닐봉투를 여러 겹 겹치고 그나마 가장 튼튼한 아버지의 군화를 신었다.

그렇게 옷을 전부 다 입고 거울 앞에 선 그는 완전히 찜통이라고 중얼거렸지만 어쩐지 안심이 됐다. 그는 순간 얼굴을 빼먹었다는 사실을 깨닫고 이번에는 검은 비닐봉투를 세 개쯤 겹쳐서 눈구멍 두 개를 뚫고 수경을 본드로 붙여서 고정시켰다. 머리에 써 보니 본드 냄새가 좀 심하기는 했지만 쓸 만했다. 빈틈은 테이프로 고정하면 되겠다고 생각하며 옷을 벗고 시간을 보니 거진 세 시였다. 옷을 준비하는데 거의 두 시간을 넘게 쓴 셈이었다. 그렇게 준비가 끝나고 실험을 해보자고 생각하니 점점 빗발이 약해지더니 슬슬 멈춰버렸다. 그로서는 상당히 맥 빠지는 일이었다.

다시 비가 내리기를 기다리는 동안 뭔가 먹을까 싶어서 남은 과자 봉지를 들었으나 생각해 보니 먹고 나면 필히 물이 먹고 싶어질 테니 그만두었다. 그는 세상이 변한 후로 비를 마시지도 못하고 날씨만 습하게 만드는 애물단지 취급했지만 지금은 그 비를 애타게 기다리고 있었다. 그의 그런 바람은 곧 이루어졌고 30분 즈음 지나자 처음에는 찔끔찔끔 내리더니 마침내 쏟아지기 시작했다. 그는 비가 오기 시작하던 순간부터 창 밖에 시선을 고정하고 있었다.

비가 내리기 시작하자 변한 사람들이 각자 비명 비슷한 소리를 내며 비가 들이치지 않는 곳으로 후다닥 들어갔다. 확실히 변한 사람들은 비를 싫어하거나 혹은 물을 싫어하거나 둘 중 하나였다. 이번에는 그들이 집 밖으로 나오느냐 마느냐 하는 것이었다. 그는 한 손에 방망이를 들고 현관을 나섰다. 아버지의 전화가 걸려온 후로 현관을 나선 것은 처음이었다. 묘한 흥분 덕분에 현관까지는 별 다른 불안감 없이 나갈 수 있었다.

하지만 그가 두 칸씩 계단을 내려가 1층의 유리 문 앞에 섰을 때야 불현듯 긴장감이 몰려오기 시작했다. 생각해 보니 자신과 변한 사람들 사이에는 유리 문 하나가 전부였다. 그는 그런 긴장감을 떨치려고 서둘러 잠금장치를 손으로 잡았지만 돌리지는 못했다. 만약 놈들이 비를 무서워하지 않는다면 자신이 그들을 무서워해야 할 터였다. 그는 머릿속으로 상황을 시뮬레이션해 보았다. 만약 놈들이 자신에게 달려오면 유리문을 후다닥 잠그면 된다. 그렇게 생각하며 자신을 진정시켰다.

그가 드디어 유리문의 잠금장치를 풀고 스륵 유리문을 열자 안보다 더 더운 공기가 훅 하고 들어왔다. 그는 두 손으로 방망이를 잡고 바닥을 두들기기 시작했다. 탁탁탁 하는 소리가 계단 안쪽으로 메아리치고 유리 문 밖으로도 뻗어나갔다. 그가 고개를 돌리자 여기저기서 비를 피하던 변한 사람들이 그를 쳐다보았다.

그리고 그가 느끼기에는 변하지 않은 사람들도 창문 틈으로 어디선가 보는 게 아닌가 싶었다. 그는 계속해서 바닥을 두드리며 소리쳤다.

"이놈들아! 나 여기 있다!"

그러자 변한 사람들 몇몇이 괴상한 소리를 내며 밖으로 뛰쳐나왔다. 그는 순간 흠칫하며 유리문을 닫아야 하나 생각했지만 다시 보니 놈들은 내리는 비를 몇 번 맞고는 비명 비슷한 소리를 내며 도로 들어갔다. 뭔가 태양빛에 놀란 흡혈귀와 비슷한 모습이었다. 그는 이걸로 확실하게 알 수 있었다. 놈들은 비가 오면 밖으로 나올 수 없다는 것이다. 하지만 물을 싫어하는 건지 비를 싫어하는 건지는 아직 확실하지 않았다. 빗물을 마실 수는 있으니 비 자체를 싫어하지는 않을 터였다. 그건 차차 알아내면 되는 일이고 더 중요한 일이 남아 있었다.

그는 다시 계단을 올라가서 현관을 열어놓은 채로 집으로 들어갔다. 그리고 미리 준비해 놓은 보호 장비로 갈아입기 시작했다. 이 옷들이 비를 막아 줄지는 둘째 치고 비가 멈추면 그걸로 끝이었다. 아직 장마가 오지 않았으므로 비가 오지 않는다면 일주일이고 오지 않을 수도 있었다. 스키복, 우비, 장갑들, 양말들, 군화, 깜장비닐 마스크 등에 테이프로 남은 부분을 메우니 감염되기 전에 더위로 먼저 죽지 않을까 싶을 정도였다.

그는 거실로 나와서 마지막으로 가방과 방망이를 들고 현관을 나섰다. 이번에는 확실하게 문을 닫았다. 어쩐지 돌아오지 못할지도 모르겠다는 생각이 들었기 때문이다. 그의 동작은 상당히 느렸다. 복장이 복장이다 보니 빠른 움직임이 힘들기도 했지만 어쩐지 별로 내려가고 싶지 않았다. 하지만 아무리 느려도 1층에 내려오지 않을 수 없으므로 결국 다시 유리 문 앞에 섰다. 비를 피하고 서 있는 변한 사람들이 그를 노려보며 빨리 문 밖으로 나오기를 재촉하는 듯했다. 그는 얼마간 그렇게 비를 쳐다보다가 서서히 발을 내밀었다. 우비와 군화가 비를 맞으며 드드드드 소리를 내고 한 발짝 더 내미니 그 소리가 머리끝에서 들려왔다.

한동안은 그렇게 서 있었다. 물방울이 안으로 들어오나 안 들어오나 확인하기 위해서였는데 생각해 보니 온 몸에서 나는 땀 때문에 도저히 알 수가 없었다. 결국 그는 체념 섞인 한숨을 한 번 내쉬곤 슈퍼를 향해 걸어가기 시작했다. 차라리 뛰는 게 비를 덜 맞는 것 아닌가 생각했지만 뛰다 보면 우비든 어디든 균열이 생길지 모를 일이었다. 덕분에 긴장한 그의 움직임은 마치 인형을 억지로 조종하는 느낌이었다.

그는 하늘을 한 번 쳐다보고 길을 쳐다보고 하는 식으로 놈들이 있는지, 비가 멈출 여지가 있는지를 계속 확인했다. 그런 반복은 슈퍼 근처에 올 때까지 계속되었고 정신을 차리고 보니 거의 코앞이었다. 일단은 무사히 도착했다는 것에 안도의 한숨을 쉬고 가까이 접근하자 작게 우당탕 소리가 들렸다. 그는 안심하고 있었던 탓에 순간 몸을 떨었고 방망이를 꽉 쥐었다. 빗소리에 막혀 확실하지는 않지만 편의점과 슈퍼 문이 열려 있는 것으로 봐서는 둘 중 한 곳에서 들려온 소리 같았다.

그는 슈퍼와 편의점 사이에서 양쪽을 번갈아 보며 열린 문으로 안을 살폈다. 하지만 어두운 실내가 잘 보일 리 없었다. 우선은 더 가까이에 있던 편의점으로 향했다. 편의점 문은 안쪽으로 열려 있었고 얼핏 보니 꽤나 어질러져 있었다. 그는 일단 방망이를 앞세우고 안으로 들어갔다. 이미 비가 우비 안으로 들어오는 문제는 잊고 있었다. 그는 오직 변한 사람의 습격에 귀를 기울였다.

편의점의 진열대는 두 줄이었다. 둘 다 약간씩 비틀려지기는 했지만 제대로 서 있었다. 그래서 그의 눈에는 진열대 너머가 잘 보이지 않았다. 눈이 어두운 실내에 익숙해졌을 즈음 두 번째 진열대 너머에서 뭔가 소리가 들렸다. 뒤집어 쓴 비닐이 부스럭거리는 소리를 잘못 들었을 수도 있지만 어쩐지 더 멀리서 들려오는 듯했다. 이미 방망이에 들어간 힘은 최대였다. 무엇이든 나타나면 우선 후리고 보자고 생각하며 진열대 너머로 돌진했다. 그러나 거기에는 큰 개 한 마리가 멀뚱히 그를 올려다보고 있을 뿐이었다.

진열대의 모든 물품을 떨어뜨린 터라 바닥이 난장판이었고 개는 그 난장판 속에서 열심히 과자를 먹고 있었다. 어쩐지 맥이 빠지기는 했으나 혹시나 동물도 감염된다면 그게 더 위험하다고 생각하며 다시 방망이를 고쳐 잡았다. 하지만 개는 그를 한번 쳐다보더니 다시 과자를 으적으적 씹어 먹었다. 아무래도 괜찮은 모양이라 그가 한 발짝 다가가니 개가 놀라며 뒤로 물러나 짖기 시작했다. 게다가 몸을 부들부들 떨고 있었다.

그는 개를 키운 경력이 있었던 터라 그 개가 무서워서 짖고 있을 뿐 물 생각이 없다는 것을 알았다. 실제로 그가 다가가자 개는 짖으며 다시 뒤로 물러났다. 왕왕컹컹 소리가 시끄러워지자 그는 다른 변한 사람들이 들을지도 모른다는 생각에 방망이를 들었다. 그러자 개는 놀라서 편의점에서 달려나갔다.

그가 얼핏 보기로는 오른쪽 앞발에 무언가 얼룩이 묻어 있었는데 아마도 피가 아닌가 싶었다. 물렸거나 어쨌거나 다친 건 확실해 보였다. 다시 생각하니 구해주고 싶어졌지만 개를 치료할 수단도 없거니와 사람을 따를 것 같지도 않았다. 완전히 사람을 무서워하는 모습에 그는 오히려 개를 위협했던 자신이 더 미안해졌다. 하지만 언제까지고 개에 정신이 팔려 있을 순 없었다. 그는 금방, 쉽게 먹을 수 있는 음식들로 가방을 채우기 시작했다.

물만 끓이면 데울 수 있는 음식들이 편의점에는 많았기 때문에 일단 챙길 수 있는 만큼 챙겼다. 데워먹는 밥, 소시지, 국물, 반찬 등 여러 가지를 쓸어 담았다. 물품들을 챙기다 보니 몇 가지 비어 있는 것들이 있었는데 그 말고도 편의점을 뒤진 사람이 있었던 모양이었다. 마지막으로 물 세 통을 가방에 넣으니 가방이 꽉 찼다. 그는 지퍼를 닫고 서둘러 편의점을 나왔다. 다행히 아직도 비는 내리고 있었다.

그가 길가로 나서고 가방끈을 정리하며 잠깐 슈퍼를 쳐다보자 입구에 한 사람이 서 있었다. 온 몸에 피가 묻어 있었는데, 피는 상처에서 계속 올라오고 있었다. 어떻게 생각해도 물려서 감염된 사람이었다. 아까의 소리는 개가 아니라 저 사람이 냈을지도 모른다고 생각하며 조금 쳐다보다가 다시 길을 걸었다. 하지만 몇 걸음 안 갔을 때 무언가 다가오는 소리에 뒤를 돌아보자 변한 사람이 그에게 달려오고 있었다.

그는 깜짝 놀라서 방망이를 휘둘렀다. 방망이의 끝이 겨우 변한 사람의 허벅지를 때렸고 그 사람은 잠시 휘청거리며 다시 자세를 바로 잡았다. 입에서는 침과 피가 같이 흘러나오고 괴상한 으르렁거림이 이빨 사이로 새어나왔다. 이상한 일이었다. 그가 시험한 바로는 변한 사람들은 비를 무서워할 터였다. 그런데 이 사람은 그런 경향이 전혀 없었다. 오히려 그를 물어뜯고 싶어서 안달이 난 모습이었다. 이 남자도 치료약이 개발되면 정상으로 돌아올 수 있는 사람이라 다치게 하고 싶지 않았지만 그렇다고 그를 물도록 그냥 둘 생각 도 없었다.

변한 남자는 빈틈을 노리는 권투선수처럼 그를 쳐다볼 뿐 큰 움직임은 없었다. 그 사이를 틈타 자세히 보니 오른쪽 옆구리를 심하게 물려서 피가 줄줄 흐르고 있었다. 그 외에도 여기저기에 물린 자국이 있었다. 아까의 우당탕 소리는 이 남자가 변한 사람과 싸우는 소리였을지도 모르겠다고 생각했다. 그런데 그 때 남자가 다시 그에게 달려들었다. 그러나 그는 엄한데 정신이 팔려서 반응이 늦었고 방망이에 힘을 줬으나 이미 남자는 그의 코앞이었다.

그런데 남자는 거의 앞까지 다가와서 잠시 멈칫하더니 머리를 잡고 쓰러졌다. 그는 이 때다 싶어서 방망이로 남자의 머리를 내려쳤고 남자는 물웅덩이에 그대로 쓰러졌다. 그는 한동안 방망이를 들고 있었지만 남자는 일어날 생각도 않고 연신 콜록거렸다. 그대로 아무 움직임 없이 시간이 지나고 남자가 쓰러진 물웅덩이는 어느새 피 웅덩이로 변하고 있었다. 아까의 비틀거림도 아마 과다출혈 때문이었겠지 싶었다. 그는 남자가 갑자기 안쓰러워졌고 뭔가 치료를 해주고 싶었지만 그다지 할 수 있는 일이 없었다. 정상인도 아니고 심지어 변한 사람을 데려가서 치료할 능력은 없었다.

결국 그는 그 남자를 뒤로하고 발길을 돌렸다. 이제 슬슬 그가 입은 옷의 방수성에 대한 의문이 피어오르기 시작하기도 했거니와 비를 무서워하지 않는 변한 사람이 더 있다면 가만히 있는 건 좋은 방법이 아니었다. 그는 다시 길과 하늘을 번갈아 쳐다보며 걷기 시작했다. 그렇게 두 집 정도를 지나쳤을까. 그의 눈에 다세 대 주택 창문으로 한 여자아이가 보였다. 순간 변한 사람인가 싶 었지만 아이는 펑펑 울고 있었다.

순간 멈춰서 그 모습을 보고 있자니 아이는 열심히 입을 움직 이고 있었다. 뭐라고 하나 싶어서 눈을 가늘게 뜨고 보니 무슨무 슨 도와주세요 무슨무슨, 그렇게 말하고 있는 모양이었다. 다른 단어는 단번에 알아보기가 힘들었고 수경에 묻은 물방울들도 시 야를 방해했다. 자세히 보려고 수경을 닦아서 물을 떨어뜨리고 다시 창문을 쳐다보았다. 그러자 누군가의 팔이 아이의 어깨를 잡았고 여자아이는 순간 놀라더니 울면서 창문에서 사라졌다.

무슨 일이 있는 건가 싶었지만 어쨌든 누군가와 같이 있는 모 양이니 괜찮지 않을까 하고 생각했다. 또 집에서 잘 버티고 있는 모양이니 상관없겠지 하고 생각하기도 했다. 그리고 무엇보다도 굳이 위험을 감수하고 싶지 않았다. 도와달라고 하기는 했지만 보 이는 느낌으로는 그렇게 위급한 상황도 아닌 것 같았고 아마도 불안한 찰나에 길을 다니는 사람을 봐서 그런 모양이겠지 생각했 다. 하지만 그도 알고 있었다. 결국 그런 생각들은 자신의 안위와 그런 안위를 해치는 일들을 피하기 위한 변명이었다.

그는 머뭇거리며 멈췄던 발걸음을 돌리고 집으로 향했다. 오른 쪽으로 골목을 도는 순간 다시 한 번 창문을 쳐다보았으나 여자 아이는 모습을 드러내지 않았다. 결국 그는 후회하는 마음과 더 불어 음식과 물을 얻었다는 성취감, 남자가 죽는 것을 본 슬픔

등등 여러 가지 감정을 느끼고 집으로 돌아갔다. 조심스럽게 옷을 벗으며 그는 밖으로 나간다는 것이 여러 가지 감정을 필요로 한다는 사실을 새삼 깨달았다.

그는 모든 준비를 마치고 책에 불을 붙인 후 음식을 데우기 위해 주전자를 올려놓았다. 얼마 지나지 않아 주전자는 삐이이이이 하는 소리를 내며 내용물이 끓었음을 알려주었다. 삐이이이이이 이이.

5

눈을 뜬 순간 정신이 몽롱한 상태로 뭔가 이상하다는 느낌이 은근히 풍겨왔다. 금방 정신을 차리고 생각해 보자 아직 방이 어두침침했다. 시계를 보려고 했으나 어두워서 애를 먹었다. 하지만 눈을 가늘게 뜨고 보니 대충 새벽 네 시임을 알 수 있었다. 나는 어째서 이 시간에 잠이 깼나 하는 의문이 들었지만 들려오는 우드드드 소리에 금방 자리를 박차고 창문으로 다가섰다. 문을 열어보니 구름이 껴서 평소보다 더 어두운 하늘에서 빗줄기가 쏟아지고 있었다.

아침에 일어나서 슈퍼를 갔다 오면 되겠다고 생각하며 나는 다시 자리에 누웠지만 도통 잠이 오지를 않았다. 아마도 어제 선화 씨 동생에 대한 일로 정신이 사나워서 평소보다 일찍 잤더니 이렇게 일어나 버린 모양이었다. 그렇게 얼마간 누워 있었지만 잠들 것 같지 않았다. 나는 어쩔 수 없이 다시 자리에서 일어나 앉았다. 창밖을 보니 슬슬 해가 떠오르는 중이라 그럭저럭 밝았다.

어차피 잠이 오는 것도 아니고 딱히 할 것도 없다면 차라리 지금 슈퍼를 가면 어떨까 싶었다.

나는 다시 자리에서 일어나 방문 문고리를 잡았다. 그리고 돌리려고 했으나 문이 완전히 닫혀 있지 않아서 문고리를 돌릴 필요도 없었다. 어제 문을 완전히 안 닫고 잤나 생각해 보았으나 잘 떠오르지 않아서 무시하고 다시 우비와 옷가지들을 챙기러 방을 나섰다. 문은 습한 공기 탓에 물을 먹었는지 끼이이이이이 소리를 내며 열렸고 행여나 선화 씨가 잠이 깨지는 않을까 생각하며 이번에는 조심스럽게 현관문을 열었다. 나는 복도에 널려진 건조대 앞에 서서 완전히 물이 말랐는지 살핀 후 옷들을 가지고 방으로 가서 하나씩 입기 시작했다.

몇 번을 입다 보니 이 일도 익숙해져서 옷 입는 속도도 상당히 빨랐다. 나는 머리에 봉투를 뒤집어쓰기 전에 우선 연필과 종이를 찾아서 '슈퍼에 갔다오겠음.'이라고 쓰고 탁자 위에 올려놓았다. 어제 준비한 밥과 반찬이 그대로 남아 있는 걸 보니 결국 어제 내가 잠들고 밖으로 나오지 않은 모양이었다. 그렇게 머리에 봉투를 쓰고 테이프로 틈을 붙이려는데 예의 그 끼이이이 소리가 들리며 선화 씨가 방에서 나왔다.

고개를 돌려서 선화 씨를 보자 어제의 일이 뚜렷하게 떠오르기 시작했다. 그러고 보니 떳떳하게 대면하고 있을 상황은 아니었다. 입 안에서 '저 때문에 깨워서 죄송합니다.'라는 말이 빙빙 돌았지만 결국 아무 말도 못하고 멀뚱멀뚱 서 있었다. 그나마 머리에 뒤집어 쓴 봉투 덕분에 당황하는 모습을 보이지 않아서 다행이었다.

"빗소리가 들려서요."

선화 씨는 졸음기 없이 또박또박 말했다.

"아, 네, 저도 그래서 나가보려고요."

나는 아직 목이 잠겨서 괴상한 목소리로 겨우겨우 그런 말을 할 수 있었지만 선화 씨와 시선을 마주치지는 못했다.

"아직 어두우니까 조심하세요."

선화 씨가 어제의 일을 모르는 사람처럼 그저 평범하게 얘기하자 오히려 내가 더 당황스러웠다. 나를 생각해서 일부러 모르는 척해 주는 것 같았다. 나는 한동안 가만히 서 있다가 탁자 위에 올려둔 종이를 들고 밖으로 나갔다. 방망이와 물총을 챙기며 현관문이 닫히는 사이로 선화 씨를 쳐다보았는데 실내가 어두워 잘 보지는 못했지만 나한테는 그 표정이 어쩐지 웃고 있는 것처럼 보였다.

나는 어색함과 미안함을 뒤로하고 계단을 내려가 평소처럼 유리문 잠금장치를 열고 밖으로 나갔다. 이번 비는 빗발이 쎄서 드드드드 소리가 한층 더 시끄러운 것이 아무래도 예사 비가 아닌 것 같았다. 시간이 거꾸로 갈 리도 없지만 처음에 창문으로 봤을 때보다 하늘이 어쩐지 더 어두워져 있었다. 걸음을 멈추고 그냥 돌아갔다가 낮에 다시 갈까 생각했지만 이미 옷도 다 입고 나왔고 선화 씨도 깨웠다. 그러니 이대로 돌아가면 어쩐지 바보가 된 기분일 것 같아서 다시 발걸음을 재촉했다. 강한 빗발과 두터운 구름이 완벽하게 앞길을 흐리고 있었다.

가시거리가 얼마나 될까? 아마도 10미터는 되겠지 싶지만 느끼기에는 한 치 앞도 안 보이는 것처럼 느껴졌다. 만약 이런 날에 차가 다녔다면 교통사고가 몇 번은 나고도 남았을 것이다. 눈을 가늘게 뜨고 혹시 모를 상황에 주의하고 있자니 항상 지나던 삼거리를 지날 때 즈음 우르릉 하는 소리가 들렸다. 나는 무슨 소리인가 싶어서 주위를 두리번거렸으나 주위에 변한 사람들이 있는 건 아니었다. 애초에 변한 사람들이 낼 소리도 아니었지만 말이다. 소리에 대한 의문은 몇 초가 지나지 않아 해결되었다. 순간 세상이 밝아졌기 때문이다.

나는 하늘을 올려다보았다. 그러자 우르릉 소리가 또 들리더니 다시 세상이 밝아졌다. 올 여름의 첫 폭우가 하필이면 지금인 것 같았다. 어쩌면 단순한 폭우가 아니라 올 여름의 첫 태풍일지도 모른다. 아까 돌아가자고 생각했을 때 그냥 돌아갔어야 했다는 후회가 들었지만 이미 꽤 나온 터라 그냥 돌아가기가 아쉬웠다. 게다가 사람도 한 명 더 늘어난 마당에 식량과 물을 얻을 수 있는 기회가 있다면 오히려 감지덕지였다.

설마 번개를 맞아서 죽지는 않겠지 하는 쓸데없는 생각을 하며 코너를 돌고 슈퍼 앞까지 다가갔다. 그런데 잠깐 눈을 돌렸을 뿐이건만 슈퍼에서 세 집 떨어진 곳에 단독주택이 보였다. 의도적으로 찾으려 한 것도 아니고 그저 눈을 돌린 곳에 그 집이 서 있었다. 슈퍼 주위의 단독주택은 아무리 주위를 둘러봐도 그 집뿐이었다. 애초에 이 마을이 부자동네인 것도 아니어서 다세대주택이 대부분이었다. 마치 마인드맵처럼 단독주택, 선화 씨, 남동생이 떠오르고 다시 머리 한구석에 미안한 생각이 피어올랐다.

나는 한동안 그 집을 쳐다보다가 슈퍼 안으로 들어갔다. 그래, 일단 가방부터 채우고 생각하는 편이 좋겠다. 혹시 아나? 가방을 채우다 보니 까먹고 집에 돌아갈지. 슈퍼로 들어가니 우선 은근한 시체 썩는 냄새가 풍겨왔다. 생각할 것도 없이 빨간 우비가 처리한 시체가 부패하고 있을 터였다. 나는 우선 진열대를 쭉 훑어보았다. 그 짧은 사이에 생각보다 많은 물품이 줄어들어 있었다. 주위에 아직 정상인 사람들이 꽤 있는 모양이었다. 나는 우선 마지막 남은 황도를 챙기고 캔 장조림 두 개와 참치 통조림 세 개를 챙겼다. 아직 반찬은 꽤 남아 있던 터라 이번에는 물을 중심으로 챙길 생각이었다.

물이 들어 있는 대형냉장고 쪽으로 향하니 점점 냄새가 강해졌다. 그나마 비닐을 뒤집어써서 냄새를 많이 막아줬지만 그래도 냄새는 상당했다. 실내는 어두워서 시체는 그 윤곽만 보일 뿐 확실하게는 보이지 않았는데 그 역시 다행이라는 생각이 들었다. 윤곽만 보기에도 여기저기 뜯겨 나간 모습이었다. 비닐을 뒤집어쓰고 토를 하는 건 사양하고 싶었다. 나는 우선 여섯 통 남은 물을 전부 챙길까 생각했지만 네 통만 가방에 넣고 나머지는 이온음료로 채워 넣었다. 이 주위에 아직 살아있는 사람이 있다면 물을 다 챙겨서는 안 될 것 같았다.

냉장고의 문을 열고 이온음료를 꺼내는데 순간 손을 멈칫했다. 그러고 보니 사람들을 구하지는 않으면서 물을 남겨두는 짓은 또 왜 하게 된 걸까 하고 생각했다. 자신한테 위험이 되지 않으니까? 간접적으로 도와주는 정도는 괜찮으니까? 그런데 지금까지는 그런 짓도 한 적이 없었다. 나는 한동안 그런 생각에 잠겨 있다가 다시 음료를 꺼내 가방에 넣었다. 일단 나중에 생각하자며 뇌를 설득하고 대충 가방을 들었다. 그리고 슈퍼를 나왔을 때는 들어갈 때보다 머리가 더 복잡해져 있었다.

나는 밖으로 나와서 오른쪽으로 보이는 선화 씨의 집을 한 번 쳐다보고 다시 집으로 돌아갈 방향으로 고개를 돌렸다. 신경이 쓰이기는 했지만 어쨌든 지금은 집으로 돌아가야 할 때였다. 비가 멈추는 것을 걱정할 필요는 없었지만 서둘러 집으로 돌아가고 싶었다. 비도 많이 내리겠다, 천둥번개도 치겠다, 그 정도면 집에 돌아갈 이유는 충분했다. 나는 결국 집 쪽으로 걸음을 서둘렀다.

돌아가는 길은 역시나 왔던 길처럼 주위를 살피며 나아갔다. 집안의 변한 사람들이 뛰쳐나올지도 모르는 일이었다. 그런데 어느 정도 걸어가며 주위를 둘러보니 묘한 기시감이 느껴졌다. 마치 꿈에서 본 것 같은 그런 느낌이었다. 무슨 꿈이었는지는 확실하지 않았지만 단편적으로 창문의 여자아이, 뛰쳐나온 남자 등이 떠올랐다. 여자아이와 남자라, 걸으며 그런 생각을 하고 있자니 다른 것들도 하나씩 떠올랐다. 그리고 마지막에는 가장 중요한 사실이 생각났는데 이 기시감은 꿈이 아니라는 것이었다. 모두 엄연한 사실이었다.

그러고 보니 여자아이를 본 일이 있었다. 꽤나 시간이 지난 일이라 까먹고 있었지만 말이다. 그러고 보면 결국 나는 처음부터 겁에 질려 누군가를 구할 생각이 없었던 건지도 모르겠다. 계속해서 이제 집으로 돌아가야 한다고 생각했지만 집 앞을 떠날 수가 없었다. 여자아이가 있던 층이 몇 층인지 까지는 기억나지 않았지만 이 집인 것은 확실했다. 그런데 이제 와서 그게 무슨 상관인가, 나는 왜 자리를 뜨지 못하고 있는가. 그렇게 계속 자문하니 스스로가 바보 같았다.

죽었는지 살았는지, 만약 살았다면 어떻게 살고 있는지, 죽었다면 어떻게 죽은 것인지 궁금했다. 타이밍을 맞춰서 돕겠다고 나서지는 못하지만 결국에는 신경이 쓰이는 것이다. 그리고 만약 살아 있다면, 그건 나중에 생각할 일이고. 어째서 이런 기시감이 터져 나오는지 모르겠지만 아마도 상당히 머릿속에 각인되어서가 아닐까 싶었다. 잘못했다고 느끼고 있을 수도 있고 죄책감을 느끼고 있을 수도 있지만 결국은 신경이 쓰여서 못 살겠다는 것이다.

나는 한동안 집을 바라보다가 거의 무심코 한 발짝 앞으로 움직였다. 발이 스스로 움직였다고 생각할 정도였다. 그 순간 머릿속에서는 안전제일주의와 동정심이 엄청난 전쟁을 일으켰으나 동정심이 승리하여 나는 입구로 향했다. 일단은 몇 층인지 확실하지 않으니 1층에 있는 집부터 뒤지기 시작했다. 여자아이의 얼굴은 흐릿했지만 아마 집에 있는 사진을 뒤져 본다면 제대로 기억이 날 것 같았다.

우선은 1층부터 수색해 보자고 생각하며 문고리를 잡았으나 문은 잠겨 있었다. 혹시나 해서 다른 창문들도 다 열어보려고 했으나 잠겨 있었다. 문도 잠겼고 창문도 잠겼으니 정상적인 방법으로 들어갈 수는 없을 것 같았다. 그래서 비정상적인 수를 써야겠다고 마음 먹고 가장 큰 창문 앞으로 갔다. 유리를 깨면 소리가 너무 크겠지만 어쨌든 변한 사람들이 듣더라도 당장에 몰려올 수도 없을 터였다. 방망이를 쥔 손에 힘을 주고 타격 자세를 취했다. 그런데 그 순간 창문이 열리더니 사람이 튀어나왔다.

"넌 뭐야!"

흰머리가 듬성듬성 섞인 할아버지였다. 손에는 장도리를 들고 여차하면 휘두르겠다는 모습이었다. 나는 내려치려던 자세 그대로 있다가 방망이를 슬슬 내려놓았다. 사람이 있을 거라고는 생각 못해서 놀란 것도 있었지만 갑자기 튀어나오는 바람에 거의 반사적으로 할아버지를 방망이로 때려버릴 뻔했다. 요즘에는 튀어나오는 사람마다 내려치는 게 습관이 돼서 그런 것 같았다. 일단은 뭐라고 말을 해야 할 것 같았다.

"아, 저 안녕하세요."

그래서 일단 인사를 하긴 했지만 방망이로 자기 집 창문을 깨려 했던 사람을 할아버지가 어떻게 생각할지는 의문이었다.

"안녕하기는 개뿔. 뭐하는 놈이야?"

당연하지만 이런 반응이었다.

"아니, 그게 사람을 좀 찾고 있는데 집에 아무도 없는 줄 알고요."

"아이고 그러셔? 그렇다고 창문을 부수려고 해? 이런 망할 놈이."

죄송하다고 하려고 했더니 이번에는 다른 목소리가 들려왔다.

"누구래요? 괜찮아요?"

눈을 돌려 집 안쪽을 보니 할아버지와 비슷한 나이의 할머니였다. 아마도 아내겠지 싶었다.

"할멈 나오지 마. 이놈 아주 또라이 같으니까."

"일단은 죄송합니다. 사람이 없는 집인 줄 알고 그랬습니다."

그러자 그 할머니가 창문으로 조금 더 가까이 다가오며 말했다.

"누군가 했더니 노란청년이네."

"아 글쎄 나오지 말라니까."

노란청년이라 당연히 노란 우비 때문이었겠지만 웃기는 별명이
었다. 하긴, 지금 내 모습도 꽤나 웃기는 모습이겠지만 말이다.

"꼭 한번 말을 걸어보고 싶었는데 이렇게 보는구먼."

"할멈, 그냥 무시해. 왜 자꾸 앞으로 나와. 위험한 놈이면 어쩌
려고."

할아버지가 핀잔을 줬지만 할머니의 선한 모습이 나로서는 기
분이 좋아질 정도였다. 할아버지의 저런 경계도 아마 할머니 때
문이겠지 싶다. 애초에 창문을 깨려고 했으니 설득력은 없겠지만
일단 오해는 풀어두는 편이 좋겠다고 생각했다.

"저는 그렇게 위험한 사람이 아닙니다."

"그렇다고 하잖아요?"

그러자 할아버지가 골치가 아프다는 표정으로 말했다.

"다짜고짜 위험한 사람이 아니라는 놈이나 그걸 믿는 할멈이
나. 으이구, 내가 답답해서 죽으면 어디에 묻으려고."

"걱정 말아요 당신 가족묘에 묻어줄게요. 그리고 저 청년이 해
치려고 했으면 못 먹고 못 마신 노인 두 명 어떻게 못 할 것 같아
요? 진즉에 할아범이랑 천국에서 상봉했지."

나는 그 말에 작게 웃고 말았다. 비닐이 있어서 들리지는 않았
겠지만.

"그런데 청년, 누굴 찾는다고?"

"몇 층인지는 모르지만 아마 여기에 살았던 것 같습니다. 중학
생 정도의 여자아이입니다만 혹시 아시나요?"

내가 그렇게 말하자 할머니는 조금 생각하다가 입을 여셨다.
옆에서 할아버지도 뭐 하러 그런 걸 알려주느냐며 불평을 늘어놨

지만 할머니는 그 말을 들을 생각이 없어 보였다.

"아, 그래 누군지 알겠다. 분명히 이름이 보람이라고 했었지."

"아시는군요?"

"그럼 알지. 아마 2층에 살았지 싶어. 노인네 기억이라 확실하지는 않지만."

"알려주셔서 감사합니다. 그럼."

내가 그렇게 말을 끝내고 다시 입구로 들어가려는 순간 할머니가 나를 불러 세웠다.

"총각 잠깐만."

내가 무슨 일인가 싶어 다시 돌아가니 할머니는 어쩐지 원하는 바가 있는 웃음을 보이고 계셨다.

"오는 게 있으면 가는 게 있어야지. 그냥 가면 섭섭해서 쓰나. 긴말 할 것 없고 슈퍼에서 먹을 거랑 마실 것 좀 가져다줘. 보면 알겠지만 노인만 두 명 사는 집이라 이상한 사람들 피해서 식료품 구하러 가기가 여의치 않아서."

그러고 보니 할아버지나 할머니나 그다지 얼굴이 좋아 보이지 않았다. 아마도 풍족한 생활을 하지는 않았겠지 싶다. 당연한 일이지만 이런 세상은 노인에게는 너무 벅차다. 나는 그렇게 하겠다고 하고 다시 슈퍼로 돌아갔다. 비가 내리는 한 그렇게 어려운 일도 아닌데다가 하늘을 보니 상당히 오래 내릴 비였다. 아마도 태풍이 상륙해서 오늘 하루 종일 내리지 않을까 싶었다.

나는 일단 슈퍼에 있는 대형비닐봉투를 두 장 꺼내서 남겨두었던 물을 담고 여러 종류의 음료수들을 거의 열 통 정도 담았다. 그걸로 한 봉지가 다 차서 입구를 묶어 물이 들어가지 않도록 했다. 다음 봉투에는 일단 작은 쌀을 한 봉지 담고 남아 있는 모든 통조림을 쓸어 담았다. 봉투의 남은 자리는 과자를 넣고 이번에도 입구를 묶어서 봉했다. 이거면 노인 두 명이 꽤 오래 먹지 않을까 싶다.

슈퍼를 나오면서 다음에는 다른 슈퍼나 편의점을 찾아야겠다는 생각이 들었다. 이 슈퍼도 남은 음식이 대부분 과자뿐이라 이제 거의 쓸모가 없었다. 그리고 그 말은 이제 이쪽 방향으로 오는 일도 거의 없어진다는 뜻이고 만약 그렇다면 여자아이에 대한 일을 알 기회도 좀처럼 오지 않을 거라는 뜻이었다. 그러니 이번에 조금 고생을 한다고 해도 차라리 이게 났다. 찝찝한 일을 남겨놓고 나중에 그 일 때문에 번거롭게 다시 오는 일은 없었으면 한다.

나는 우선 비가 튈지도 모르니 할아버지와 할머니를 뒤로 빠져 있으라고 말한 후 비닐봉투 하나를 창문 너머로 넣고 음료수가 들어 있는 비닐봉투를 힘겹게 넘겼다.

"아시겠지만 우선 비닐봉투를 여실 때는 수건 같은 걸로 물기를 닦으셔야 해요."

"아이고 고맙네, 청년. 덕분에 오늘은 호강하겠네."

나는 할머니의 말을 듣고 바로 입구로 들어가 계단을 통해 2층으로 올라갔다. 바로 앞에 보이는 집은 문이 밖으로 활짝 열려 있었다. 무슨 일이 있었을지 대충 짐작이 가서 나는 방망이를 들었다. 만약 내가 생각한 상황대로라면 집 안에 변한 사람이 있어도 이상할 게 없었다. 우선은 열린 문으로 살짝 머리만 내밀고 안을 살폈다. 일단은 아무것도 보이지 않았지만 방망이의 힘을 풀지는 않았다.

거실로 들어가는 내내 어떤 소리나 인기척은 전혀 없어서 몸에 들어간 힘을 조금 빼고 나는 본격적으로 주위를 살폈다. 집에는 아무도 없지만 거실 바닥에 흙으로 신발 자국이 찍혀 있었으므로 적어도 누군가가 마음대로 안으로 들어왔음은 분명했다. 나는 발자국을 따라 거실을 조금 돌았지만 그 발자국 말고 눈에 띄는 건 없었다.

결국 나는 거실에서 발자국이 이어진 방으로 향했다. 들어가 보니 옷장이나 침대를 봐서는 안방 같았다. 그리고 어쩐지 거실이 깨끗하다 싶더라니 안방은 아수라장이었다. 바닥에 드문드문 묻어난 피며 신발자국이 난잡하게 널려 있었다. 나는 무슨 일이 있었는지 짐작해 보려 했지만 누가 누굴 헤치고 누가 그것을 막으려 했을지 알 수 없었다. 결국 나는 잠시 서 있다가 다른 방을 향해 몸을 돌렸다. 그때 바닥에서 무언가가 반짝였고 나는 그것을 주워들었다.

귀걸이? 그런데 둘러봐도 한 짝뿐이었다. 아이의 것일 리는 없고 아마도 여자아이의 엄마 것이겠거니 싶었다. 나는 생각 없이 그것을 주머니에 넣고 방을 나섰다. 하지만 다른 방이라고 뭔가가 있는 건 아니었다.

결국 집에는 여자아이도 없고 변한 사람도 없었다. 하지만 없는 건 사람만이 아니었다. 아무리 먹고 마실 게 부족하다지만 집 안에 남은 음식이 하나도 없었다. 이건 마치 전부 챙겨 들고 도망을 친 것처럼 보였다. 만약 변한 사람들에게 습격을 당해서 도망친 것이라면 말도 안 되는 일이었다. 정말 급하게 도망치는 사람은 식량을 털어갈 시간 같은 건 없는 법이니까. 하지만 문이 열려 있다는 것은 상당히 급하게 나갔다는 뜻이므로 누군가에게 쫓기기는 했다는 말이겠지. 급하게는 나갔으나 식량은 전부 챙겼다라, 뭔가 이상하지만 내가 알아낼 방법은 없었다.

나는 집을 나가기 전에 안을 다시 한 번 쭉 둘러보다가 벽에 걸려 있는 여러 장의 사진들을 발견했다. 평범한 가족사진이었다. 아버지와 딸, 어머니와 아들, 아들과 딸, 아버지와 어머니, 그리고 네 명 전부가 찍힌 가족사진도 있었다. 사진에 있는 여자아이는 내가 본 그 아이가 맞는 것 같았지만 사진이 더 어렸다. 여자아이는 그렇다 쳐도 아버지로 보이는 남자도 어쩐지 익숙한 것이 묘한 기분이었다. 기억이 잘 안 나는 걸로 봐서는 꽤 흔한 인상이라 그런지도 모르겠다.

그런데 이 아이는 가족들 사이에 있었으면서도 어째서 나에게 도와달라고 한 것일까? 여자아이의 행방과 함께 그런 의문이 피어올랐다. 하지만 지금으로서는 그 의문의 답을 본인이 하지 않는 이상 알 방법이 없었으므로 나는 일단 다시 집 밖으로 나가 밑으로 내려갔다. 그런데 1층에 뜻밖의 사람이 마중을 나와 있었다.

"할아버지 왜 나와 계세요?"

내가 그렇게 말하자 할아버지는 앉아 있던 의자에서 일어나 나를 쳐다보았다. 그 눈빛이 아까보다는 상당히 누그러져 있었고 손에는 아무것도 들려 있지 않았다. 아마도 나를 경계하지 않기로 하신 모양이었다.

"이놈아, 내가 너 따위를 기다린 줄 알아?"

그러고는 문을 열고, 다시 나를 불렀다.

"할멈이 할 말이 있다는군."

내가 문으로 들어가자 할아버지가 수건을 쥐여주었다. 나는 그 걸로 우비와 몸 여기저기의 물기를 닦고 수건을 바닥에 두었다. 그리고 테이프를 떼서 비닐봉투를 벗은 후 군화 끈을 풀고 다시 수건으로 발을 닦았다. 그런 번거로운 절차를 거친 후에야 나는 할아버지를 따라 집으로 들어갔다. 집은 가구도 그다지 없이 허전해 보였지만 그것이 그렇게 어색하지는 않았다. 내가 어렸을 적에 들르곤 했던 할머니 집도 이런 느낌이었다.

"데리고 왔어요?"

거실에 서서 안을 구경하고 있자니 할머니의 목소리가 들려왔다. 위층과 구조가 같다면 아마도 안방으로 쓰이는 방이려니 싶었다.

"그려, 여기 있어."

나는 할아버지의 뒤를 따라서 방으로 들어갔고 방에는 작은 상에 음료수와 과자가 올라가 있었다. 게다가 컵이 두 개가 아니라 세 개였다.

"저를 부르셨다고 해서 왔습니다만."

내가 그렇게 입을 열자 할머니는 음료수를 한 모금 마시더니 손짓으로 나에게 자리를 권했다. 나는 일단 시키는 대로 자리에 앉았다.

"마셔. 어차피 청년이 가져다 준 거지만."

나는 제법 목이 마르기도 하겠다, 주시는 대로 감사하다는 인사를 하고 받아마셨다.

"미안하네, 내가 위에 아무도 없을 거라는 말을 해야 했었는데. 깜빡하고 말을 안 해서 괜한 고생만 시켰지?"

"아니, 임자가 뭐가 미안해? 젊은 놈이 그거 올라갔다 내려오는 거 뭐 고생이라고."

"그래도. 일단은 받은 게 많으니 얘기는 해 주어야죠. 어쨌든 내가 이렇게 부른 이유는 청년이 이제 와서 위층 사람들은 왜 찾는 건지는 모르겠지만, 일단은 무슨 일이 있었는지 궁금할 것 같아서 그런 거야."

궁금해하고 있기는 했지만 이유야 뻔하지 않겠는가. 그래봤자 이런 세상인데 변한 사람들 한 둘이 집을 습격했다는 일이야 다반사다.

"아닙니다. 이유라면 대충……."

"혹시 그 이상하게 변한 놈들 때문이라고 말하려는 거냐? 어린 놈이 어른 말씀하시는데 얘기나 듣지, 뭘 안다고 입을 열어? 멍청하긴."

할아버지가 끼어들자 할머니가 핀잔을 주었다. 그런데 할아버지 말대로라면 무슨 다른 일이 있었던 거겠지만 도대체 무슨 일이기에 이렇게 따로 불러서 말하려던 걸까? 내 짐작이야 어쨌든 일단은 얘기를 들어보자고 생각했다.

"거참, 이이가 그렇게 나쁜 사람은 아니니 청년이 이해해. 어쨌든 대부분의 경우에는 그 이상한 사람들이 원인이 맞겠지만 결정적인 원인이 아니야. 이번에는 그냥 사람이 원인이지."

할머니는 그렇게 말하고는 음료수로 목을 축였다. 나도 그 박자를 따라서 음료수를 한 번 마신 후 다시 귀를 기울였다.

"윗집에는 일단 애아빠하고 딸아이랑 아들이 하나씩 해서 세 명이 살고 있었지. 처음 이 집에 왔을 때는 애엄마도 있었는데

1년 전인가 교통사고인지 어쨌든 무슨 사고가 있었던 모양인데 잘은 몰라. 어쨌든 이번에 이상한 사람들이 나온 후에도 그 세 명은 마침 집에 있었던 모양이더라고, 처음에는 쥐 죽은 듯이 있어서 몰랐지만 소리도 들리고 그래서 알았지."

"할멈 너무 이전까지 다 설명할 필요는 없어. 무슨 일이 있었는지 알려주고 이만 보내."

할아버지는 그렇게 말했지만 할머니는 조용히 좀 있으라며 타박했다.

"그 아이들 아빠는 참 좋은 사람이었지. 목숨을 걸고 슈퍼에서 가져온 물품들을 자주 챙겨줬는데 그래서 우리가 목숨을 지금까지 부지할 수 있던 거고. 그런데 이상한 일은 애아빠가 물품을 챙기러 슈퍼를 가는 횟수가 갑자기 늘어나는 때가 왔더라는 거지. 사실 우리까지 하면 먹일 사람이 많기는 하지만 밖으로 나간다는 건 목숨을 건 일이잖겠어? 그런데도 무슨 일인지 무리해서 가져오는 양도 많아지고 그러더라고. 무슨 말인지 대충 알겠지?"

"음, 혹시나 사람이 늘어났다는 건가요? 그런데 그 사람은 어디서 갑자기 나타난 거죠?"

할머니는 내 물음에 대답하기 전에 음료수를 마시고 말을 시작했다.

"나하고 할아범도 그걸 이상하게 여겼지, 혹시나 밖에서 찾아 들어 온 사람은 아닐까 생각하기도 했고. 그런데 생각해 보면 어느 누가 목숨을 걸고 밖으로 나와서는 고작해야 간다는 곳이 이 집이겠냐는 말이야. 게다가 아무리 내가 귀가 어두워도 복도는 방음시설을 안 해서 누가 들어오면 금방 알아차리지. 청년이 들어왔을 때도 그랬고."

"그렇다면 이 집에 살던 누군가가 위층 가족에 합류했다는 말이 되겠군요?"

"그래, 그런데 이 집에는 2층 말고는 다 젊은 처자 혼자 사는 방들뿐이란 말이야. 그러면 결국 홀아비 집에 젊은 여자가 들어가 산다는 게 되는 거지. 세상이 이렇게 변하고는 이렇다 할 놀거리도 없고 얘깃거리도 없으니까 나로서는 적잖이 흥미가 도는 일이었어."

나는 어느새 할머니의 얘기를 정좌를 하고 듣고 있었다. 나나 할머니나 어쩐지 조금 신이 난 것 같기도 했다.

"그래서 우리 딴에는 슈퍼에서 가져온 물품들을 나눠줄 때 넌지시 물어보려고 했는데, 여기 있는 할아범이 대뜸 누가 그쪽 집에 들어왔냐고 묻는 거야. 눈치 없게. 그런데 대답을 피하더라고 그래서 이이 때문에 떠보는 거고 뭐고 물 건너갔다고 생각했지."

할아버지가 그게 왜 자기 때문이냐고 따지려고 했지만 할머니는 그저 무시하며 다시 말을 이었다.

"그 후로도 몇 번인가 물어보려고 했는데 그때마다 말은 안 하더라고, 그렇다고 직접 찾아가서 보자니 그건 좀 아닌 것 같고, 그래서 결국 거의 포기하고 있었어. 그렇게 며칠은 아무 일 없이 흘러간 거지. 이후에도 애아빠는 타이밍을 보면서 슈퍼에서 물건을 가져오고, 우리는 그걸 받아먹었으니 이 건물만은 바깥과는 달리 안전하고 평화로운 곳처럼 보였어. 그런데 알고 보니 그건 착각이었던 거야."

할아버지는 지금까지 나와 할머니의 대화를 잘 듣고 있다가 마치 영화 스포일러를 하는 것처럼 불쑥 치고 들어왔다.

"이제 너도 등장하니까 잘 들어 이놈아."

그러자 할머니는 보려던 영화의 결말을 들은 것 같은 표정으로 할아버지를 쳐다보다가 다시 얘기를 시작했다. 슈퍼에 왔던 모든 때를 떠올렸지만 그다지 생각나는 것은 없었다. 다만 떠오르는 것은 오늘의 기시감뿐이었다. 나는 설마 하고 생각하며 다시 할머니의 얘기에 귀를 기울였다.

"그 날은 참 비가 오락가락했어. 내리다가 멈추다가 다시 내리는데 무슨 장난을 치는 것 같았지. 지금 생각해도 기분이 나빠. 어쨌든 그날도 어김없이 애아빠는 슈퍼엘 가려고 했고 하늘도 흐리니 이이가 나가지 말라고 설득하기도 했는데 기어코 나가더라고. 나하고 할아범은 창문으로 애아빠를 쳐다보는 게 거의 일이다시피 해서 그 날도 어김없이 쳐다보고 있노라니 창문에 빗방울이 하나하나 떨어지기 시작했어."

할머니는 거기서 말을 끊었다. 어쩐지 아까까지는 들떠 있던 분위기가 갑자기 조금 가라앉는 느낌이었다.

"애아빠는 슈퍼에서 옴짝달싹 못하는 상황이기는 했지만 일단은 그 이상한 사람들이 있었던 것도 아니니까 괜찮겠지 싶었지. 게다가 비도 그렇게 오래 내리지도 않았고 그래서 애아빠도 일단은 집으로 무사히 돌아가는 것 같았어. 이젠 무모하게 다니지 말라고 말할 심산으로 애아빠를 기다리는데 몇 십분 정도 있으니 문 두드리는 소리가 들리더구먼. 평소처럼 음식들을 싸들고 애아빠가 문 앞에 서 있었지. 우리가 이제 좀 조심하라고 하니까 아니나 다를까 한 번만 더 가보겠다고 하더니 다시 집을 나가는 거야.

할아범이 미처 잡기도 전에 나가는 걸 우리가 어쩌겠나, 이번에도 그저 그 모습을 창문으로 쳐다봤지. 그런데 애아빠가 슈퍼에 있는 동안에 또 비가 내리기 시작하는 거야. 정말 기가 막힐 노릇이지."

나는 머릿속으로 도대체 언제였나 생각하고 있는데 순간 어떤 장면 하나가 떠올랐다. 그리고 그 후에는 굉장히 불길한 예감이 하나 스쳐지나갔다. 세상이 변하기 전에도 느낀 적 있는 감각이었다. 학교를 가다가 무심코 확인한 달력에서 오늘이 시험일이라는 것을 알았을 때와 비슷했다.

"그런데 이번에는 직전과는 좀 다르게 돌아가더란 말이야. 비가 내리기 시작하고 아직 빗발이 미미할 때 어디서 왔는지 개 한 마리가 뛰어오더라고. 그리고 그 뒤를 이상한 사람이 쫓아오다가 빗줄기가 굵어지니까 비를 피해서 슈퍼로 들어가 버린 거야. 우리는 당황해서 우왕좌왕 하는데 처음에는 조용하다가 얼마 안 있으니 애아빠 비명소리가 먼저 들리고는 우당탕거리는 소리도 났지, 그래 그리고 자네가 나타난 거야."

어쩐지 점점 내 예상과 이야기가 맞물리기 시작하는 느낌이었다. 만약 이야기가 완전히 내 경험과 일치한다면 나로서는 그다지 듣고 싶지 않은 얘기가 될 것 같았다.

"처음에는 이상한 사람인가 싶었다가도 비가 오는데 움직이는 건 처음 봐서 정상인가 싶기도 했지. 우리는 이상한 사람들은 비가 오면 다들 집으로 숨어서 안 나오는 걸 알고 있었거든. 그런데 그렇다고 해도 사람이라면 비를 그냥 맞고 있는 것도 이상했지. 한동안 자네한테 정신이 팔려 있는데 정신을 차리니 어느새 슈퍼는 조용해져 있더라고."

할머니는 거기까지 말하고 어느새 흐른 눈물을 소매로 닦고 있었다. 할아버지는 조용히 할머니의 어깨를 팔로 감싸고 '왜 울고 그래.' 하고 말하다가 내 쪽으로 고개를 돌렸다.

"할멈이 더 말할 필요도 없지? 이제 슬슬 짐작이 갈 거 아니냐?"

할아버지 말 대로였다. 이제 더 이상 설마 하고 넘어갈 수 없는 정도로 얘기가 맞물려 있었다. 내가 지금 이 집에 온 이유가 생긴 날이고 처음으로 우리 집 방망이가 공이 아닌 사람의 머리를 내리친 날이었다. 그리고 아마도 그 사람은 그날 본 여자아이의 아버지였겠지. 그래서 사진으로 본 아이들의 아버지가 그렇게 낯이 익은 것일 테고. 여자아이가 울고 있던 이유도 도와달라고 한 말도 어쩐지 알 것 같았다. 아마도 자신을 도와달라고 한 게 아니라 자신의 아버지를 도와달라는 뜻이었겠지. 결국 내가 이 집에 와야 할 이유가 바로 나 자신 때문이었던 것이다.

"그래, 이제야 알겠다는 표정이구먼. 멍청한 놈 같으니, 빨리 좀 알아차리란 말이야. 젊은 놈이 그렇게 생각이 없어서야."

할아버지가 그렇게 말하자 할머니는 조금 상기된 얼굴을 진정시키고 다시 입을 열었다.

"무슨 생각 하는지 다 알아. 자기 때문에 애아빠가 죽었다고 생각하는 거지? 우리도 처음에는 청년이 애아빠를 죽인 줄 알았어. 알겠지만 우리는 이상하게 변한 사람은 비가 오면 밖으로 못 나온다고 생각했으니까."

거기까지 말하고 할머니는 하지만 하고 다시 말을 이었다.

"모든 일이 끝나고 비가 멈춘 다음 우리는 시체를 회수하러 갔어, 왜 그랬냐면 이상한 사람들은 시체를 뜯어먹기도 했거든. 우리를 도와준 사람을 그렇게 둘 수는 없었지. 그래서 2층의 아들하고 같이 집으로 끌고 들어와서 보니 물린 상처들이 너무 심했어. 피도 엄청나게 나서 그냥 둬도 방법이 없었을 것 같더라고. 게다가 어떻게 생각해도 애아빠가 변해서 청년을 공격했다고 봐야 할 정도로 상처가 심했어. 변하고 나서 어떻게 빗속으로 달려들었는지는 아직도 모르겠지만 말이야."

그거라면 내가 알고 있었다.

"물려서 변한 사람은 한동안 빗속에서도 돌아다닙니다. 이유는 모르겠지만요."

그렇게 말하자 할머니는 그렇구먼, 하고 되뇌더니 아무튼 모쪼록 너무 마음고생 하지 말라고 다독여주셨다. 내 잘못 때문이 아니라니 한편으로 다행이었지만 미안한 마음은 그다지 줄지 않았다. 결국 남겨진 아이들은 아버지를 잃었고 나는 여자아이의 도와달라는 말을 들어주지 못했으니까 말이다. 게다가 만약 아이들의 아버지가 살았다면 치료를 받을 수도 있지 않았을까 하는 생각도 든다.

"그럼 남은 애들은 어떻게 됐나요?"

내가 그렇게 묻자 할머니는 다시 얘기를 시작하려고 했지만 할아버지가 그런 할머니를 말리고 이제는 자기가 말해주겠다고 했다.

"애아빠가 죽은 다음날부터는 아들이 슈퍼를 돌아다녔는지. 한 번은 도대체 어린놈이 뭐라고 그런 일을 하느냐고, 내가 하겠

144

다고 하는데 고것이 아무 말 없이 손을 뿌리치더만. 우리는 그제
서야 그 망할 여자를 떠올렸는데 그 날로 직접 찾아가서 여자를
만나게 해달라고 했지. 그런데 그 아들놈이 절대로 들여보내 주
지 않겠다는 거야, 심지어는 자기한테 신경 쓰지 말라고 하면서
문을 닫았어. 그래서 아들이 슈퍼에 간 사이에 몰래 들어가 보려
고 했는데 문은 잠겨 있고 딸아이가 그냥 가라고 하더군. 그런데
그 목소리가 필히 겁에 질린 목소리였어."

"여자가 때리기라도 했던 걸까요?"

내가 그렇게 말하자 할아버지는 기가 차다는 표정이었다.

"말도 마라, 그 아들놈이 덩치가 산만 한데 어디 여자한테 맞
고 살겠나? 뭔가 더 심각한 게 있었겠지. 아들놈이나 딸아이나 집
에 들여보내지 않는다는 건 아마도 그 여자가 시킨 일일 게야. 우
리는 그 후로도 어떻게 해서든 집에를 들어가서 여자를 만나보려
고 했는데 결국에는 만나보기도 전에 일이 터졌지. 어느 비가 오
는 날 아침이었는데 2층에서 우당탕거리는 소리하고 비명소리하
고 섞여서는 굉장히 시끄러웠어."

할아버지는 거기까지 말하고 음료수를 벌컥벌컥 들이켰다.

"내가 무슨 일인가 싶어서 문을 열고 틈으로 계단 쪽을 쳐다보
는데 이상한 빨간 우비가 얼굴이며 뭐며 완전무장을 하고 뛰어내
려오더라. 그런데 등이 불룩한 것이 누굴 업었더라고. 그래서 내
가 누군가 싶어 보는데 피하라고 소리를 지르면서 뛰어가는 게
영락없이 아들놈 목소리였어. 이상하게 변한 놈들이라도 들어갔
나 싶어서 뒤를 보니 그년이 칼을 들고 서 있는데 그 표정이며 옷
에 묻은 피하며, 피 범벅으로 한쪽에만 걸린 요상한 귀걸이까지

무슨 귀신꼴 같더구먼. 그래서 당장에 문을 닫았지. 처음으로 그 여자를 본 거였는데 다시는 보고 싶지도 않아."

빨간 우비가 누구인지 항상 궁금하다고 생각했지만 여기서 이 렇게 그가 누군지를 알게 될 줄은 몰랐다. 지금 생각해 보면 처음 빨간 우비를 만난 날 왜 그렇게 그가 나를 경계했는지 알 것 같 았다. 아무리 뭐라고 해도 그가 보기에는 내가 아버지를 죽이고 자신들을 외면한 사람으로 보였겠지.

그런데 한쪽에만 걸린 귀걸이라. 나는 주머니에 넣었던 귀걸이 를 꺼내 보여주었다.

"한쪽에만 귀걸이를 했다고 하셨는데 혹시 이렇게 생겼나요?"

"그거다! 내가 방금 말한 짝짝이 귀걸이가 그거야. 어디서 찾 았나?"

"2층 안방에서요. 핏자국 위에 떨어져 있던 걸 주웠죠."

그렇다면 이 귀걸이는 그 귀신 같은 여자 것이라는 말이 된다. 나는 귀걸이를 다시 주머니에 쑤셔 넣고 다시 얘기를 이어갔다.

"그런데 결국 그 아이들은 어디로 갔는지 보셨나요?"

"아니, 하지만 그 후에 갑자기 비가 오는 날 나타나서는 슈퍼를 들르더군. 여자고 애들이고 다 나가고 보니까 복도에 피로 길이 그려져 있던데 상처는 제대로 치료했는지 모르겠더라고. 참 대책 없이 착한 놈들인데, 이 집에 먹을 걸 대주기까지 하고. 하지만 절 대로 말은 안 하고 그냥 가버려서 뭘 알 수가 없어. 자네도 비가 오는 날이면 밖으로 나오지 않나? 그런데 한 번도 본 적이 없나?"

할아버지의 말에 나는 한 번 지나가다가 본 게 다라고 대답 했다.

"피해 다니는 모양이구먼. 일단 자네 인상이 그렇게 좋을 것 같지 않으니까. 어쨌든 할멈이 하려는 말은 대충 이 정도일 거야. 그렇지, 할멈?"

할아버지가 그렇게 묻자 할머니는 고개를 끄덕였다.

"우리가 알려줄 수 있는 일은 이 정도고, 아마 다 이해를 했으리라 믿어. 청년이 그렇게 아둔해 보이지는 않으니까. 그리고 혹시라도 긴 머리 여자를 마주치거든 잘 지켜봐. 그 여자가 도대체 무슨 짓을 했는지 모르겠지만 처음부터 본색을 드러내진 않았을 거야. 되도록 생긴 걸 딱 알려주고 싶은데 아무리 찾아도 그 여자집에 사진이 하나도 없더라고. 그저 긴 머리에 날카로워 보이는 여자면 착해 보여도 다 의심을 해봐."

나는 그 말에 바로 집에 있을 여자를 떠올렸지만 선화 씨는 애초에 짧은 머리이기도 하고 그렇게 날카로워 보이는 인상도 아니다. 얘기를 듣고 누구나 의심이 가는 건 어쩔 수 없겠지만 되도록 선화 씨는 의심하고 싶지 않았다. 얘기가 대충 정리되고 나는 남은 음료수를 마저 마신 후 이만 가봐야겠다고 말씀드렸다. 하늘을 보니 얘기를 듣는 사이에 빗발이 꽤나 약해져 있었다. 집에 가지 않으면 다음에 비가 올 때까지 여기서 기다리는 수가 생길지도 모른다.

"청년, 모쪼록 여자들을 조심하고 빨간 우비를 만나거든 얘기를 잘 해봐."

"할멈은 무슨 걱정이 그렇게 많아. 젊은 놈이 알아서 다 하겠지."

그렇게 말하며 현관에 서 있는 두 분이 어쩐지 손자를 보내는 시골의 조부모님들 같아서 훈훈한 기분으로 집을 나왔다. 나는 복도에 서서 다시 비닐봉투를 뒤집어쓰며 시간이 난다면 비가 오는 날 가끔 들러야겠다고 생각했다. 복장을 전부 확인하고 길가로 나온 나는 다시 길을 따라 집으로 향했다. 구름도 그렇게 두껍지 않은지 살짝 밝아져 있었고 얘기를 듣는 동안 시간이 지나서 이제는 앞이 꽤 잘 보였다.

항상 가던 길을 통해서 길을 돌려는 순간 선화 씨의 남동생이 떠올랐다. 떠오른 생각은 두 가지였다. 비가 멈추면? 그리고 여자아이의 얘기는 귓등으로 들었냐? 아니 나는 그 얘기를 귓등으로 듣지 않았다. 내가 그 여자아이를 무시하지 않았다고 해서 아버지가 살아나는 건 아니었겠지만 적어도 그 두 명이 그런 꼴을 보지는 않았겠지. 나는 다시 발걸음을 돌려 뛰었다. 할아버지의 집을 지나고 슈퍼를 지나서 선화 씨가 살았던 단독주택은 거의 코앞이었다. 나는 어느새 그 현관 앞에 서 있었다.

선화 씨는 집의 문이 열렸는지 아닌지 기억이 안 난다고 했다. 닫혀 있다면 동생은 감염된 채로 살아있겠지만 열려 있다면 밖으로 나갔는지 아닌지 살았는지 죽었는지 알 수 없는 일이었다. 그리고 선화 씨 집의 현관문은 활짝 열려 있었다. 나는 잠금이 걸려 있지 않은 대문을 통해 마당으로 들어가 현관 앞에 섰다. 어떻게 봐도 문은 열려 있었다. 나는 지체할 것 없이 안으로 들어갔다. 그리고 거실을 돌아보며 혹시나 변한 사람이 있다면 싶어 방망이에 힘을 주고 다녔지만 남동생은 고사하고 아무런 인기척도 발견하지 못했다.

나는 결국 다시 현관으로 나왔고 문을 닫았다. 남동생을 찾지는 못했지만 적어도 집에 다른 변한 사람들이 들어가 어지럽히게 둘 생각은 없었다. 어쩐지 나는 허무해졌다. 그렇게나 고민하고 갈팡질팡하던 일인데 결국에는 이런 결말이었다. 이럴 줄 알았으면 그냥 선화 씨의 부탁을 들어주는 거였는데. 그럼 선화 씨와의 관계가 그렇게 나빠지는 일도 없었을 것이다. 혹시나 오늘 집으로 돌아가서 남동생을 찾아봤지만 집은 문이 열려 있었다고 하면 다시 나를 좋게 봐줄지도 모르겠다. 내가 가보지도 않고 거짓말하는 거라던가 사실은 문이 닫혀 있었는데 위험해서 그냥 둔 거라고 생각한다면 그건 또 슬픈 일이겠지만.

어쨌든 나는 다시 길을 돌아서 뛰기 시작했다. 아까보다도 빗발이 약해진 것이 꽤나 위험해 보였다. 다시 할아버지 집을 지나는데 할머니가 창문으로 손을 흔들었다. 그리고 입을 뻐끔거리며 뭐라고 말씀하셨으나 들리지는 않았다. 조심하라거나 잘 지내라거나 그런 내용이었겠지 생각하며 나도 인사를 하고 다시 뛰기 시작했다.

영화에서는 마지막 장면에 앞으로의 희망을 보여주기 위해 구름이 흩어지고 그 사이로 해가 나오는 장면을 보여주곤 하는데 지금이 딱 그 상황이었다. 컴퓨터 그래픽이 가미된 찬란한 빛은 아니지만 저 멀리 하늘에 구름 사이로 해가 나려 하고 있었다. 비도 이제는 거의 간신히 유지되는 수준이었다. 그놈들도 비가 멈추는 걸 아는지 옆으로 죽 늘어선 집의 현관 안쪽에 서서 나를 노려보고 있었다. 언제나 그렇지만 이번에는 먹이를 노리는 그 눈빛이 특히 더 위협적으로 느껴졌다.

나는 무거운 가방이며 옷이며 젖어지고 있는 터라 도저히 빨리 뛸 수가 없었다. 아무것도 없이 뛰면 분이 아니라 초 단위로 도착할 수 있는 거리임에도 지금은 그저 꿈일 뿐이었다. 다시 하늘을 보니 점점 더 밝아오고 있었다. 마치 저 멀리서 독가스라도 퍼지는 것처럼 그 빛은 상당히 치명적으로 다가왔다. 그렇게 얼마간 뛰니 그래도 먼 거리는 아닌지라 삼거리의 우리 집 대문이 보이기 시작했다. 그래서 이제 됐다고 생각하고 있는데 삼거리에 도착했을 즈음에 갑자기 지금까지 있었던 무언가가 사라졌다는 것을 깨달았다.

뛰면서 생각하길 그게 도대체 무엇인가 싶었는데 가만히 듣고 있자니 들려야 할 빗소리가 들리지 않는 것을 알아차렸다. 빗물이 우비에 떨어지면서 나는 그 드드드드 소리가 이제는 하나도 들리지 않고 있었다. 집까지는 이제 그래봐야 몇 미터 앞이었다. 이제 와서 놈들의 먹이가 되면 분해서 두 번 죽을지도 모를 일이었다.

그렇게 생각한 나는 바로 무거운 방망이 대신 다른 손의 물총을 들었다. 슬쩍 삼거리 주위를 둘러보니 이미 놈들이 밖으로 나오는 중이었고 나는 앞이며 옆이며 사방에서 뛰어오는 놈들에게 물총을 쐈다. 놈들은 당연하게 얼굴을 쥐고 엎어졌고 나는 그들을 뛰어서 넘었다. 이제 정말 코앞이었다. 그런데 너무 방심을 했는지 한 놈이 엎어지면서 나를 가로막는 걸 닥쳐서야 보고 말았다. 너무 늦었다.

세상이 한 바퀴 돌고 정신을 차리자 이미 엎어져 있었다. 물총은 엎어질 때 놓쳐서 집 대문 앞에 날아가 있었다. 가까스로 팔을 집고 일어나는데 뒤쪽으로 놈들이 보였다. 이제 먹히는 일만 남은 듯 보였다. 그런데 순간 위에서 물이 세차게 쏟아졌다. 이건 절대로 비가 아니었다. 세면대로 물을 끼얹는 수준이었다. 놀라서 위를 보니 창문 너머에 고무장갑을 낀 선화 씨가 바가지를 들고 있었다. 나는 생각할 것도 없이 일어나 물총을 들고 유리문으로 들어갔다. 몇 놈이 따라왔지만 물총의 남은 물을 써버리고 얼른 잠금장치를 걸었다.

완전히 다리가 풀려버렸다. 정말 오랜만에 느끼는 진짜 위기 상황이었다. 가방을 내리고 계단에 앉아 있자니 선화 씨가 고무장갑을 낀 채로 내려왔다. 나는 그녀를 올려다보며 물었다.

"어떻게 알았어요?"

그러자 선화 씨가 웃으며 말했다.

"세상에 그렇게 노란 사람이 뛰어오는데 누가 모르겠어요. 너무 늦어서 창문으로 보는데 비가 멈추더라고요. 그래서 아, 위험하구나 생각했죠."

나는 다시 푸하 하고 웃고는 가방을 들었다. 그리고 풀린 다리로 계단을 하나씩 올라갔다. 층 사이사이에 있는 창문으로 쳐다보니 구름 사이로 해가 나고 있는 것이 끔찍했다. 희망은 무슨 놈의 희망, 저놈의 태양 때문에 내가 죽을 뻔했는데. 어쨌든 나는 어찌어찌 집으로 돌아올 수 있었고 어떻게 보면 그건 선화 씨 덕분이었다.

"아침 준비할게요."

계단을 다 올라가자 선화 씨는 그렇게 말하며 집으로 들어갔고 나는 밖에서 젖은 우비와 옷들을 벗었다. 그 복잡한 작업을 끝내고 들어가니 마침 밥을 하고 있었다. 물품들이 든 가방을 뒤쪽 베란다로 옮기며 쌀을 확인해 보았다. 이 정도면 얼마나 버틸까 싶어 자세히 보는데 생각보다 많이 줄어 있었다. 기분 탓이겠지 싶어 무시하고 밖으로 나와 소파에 앉았다. 그리고 그제야 긴장이 풀리면서 피로가 몰려왔다. 밖으로 나간다는 것은 당연하지만 심적으로 너무 지치는 일이다.

나는 가만히 앉아 벽을 보다가 주머니에서 귀걸이를 꺼내어 보았다. 다이아몬드 모양의 투명한 것이 금으로 된 장신구에 박혀 있고 귀에 거는 부분이 이어진 예쁜 귀걸이였다. 아마 다이아몬드는 가짜겠지 싶지만 그래도 비싸 보이는 귀걸이였다. 긴 머리에 날카로운 눈매, 거기다 이 귀걸이가 증거의 전부였다. 그 아이들에 대한 미안함을 덮으려면 그 여자를 잡는 방법이 가장 좋겠지 싶지만 잡을 방법이 없었다. 애초에 어디 있는지도 모르겠고 증거도 너무 적고 이런 상황이면 당연히 다른 남자한테 빌붙어서 모습을 보이지도 않을 터였다.

"뭐하세요?"

나는 목소리에 반응해서 손에 올려놓은 귀걸이를 황급히 뒤로 돌렸다. 그리고 고개를 돌려서 선화 씨를 쳐다보았다. 봤을까? 아니 애초에 봐도 상관없는 것 아닌가?

"얘기를 좀 하고 싶어서요."

선화 씨가 나를 쳐다보다가 그렇게 말하며 소파에 앉았다. 다행히 보지는 못한 것 같았다.

"제 동생 말인데요. 혼자서 생각을 많이 해봤어요. 그런데 아무리 가족이라도 어제 정필 씨가 말한 것처럼 위험하기도 하고 지금 어떤 상태인지도 모르잖아요? 게다가 다치기까지 했으니 이미, 그…… 네, 그러니까 굳이 죄책감 느끼고 무리하실 필요는 없다고 생각해요. 저를 구해 주신 것으로 충분해요. 그러니 너무 걱정하지 마세요."

아, 그러고 보니 완전히 잊고 있었다. 안 그래도 이미 선화 씨의 집에 다녀 온 터였다. 그리고 집의 문은 열려 있고 집 안에는 아무도 없었다. 이 사실 또한 슬픈 일이겠지만 어쨌든 말을 해 줘야 할 일이다. 나를 위해서나 선화 씨를 위해서나.

"저기, 사실 이번에 늦은 이유가 있어요. 슈퍼에 들르고 나니 선화 씨 동생 생각이 너무 나더라고요. 게다가 집도 바로 보였고. 그래서 슈퍼를 나오고 선화 씨 집을 한번 가봤어요."

내가 그렇게 말을 시작하자 선화 씨가 놀란 표정이었다.

"가셨다고요? 아까요? 그래서 뭘 봤죠?"

뭘 봤냐는 질문은 좀 이상하지만 뭘 봤겠는가.

"문이 열려 있었어요. 그래서 안으로 들어가 봤는데도 아무런 인기척이 없었죠. 아마도 동생은 이미 밖으로 나간 모양인가봐요."

내가 말을 하는 동안 선화 씨는 놀란 표정으로 일어나 부엌으로 들어가 싱크대에 몸을 기댔다. 두 손을 뒤로하고 몸을 가누는 그녀는 상당히 충격을 받은 눈치였다. 나는 그녀를 따라 부엌에 가서 계속 말해 주었다.

"그래도, 아직 살아있을 가능성은 있어요. 다쳤다고 해도 사람이 그렇게 쉽게 죽나요? 그러니까 백신이 완성되면 살아있는 상태로 발견될지도 모르고요. 기다려봐야 아는 거잖아요? 안 그래요?"

"다른 건요?"

"네?"

무슨 말인지 이해가 가질 않았다.

"다른 건 못 보셨나요? 사진이나 그런 거요."

사진? 사진을 가져오길 바란 건가? 아님 사진으로 동생을 더 찾아주길 바란 건가?

"아뇨, 아쉽게도. 다른 건 전혀 못 찾고 인기척만 살피고 바로 나왔어요. 빗발이 약해져서 더 시간을 지체할 상황이 아니었거든요. 혹시나 다시 갈 일이 있으면 사진도 찾아볼게요."

뎅그렁 소리와 함께 선화 씨가 싱크대에서 등을 뗐다. 그리고 살짝 미소 지으며 말했다.

"아니에요. 전혀 그러실 필요 없어요. 제가 그, 조금 동요했나 봐요. 동생은 결국 집을 나가서 거리를 돌아다니고 있겠군요. 그래서 조금 충격을 받았나 봐요."

그렇게 말하며 그녀는 다시 소파에 가서 앉았다. 나는 뭐라고 위로를 해야 하나 싶어서 부엌에 남아 그녀를 쳐다보았지만 딱히 할 말이 생각나지 않았다. 그녀는 한동안 가만히 앉아 고개를 숙이다가 다시 자리에서 일어나 화장실로 향했다.

"밥이 아마 다 됐을 거예요. 배고프실 텐데 밥부터 먹죠."

그녀는 그렇게 말하며 화장실에 들어가기 전에 한 번 뒤돌아보았다. 그 얼굴은 꽤나 힘차게 웃고 있었다. 아마도 억지로 그런 표정을 짓고 있는 것이리라. 나와 그녀는 조악한 반찬과 함께 밥을 먹기 시작했고 식사 도중 한 번 졸았다. 세상에 태어나서 먹다가 졸기는 처음이었다. 선화 씨는 그런 나에게 졸리면 밥 먹고 들어

가서 자는 게 좋겠다고 했지만 나는 가방에 든 물품을 정리해야
한다고 대답했다.

"물품 정리는 제가 할 테니 이만 들어가서 쉬세요. 오늘은 그렇
게 일찍부터 수고하셨으니 피곤할 만도 해요."

하지만 선화 씨는 그렇게 말하고는 밥을 다 먹은 나를 방으로
밀어 넣었다. 나는 어쩔 수 없이 다 먹은 그릇을 싱크대의 칼 옆
에 놓고 방으로 향했다. 그러자 그런 나의 뒤에서 선화 씨가 다시
말했다.

"동생에 대해서는 이제 괜찮아요. 이제 미련은 없어요. 그러니
다시 가지 않아도 돼요. 이미 오래전에 포기했어야 했는데, 미련
을 못 버려서 여기까지 온 거지, 사실 문은 열려 있을 거라고 짐
작하고 있기는 했어요. 문이 닫히는 소리를 못 들었으니까요. 미
안해요, 위험하게 일부러 확인하게 만들어서."

그리고 부드럽게 다시 말했다.

"그리고 일부러 확인해 줘서 고마워요."

방으로 들어가던 나는 그 말에 뒤를 돌아보며 주머니 속의 귀
걸이를 만지작거렸다. 그리고 왜인지 나는 그녀의 집에 다시 한
번 가봐야 하는 게 아닌가 싶었다. 그녀는 미련이 남지 않았다고
했지만 오늘 일로 미련이 남는 건 내 쪽이었다. 귀걸이, 그리고 그
녀의 집. 나는 그런 생각을 하며 이불에 누웠고 문을 닫아준다
는 그녀의 얼굴을 올려다보며 어쩐지 집뿐만 아니라 가방까지 뒤
지는 게 좋을지도 모르겠다고 생각했다. 잠들기 전에 마지막으로
본 것은 그녀의 눈매였다.

0

그는 여자아이를 구하지 않은 것을 상당히 후회했지만 사실 그렇다고 무슨 도리가 있는 것도 아니었다. 왜냐하면 그가 집으로 돌아간 후에 또 꽤나 긴 시간 동안 비가 오지 않았기 때문이다. 그리고 비가 오지 않는 그 기간 동안은 변한 사람들과 발버둥 치는 정상인들의 시간이었다. 그는 비가 오면 반드시 여자아이가 있는 집으로 가겠다고 생각했지만 시간이 지나며 점차 그 기억이 흐릿해졌다. 그렇게 기억을 흐리는 요소는 상당 부분이 창 밖에서 일어나는 일들이었다.

그는 여자아이를 본 다음 날 창밖을 쳐다보면서 시간을 보냈다. 그날 할 일을 전부 끝내고 나서도 딱히 일이 없다면 계속 창밖을 보았다. 그가 볼 수 있는 유일하게 움직이는 것들은 창 밖에 있었기 때문이다. 아무 변화도 없는 집을 계속 보고 있자니 지루하기 이전에 미쳐버릴 것 같았다. 무슨 정신병이라도 생기는 거 아닌가 고민까지 했을 정도였다. 그리고 만약 비가 온다면 실제로 밖을 보고 있는 것만큼 빨리 알아차릴 방법도 없었고 말이다.

하지만 그가 의도한 것처럼 창밖을 보는 일이 유쾌하고 즐겁고 보람찬 일은 아니었다. 상당히 잔인하고 생존에 목마른 세상이 펼쳐져 있었다. 그가 가장 먼저 본 것은 한 일행이었다. 변한 세상에서는 보기 힘든 네 명이나 되는 인원이었는데 노인에 가까운 남자와 여자 그리고 젊은 남녀였다. 각자 무기 비슷한 것들을 들고 있고 뒤로는 변한 사람들이 뛰어왔다. 그들이 든 가방을 보니 완전히 집에서 나와 버린 사람들 같았다. 그렇게 뛰는 모습을 보자니 젊은 사람들도 노인들도 지쳐 보였지만 일단은 젊은 둘이 앞서 있었다.

젊은 남자는 계속 뒤를 돌아보며 재촉했다. 하지만 재촉한다고 걸음이 빨라질 리도 만무하고 노인들은 계속 뒤쪽에서 따라가는 꼴이었다. 그들은 그렇게 저 멀리 뛰어갔고 거의 보이지 않을 정도까지 그 모습을 지켜보았다. 도와주지 못해서 미안하지만 목적지가 어디든 잘 가기를 기도했다. 그런데 그 순간 눈을 의심할 광경이 벌어졌다. 이미 그 모습이 작아져서 확실하지는 않았지만 커브를 돌기 직전에 젊은 남자가 늙은 남자의 다리에 칼을 꽂아 넣은 것처럼 보였다.

그들은 그렇게 커브에서 사라졌고 변한 사람들의 무리도 같이 사라졌다. 기분 탓인지도 모르겠지만 커브를 돌기 전의 변한 사람들이 전부 아래를 보는 것 같았다. 그는 순간 세상의 신뢰도가 어느 정도인지 의문이 들었다. 그가 구하지 못해서 미안하다고 생각한 사람들이 고작 노인의 다리에 칼을 꽂는 사람들이란 말인가? 그는 그런 생각을 했지만 일단은 마음을 가다듬었다. 아닐 수도 있는 거잖아? 그렇게 생각했다. 꽤 멀기도 했고 커브를 돌고 바로 사라졌기 때문에 잘못 봤을 수도 있었다.

그는 잘못 봤다고 생각하고 그 일을 잊어버리고자 했다. 하지만 며칠 지나지 않아서 그는 그다지 좋지 않은 장면을 다시 보게 되었다. 사실 창밖을 보는 일을 그만두자고 생각하기도 했지만 책을 읽고 벽을 보고 가만히 있는 것도 그때뿐이었다. 모든 방법으로 시간을 보내고도 남는 시간이 넘쳐나면 밖을 보는 것 말고는 달리 할 일도 없었다. 그래서 그는 다시 창밖을 바라보았다. 때는 거의 일곱 시가 다 되어가는 초저녁이었고 해는 아직 밝았다. 그때까지 거의 세 시간을 넘게 창밖을 멍하니 바라보고 있던 그는 이제 슬슬 저녁을 먹을까 하고 생각하던 중이었다.

그런데 무슨 소리가 들려왔다. 처음에는 변한 사람들이 내는 괴성인가 생각하기도 했지만 그렇다고 하기에는 들려오는 소리들이 너무 규칙적이었다. 위험한 일이기는 했지만 그는 그 소리를 더 정확히 듣고 싶어서 창문을 열었다. 그러자 그것이 말소리라는 것이 확실해졌다.

"조금이라도 좋으니 제발 물을 나눠주세요! 저는 상관없으니 애한테만이라도."

여자의 목소리였다. 애 운운하는 것을 보니 아마도 아기엄마인 모양이었다.

"안 돼. 이쪽도 이제 물이 얼마 안 남았다고. 그리고 당신 때문에 놈들이 몰려왔잖아! 어쩔 거야 이거!"

상대는 남자인데 목소리가 걸쭉한 것이 아마도 중년의 남성 같았다. 그는 대화가 들리기 시작하자 그 모습까지 보고 싶어졌다. 들리는 소리로 보아서는 그리 멀지 않은 것 같았다. 그래서 그는 몸을 창문턱에 걸치는 식으로 앉아서 상체를 밖으로 빼고 집들을 죽 둘러보았다. 그리고 거의 한계까지 몸을 뺐을 때 사람 둘이 각각 다른 건물에서 창문으로 얘기를 나누는 모습이 보였다. 말이야 다른 건물이지만 두 건물의 간격은 상당히 좁았고 창문의 사이는 그래봐야 1미터였다. 대화는 계속 이어졌다.

"제발, 이제 물 없이는 한계예요. 아이도 물이 없어서 지금 누워 있을 정도라고요. 애가 목소리도 안 나오고 힘이 없어요. 이젠 정말 죽을지도 몰라요."

여자는 그렇게 말하며 눈물을 뚝뚝 흘렸다. 상당히 진심어린 눈물이었다. 그는 순간 거의 생각하지도 못했던 자신의 어머니가 떠올랐다. 그러자 여자가 더 불쌍하게 느껴졌다. 아이가 있다고 하는 모습을 보니 그는 심지어 자신이 물을 가져다주고 싶다는 생각을 했을 정도였다. 하지만 상대하는 남자의 태도는 강경했다.

"자꾸 그래도 소용없다니까. 그리고 그 집에도 아이가 있겠지 만 뭐 우리 집에는 애가 없는 줄 아나? 우리 집은 나까지 식구가 네 명이야. 약수터에서 물을 떠온 날 바로 일이 터져서 지금까지 버틴 것뿐이지 우리도 이제 물이 별로 안 남았다고."

사실 남자의 의견도 틀린 것이 없었다. 누구를 먹이면 누구는 먹지 못하는데 먹는 사람이 자기네 가족도 아니고 남의 가족이면 누가 살갑게 여기겠는가. 하지만 그가 생각하기에 그런 남자가 매 정하게 느껴지는 건 어쩔 수 없었다.

"정말로 안 주신다면 제가 가서 가져갈 겁니다. 제가 가겠다고 요."

여자는 한동안 가만히 울고만 있다가 순간 고개를 들고 그렇 게 말했다. 그리고 그 얼굴에는 독기가 가득했다. 그는 그녀의 얼 굴을 보고 뭐라고 표현해야 할지 난감했다. 아이를 살리고 싶다 는 의지와 남자에 대한 원망과 살겠다는 본능이 섞인 대단한 표 정이었다. 그 표정 덕분인지 반대쪽 집의 남자도 그 말이 전혀 거 짓이 아니라는 걸 알 수 있었다.

"어허 그러지 마라니까. 그래도 소용없어."

남자는 그렇게 말하며 막아서려 했지만 여자는 막무가내로 창문턱에 발을 디디고 서더니 건물 벽의 빗물 통로를 잡고 다른 발을 반대쪽 창문으로 뻗었다. 남자는 손으로 그 발을 막으려고 했지만 발은 결국 남자의 집 창문턱에 도달하고 말았다. 그가 보기엔 남자도 그 여자의 모습을 보고 그저 마지못해 막으려고 하는 것 같았다. 아마도 이 소동은 훈훈하게 끝날 것 같았다. 그런데 마지막 순간에 일이 꼬이기 시작했다.

"아니 어딜 들어오려고 해?"

이미 막을 생각도 거의 없으면서 남자는 창문에 디딘 아기엄마의 다리를 마구 흔들었다. 그리고 떨어질 것 같은 여자는 놀라서 발을 마구 걷어찼는데 그 발이 하필이면 남자의 얼굴에 적중했다. 덕분에 순간 화가 난 남자가 진심으로 여자의 다리를 밀어버렸고 여자는 창문턱에서 미끄러졌다.

일은 순식간이었다. 여자의 발이 창문턱에서 미끄러져 밀려나고 앞으로 고꾸라지면서 머리가 벽을 들이박고 다시 뒤로 밀려나 다리에서 등 순서로 땅에 떨어졌다. 그리고 땅에는 마침 열매가 떨어지길 기다리는 변한 사람들이 기다리고 있었다. 여자는 한껏 변한 사람들을 깔아뭉개고 떨어진 후 전혀 움직임이 없었다. 그는 그녀가 기절했거나 죽었을 거라고 생각했다. 왜냐하면 벽에 부딪히는 소리가 그에게까지 들릴 정도였기 때문이다. 덕분에 그녀는 실컷 물어뜯기면서도 비명을 지르지 않았다.

남자는 놀란 표정이었다. 밑을 보다가 주위를 둘러보았다. 그러다가 남자는 그와 눈이 마주쳤고 입을 뻥긋거렸다. 그는 남자가 하려는 말을 대충 알 것 같았다. 변명이고 또 변명이고 그 이외에는 없었다. 그러더니 창문이 닫히고 커튼이 쳐졌다. 남자는 가만히 있었으니 가족 중에 누군가가 그런 것이리라. 그는 남자가 사라지자 다시 창문으로 들어갔다.

고작 물 한 컵 때문이었다. 그는 작은 일로 사람이 사람을 죽이고 죽는다는 생각이 들었다. 여자는 물 한 컵 때문에 남자의 집으로 쳐들어갔고 남자는 물 한 컵 때문에 여자를 떨어뜨렸다. 실수였다고, 떨어뜨릴 생각은 없었다고 변명할지도 모르지만 어쨌든 달갑게 생각하지는 않았을 테니까 어쩌면 그건 진심이었을지도 모른다. 그저 발로 자신의 얼굴을 찼다는 계기가 필요했을지도 모르고 말이다. 그는 그 일을 본 후 그 날은 더 이상 바깥구경을 하지 않았다. 그저 밥을 먹고 이른 시간에 잠을 청했다.

사람이 사람을 배신하는 일은 그 후로도 더 있었다. 덕분에 그는 시간이 지나면서 사람을 구한다는 생각을 거의 접다시피 해버렸다. 그리고 그런 생각으로 창밖을 쳐다보니 어느새 스스로 느끼기에도 무감각하고 냉랭해졌다. 그는 그 전에는 누군가가 옆에 있으면 더 좋을지도 모른다고 생각했으나 그 생각은 완전히 사라지고 혼자가 생존에 더 유리하다는 것을 사실로 받아들였다. 결국 그는 창문으로 밖을 쳐다보되 혹시나 자신의 모습을 남에게 보여서 사람이 꼬이는 일을 없애야 한다고 생각했다. 그래서 그의 창밖 구경은 옹이구멍으로 세상 보는 꼴이었다. 그리고 어느새 여자아이의 일은 머릿속에서 사라지고 없었다.

그는 그 후로도 창밖을 보기는 했지만 다음 날도, 그 다음 날도 창문을 많이 열지 않았다. 그저 소리가 들릴 정도로만 창문을 열었다. 그러면 그 사이로 빗소리가 들려왔다. 아스팔트고 차고 할 것 없이 비가 여러 가지를 두드리며 소리가 났다.

ㄷㄷㄷㄷㄷㄷㄷㄷㄷ

6

나는 자리에서 일어나 상당히 빨리 정신을 차렸다. 원래는 낮
잠을 자는 일이 적어서 항상 자고 일어나면 아침에 일어나는 것
보다 더 늦게 정신을 차렸는데 이번에는 달랐다. 아마도 내가 요
즘에 낮잠을 자는 일이 늘어서 그런 것 같았다. 비가 자주 오고
자주 물품을 챙기러 나가는 건 좋은 일이지만 장마가 시작되고
나서는 부쩍 몸이 피곤한 것이 조금 신경 쓰인다. 사람이 늘어났
으니 어쩔 수 없는 일이지만 말이다.

나는 이불 위에서 기지개를 늘어지게 켜고 시간을 확인하며
자리에서 일어났다. 시계는 네 시를 가리키고 있었고 비가 오는지
드드드드 소리가 들렸다. 나는 두 가지 때문에 속으로 조금 놀라
고 있었다. 이번 장마가 고맙게도 오래 지속될 모양이라 놀랐고
스스로가 너무 과하게 잤다는 사실에 놀랐다. 물론 피곤하다고
생각하기는 했지만 이렇게 낮잠을 오래 잘 정도였는가 싶었다. 나
는 하품을 하며 거실로 나갔고 선화 씨는 보이지 않았다. 선화 씨
가 지내는 부모님의 침실을 슬쩍 보니 문이 열려 있고 아무도 없
었다. 그렇다면 남은 방은 하나뿐이다.

나는 거실을 지나 현관 앞의 방으로 들어갔다. 원래는 아버지
의 컴퓨터와 책, 자료 등 뭔가 나한테 만지지 말라고 하는 것들이
들어 있는 방이지만 이제는 전망대로 쓰이는 중이었다. 마침 아버
지가 쓰시던 편한 등받이 의자도 있고 말이다. 나는 가끔 그 의자

를 내 방으로 끌어다가 게임을 할 때 쓰곤 했다. 비가 내리는 날 낮이라 집은 조금 어두웠고 방으로 들어가니 커튼이 쳐져서 거실보다 더 어두웠다. 하지만 그래도 저 위 어딘가에 해가 떠 있는 것은 분명한지라 선화 씨의 모습이 분명히 보였다. 그녀는 창문으로 밖을 보고 있었다.

"저기."

내가 그렇게 선화 씨를 부르자 그녀가 돌아보았다.

"아, 일어나셨어요. 점심 드실래요?"

나는 점심이라는 말에 웃으며 대답했다.

"아니요. 먹자마자 바로 잤더니 오히려 소화가 안 될 지경이라서요."

"다행이네요. 사실 저도 정필 씨가 잠들고 나서 잠을 더 잤거든요. 그래서 배가 안 고팠는데 따로 먹기도 좀 그렇잖아요."

선화 씨는 그렇게 말하며 다시 창문으로 고개를 돌렸다. 슬쩍 옆으로 가서 보니 멍하니 밖을 쳐다보는 얼굴이 아니었다. 밖에 뭐가 있는 모양이었다.

"뭐가 있나요?"

나는 그렇게 말하며 앉아 있는 선화 씨 위로 살짝 커튼을 밀어내고 밖을 살폈다. 제일 먼저 살핀 건 하늘이었는데 그건 거의 습관이었다. 비는 여전히 내리고 있었으나 상당히 빗발이 약했다. 자기 전에 겪은 악몽이 떠올랐지만 어쨌든 지금은 집 안에 있으니 상관없는 일이었다. 그러고는 길 쪽을 쳐다보는데 선화 씨의 시선 끝에 뭔가 움직이는 물체가 있었다. 처음에는 물려서 감염된 사람이 돌아다니니 그걸 보는 건가 싶었는데 그게 아니었다.

뭔가 있었다. 그걸 뭐라고 표현해야 할지 모르겠다. 우산우비? 겉은 몰라도 일단은 속은 사람이었다.

우산을 위에 쓰고 그 우산 끝에 테이프로 여러 종류의 비닐들을 이어 붙여서 몸이며 팔이며 다리며 전부 감고 있었다. 내가 자주 가는 대형서점 비닐봉투, 이마트의 노란 봉투, 평범한 주방용 비닐, 무엇보다도 튀는 까만 비닐 등 여러 가지의 비닐들이 누더기처럼 붙어 있었다. 내가 입고 다니는 우비가 괴상하다면 지금 집 쪽으로 걸어오는 그 우비는 호러였다. 마치 좀비의 내장이 튀어나온 그런 모습의 우비였다.

"저 사람 언제부터 있었나요?"

내가 그렇게 물으니 선화 씨가 무표정하게 대답했다.

"아까 삼십 분 전에도 이 밑으로 지나갔어요. 슈퍼 방향으로 도는 것 같던데. 아마 정필 씨가 다니는 것과 같은 이유겠죠."

대화는 그렇게 선화 씨의 말을 끝으로 이어지지 않았지만 내 머릿속에서는 여러 가지 생각들이 끝없이 밀려오고 있었다. 나는 우비를 입을 때 테이프를 많이 쓰지 않는다. 대부분 이어붙이지 않고 통으로 입는데 그 이유는 테이프는 방수용품이 아니기 때문이다. 몇몇 사람들은 테이프를 무슨 무적의 방패로 생각하는데 조금만 물이 들어가도 테이프 안쪽에 발라진 접착제가 흐물흐물해지면서 떨어진다.

그래서 내가 테이프를 붙일 때는 이중으로 붙이고 그나마도 다른 비닐로 보강을 해둔 상태일 경우만이다. 우비 앞섬을 테이프로 붙여서 고정하지만 그 뒤쪽에는 비닐을 붙여서 만일을 대비한다. 그런데 저 비닐누더기는 아무리 봐도 그래 보이지 않았다.

세상에 엄청난 양의 비닐을 쟁여놓고 사는 사람도 없을 테니 아마 저 비닐은 한 겹일 것이고 그마저도 비닐테이프로 붙인 상태일 것이다. 이미 물이 들어갔다고 해도 이상할 게 없다.

게다가 문제는 그게 끝이 아니었다. 저 사람 집이 어딘지는 모르겠지만 아무래도 비가 오래 내려주지 않을 것 같았다. 비가 언제부터 내렸는지는 모르겠지만 이런 빗발이라면 금방 그칠 것이 분명했다. 그건 아침의 경험으로 알 수 있었다. 이런 상태라면 테이프가 잘 버텨서 물이 들어가지 않았다고 해도 비가 멈추면 끝이다. 그런 생각을 하고 있자니 그 사람이 갑자기 뛰기 시작했다. 비가 멈추는 걸 깨달은 모양이었다. 하지만 짐이 있는지 달리기가 상당히 느렸다. 아마 그 사람은 내가 어제 겪었던 일을 그대로 겪겠지만 결과는 전혀 틀릴 것이다. 그렇다면 당연히 도와야겠지? 그렇지? 이젠 이런 생각을 하는 것조차 바보같이 느껴졌다. 아직도 생각하다가 때를 놓쳐 후회할 생각은 없었다. 내가 또 그러면, 그래, 아주 미친놈이다.

"도와줘야겠습니다. 선화 씨는 어제처럼 대야에 물을 좀 받아서 기다려주세요. 그리고 제가 소리치면 어제처럼 뿌려주시고요."

나는 그렇게 말하며 당장에 방을 나가려고 했지만 선화 씨도 동시에 일어나며 내 손을 잡았다. 나는 왜 그러느냐는 눈으로 잡은 손과 선화 씨의 얼굴을 번갈아 쳐다보았다.

"저 사람을 도와주시려고요?"

나는 당연하지 않으냐는 표정으로 가만히 선화 씨를 쳐다보았다. 그보다 왜 그걸 물어보는지 이해가 가질 않았다. 내가 말한 의도를 모르지는 않을 텐데.

"너무 위험해요. 저 사람이 이미 감염됐는지 아닌지 어떻게 알겠어요? 저렇게 엉성한 걸로. 게다가 만약 이대로 비가 멈추면 놈들이 달려들 텐데 아까처럼 운이 좋으리라는 법이 어디 있어요? 그리고 혹시라도 정필 씨가 잘못되면 저는요? 저는 어떻게 해야 하죠?"

가만히 보니 나를 잡고 있는 손이 떨리는 게 느껴졌다. 그리고 나를 보는 그 표정이며 눈은 필히 겁에 질린 모습이었다. 이제 선화 씨에겐 남동생이라는 희망이 없어졌다. 게다가 부모님이 살아 계실지 어떨지 장담하지도 못한다. 그러면 그녀에게 남은 유일하게 기댈 수 있는 사람은 나뿐이라는 말이다. 스스로를 믿기엔 그녀는 너무 약해져 있는 것이다. 하지만 나는 그녀를 핑계로 또 한 사람을 그냥 보낼 순 없는 일이었다.

"걱정하지 말아요. 제가 누굽니까? 행운의 아이콘입니다. 그리고 아직 비가 멈춘 것도 아니잖아요."

나는 그렇게 말하며 창문으로 시선을 돌렸다. 그리고 위기상황을 먼저 알아차린 것은 눈이 아니라 귀였다. 비가 오면 들려야 할 그 소리가 거의 들리지 않았다. 들리는 거라고는 물방울이 처마에서 떨어지는 소리뿐이었다. 툭 툭 툭 툭 하는, 간격이 긴 그런 소리였다. 선화 씨와의 대화가 시간을 너무 많이 잡아먹어서 우비를 입을 시간조차 없었다. 나는 당장에 밖으로 나가서 장갑과 함께 방망이를 들었다.

그 사람은 어디쯤 왔을까. 이미 집을 지난 건 아니겠지. 변한 사람들은 이미 그를 쫓고 있는 걸까. 층계 중간 중간의 창문으로 보니 상당히 가까이에 있었다. 그리고 변한 사람들이 슬슬 밖으

166

로 나오는 것이 보였다. 큰일이다. 서둘러야 했다. 한 번에 몇 계단을 이동했는지도 모르겠다. 그저 정신없이 내려가다 보니 이미 유리문 앞이었다. 나는 망설임 없이 문의 잠금장치를 풀고 유리문을 열었다.

"여깁니다!"

나는 그 이상 말할 필요가 없었다. 그 사람은 중년의 남자였는데 내가 유리 문 앞에 섰을 때부터 나를 봤는지 이미 이쪽으로 달려오고 있었다. 그의 뒤쪽으로는 변한 사람들이 엄청나게 따라붙었고 거리는 상당히 가까웠다. 하지만 오늘 아침에 썼던 방법만 제대로 먹힌다면 어렵잖게 구할 수 있어 보였다. 나는 왼손으론 문을 잡고 오른손으론 방망이를 쥐고 남자를 들여보낼 준비를 했다. 남자가 들어오면 바로 닫을 수 있도록 하기 위해서였다. 나는 머릿속으로 계속 물이 떨어질 타이밍을 생각하고 있었다. 문에서 조금 떨어진 거리에 놈들이 도착하고 딱 물을 뿌린다면 될 것 같았다. 나는 그 거리를 계속 보고 있다가 소리쳤다.

"선화 씨 지금이에요!"

하지만 물은 떨어지지 않았다. 무슨 문제가 생겼나? 아님 내 목소리를 못 들었나? 그렇게 생각하고 있는데 그제서야 물이 떨어졌다. 그리고 나는 거의 순간적으로 이런 생각이 들었다. 이건 안 된다. 물이 효과가 있기는 했지만 물을 맞은 놈들은 앞쪽의 몇 명을 놓친 뒤쪽 부분이었다. 그 증거로 앞쪽의 변한 사람들은 아직도 여럿이 남자를 따라 문으로 들어올 기세였다. 나는 이미 문을 닫고 있었다. 그리고 간발의 차이로 나는 잠금장치를 다시 걸 수 있었다. 남자는 나를 쳐다보며 이해가 안 간다는 표정을 지었다.

그는 뒤를 한 번 돌아보더니 다시 다른 방향으로 뛰어가려 했지만 이미 변한 사람들의 손이 그의 목을 잡고 있었다. 그리고 그 바로 다음 순간에는 그들의 이빨이 그의 목을 잡고 있었다. 문이 심하게 덜컹거리고 문 사이로 비명소리가 들렸다. 나는 문이 혹시나 열릴까 겁이 나 등으로 문을 막고 손으로 귀를 막았다. 하지만 덜컹거리는 느낌과 새어 들어오는 소리까지 막을 수는 없었다. 그리고 얼마인지 모를 시간이 지나 덜컹거림이 사라진 후에도 나는 계속 귀를 막고 있었고 어느새 눈도 감고 있었다. 소리도 들리지 않고 앞이 보이지도 않으니 시간이 굉장히 더디게 흐르는 것 같았다. 그 어둠 속에서 생각은 평소보다 더 활발했다.

끝났나? 다 먹었나? 놈들은 전부 물러났나? 나 때문인가? 아니야 어차피 그대로 있었어도 결과는 같았을 거야. 게다가 나하고 선화 씨까지 위험해졌겠지. 내 선택은 틀리지 않았어. 다만 결과가 끔찍했을 뿐이지. 그리고 생각해 보면 작전은 완벽했어, 선화 씨가 제때 물을 떨어뜨렸으면 이렇게 되지 않았겠지. 그렇잖아? 이건 선화 씨 잘못이지 내 잘못이 아니야.

거기까지 생각하고 나는 눈을 뜨고 귀에서 손을 뗐다. 나는 정말로 미친놈인 모양이다. 결국 마지막에 하는 생각이 고작 저 위에 있을 선화 씨한테 죄를 돌리는 것이었다니. 나는 뒤를 돌아보았다. 햇살이 밝아오고 남자의 시체가 길가 쪽으로 끌려가 있었다. 변한 사람들이 그 주위를 에워싸고 자기 멋대로 여기저기로 당겨가며 움직여댔다. 남자는 이미 어디가 비닐이고 어디가 피부인지 모를 정도로 엉켜 있었고 죽었는지 움직임은 없었다. 나는 거기까지 보고 계단을 올라갔다.

계단을 올라가면서 내려올 때 확인하던 층계 사이의 창으로 남자를 물고 있을 변한 사람들을 바라보았다. 1층으로 올라가고 2층으로 올라갔다. 그리고 마지막 창문에서 밑을 확인하고 다시 고개를 든 순간 믿을 수 없는 모습을 보고 말았다. 반대쪽 건물의 창문에서 반사되어 보이는 선화 씨가 웃고 있는 것처럼 보였다. 정말 웃고 있던 건가? 단순히 창문에 반사되고 유리를 통과한 모습이 흐릿해서 그렇게 보인 건 아닐까? 나는 내가 본 것이 확실하지 않아 눈을 떼지 않고 있었다. 그런데 순간 반사된 선화 씨와 눈이 마주치는 것 같았고 나는 놀라서 얼른 고개를 돌리고 나머지 계단을 올라갔다. 정말로 웃었나?

나는 복도에 방망이를 새워두고 현관으로 들어갔다. 그러자 선화 씨가 현관에 서서 기다리고 있었다. 그 표정은 울 것 같은 불안한 표정이었다.

"그 남자 분은 어떻게 됐어요? 같이 올라오지 않았나요?"

"네, 실패해서 제가 문을 닫았습니다. 창문으로 보지 않으셨나요?

내가 그렇게 묻자 그녀는 더 울 것 같은 표정으로 말했다.

"네, 볼 수가 없었어요. 제가 물을 늦게 뿌린 것 같아서 겁이 났거든요. 제가 물을 잘못 뿌렸죠? 그렇죠?"

나는 그 말에 뭐라고 대답을 할 수가 없었다. 네, 당신 때문에 일이 틀어졌습니다. 아니면 당신은 잘했지만 일이 저절로 틀어졌습니다. 둘 다 적절한 대답이 아니었다. 나는 거짓말을 하고 싶지도 않았고 그렇다고 가혹하게 질타하고 싶지도 않았다. 그래서 결국 택한 대답은 침묵이었다. 물론 선화 씨도 바보는 아니었다. 그녀는 말이 없는 나를 보다가 고개를 숙이고 입을 열었다.

"죄송해요. 물을 담은 대야가 너무 무거워서 중심을 잃는 바람에 물을 뿌리는 타이밍을 놓쳤어요. 정필 씨 목소리는 들었는데, 그, 제가 실수로."

거기까지였다. 선화 씨는 거기까지 말하고 결국 울음을 터뜨렸다. 나는 어쩔까 생각하다가 결국 선화 씨를 왼손으로 안아주었다. 그리고 선화 씨는 그 안에서 정말 서럽게 울었다. 그녀가 품에서 우는 동안 나는 오른손으로 귀걸이를 만지고 있었다. 이 울음이 진짜일까? 아까의 웃음은 잘못 반사된 모습일까? 스스로 내색하지 않으려 했지만 선화 씨와 지내는 동안 느꼈던 이상한 위화감들이 의심으로 바뀌고 있었다. 지금 같은 경우가 그랬다. 창문으로 내려다보지 않았다면 위쪽은 우산에 가려서 안 보였을 텐데 그 사람이 남자였다는 사실을 어떻게 알았을까?

마음속으로는 아니겠지, 뛰어오는 모습이 남자 같아서 그렇게 말했겠지 싶은 생각이 들면서도 동시에 의심이 터져 나오기 시작했다. 확실히 처음 그녀를 만났을 때 얘기를 시작하고 조금 이상한 느낌을 받기는 했다. 게다가 남동생을 포기하겠다는 것도 그렇고 너무 빠르지 않나? 집에 가지 말라고 그렇게 당부하는 이유는 뭐지? 그러고 보니 남자를 구하지 말자고 했었지. 그럼 물을 잘못 뿌린 게 아니라 일부러? 그래서 웃은 거고? 게다가 이따금 느낀 그 위화감과 찜찜한 기분은?

그 의심이란 것이 한 번 뚫리기 시작하니 이젠 막기가 힘들 지경이었다. 지금의 나로선 선화 씨가 그 여자가 아니라는 장담을 할 수 없다. 누가 알겠는가? 머리는 자르면 되고 사람 인상이야 보는 사람마다 다른 것인데. 하지만 마음 한구석에선 선화 씨를 의심하고 싶지 않다는 생각들이 여기저기 들쑤시고 있었다. 그래서 나는 결국 이렇게 생각하기로 했다. 선화 씨를 의심하지 않기 위해, 선화 씨가 그 여자가 아니라는 사실을 확인하기 위해 그녀를 더 조사해 보기로 했다. 그러는 편이 내가 마음이 편했다.

선화 씨는 슬쩍 품에서 물러나 손으로 눈을 비볐다. 아무래도 이제 울음을 멈추려는 모양이었다. 순간 저 눈물이 연기일 수도 있다는 생각이 들어서 한편으로 웃음이 나와 버렸다. 만약 연기라면 정말로 대단한 연기가 아니겠는가?

"왜, 웃으세요?"

선화 씨가 그런 나를 보고 여전히 눈물을 닦으며 말했다. 말 중간 중간에 끅끅거리는 울음소리가 귀엽게 느껴졌다. 제발 내 앞에 있는 이 여자가 그년과 같은 인물이 아니길.

"아니요, 그냥, 눈물이 정말 많구나 하는 생각이 들어서요."

"요즘에는 울 일이 너무 많았어요. 물론 좋은 일도 있었지만 그 좋은 일을 가만히 즐기고 있을 시간이 없었죠."

선화 씨는 그렇게 말하고는 내 손을 잡고 나를 올려다보았다. 나는 그녀를 따라서 아래를 내려다보았다. 이상한 기분이었다. 어쩐지 내가 미래를 예지하는 예언자라도 된 것 같은 기분이었다. 앞으로 일어날 일이 무엇일지 거의 확실하다 싶을 정도로 알 수 있었다. 그리고 바로 그 다음 순간 선화 씨가 내 손을 잡고 자신이 지내는 방으로 끌고 갔다. 그 방에 무엇이 있는지는 자명한 일이었다. 어머니의 화장대와 장롱을 제외하면 남는 것. 우리는 어느새 그 위에 있었다. 그리고 그녀와 나 사이에 평소에 있었던 모든 것들이 사라지고 없었다.

나는 그저 움직이고 있었다. 이렇게 아무런 고민 없이, 생각 없이 움직이기만 해도 그만인 일이 어디에 또 있을까. 그저 기분과 감각 그리고 움직임으로 이루어진 행동들, 내가 위에 있을 때도 있고 그녀가 위에 있을 때도 있다. 날씨는 덥고, 몸은 끈적거리고, 침대는 삐걱거리고, 살색들이 보인다. 그러한 감각들이 계속해서 이어졌다. 그 기분은 뭐라고 할 수가 없었다. 좋다, 안 좋다, 기쁘다, 그리고 고조되어간다.

모든 것이 점차 위로 올라간다. 그리고 그 꼭대기에 절정이 있었다. 그 정상의 바로 직전에 그녀와 나는 마주보고 있었다. 눈과 눈이 마주치기보다 그녀의 눈은 다른 곳에 있고 나만 그녀의 눈을 보고 있었다. 절정이 가까워져 온 그녀의 눈을 보고 나는 어쩐지 겁이 난다고 생각했다. 그 두려움도 흥분에 합세하여 결국 절정으로 뛰어가고 그녀의 눈은 절정에 다다르자 산꼭대기처럼 날카로워졌다. 그 날카로운 정상을 찍고 다시 내려오는 길에 나는 귀걸이를 생각하고 있었다.

모든 것이 끝나고 나와 선화 씨는 이불을 덮고 침대에 나란히 누웠다. 그러자 세상이 원래대로 돌아오는 그런 기분이 들었다. 들리지 않았던 빗소리가 들리고 있었고 어둠이 밀려오는 것이 보였다. 이제 저녁이었다. 나에게 이런 경험은 처음이었다. 그래서 마치 처음으로 컴퓨터를 다루는 사람처럼 다음에는 무엇을 해야 하는지 모르고 그저 가만히 있었다.

"죄송해요."

그런데 선화 씨가 그렇게 말을 걸어왔다.

"뭐가요?"

그래서 내가 그렇게 물으니 선화 씨는 내 쪽을 쳐다보았다. 쳐다보니 선화 씨의 눈은 다시 산의 비탈길처럼 부드러워져 있었다.

"다요. 동생에 대한 일로 귀찮게 한 것도, 항상 제 몫까지 물품을 가져오는 것도, 오늘 그 남자 분을 구하지 못한 것도, 그리고 정필 씨를 침대로 끌어들인 것도요. 원래는 이렇지 않아요. 순간 감정이 너무 격해졌나 봐요. 그 분이 저 때문에 그렇게 됐다고 생각하니 이전에 저지른 모든 일들이 한꺼번에 몰려와서 주체할 수가 없었어요."

나는 일단 그녀를 위로해 놓는 편이 좋겠다고 생각해서 입을 열려고 했다. 하지만 선화 씨가 바로 다시 말을 시작했다.

"그러니 다음에는 스스로를 주체하고 정필 씨를 침대로 끌어들일 거예요."

그리고 바로 '농담이에요.' 하고 말을 이었다. 나도 그랬으면 좋겠다고 속으로 생각했다. 그녀의 모든 것이 밝혀지고도 둘이서 침대에 누울 수 있다면 그건 더할 나위 없이 좋은 일이었다. 내가 아무리 세상이 변하고 나서 무감각해 졌다지만 남자라는 성별이 고자로 바뀐 건 아니었으니까 말이다.

"그 남자 분은 어떻게 해야 할까요? 당연히 기다리는 가족이 있겠죠?"

그녀는 그렇게 말하며 다시 울 것 같은 표정을 지었다. 하지만 겨우겨우 울지 않았다.

"남자분이 지갑을 가지고 있거나 하다면 주민등록증을 보고 주소를 찾아서 가족을 볼 수 있을 겁니다. 만약 주소를 찾을 여지가 전혀 없어도 마을을 전부 뒤져서라도 가족을 찾아볼 겁니다. 하지만 일단은 시체를 수습해야지요. 마침 비가 오니까요."

"그럼 저는 저녁을 차리고 기다리고 있을게요."

그녀는 그렇게 말하며 침대에서 일어났다. 그리고 주섬주섬 다시 옷을 차려입고 방을 나섰다. 나도 슬슬 일어나야 했다. 오늘이든 내일이든 갑자기 할 일이 많아졌기 때문이다. 확인해야 할 일이 많다. 나는 침대에서 나와 옷을 입다가 화장대 옆에 세워놓은 선화 씨의 파란 가방을 발견했다. 로고에 까만 펜으로 낙서해서 로고 모양이 완전히 달라져 있었다. 그러고 보니 가방이 있었다. 그녀가 몸에 지니고 있지 않다면 다른 한쪽의 귀걸이가 있을 장소로는 가방이 가장 유력했다. 나는 바닥에 앉아 슬쩍 가방을 열어보았다. 일단 지퍼를 열고 들여다보았으나 위쪽에는 옷가지들뿐이었다. 만약 있다면 더 깊숙이 넣어놨을 터였다.

그러나 손이 안쪽으로 더 들어가기 전에 선화 씨가 방으로 들어와 가방을 낚아챘다. 위를 올려다보니 선화 씨가 내려다보고 있었다.

"몸을 보더니 이젠 가방까지 보시려고요? 안됐지만 여자의 가방 만은 보는 게 아니에요."

"미안해요. 그냥 뭐가 들었나 싶어서 궁금했어요."

내가 그렇게 말하자 선화 씨는 싱긋 웃고는 나를 방에서 밀어냈다.

"자자, 정필 씨는 할 일이 있잖아요."

그리고 문을 닫았다. 나는 어쩔 수 없이 나중으로 기회를 미루

자고 생각하고 일단 다시 옷을 갈아입었다. 밖에 나갈 때 입는 옷을 그대로 차려입었지만 현관을 나갈 때 방망이를 챙기지는 않았다. 대신 이불을 하나 들었다. 모든 준비를 끝내고 나는 천천히 계단을 내려갔다. 많은 생각이 들었지만 일단은 죽은 남자에 대한 생각이 주였다. 나는 이번에 남자의 가족을 찾으면 뭐라고 얘기를 해야 하는 걸까. 아니, 그 전에 일단 찾을 수는 있을까? 그리고 찾는다고 해도 과연 어떨지. 남자는 꽤나 필사적이었으니 그들이 부양하는 가족이 그렇게 좋은 상황은 아니라는 뜻이다. 만약 죽기 일보 직전이라면?

나는 거기까지 생각하고 일단 남자의 시체를 수습하는 게 우선이라고 생각을 돌렸다. 아무리 생각해 봤자 답이 나오는 것도 아니고 스스로 책망하기만 할 뿐이었다. 나는 건물 입구에 도달해서 이젠 익숙하게 잠금장치를 풀었다. 남자는 가방과 따로 길가에 웅크린 모습으로 죽어 있었다. 그 모습이 상당히 끔찍했는데 그건 먹히다가 비가 내려서 덜 먹혔기 때문에 그런 것이었다. 기우제의 남자도 먹히는 도중에 봤다면 이런 모습이었겠지. 미안하면서도 헛구역질이 나오려고 하는 걸 막기가 힘들었다.

일단 나는 이불을 바닥에 깔고 남자의 시체 옆에 두었다. 그리고 비닐과 살이 뒤섞인 그의 몸을 굴려서 이불 가장 안쪽으로 밀어 넣었다. 그 다음에는 최대한 사람이 누워 있는 모습이 되도록 배치하고 옷을 뒤지기 시작했다. 뭔가 주소를 알 만한 것이 들어 있다면 좋겠다 싶었지만 지갑은 역시 가지고 있지 않았다. 그렇게 뭔가를 찾는 건 포기할까 싶을 정도로 뒤졌을 때 남자의 윗옷 안주머니에서 무언가를 발견했다. 꺼내보니 비닐로 싸여 있는 종이였다. 변한 사람들의 이빨자국이 나서 그 부분에 피가 조금 스며 들기는 했지만 괜찮았다.

뭔가 싶어 봉투를 이리저리 살피는데 그러고 보니 남자가 웅크린 모습으로 죽어 있던 게 떠올랐다. 그래서 혹시나 이 종이를 어떻게든 막으려고 그랬던 건 아닐까 싶었다. 나는 얼른 유리 문 앞으로 가서 봉투를 풀고 종이를 꺼냈다. 두 번 접혀 있는 종이를 피자 A4용지가 나오고 글씨가 보였다. 번진 부분이 있어도 대충 읽을 수 있었다.

'호수로 203 길 19-1 3츠 가족들 게 방을 가져다 주 요. 급합니 '

나는 종이를 접어서 문 안쪽에 놓고 가방 역시 주워서 안쪽으로 넣었다. 그리고 그제야 다시 남자의 시체로 다가갔다. 그리고 정성스럽게 이불을 말았다. 이건 정성스러워야 하는 일이었다. 나 때문에 그가 죽었다. 물론 내가 돕지 않았어도 같은 결말이었을지 모르지만 어쨌든 지금 이 결과는 나 때문이다. 그러니 조심스럽고 미안한 마음으로 다룰 필요가 있었다.

이불을 다 싸고 나니 피가 배어나와 이불이 붉게 번졌다. 나는 그 이불의 중심을 들어서 사람을 앞으로 안은 것과 같은 자세로 다시 유리문으로 들어갔다. 이 유리문을 살아서 들어왔다면 지금쯤 어떤 목소리로 무슨 얘기를 하고 있었을까. 가방도 가족에게 전할 수 있었겠지. 갑자기 다시 슬픈 감정이 밀려왔다. 나는 세상이 변하고 나서 운 적은 없었다. 초기에 사람이 죽는 걸 봤을 때에도, 그 이후에 무심하게 사람들이 죽어나가는 모습을 봤을 때에도 울지 않았다. 하지만 지금은 주체할 수 없었다. 만약 선화 씨의 그 눈물이 진짜였다면 지금의 나와 비슷한 심정이었겠지.

나는 남자의 시체를 유리 문 앞의 남는 장소에 잘 내려놓은 후 밖으로 나가 비닐장갑에 묻은 피를 빗물로 쏠어냈다. 그리고 다시 들어와 이불에 말린 남자의 몸 앞에 앉았다. 이미 빗물이 섞이고 핏물이 스며든 곳에 눈물이 떨어지고 빨간 그 부분이 조금씩 연해졌다. 그리고 연한 부분이 점점 늘어났다. 나는 선화 씨에게 들리지 않게 입을 막고 고개를 숙였다. 한동안 그러고 있었다. 그리고 겨우겨우 자리에서 일어났다. 미친놈처럼 죄송하다고 중얼거렸다.

할 일이 생겼다. 호수로 203번 길이면 그렇게 멀지 않다. 가방이라도 가져다 놓고 와야 한다. 이 아저씨가 종이를 남길 정도라면 정말로 좋지 않은 상황이겠지. 나는 망설이지 않고 가방을 들고 길로 뛰어나갔다. 문에 붙어 있는 번지수를 봐가며 뛰고 또 뛰었다. 그렇게 얼마나 뛰었을까 드디어 호수로 203번 길에 도달하고 이번에는 더 자세하게 번지수를 확인했다. 19-3번, 19-2번 그리고 19-1번지였다. 문에는 다행히 변한 사람은 없었다. 나는 당장에 문을 열고 들어가서 3층으로 올라갔다.

하지만 문 앞에 서서 다시 가만히 서 있었다. 들어보니 문 안쪽에서 사람들 목소리가 들려왔다. 귀를 가린 봉투 때문에 무슨 말인지 까지는 들리지 않았지만 분명히 인기척이었다. 저 사람들을 만나야 하는 걸까? 만나면 뭐라고 해야 할까? 나 때문이다. 나를 죽여라. 말도 안 되는 소리다. 하지만 만나기는 해야지, 만나서 사과를 해야지 생각했지만 손이 문을 두드릴 생각을 하질 않았다. 영원히 이러고 있을 수는 없다. 그래서 나는 조금 비겁한 수를 쓰기로 했다. 어차피 남자의 시체를 가져와야 한다. 그러니 그 때 사람들을 만나서 얘기를 해볼 생각이다. 오늘은 그저 가방과 이 쪽지를 문 앞에 놓고 문을 두드린 후 뛰어나가야지.

나는 가방을 문 앞에 내려놓고 쪽지를 그 위에 놓았다. 아마 그것만으로도 그 아저씨가 어떻게 됐는지 가족들이 짐작을 할 수 있겠지. 나는 문을 세게 두 번 두드리고 후다닥 계단을 내려갔다. 우리 집 계단이 아니라 적응이 안 되서 한 번 미끄러질 뻔했지만 별일은 없었다. 유리문 밖으로 나오기 전에 문 열리는 소리가 들렸으니 아마 확실하게 봤을 것이다. 나는 또 무의식적으로 죄송하다고 중얼거렸다.

집으로 돌아오면서 나는 한 가지 생각을 했다. 만약 정말로 선화 씨가 그 나쁜 년이고 집에 인원이 늘어나기를 바라지 않아서 일부러 물을 늦게 뿌린 거라면 정말 절대로 가만히 두지 않을 것이다. 물론 벌써부터 밝혀지지 않은 일로 열을 내는 건 좋지 않지만 그래도 확실히 해둘 생각이다. 그렇게 복잡한 머리를 풀다 보니 이미 집 앞까지 와 있었다. 그 후에는 집으로 돌아와 유리문을 잠갔다. 계단으로 들어서니 아저씨를 싸고 있는 이불은 이젠 기존의 푸른색 보다 빨간색이 더 많았다. 이불 하나를 더 덮는 게 좋을 것 같았다.

계단을 올라가 현관문을 열자 밥 냄새가 뻗어왔다. 마침 딱 밥이 된 모양이었다. 복도에서 옷가지를 벗어 널고 집으로 들어서니 선화 씨가 소파에 앉아 있었다. 나를 기다렸는지 거실로 들어서는 걸 보고는 자리에서 일어났다.

"조금 늦었네요? 어떻게 단서가 될 만한 건 찾으셨나요?"

나는 그 말에 조금 고민하다가 대답했다.

"못 찾았습니다. 아무래도 내일 비가 오면 동네를 한 번 돌아봐야 할 것 같아요. 조금 힘들겠지만 어쨌든 그건 제가 할 일이니까요."

"아뇨, 정필 씨 잘못이 아니죠. 제 잘못이에요. 그저 일을 대신해 주시는 것뿐이고요. 죄송해요."

선화 씨는 그렇게 말하며 갑자기 품으로 들어왔다. 나는 그런 그녀를 가만히 내려다보다가 손으로 떼어내고 식탁으로 데려갔다. 아직 믿을 수 없으니까.

"누가 잘못했냐는 어쨌든 제가 할 일인 건 맞아요. 그러니 일단은 밥이나 먹고 내일 움직이는 걸로 하죠. 피곤하기도 하니까요."

나는 그렇게 말하고 나서 선화 씨한테는 그냥 앉아 있으라고 하고 밥과 반찬을 준비했다. 나도 선화 씨도 밥을 먹기 시작했고 대화는 별로 이어지지 않았다. 나는 선화 씨를 힐끔 쳐다보았다. 어쩐지 조금은 미안한 생각이 들었다. 아직 그녀가 그 이상한 년이라고 확정된 것도 아닌데 벌써부터 너무 경계하는 것 같았다. 아까도 선화 씨한테 단서를 못 찾았다고 거짓말을 한 건 물론 썩 내키는 일은 아니었지만 필요한 일이었다. 그래야 내일 선화 씨의 집을 조사해서 시간이 늦어져도 동내를 돌아다니느라 시간을 많이 썼다고 변명할 수 있다. 이유는 모르겠지만 선화 씨는 내가 자신의 집에 가지 않았으면 하는 것 같으니 괜한 의심과 원한을 살 필요는 없다.

식사는 나나 선화 씨나 빨리 끝났다. 점심을 건너뛰어서 배가 고팠던 것도 있겠지만 내가 일부러 밥을 빨리 먹었다. 빨리 잠자리에 들도록 유도하기 위해서였다. 어차피 밥 먹고 해가 지면 어두워서 자는 것 말고는 할 게 없으니까 말이다. 그렇게 선화 씨가 잠이 들면 가방을 조사할 생각이다. 그리고 그 전에 사전 준비가 필요하다.

"맞다. 선화 씨, 부탁이 하나 있습니다만."

"뭔데요?"

능청스럽게 얘기해야 한다. 머릿속으로 예행 연습 했잖아.

"이제 우린 속까지 다 본 사이잖아요? 그러니까 이제 서로 방문을 열고 자보는 겁니다. 원래 저도 문을 닫지 않는데 지금까지는 선화 씨 때문에 닫았었거든요. 문을 닫는 건 좀 답답하기도 하고. 어때요?"

그러자 선화 씨는 나를 뚫어져라 쳐다보다가 갑자기 웃음을 터뜨렸다.

"정필 씨가 그런 말도 할 줄 아는 사람일 줄 몰랐네요. 하지만 좋아요. 저도 답답하기도 했고, 말을 빌리자면 속까지 다 본 사이니까요. 가릴 것도 없죠."

다행이었다. 솔직히 이러면 더 이상하게 생각할까 싶었는데 순순히 받아줘서 한결 편해졌다. 방이 닫혀 있으면 아무래도 가방을 조사할 때 거치적거리니까 미리 열어둘 필요가 있었다. 경첩이 삐걱거리는 소리가 은근히 시끄럽기 때문에 만약 그 소리에 깨어나면 뭐라고 할 말이 없어진다. 야밤에 방에 들어와서 여자 가방을 마음대로 뒤지는 남자라. 선화 씨가 그 여자든 아니든 내 입장이 곤란해진다.

나는 일단 선화 씨와 인사를 하고 방으로 들어가 누웠다. 아직
은 이른 시간이었지만 구름이 껴서 이미 꽤 어두워져 있었다. 계
속 생각한 거지만 이 세상은 할 게 무지하게 없지만 그마저도 밤
이 되면 아예 사라진다. 왜 옛날 조상들이 그렇게 일찍 자고 일찍
일어났는지 실감이 갈 정도다. 그래서 나도 일단 눕기는 했다만
이거 참 잠을 잘 수도 없는데 그렇다고 가만히 있자니 죽을 맛이
다. 선화 씨가 자려면 얼마나 걸리는지는 모르겠지만 적어도 몇
시간은 걸릴 테니 그 시간을 기다려야 한다는 말이다.

그런데 이상하다. 이렇게 이른 시간인데 졸릴 리가 없는데. 피
곤했나?

"정필 씨 아직 안 자죠?"

나는 눈이 스르르 감기기는 했지만 입으로는 대답했다.

"네."

그러자 조금 있다가 다시 목소리가 들려왔다.

"아직 안 자요?"

그래서 "네." 하고 대답했다. 그리고 또다시 무슨 목소리가 들
려왔지만 나는 너무 졸린 나머지 대답을 못했다. 내일 미안하다고
해야지. 그런데 이대로 자면 안 되는데 이러면 낮에는 가방을 조
사할 시간이 없는데.

7

처음 일어나서 든 생각은 머리가 아프다는 것이었다. 그리고
다음에 든 생각은 왜 머리가 아픈가 하는 것이었다. 도대체 왜 머

리가 아프지? 내가 어제 술을 먹었던가? 머리를 굴려보니 어떻게 잠이 들었는지도 잘 기억이 나지 않았다. 그래서 지금 몇 시인가 싶어 시계를 보니, 세상에 두 시였다. 설마, 새벽 두 시가 아닐 텐데 그럼 지금이 오후 두 시라는 말이었다. 게다가 그렇게 오래 잤는데도 묘하게 몸 상태가 별로였다. 꿈도 전혀 꾸지 않았고 중간에 깨어나는 일도 없다니. 그렇게 내가 피곤했나?

어쨌든 나는 자리에서 일어나 앉았다. 뭐, 어쨌든 잠은 많이 잤으니 오늘 하루 피곤하지는 않으면 됐다고 생각하려고 했는데 그러고 보니 어제 새벽에 할 일이 있었다. 선화 씨의 가방을 확인했어야 했는데 내가 잠들고 만 것이다. 아, 멍청하긴. 어쨌든 오늘도 할 일이 있으니 서둘러 자리에서 일어났다. 그러나 거실로 나와 밖을 보니 비는 내리지 않고 있었다. 그렇다면 딱히 할 수 있는 일은 없어지는 것인데, 이러면 오늘 할 일도 못하게 되는 거 아닐까 싶었다.

"일어났어요?"

그런 목소리가 들리고 고개를 돌리자 선화 씨가 소파에 앉아 있었다. 선화 씨의 손에는 잔이 하나 들려 있었는데 냄새를 맡아 보니 커피였다. 내가 그 커피를 뚫어져라 보는데 선화 씨가 자신이 든 잔을 보더니 다시 나를 쳐다보고 말했다.

"물은 아직 많이 남았잖아요? 그래서 오랜만에 커피를 타봤는데 마음대로 물 낭비했다고 화난 거 아니죠?"

나는 뭐라고 대답해야 하나 싶었다. 어느새 입에는 침이 고였다. 그러고 보니 마지막으로 커피를 마신 게 언제더라. 지금까지 잠을 자려는 노력은 했지 잠을 쫓을 노력은 안 해봤으니 커피를 마실 이유가 없었다. 선화 씨는 그런 나의 표정을 알아봤는지 웃으며 물었다.

"물은 일단 정필 씨 것도 끓였는데 어떻게, 드실래요?"

선화 씨의 그런 말에 나는 고개를 끄덕이고 소파에 앉았다. 물을 끓인 지 별로 안 됐는지 선화 씨는 금방 커피를 한 잔 들고 소파 앞 탁자에 내려놓았다.

"제가 왕년에 커피믹스 물 조절은 진짜 잘했거든요. 먹어보세요."

그래서 일단 마셔보았다. 참 오랜만에 맛보는 씁쓸함과 달콤함이었다. 정말 맛있었다. 물을 아끼자는 생각에 커피를 마셔볼 생각은 전혀 해 본 적도 없었는데 덕분이라고 해야 할지 어쨌든 선화 씨가 말을 안 했으면 생각도 못했을 일이었다.

"맛있네요."

내가 그렇게 말하자 선화 씨는 "그렇죠?" 하고 기뻐하더니 달달한 과자를 한 봉지 꺼내 와서 역시 탁자에 올려놓았다.

"어차피 커피도 끓여 먹는 마당에 과자 한 봉지 먹는다고 죽기야 하겠어요? 앞으로 얼마나 먹고 마실 수 있을지도 모르는데."

나는 그 말에 슬쩍 웃곤 다시 커피를 입으로 가져갔다. 편안해지는 오후였다. 마치 예전의 생활로 돌아간 느낌이었다. 늦잠자고 일어나서 소파에 앉아 멍하니 있는 그런 것들 말이다. 애초에 나는 지금이 방학이니 이런 생활이 목적이기도 했고 지금도 그래야 하건만 이런 세상으로 바뀌고 나서는 여유라고 할 만한 것이 없었다. 지루함은 차고 넘쳤지만 그 두 가지는 느낌상 전혀 다르니까 말이다.

언제 원래 세상으로 돌아가는 걸까. 백신은 금방 만들어진다고 했으면서 왜 아직도 만들어지지 않는 걸까? 이제 슬슬 장마도 끝나가고 그렇게 비가 잘 내리지 않는 시기가 오면 이렇게 커피를 마시는 건 꿈도 꾸지 못할 거다. 아빠, 제발 빨리 와주세요. 미국의 연구원들 빨리빨리 좀 만들어라. 생각해 보면 너희들 잘못이잖아. 어떤 식으로 백신을 주입할 생각인지는 모르겠지만 알아차릴 수 있는 방식일 테지.

나는 옆으로 눈을 굴려 선화 씨를 힐끔 쳐다보았다. 그녀는 한 손으로 커피를, 다른 한 손으로는 과자를 들고 있었다. 하루빨리 의심을 풀어서 선화 씨를 대하는 나의 태도도 조금 여유로워졌으면 좋겠다. 그리고 그러기 위해서라도 오늘 선화 씨의 집을 조사해 봐야 했다. 물론 그 남자의 시체를 집에 돌려주는 것도 잊지 않고 있다.

"어머, 또 비가 오네."

선화 씨가 그렇게 말하자 나도 거실 베란다로 고개를 돌렸다. 정말로 빗방울이 떨어지고 있었다. 그 빗방울이 창문에 닿으면서 직선의 모양을 만들고 있었다. 이내 본격적으로 비가 내리기 시작했다. 아무래도 여유는 이 정도에서 끝내고 할 일을 하라는 신의 계시인 모양이다. 아쉽기는 하지만 할 일이 있는 건 확실하기 때문에 어쩔 수 없었다. 나는 커피를 한방에 죽 들이키고 선화 씨에게 말했다.

"잘 마셨습니다. 그럼 일하러 나가봐야겠습니다."

그러자 선화 씨가 키득거렸다.

"일이라니, 무슨 식당에서 밥 먹고 회사로 돌아가는 직장인 같네요. 조심해서 갔다 와요."

나는 그녀의 말을 듣고 바로 현관으로 향했다. 스키복을 입고 방망이를 들고 복도로 나가서 우비와 다른 비닐 옷들을 챙겨 입었다. 그러고 보니 습관처럼 입고 나가는 것이 정말 직장인 같았다. 물론 서류가방과 양복이었다면 겉모습도 직장인 같았겠지만. 그런데 비닐 옷을 입으며 조금 이상하다는 생각이 들었다. 분명히 어제 옷을 걸어놨으니 물이 조금은 말라 있어야 하는데 아직도 물기가 너무 많았다. 선화 씨가 입고 나가기라도 했나? 그런 생각을 하고 있는데 선화 씨가 현관까지 나와서 말했다.

"말하는 걸 깜빡했는데요. 오늘 아침에 보니 우비에 핏자국이 너무 많아서 물로 씻었거든요. 그런데 안쪽으로는 물이 안 들어가게 잘했으니 괜찮을 거예요."

그렇군, 하긴 어제 남자의 시체를 옮겼으니 핏자국이 꽤 많았겠지. 나는 그렇게 옷을 다 입고 물총까지 챙긴 후에야 계단을 내려갔다. 선화 씨는 나를 내려다보며 다시 한 번 조심해서 다녀오라는 말을 했고 나는 유리문의 잠금장치를 풀고 문을 활짝 열었다. 남자의 시체를 빼려면 자리가 많이 필요할 것 같았다. 그리고 남자의 시체를 앞으로 들고 비가 들이치지 않는 선에서 다시 입구에 내려놓았다. 남자가 죽고 몸이 굳어져서 편하게 들 수가 없었다. 하지만 이것도 다 내 책임이고 일이겠지.

나는 남자의 시체를 들고 집에서 내려다보이지 않는 왼쪽으로 돌아서 남자의 집으로 향했다. 혹시나 내가 시체를 가져가는 걸 본다면 왜 집도 못 찾았는데 시체를 들고 가냐며 이상하게 생각할지도 모를 일이다. 앞으로 든 시체에서 냄새가 심하게 났다. 이

불로 싸기는 했지만 아무래도 피 냄새도 그렇고 상처도 심해서 속에서 냄새가 나오는 모양이었다. 어쩐지 가족에게 돌려주기가 더 미안했다. 온전하지 않은 모습일 테니.

남자의 집은 멀지 않아서 금방 도착했다. 하지만 일단은 입구에 서서 무슨 말을 해야 하나 머릿속으로 고민했다. 길을 지나가다가 죽어 있는 걸 발견했다고 해도 되고, 그저 놈들이 그를 해치는 걸 집에서 봤다고 해도 되고, 진실을 말해도 된다. 물론 가장 첫 번째 방법은 내가 그들에게 들을 안 좋은 말들을 막아주겠지만 그렇다고 해도 내 마음이 편할 것 같지는 않았다. 그래, 뭘 병신처럼 고민 하냐. 사실대로 말하고 얼마든지 맞아도 되고 심한 말을 들어도 된다. 죽이려고 든다면 그건 안 되겠지만 그 이외의 모든 말은 다 들어야겠다. 그리고 그 말들에 틀린 말도 하나 없겠지. 병신이라는 말을 들어도 바로 그 말 대로니까.

나는 결국 계단을 하나씩 오르기 시작했다. 그리고 3층의 바로 그 집 앞에 서서 남자의 시체를 내려놓고 문을 두드렸다. 그러자 안에서 방금까지 들리던 인기척이 사라지고 조용해지더니 발소리가 들렸다. 그리고 그 발소리는 문 너머에서 멈췄고 나이 든 여자의 목소리가 들려왔다. 나는 순간 긴장해서 몸이 얼어붙는 것 같았다.

"당신이에요?"

죄송합니다. 그런 생각이 먼저 들었다. 당신의 남편이 아니라 제가 와서 죄송합니다. 나는 겨우겨우 입을 열었다.

"저기, 어제 가방을 두고 간 사람입니다."

내가 말을 끝내고 안에서 대화를 나누는 소리가 들렸다. 그러더니 얼마 안 있어 문의 잠금장치 풀리는 소리가 들리고 목소리와 어울리지 않는 젊은 여자가 나왔다. 아무래도 남자의 딸 같았다.

"누구세요?"

아까의 목소리가 아니었다. 그렇다면 아까의 그 목소리는 남자의 아내였겠지 싶었다.

"일단 들어가도 될까요?"

내가 머리에 쓴 비닐을 벗고 그렇게 말하자 여자는 순식간에 밑에서 칼을 들더니 문을 열고 나에게 겨누었다. 설마 시체를 보여주기 전부터 칼을 겨눌 거라고는 생각 못했다.

"아버지는 어디 있어요? 왜 가방만 돌려준 거죠?"

그녀가 그렇게 말하자 나는 문을 더 열고 바닥에서 남자의 시체를 들어 현관 쪽으로 옮겼다. 여자는 두 손으로 끝까지 나를 겨누고 있다가 내가 피로 범벅인 이불을 들이밀자 안색이 점점 변하더니 칼을 떨어뜨렸다.

"설마."

그녀가 그렇게 말하고 이어서 어디에 있다가 나온 건지 나이 든 여자가 튀어나왔다. 당연히 남자의 아내였다. 그리고 그녀는 피가 굳어 붙어버린 이불을 풀더니 먼저 보이는 남자의 얼굴을 확인하고 울음을 터뜨렸다. 젊은 여자도 남자의 얼굴을 보고 순간 얼굴이 일그러지고 손으로 입을 가렸다. 눈물이 흐르고 그녀는 자신의 어머니를 안고 또 울었다. 나는 그 모습을 보고 있기가 힘들었다. 뭐라고 말을 꺼내야 할까.

그렇게 눈물의 시간이 이어지고 먼저 자리에서 일어난 사람은 젊은 여자였다. 남자의 아내는 아직도 오열하며 남자의 얼굴을 쓰다듬고 있었다. 젊은 여자는 눈물을 닦고 나를 쳐다보았다. 그러나 그 퉁퉁 부은 얼굴에는 나를 원망하는 부분은 하나도 없었다.

"아버지를 이렇게라도 데려다 주셔서 감사합니다. 아버지는 어쩌다?"

그 질문이 애매해서 나는 그냥 전부 말해버렸다. 내가 그 남자를 본 일, 남자를 도우려고 했던 일, 그 계획이 실패했던 일도 전부 말해버렸다. 그러나 그 여자는 나에게 적의를 드러내거나 화를 내거나 하지는 않았다. 오히려 화가 나지 않느냐고 내가 되물을 정도였다.

"화가 나요. 분명히 안 된다고 했는데도 집을 나선 아버지한테도 화가 나고 말리지 못한 저나 어머니한테도 화가 나요. 당신한테 화가 나는 건 당연하고요. 그런데도 화를 내지는 못하겠어요. 아무도 나쁜 사람이 없잖아요. 당신은 아버지를 도우려고 했죠. 물론 그게 거짓말일지도 모르지만 그런 거짓말을 하려고 일부러 아버지를 데리고 집에 찾아왔을 리가 없죠. 그러니 당신한테 뭘 어떻게 할 수 있겠어요. 차라리 당신이 지독하게 나쁜 사람이었으면 좋았을 텐데. 그럼 당장에라도 칼로 찔러버렸을 텐데."

그녀는 그렇게 말하더니 다시 눈물을 흘렸다.

"도대체 누가 나쁜 걸까요? 아버지를 먹어치웠을 그 이상한 사람들이 나쁜 걸까요? 아님 당신 집에 있다는 그 실수한 여자분? 전 도저히 모르겠네요. 분명히 아버지는 돌아가셨는데 뚜렷하게 미워할 수 있는 사람이 없어요. 그래서 더 화가 나요."

도대체가 이상한 여자였다. 당연히 나한테 화를 내야 하는 거 아닌가? 내가 잘못해서 자신의 아버지가 죽었는데 화를 낼 사람이 없다니. 그래, 너무 슬프고 화가 나서 미쳐버린 걸지도 모르겠다. 미친놈은 매가 약이라고 했다. 그래서 나는 벽에 기대어둔 방망이를 들었다.

"자요. 받아요."

그리고 그걸 그 여자에게 쥐여주었다. 얼결에 방망이를 받아든 그녀는 이걸로 뭘 어떻게 하라는 건지 모르겠다는 눈으로 나를 쳐다보았다. 그래 이러는 내가 미친놈이다.

"절 때려요. 화나잖아요?"

그러자 그녀는 방망이와 나를 번갈아 보더니 정말 있는 힘껏 내 등과 다리와 배를 마구 두들기기 시작했다. 아무리 내가 그러라고 했다지만 정말 시원하게 때리고 있었다. 손으로 되지도 않는 방어를 하며 몇 대를 맞았을 때야 비로소 날아오는 방망이가 멈췄다. 그리고 고개를 들어보니 남자의 아내가 어느새 젊은 여자의 어깨를 잡고 있었다. 이제는 남자의 아내가 울음을 멈추고 젊은 여자가 펑펑 울고 있었다. 남자의 아내는 딸의 손에서 방망이를 뺏어서 나의 손에 들려주더니 두 팔로 딸을 안아주었다. 괜찮아, 괜찮아 하고 속삭이는 그 모습을 나는 멍하니 보고 있었다.

얼마 안 있어 젊은 여자도 울음을 멈추고 자신의 어머니와 나란히 서서 나를 쳐다보았다. 나는 또 무슨 일이 일어날까 싶어 기다리고 있었는데 젊은 여자가 입을 열었다.

"고마워요. 분풀이가 됐어요. 그러니 이제 그만 가보세요. 뒤는 알아서 할게요."

그러나 나는 쉽게 발을 뗄 수가 없었다. 마치 값을 다 지불하지 않고 식당을 나가는 기분이었다. 몇 대 맞은 거로는 아직 부족하니까 말이다. 하지만 그녀가 어서요 하고 다시 말했을 때 나는 결국 발걸음을 뗐다. 내가 그 두 명의 앞에 서서 느낀 건 그들이 내가 벌을 받았으면 하기보다는 그냥 빨리 자리를 떠나주기를 원한다는 것이었다. 말하자면 추방이고 나한테는 도망이었다. 계단을 내려가며 다시 젊은 여자가 울음을 터뜨리는 소리가 들렸다. 나는 서둘러 유리문을 열고 나갔다.

집을 떠나고 길가로 나가서 나는 어제와 비슷한 생각을 하고 있었다. 선화 씨의 집으로 가서 뭔가를 알아내고 그녀에 대한 일이 어떻게 될지를 말이다. 그녀의 집으로 가는 길에 나는 우리 집을 거치지 않고 다른 길로 지나갔다. 혹시나 선화 씨가 나를 볼까 싶었기 때문이다. 그래서 선택한 길은 집에서 한 블록 떨어진 길이었는데 분명히 머리로는 길을 알고 있고 와본 적도 있는 길이었지만 어쩐지 굉장히 낯설었다. 이 동네에 살면서 이 길로 다닌 적은 수도 없이 많지만 어쩐지 예전에 살던 동네를 오랜만에 지나가는 기분이었다.

그렇게 길을 걸어가는 중에 저 멀리 뭔가 움직이는 것이 보였다. 그리고 본능적으로 방망이를 들어 길가에 세워진 차 뒤로 가서 상황을 살폈다. 그러나 움직임은 더 이상 보이지 않았다. 그게 무엇이었든 다른 방향으로 가고 있었겠지 싶어 일단 다시 길가로 나왔지만 방망이는 꽉 쥐고 있었다. 길의 끝은 점점 가까워져 왔다. 그 길의 끝에 있는 삼거리가 바로 슈퍼와 선화 씨의 집이 있는 길이 엇갈리는 곳이었다.

그 끝에서 선화 씨의 집까지는 금방이었다. 나무가 몇 그루 서 있는 마당이 보이고 바로 집이 나왔다. 저번에 왔을 때와 마찬가지로 마당에는 아무도 없었고 집의 문은 닫힌 채였다. 변한 사람이 문을 열고 들어갔을 리는 없으니 긴장할 필요는 없지만 만약이라는 것이 있다. 창문이 깨져 있는 곳이 있다면 들어가는 것도 불가능한 건 아니니까. 그래서 일단은 문을 열고 들어갈 때도 방망이를 들고 있었다.

인기척은 전혀 없었다. 느낌이기는 했지만 거의 확실히 집에는 나 혼자뿐이었다. 이제는 찾아야 할 것들을 찾기 시작했다. 일단은 사진 같은 것들을 둘러보고 진짜로 여기가 선화 씨의 집은 맞는지 동생이 있기는 한 건지 그런 것을 알아볼 생각이다. 그리고 선화 씨 말 대로라면 동생이 슈퍼를 들락거렸을 테니 슈퍼의 옆집에 사는 할머니나 할아버지가 못 봤을 리가 없다. 물론 슈퍼를 들락거리는 타이밍이 달랐을지도 모르지만 적어도 한 번쯤은 여자아이의 아버지와 마주친 적이 있어야겠지. 그것에 대해서도 물어볼 생각이다.

집을 돌아다니다 보니 사진들은 많이 찾을 수 있었다. 2층의 한 아기자기한 방에서는 선화 씨의 사진이 걸려 있는 것을 봤고 다른 방에서는 조금 어려 보이는 남자의 사진도 봤다. 입학식 사진일까? 파란 가방을 메고 교복을 입은 남자였다. 어디서 본 듯한 인상이지만 아마도 선화 씨의 동생이 맞겠지. 게다가 사진 속 남자가 멘 가방은 낯이 익었다. 자세히 보니 가방 메이커 로고에 낙서를 해 놓은 것이 선화 씨의 그 가방이었다. 원래 동생 거였구나.

다른 물건들을 찾아보니 동생의 이름은 김진섭인 듯했다. 책장에서 꺼낸 책에 그렇게 적혀 있었다. 그렇다면 적어도 이 집은 선화 씨의 집이라는 말이 된다. 저번에는 자세히 보지 않아서 안 보였지만 어두운 바닥에 핏자국이 드문드문 묻어 있었다. 아마도 이건 동생의 핏자국이겠지 싶었다. 그 밖에도 여러 가지 찾아보고 마지막으로 다시 한 번 선화 씨의 방을 찾아봤지만 별로 이상한 점은 없었다. 나는 다시 거실로 나와 주위를 살폈지만 가구에도 먼지는 별로 없고 누군가가 최근까지 집에 있었음을 말해주고 있었다. 그러면 일단 선화 씨가 해 준 말들은 사실이라는 말이 된다. 여기에 선화 씨와 동생이 있었다는 것.

물론 이상한 점이 아예 없는 건 아니다. 집에는 식량이고 뭐고 먹고 마실 만한 것이 아무것도 없었다. 물품을 구하기 힘드니 거의 없는 건 이해가 가지만 이렇게 아무것도 없다는 것도 조금은 이해가 가질 않았다. 동생이 감염되고 급히 집을 나갔을 텐데 이렇게 철저하게 물품들을 챙기고 나갈 수 있었을까? 그리고 내가 슬쩍 선화 씨의 가방을 본 바 음식은 거의 들어 있지 않았다. 그렇다면 선화 씨는 챙기지 않았다는 뜻이니 뭔가 다른 이유가 있을 거라는 거다.

하지만 그런 점들이 선화 씨의 말을 거짓으로 만드는 건 아니다. 이유를 붙이면 이런저런 이유도 붙일 수 있으니 그런 사소한 점은 확실하게 뭔가를 나타낸다고 할 수가 없다. 오히려 이 집이 나타내는 건 선화 씨의 존재 자체이다. 만약 선화 씨가 가짜라면 그 증거가 있어야 마땅하건만 이 집은 오히려 선화 씨의 말들을 더 뚜렷하게 만들고 있었다.

그렇다면 그건 상당히 기뻐해야 할 일이지만 어쩐지 찜찜했다. 기쁘지 않은 건 아니다. 굉장히 기쁘다. 하지만 그러면 내가 느낀 위화감들은? 적어도 그 위화감이 진짜거나 선화 씨가 진짜거나 둘 중 하나겠지만 나는 어쩐지 내 위화감이 가짜일 거라는 생각이 들지를 않았다. 하지만 이런 건 좋지 않겠지. 스스로를 너무 믿지 말자, 내가 틀렸고 선화 씨가 맞았다는 증거들이 늘어져 있다. 이제 할아버지의 집에 들러서 얘기를 들어보고 집으로 가서 선화 씨를 편하게 대하기만 하면 된다. 그녀는 세상이 돌아오기 전까지 좋은 친구가 되어줄 것이다.

그렇게 생각하며 방을 나가려고 몸을 돌리는데 문 앞에 무언가가 서 있는 것이 보였다. 그리고 그 무언가는 내가 뭐지 하고 생각하는 그 순간에 달려들어 나를 바닥에 눕히고 목에 칼을 들이밀었다. 자세히 보니 그 무언가는 온통 빨간색이었다. 빨간 우비다.

"움직이기만 해. 목을 그어버릴 거야."

처음 들어보는 빨간 우비의 목소리였다. 내 나이 또래거나 좀 어린 느낌이었다. 그런데 첫말이 목을 그어버리겠다니. 내가 무슨 해가 될 짓을 했다고 그러는 거지. 아, 그러고 보니 할아버지와 할머니에게 들은 얘기가 있었다. 나는 그의 아버지를 죽인 사람이다. 물론 그 아버지가 감염되어 있기는 했지만. 생각해 보면 이러는 이유는 충분하구나.

"잠깐, 빨간 우비. 할아버지랑 할머니한테 얘기는 들었어. 네가 보기엔 내가 아버지를 죽인 사람처럼 보이겠지만, 물론 틀리지는 않지만 일단 얘기를 좀 들어봐."

내가 그렇게 말하자 빨간 우비는 칼을 더 들이밀며 소리쳤다.

"그게 무슨 개소리야. 시간이나 벌어보겠다는 건가? 어제 날

죽이려 들었으니 찔려도 할 말 없을 것 같은데."

아니 아무리 생각해도 지금 개소리는 그쪽이 한 말이지. 내가 어제 빨간 우비를 죽이려 했다니. 내가 몽유병이 있어서 죽이러 나가기라도 했다는 말인가? 무슨 말도 안 되는 소리를.

"그게 도대체 무슨 말이야? 나는 어제 너를 만나지도 못했어!"

"거짓말하지 마. 널 구하러 올 동료라도 있나? 그런 식으로 시간을 끌어서 어쩌겠다는 거지?"

돌아버리겠구먼, 처음 나누는 대화가 이런 식이라니. 미치기라도 한 건가? 어지간히도 사람 못 믿는 놈일세. 아까도 말했지만 미친놈한테는 뭐가 약이라고?

"매가 약이다, 이놈아!"

나는 그렇게 오른손에 힘을 주고 방망이를 휘둘렀다. 놈이 발꿈치로 팔을 누르고 있기는 했지만 어차피 나보다 어린놈이고 나도 약한 편은 아니니까. 하지만 그렇다고 방망이가 빨간 우비의 몸을 맞추지는 못했다. 놈은 꽤나 잽싸게 방망이를 피하더니 뒤로 물러나서 다시 칼을 들고 섰다.

"역시 나를 죽이려고 들잖아! 그 여자한테 홀리기라도 했나? 어제 그렇게 충고했는데도."

도대체 무슨 말을 하는 건지 알 수가 있어야지. 어제라니? 충고는 또 뭐고? 여자한테 홀렸다면 선화 씨를 말하는 건가?

"일단 공격한 건 미안하지만 주고받은 거야. 애초에 네가 먼저 달려들었잖아. 그리고 계속 말하게 하는데 나는 어제고 자시고 너를 제대로 만난 적도 없어. 도대체 무슨 말을 하는지도 모르겠다고."

"끝까지 그렇게 나오신다? 너도 결국 그 여자하고 한패였어. 아버지를 죽인 것도 고의고 우리 가족을 망치려고 여자랑 짜고 한 일이었어."

"닥쳐, 새끼야!"

나는 거의 악으로 소리를 질렀다. 그냥 들어줄 수 없는 말이었다. 아무리 내가 이놈의 아버지를 죽인 게 맞더라도 저딴 소리를 들을 놈은 아니란 말이야.

"나도 들어서 알아. 내가 네 아버지를 죽인 건 사실이야. 사람을 죽인 게 당당한 일은 아니지만 적어도 고의는 아니었다. 여자랑 짜고? 그 여자란 게 설마 너희 가족에 빌붙었다는 여자를 말하는 거냐? 그렇다면 잘못 짚었다, 거지 같은 놈아. 그러니 다시는 그딴 말 안 하는 게 좋아. 아무리 내 쪽이 쫄리는 일이 있어도 팔 하나 정도는 부러뜨려도 죄책감 안 생기니까."

내가 화가 나서 한 그 말이 끝나자 정적이 찾아왔다. 아차, 너무 흥분했다. 이런 분위기로 만들면 더 어색해지는데. 일단은 분위기를 돌리는 게 시급하다. 그리고 도대체 무슨 말을 하는 건지 확실하게 듣기도 해야겠고. 뭔가 이상한 느낌이 들기 시작했으니까.

"일단 무슨 말인지 처음부터 차근차근 말해봐. 그래야 아무리 허무맹랑해도 들어는 줄 것 아니야."

내가 그렇게 말하자 빨간 우비는 머뭇거리다가 정말로 몰라서 묻는 거냐고 재차 확인을 하고서야 입을 열었다. 하지만 여전히 손에는 칼이 들려 있었다.

"어제 나는 너희 집 주변의 삼거리를 감시하다가 노란 우비를 입은 사람이 나타나서 그 사람을 쫓아갔어. 그건 당연히 너라고 생각했기 때문에 따라가서 경고해 주려고 했지. 너희 집에 있는 그 여자가 아무래도 내가 찾는 그 년인 것 같으니 조심하라고. 그런데 내 얘기를 다 듣더니 네가 갑자기 달려들어서 방망이를 휘둘렀지. 덕분에 난 지금 왼손이 부러졌는지 안 부러졌는지 걱정하는 신세가 됐고."

"그런데 왜 선화 씨를 그 여자로 의심하는 거지? 아니, 아니다. 일단 다 들어보고."

내가 질문을 취소하자 빨간 우비는 다시 말을 이었다.

"어쨌든 그 후에는 뭔가 이상해서 그 노란 우비를 미행했는데 이 집을 잠깐 들렀다가 이번에는 예전 우리 집으로 갔더라고. 혹시나 할아버지랑 할머니를 죽이려는 건 아닌가 싶어 따라갔는데 그런 조짐은 없었지. 이상한 건 처음에는 바람 빠진 튜브 같던 가방이 집에서 나오니 빵빵해져 있었어. 계속 지켜보는데 그냥 그 일의 반복이었어. 그러다가 비가 멈출 것 같으니 다시 집으로 돌아가는 것 같아서 나도 상처가 있겠다, 집으로 돌아갔지."

"그러니까 결국 내가 그 우비라는 증거는 없다는 말이군? 그렇지? 목소리를 듣거나 한 건 아니잖아? 물론 증거 운운하기 전에 나는 새벽에 그런 일을 한 적이 없고 말이야. 내가 아닌 다른 사람이겠지"

내가 그렇게 말하자 놈이 발끈해서 달려들었다.

"그건 그렇지만 세상에 그런 노란 우비가 너 말고 또 있을 것 같아! 모습도 완전히 똑같았다고."

"하지만 어쨌든 그건 내가 아니야. 난 어제 일찍 잠들어서 오

196

늘 두 시에야 겨우 눈을 떴으니 새벽에 만났을 리가 없어. 꼭 나만 노란 우비를 입으라는 법 있나? 다른 사람일 수도 있는 거 아니야? 그게 나라고 확신할 수 있어?"

"그건 아니지만. 감이야. 우비는 분명히 같은 거였어."

"그러니까 나는 자고 있었다니까. 다른 누가 내 옷을……."

입을 수 없나? 아니지, 입을 수 있잖아? 꼭 내가 아니라도 옷을 입을 수는 있는 거지. 선화 씨라도 내 우비를 입는다면 입을 수 있다. 예컨대 자고 있는 사이에 라면 얼마든지 입고 돌아다닐 수 있다. 하지만 그렇다면 우비에 비가 묻어서 내가 알아차렸을 텐데. 비 냄새가 나기도 할 거고.

'말하는 걸 깜빡했는데요. 오늘 아침에 보니 우비에 핏자국이 있어서 물로 씻었거든요. 그런데 안쪽으로는 물이 안 들어가게 잘 했으니 괜찮을 거예요.'

그래, 그랬었지. 선화 씨가 우비를 씻었다고 했어. 그러면 비를 씻어냈을 테니 물이 묻어 있어도 이상하지 않고 냄새가 나지도 않겠지. 아니, 잠깐만. 분명히 그렇기는 하지만 선화 씨 성격상 피가 묻어 있는 걸 못 본 체할 수 없었을 수도 있지. 그냥 그 이유 때문에 물로 씻어냈을 수도 있어. 솔직히 이유 자체도 이상할 거 없고. 너무 의심하는 쪽으로 생각하지 말자. 하지만 확실하게 해둘 필요는 있겠지.

"혹시 그 노란 우비가 뭘 옮기고 있었는지 알아?"

"아니, 가방에 넣어서 옮기는 것밖에 못 봤어. 내용물이 뭔지

까지는 모르겠다. 아, 그러고 보니 삽을 가지고 다니는 것 같았어. 그나저나 정말 네가 그 노란 우비가 아닌 거야?"

"그래, 아니야. 이 맑은 눈을 보라고. 어디 거짓말이나 하겠나?"

나는 뒤집어쓴 비닐의 물안경을 가리키며 말했다. 그러자 빨간 우비가 기가 차다는 듯이 웃었다.

"무슨 눈이 보여야 맑은지를 알지."

"에라, 그래 이러면 보이겠지?"

그리고 나는 바로 뒤집어쓰고 있던 비닐을 벗어서 얼굴을 보였다. 그리고 방망이를 내리고 손을 뻗었다.

"이름은 이정필, 나이 스물두 살. 방망이도 무기도 내렸고 나는 네가 그렇게 의심하는 어제의 노란 우비도 아니야. 그러니 정식으로 인사해. 할아버지하고 할머니한테 얘기를 듣기는 했지만 이렇게 둘이 얘기하기는 처음이잖아."

그러자 빨간 우비는 칼을 들고 있던 손을 움찔거리다가 결국 슬쩍 내리고 머리에 쓴 비닐을 벗었다. 그리고 나온 얼굴은 어디선가 본 적이 있는 얼굴이었다. 그래, 분명히 이름이.

"김진섭?"

"무슨 소리야? 내 이름은 황진규야. '진' 말고는 다 다른 글자 잖아. 어쨌든 그렇고 나이는 열아홉 살이야. 하지만 나이 많다고 형 소리 들을 생각은 하지 마. 아버지 일이 어떻게 된 건지 나도 알지만 편하게 대할 생각은 없으니까. 어이, 왜 정신을 놓고 있어? 왜 그래?"

사진이다. 사진이야.

"따라와 봐."

나는 황진규를 끌고 선화 씨의 동생 방으로 데려갔다. 그는 왜 이러냐, 안 놓으면 칼로 찔러 버리겠다, 말이 많았지만 일단은 끌려가는 대로 가고 있었다. 2층으로 올라가는 계단을 통해 단번에 방을 찾아 들어갔다. 그리고 벽에 걸린 사진을 들어 황진규의 얼굴 앞으로 가져갔다.

"이거 너야? 아니야?"

그러자 황진규는 사진을 받아들고 보더니 놀라며 말했다.

"내 사진이잖아? 집에 있을 사진이 왜 여기에 있지? 설마 어제의 그 우비가 가져다 둔 거야? 어째서?"

그래, 그렇게 된 거였어. 애초에 난 이미 진규의 얼굴을 그의 집에 있던 가족사진에서 봤었는데 이 사진을 보고 동일 인물인 걸 알아차리지 못하다니. 내가 멍청했다.

"이봐 황진규. 아까 어제의 노란 우비한테 우리 집의 여자가 위험하다고 했지? 그렇게 말한 이유가 뭐야?"

"이렇다 할 이유는 없어. 그냥 감이지. 그 여자를 네가 구해주던 날 나도 그 여자를 창문으로 봤어. 그년하고 닮은 것 같기도 하고 아닌 것 같기도 해서 널 주시하고 있었지. 그런데 별 일 없는 것 같아서 그냥 무시했는데 아무리 생각해도 그냥 넘길 일은 아닌 것 같아서 충고해 주려고 한 거야. 할아버지 말로는 그 분들을 도와줬다고 하기도 했고. 그건 원래 내 일인데 그걸 대신 해 준 거니까. 일종의 답례 차원으로. 원래대로라면 나는 너하고 그다지 얘기하고 싶지 않았는데."

그래 그렇겠지.

"또 와봐. 다른 사진을 보여주지."

"여기 있는 내 사진은 어떻게 하고? 이봐?"

나는 이번에도 그를 끌고 바로 옆 방으로 데려갔다. 선화 씨의 방, 이라고 해두지.

"이번엔 이 사진이야. 어때?"

나는 이번에도 벽에 걸린 사진을 하나 때서 그에게 내밀었다. 그러자 그는 그 사진을 뚫어져라 보다가 소리쳤다.

"그년이잖아? 머리가 짧고 더 젊어 보이긴 하지만 분명해."

그렇겠지 역시. 나는 그 사진을 다시 받아들고 자세히 살펴보았다. 사진에 있는 사람은 분명히 더 젊은 선화 씨다. 그리고 황진규가 말하는 바로 그년이다. 아까는 몰랐지만 자세히 보니 사진과 사진이 들어간 액자의 크기가 조금 엇나가 있었다. 애초에 거기 들어 있던 사진은 그게 아니었다고 말하는 것 같았다.

나는 다시 머리에 비닐을 뒤집어쓰고 이번에는 집 밖으로 뛰쳐나갔다. 그 뒤를 황진규가 소리치며 따라왔다.

"이봐, 이게 도대체 어떻게 된 일이야? 내 사진은 뭐고? 그년 사진은 또 뭐고? 어제의 그 우비는 또 누구고? 야, 말을 해보라고. 뭘 알 수가 있어야지."

하지만 나는 그저 마당에서 삽을 찾아서 팔 장소를 물색할 뿐이었다. 빨리 진실을 밝혀야지 질문에 대답할 시간은 없다. 마당 어딘가 눈에 띄지 않지만 흙이 엎어져 있는 곳을 찾아야 한다. 어디지? 마당 한가운데에 했을 리도 없고. 나는 일단 담을 따라서 죽 둘러보았다. 나무 밑이나 벽 끝이나. 혹은 빗물이 고이는 곳. 나는 마당을 누비며 땅을 일일이 밟아나갔다. 만약 땅을 파고 다시 매웠다면 흙이 그다지 단단하지 않을 것이고 밟아보면 알 수 있다.

그렇게 얼마간 마당을 돌아다니다 보니 이상하게 발이 쑥 들어가는 곳이 있었다. 나는 주저하지 않고 삽으로 그 자리를 파내기 시작했다. 파다 보니 확실히 흙이 엉성해서 쉽게 삽이 들어갔다. 마치 금방 섞은 흙처럼 말이다. 보통은 이것보다 더 단단해야 정상이다.

얼마간 황진규의 말을 무시하며 파다 보니 삽 끝에 흙이 아닌 뭔가가 걸렸다. 나는 바로 손을 넣어서 웅덩이에서 그 뭔가를 꺼냈다. 나온 것은 흙이 묻은 사진이었다. 그러나 이번에는 좀 예상치 못한 사진이었다. 사진의 남자는 꽤 전에 본 적이 있는 얼굴이었다. 설마 여기서 다시 보리라곤 생각 못 했지만 무슨 일이었는지 이해는 갔다. 왜 그 남자가 미쳐버렸는지 충분히 이해할 수 있었다. 사진의 남자는 기우제의 남자였다. 아마도 이 집의 진짜 주인이자 황진규의 아버지 다음 희생자겠지.

이걸로 거의 확실해졌다. 진상이 수면 위로 떠오르고 이제 남은 것은 하나뿐이었다. 귀걸이와 선화 씨의 가방이다. 만약 내가 가진 것과 같은 귀걸이가 그녀의 가방에서 나오고 결국 나도 알게 모르게 피해자였다는 사실을 깨닫는다면 어떻게 반응할지 모르겠다. 다만 일단 화가 날 것 같다. 그 여자아이의 아버지도, 기우제의 남자도, 그 아저씨도 결국 그년 때문에 죽었고 나는 그런 여자를 열심히 먹여 살리고 진심으로 믿기까지 했다. 나는 어제 했던 다짐을 다시 생각해냈다. 만약 선화 씨가 그 년이라면, 아저씨가 선화 씨 때문에 죽었다면 나는 절대로 용서하지 않기로 했었다. 그리고 실제로도 절대로 용서하지 않을 생각이다.

"이봐! 비가 멈추기 시작한다. 무슨 일인지는 모르겠지만 일단 집으로 들어가. 어제 새벽에도 그렇고 요즘에는 소나기가 많이 내린다니까."

황진규는 그렇게 말하며 나를 끌고 집으로 들어갔다. 확실히 빗발이 많이 약해지기는 한 모양인지 우비를 두드리는 소리가 꽤나 작았다. 하지만 그렇다고 여기서 가만히 있고 싶지는 않았다. 어떻게 해서든 집으로 돌아가서 마지막 증거를 확인하고 첫값을 치르게 하고 싶었다. 그래서 나는 삽을 내려놓고 다시 방망이를 들었다. 이대로 앉아 있는 건 역시 성미에 안 맞는다. 비가 멈추기 전에 집으로 돌아가면 그만이다. 그렇게 먼 거리도 아니고.

"어디를 나가려고? 이제 조금 있으면 비가 멈출지도 몰라."

황진규는 그렇게 말하며 내 팔을 잡으려 했지만 나는 손을 뿌리치고 밖으로 뛰쳐나갔다. 다행히 아직은 비가 내리고 있었다. 나는 길을 따라 뛰기 시작했다. 그러고 보면 바로 며칠 전에도 이런 일이 있었다. 비가 조금씩 멈추기 시작할 때 위기에 처한 나를 선화 씨가 구해줬다. 도대체 왜 나를 구해줬을까? 그저 내가 죽으면 빌붙을 상대가 사라지니까? 그럼 나와 관계를 가진 건? 그것도 나의 환심을 사기 위해서였던 걸까?

빨간 우비의 말을 듣고 집을 돌아다니며 증거를 찾아 나갈 때 나는 어쩐지 흥분이 되기도 하면서 동시에 무서웠다. 그 선화 씨가 점점 나쁜 년의 모습으로 바뀌어가는 그런 모습이었다. 하지만 나는 그런 변화를 별로 바라지 않고 있었다. 그저 지금처럼 좋은 상대로 남는다면 더할 나위 없이 좋은 일이다. 이대로 아무것도 모르는 척하면 나는 표면상 계속 그런 생활을 할 수 있는 것 아닐까?

아니, 그럴 수는 없다. 나는 한때 사람이 사람을 죽이는 게 싫어서 사람들을 도우려고 하지 않았다. 내가 그들을, 혹은 그들이 나를 언제든지 배신하고 죽일 수 있다. 혹은 죽도록 그냥 둘 수도 있다. 그리고 실제로도 나는 그렇게 했다. 하지만 마음이 틀어져서 선화 씨를 구했고 나는 다시 좋은 쪽으로 변한다고 생각했지만 결국 이렇게 사실을 알아냈다. 결국 내가 변하려던 방향이 결과적으로 다시 뒤통수를 때리는 식으로 돌아온 것이다. 나는 그런 사실이 도저히 용서가 되질 않았다. 그녀는 결국 그녀의 희생양들을 가지고 놀다가 내다 버렸다. 그리고 나도 마지막에는 버려졌을지도 모르는 일이다. 다시 열이 올라오기 시작했다.

빗줄기가 가늘어지고 있었다. 몸으로도 실감이 났다. 하지만 집까지의 거리는 그렇게 멀지 않았다. 이번에는 짐도 없고 그저 내 몸뚱어리 하나뿐이다. 비가 멈추고 놈들이 나를 따라와도 나는 그들을 따돌릴 수 있다. 그렇게 생각한 순간 진짜로 비가 멈추고 소리가 멈췄다. 그리고 다른 소리가 들리기 시작했다. 익숙하다면 익숙한 소리였다. 누군가가 뒤를 따라오는 소리가 익숙한 세상이니까. 하지만 그들에게 따라잡힐 생각은 없었다.

저 앞으로 유리문이 보였다. 나는 뒤를 슬쩍 돌아보았다. 놈들과 나의 거리는 대충 5미터 정도로 유리문을 잠그기에는 부족함이 없었다. 나는 서둘러 유리문을 잠그고 그 기세로 다시 계단을 오르기 시작했다. 여러 층을 지나고 드디어 도착한 꼭대기 층의 현관문을 열고 들어갔다. 문은 살짝 잠금장치를 걸었다. 그 뒤를 이어 계단을 통해 쿵쾅거리며 유리문 두드리는 소리가 났다.

"무슨 일이에요? 저 소리는요?"

선화 씨가 그렇게 말하며 나를 맞이했지만 나는 무시하고 선화 씨의 가방이 있는 방으로 들어갔다. 그리고 무식하게 가방을 열고 내용물을 꺼내기 시작했다. 옷, 옷, 옷, 음식 약간, 옷, 네모난 이상한 물건 그리고 마지막으로 바닥이 나왔다. 이럴 리가 없다. 분명히 여기 있어야 하는데. 귀걸이가 여기 있어야 마지막 증거가 다 모이는 건데.

그런데. 있어야 할 터인데.

없다. 어디에도 없다.

가방을 반대로 들고 털어도 없다.

"뭘 그렇게 찾아요?"

선화 씨의 그 말에 나는 뒤를 돌아보았다. 선화 씨는 도저히 영문을 모르겠다는 표정이었다. 나는 머리에 씌운 봉투며 우비의 모자를 벗고 주머니에서 귀걸이를 꺼냈다.

"이거, 이게 뭔지 알지? 어디 있어? 날 속이려는 건가? 숨긴 거지?"

그렇게 귀걸이를 코앞으로 가져가자 그녀는 약간 겁에 질린 표정으로 고개를 저었다. 저것도 연기인가? 지금까지처럼 나를 속이려고? 진규의 아버지를 속였을 때처럼?

"그런 귀걸이는 처음 봐요. 도대체 지금 왜 이러는지 모르겠……"

"거짓말 하지 마, 이젠 다 알아차렸어. 네가 어떤 여자인지, 무슨 짓을 했는지. 약인가? 아마 그런 방법으로 어제 나를 재우고 비가 오는 동안에 나를 속일 준비를 했겠지? 하지만 네가 어제

나인 척하고 만난 사람을 내가 오늘 다시 만날 줄은 몰랐겠지? 응?"

나는 선화 씨, 아니 그 여자를 벽으로 밀어붙이며 말했다. 여자는 벽에 등을 찍고 괴로운 표정으로 주저앉았다. 그러곤 나를 올려다보고 손을 저었다. 눈에서는 눈물이 흘렀다.

"자, 잠깐만요. 제발 진정해요. 무섭게 왜 이래요? 장난이면 이미 충분하잖아요. 그만 해요, 제발."

나는 거칠게 숨을 들이쉬고 뱉어냈다. 화는 아직 머리끝에서 빙빙 돌았지만 머리는 약간 진정이 되고 있었다.

"왜 이러냐고? 좋아, 끝까지 그렇다면 내가 어떻게 알았는지 설명을 해 주지. 모든 게 들통났다는 걸 알고도 계속 아닌 척하지는 못할 거야."

그렇게 나는 그녀에게 내가 알아낸 것들을 얘기해 주었다. 슈퍼 옆집의 할머니와 할아버지가 얘기해 준 것들을 시작으로 그녀의 집에 갔었던 것, 사진들을 보았던 것, 그리고 진규를 만나서 어제 네가 내 우비를 입고 나갔던 것을 알아차린 것에 대해 얘기했다. 또 나는 그 일을 진규에게 듣고 그의 사진이 그녀의 남동생인 양 걸려 있었다는 사실을 알아차린 것. 마지막으로 마당에 숨겨져 있던 남자 사진을 찾아냈고 진규는 사진 속 여자의 얼굴을 알아보았다는 것 등등 내가 아는 전부를 시간을 충분히 들여서 말했다. 귀걸이에 관한 건 뺐지만 어차피 찾지 못한 증거다. 말해 줄 필요는 없다.

나는 얘기를 끝내고 그녀의 얼굴을 살폈다. 당연하지만 그녀의 표정은 점점 굳어지고 모든 걸 체념할 것이라 생각했다. 하지만 그렇지 않았다. 오히려 더 황당하고 당황스럽다는 표정이었다. 게다가 의심스럽다는 표정까지 더해져 있었다. 의심이라니? 지금 의심은 내가 하고 있는 것 아닌가? 어째서?

"그거 알아요?"

그녀가 나를 올려다보며 그렇게 말했다.

"지금 저는 전혀 무슨 말인지 도통 이해를 못 하겠다는 거? 그리고 오히려 화는 내가 내야겠다고 생각하는 중인 거?"

이건 또 무슨 전개지? 그녀가 그렇게 나오니 나는 기가 조금 꺾일 수밖에 없었다. 그녀는 자리에서 일어나 주먹을 꽉 쥐더니 내 얼굴을 때렸다.

그리고 손목이 아픈지 왼손으로 손목을 쥐었다. 아프긴 내가 더 아픈데. 정말 아프다.

"일단 한 대 맞아요. 그리고 제대로 반박해 드리죠. 내가 정필 씨 우비를 입고 나갔다? 그리고 사진을 내 집이 아닌 곳에 가져다 놓고 내 집인 것처럼 속이려 했다? 그 집에 있던 사진은 마당에 묻었다? 그런 얘기죠? 그렇죠? 그런데 우선 그 황진규인가 하는 남자는 어떻게 믿는 거죠? 만약 그 남자가 거짓말을 한 거라면?"

그녀는 나한테 그렇게 물어왔다. 무슨 말도 안 되는 소리인가? 진규가 거짓말을? 속이려고 용을 쓰는군.

"그 남자가 한 말은 다 거짓말이에요. 그리고 거짓말이라고 치고 생각해 보면 모든 게 이해가 되죠. 그는 어차피 비가 와도 밖으로 나갈 수 있잖아요? 그러면 내 집에 있던 남동생 사진을 자기 사진으로 바꾸는 것도 가능하겠죠. 물론 마당에 당신이 봤다는 그 남자 사진을 묻어놓는 것도 가능하고요. 그리고 정필 씨가 내 집으로 가기를 기다렸다가 공격하면서 말하는 거죠. '어제 날 공격했으니 나도 공격하는 거다.' 라고요. 그러면 나는 완전히 죄를 뒤집어쓰게 되죠."

나는 생각에 잠겼다. 그리고 나도 모르게 그렇긴 하다고 생각해버렸다. 무슨, 그런, 진규가 그런 거짓말을 할 리가 없다.

"그럴듯하지만 그럴 리가 없어. 진규는 너 때문에 아버지를 잃고 자기도 죽을 뻔……"

그녀는 말을 잘랐다. 화난 듯이.

"그러니까, 정필 씨. 그게 진짜라는 걸 어떻게 믿어요? 정신 좀 차려요. 제발."

"하지만 그 집에 살던 할아버지 할머니가 얘기해 줬어. 당신이 진규한테, 진규 가족한테 한 일들을 전부."

나는 그렇게 말했지만 그녀는 더 답답하다는 듯이 화를 내며 말했다.

"그러니까! 그 할머니 할아버지는 어떻게 믿어요? 애초에 그 둘과 남자가 짜고 말을 맞췄을지도 모르는데."

그래 확실히 두 분은 나한테 진규의 가족이 당한 일을 '말'해 줬다. 그리고 진규도 나에게 어제 우비를 입은 사람이 자신을 공격했다고 '말'했다. 나는 아무것도 본 것이 없다. 그녀가 진규의 집을 파탄 내는 것도, 진규가 당했다는 일들도, 어제 그녀가 나갔다는 사실도 나는 본적이 없다. 그저 들었을 뿐. 그렇다면 속이는 것도 가능은 할 것이다. 하지만.

"하지만 그 두 분은 그럴 사람……"

"그럴 사람이 아니라고요? 그럼 말해봐요. 나는 그런 짓들을 할 사람처럼 보여요?"

그녀는 다시 내 말을 자르고 말했다. 나를 똑바로 쳐다보면서, 당당하게. 나는 그 눈을 보면서 할 말이 없어졌다. 그러고 보니 나는 그녀를 만난 후 그 여자에 대해서 많은 얘기를 들었지만 그녀는 그럴 사람이 아니라면서 부정해 왔다. 물론 의심을 전혀 안 한 건 아니었지만 그녀는 그럴 사람으로 보이지는 않았으니까.

하지만 그렇다 해도 한 가지 의문이 남는다.

도대체 진규와 그 두 사람이 나를 속일 이유가 뭐란 말인가? 무슨 이득이 있다고. 내가 그것에 대해 얘기하자 그녀는 이번만은 고개를 숙이고 잠시 생각에 잠겼다. 하지만 이내 고개를 들고 말했다.

"분명히 정필 씨가 그 남자의 아버지를 죽였다고 하지 않았나요?"

"하지만 그건……"

"네, 알아요. 그건 그 아버지가 물려서 이미 이상하게 변한 후였죠. 하지만 아버지는 아버지죠. 만약 정필 씨 아버지가 이상하게 변했는데 누가 죽였다고 생각해 봐요. 쉽게 용서할 수 있나요?"

용서할 수 없다. 이성적으로는 이해할 수 있지만 감정은 용서할 수 없을 것이다. 진규도 나를 용서했다고 말한 적은 없다.

"하지만 그러면 나를 죽이거나 하면 되지 왜 선화 씨를 이상한 여자로 생각하게 나를 속인 거죠? 내가 선화 씨와 싸우다가 죽을 거로 생각하기라도 한 건가요?"

나는 어느새 그녀에게 물어보고 있었다. 그녀는 잠시 생각에 잠겼다가 말했다.

"이건 짐작이지만 정필 씨도 진규라고하는 그 남자를 직접 죽인 게 아니고 아버지를 죽였으니까 정필 씨를 속여서 옆에 있는 나를 헤치게 만들려는 생각이었을지도 모르죠. 그 사람이 아니라 옆에 있는 소중한 사람을 죽인다. 뭐, 그런 식으로요."

그럴듯하다. 아니, 사실 이렇게 듣고 나니 '흠, 그런 의견도 있을 수 있구나.' 하고 생각할 수가 없다. 그녀의 말을 완전히 받아들인 건 아니지만 그렇다고 무시할 정도로 터무니없는 얘기도 아니다. 한마디로 누구도 믿을 수가 없어졌다. 할아버지 할머니는 정말 나로 하여금 선화 씨를 의심하게 만들고 진규와 짜서 나를 속이려는 걸까? 아니면 그녀는 그럴듯하게 말해서 나를 속이려는 걸까?

나는 누구를 믿어야 하는 걸까.

내가 혼란스러워하고 있으니 선화 씨는 겨우 누명이 풀렸다고 중얼거리며 말했다.

"제가 지금 정필 씨 말을 듣고 무슨 생각까지 하는 줄 아세요? 그 할머니 할아버지와 황진규인가 하는 남자는 슈퍼 옆에 산다고 했죠?"

내가 힘없이 고개를 끄덕이자 그녀는 다시 말했다.

"그럼 슈퍼에서 물건을 가져다가 썼을 테니 그 슈퍼에서 자신들이 써야 하는 물건을 가져가는 내 남동생이 못마땅했을 테고, 그래서 결국 내 남동생을 그 남자가 죽였을지도 모르는 일이죠. 기억을 되짚어보면, 아무리 물렸다지만 동생이 그렇게 피를 많이 흘렸던 것도 지금 생각하면 이상해요. 게다가 정필 씨가 봤다는 그 죽은 남자도 진규라는 남자 때문일지 누가 알겠어요."

그리고 마지막에는 어쩌면 정필 씨까지 노릴지도 하고 말을 흐렸다.

나는 이번에도 그럴지도 모른다고 생각해 버렸다. 확실한 증거라고 생각했던 귀걸이도 어디에서도 나오질 않았고 말이다. 게다가 나는 어쩌면 선화 씨는 역시 나를 속이지 않았다고 믿고 싶었는지도 모를 일이다.

이런 저런 생각을 하다가 나는 머릿속으로 진규가 선화 씨의 동생을 무참히 찌르는 장면을 떠올려보았다. 하지만 어째 진규가 다른 진규를 찌르는 모습으로 떠올라버렸다. 내가 선화 씨의 동생이라고 생각하고 본 건 사실 진규의 사진이었으니까. 지금도 기억나는 건 산에서 요란한 포즈를 한 사진이나, 바다에서 친구들과 점프를 하면서 찍은 사진, 혹은 교복을 입고 찍은 사진 정도다. 세 가지 사진에서 전부 다 같은 가방을 메고 있어서 기억한다. 지금 선화 씨가 가진 낙서된 가방 말이다. 원래 동생 것이었던.

"뭐지?"

나는 순간 뜨끔한 느낌을 받아서 그렇게 중얼거렸다. 뭔가 굉장히 이질적인 생각을 했던 것 같은, 뭔가 이상한 걸 떠올린 것 같은 그런 느낌이었는데.

나는 그 이질적인 생각이 도대체 무슨 생각이었는지를 떠올리며 주위를 둘러보았다. 분명히 뭔가를 보고 떠올렸을 텐데.

나는 그걸 다시 떠올리려고 여기저기 둘러보다가 마지막으로 가방에 시선이 갔다. 가방, 내용물이 전부 풀어헤쳐진 가방이다. 결국 귀걸이는 들어 있지 않았다. 하지만 이 가방을 보고 뭔가를 떠올렸다.

로고에 낙서를 해서 다른 로고처럼 보이게 장난을 해 놨다. 선화 씨의 집에서 본 사진에 가방이 찍혀 있었다. 분명히 동생의 사진이었다. 아니지, 잠깐.

나는 가방을 들었다.

동생의 사진이라니, 내가 본 동생은 황진규의 사진이었잖아? 황진규가 교복을 입고 파란 가방을 메고 있는 사진 말이다. 결국 이 가방이 선화 씨의 동생 가방이라는 건 진규의 가방이라는 말이 된다. 그리고 그런 진규의 가방을 선화 씨가 가지고 있는 건 이상하다. 선화 씨의 말대로라면 진규와 선화 씨는 전혀 얼굴도 본 적이 없는 사람이다. 그런데 이 가방을 선화 씨가 가지고 있다는 건?

머릿속이 정리되었다. 그래, 또 속았구나. 드디어 간파했다고 생각했는데 또 속았어. 나는 가방을 떨어뜨렸다. 그리고 웃으며 선화 씨를, 그녀를, 아니 그 여자를 쳐다보았다. 아무것도 모르겠다는 그 얼굴을 보니 다시 화가 치밀었다.

"좋은 가방이야 그렇지? 나도 본적이 있는 가방이고."

내가 그렇게 말하자 여자는 다시 이상한 표정을 하고 말했다.

"그렇게 좋지는 않아요. 말 그대로 정필 씨가 봤을 정도로 흔하고."

"아니, 난 선화 씨가 가져오기 전에는 본 적이 없어. 그래도 사진보다는 실물이 좋아. 그렇지?"

내 말은 뒤죽박죽이었다. 본 적이 없다. 실물이 좋다. 개소리지만 그녀는 알아들을 것이다.

그녀는 조용히 허리를 굽혀서 가방을 주웠다. 나는 여자가 가방을 들어 올리는 걸 보다가 입을 열었다. 한바탕 다시 가방에 대한 애기를 들려줘야지.

"그 가방은 말이지 네가 살던 집이라고 했던 그 집의……"

거기까지 말했을 때 그녀의 오른손에는 핸드폰 모양의 무언가가 들려 있었다. 네모난 이상한 물건, 분명히 내가 가방을 뒤질 때 떨어뜨렸다. 그리고 다음 순간 그 물건은 내 목에 들어와 있었다. 내가 그걸 어디서 봤나 생각해 보니 영화에서도 본 적이 있는 것이었다. 호신용 전기 충격기. 그리고 피해야 한다는 생각과 함께 내 목에서 파직 소리가 나고 나는 그대로 넘어졌다.

0

그는 여느 때처럼 창밖을 보고 있었다. 식량도 있고, 시간도 있었지만 그는 도통 만족하지를 못하고 있었다. 원래는 혼자서 많은 식량을 가지면 안정되고 확실하게 기쁠 거라고 생각했지만 실상은 전혀 그렇지 않았다. 식량이 많고 물이 많다고 하지만 결국 그 기쁨은 마시고 먹는 시간을 제외하면 그다지 큰 것도 아니었다. 물론 변한 세상에서 그런 것조차도 사치라는 사실을 그도 알고 있었지만 이런 생각이 드는 것 자체가 이미 사치이기도 했다.

창밖을 멍하니 보는 것도 어떻게 보면 사치이지만 보통은 누가 또 무모한 도전을 하는지, 그 누구는 또 어떻게 변한 사람들한테 잡힐지를 보는 것뿐이라 그다지 좋은 일도 아니었다. 게다가 그가 정작 보고 싶은 건 그런 것들이 아니었다. 그가 보고 싶은 건 서로에 의지하고 독려하는 파트너였다. 항상 보던 사람끼리의 치열

212

한 생존경쟁이 아니었다. 그는 스스로 아니라고 생각했지만 자신도 파트너가 필요하고 동료가 필요했기 때문에 스스로를 안심시킬 수 있는 그런 예시가 필요했다. 하지만 그런 경우는 전혀 없었고 그는 점점 지쳐갔다. 외롭고 심심하고 지루했다. 이 세 가지는 그 의미가 다르지만 결국은 혼자일 때 느끼는 것들이었다.

결국 그는 예시를 찾는 걸 포기하고 자신이 그 좋은 예가 되면 되지 않느냐고 생각했지만 그건 지금까지의 견해에 맞는 생각은 아니었다. 하지만 속으로는 내심 누군가 적당한 사람이 창밖으로 지나가기를 원했다. 그 적당한 사람이란 미치지 않고 그가 의지할 수 있고 그에게 의지할 수 있는 사람이었다. 그리고 어느 날 다시 창문을 보다가, 그는 여자 한 명이 달리는 것을 보았다. 게다가 자신이 있는 방향으로 오고 있었다. 그는 지금까지처럼 아무런 흥미도 없는 것처럼 행동하려 했지만 이미 그는 그녀에게 관심을 보이고 있었다. 그리고 그녀와 눈이 마주쳤을 때 그는 적당한 사람인지도 모르겠다는 생각을 했다. 그리고 그는 서둘러서 계단을 내려갔다. 그리고 유리문 앞에서 만난 그녀는 이렇게 말하고 있었다.

"빨리 일어나."

8

나는 눈을 떴다. 그러나 이번에는 머리가 아픈 수준이 아니라 쪼개질 것처럼 아파오면서 다시 눈을 질끈 감았다. 습관적으로 시계와 창문을 쳐다보려 했지만 손과 발이 움직여지지도 않을 뿐더

러 자신의 방에서 보이는 모습과는 완전히 달랐다. 푹신한 침대
와 화장대, 누르스름한 천장 그리고 마지막으로 선화 씨가 침대
에 걸터앉아 나를 내려다보고 있었다.

"잘 잤어요?"

나는 아무런 대답도 하지 않았다. 딱 봐도 어떤 상황인지 알
수 있었다. 나는 잡혔고 그녀가 나를 어떻게 할지 생각하는 상황
이었다.

"내가 말했죠? 스스로 주체하고 정필 씨를 침대에 눕히겠다고.
봐요 진짜로 말한 대로 됐잖아요?"

여자는 그렇게 말하더니 싱긋 미소를 지었다. 왜 웃는 건지 이
농담 같은 질문들은 뭔지, 마치 나를 가지고 노는 것 같았다.

"나를 어떻게 할 거지?"

내가 그렇게 묻자 그녀는 조금 생각하더니 자신도 지금 그게
걱정이라며 중얼거렸다. 나는 슬쩍 고개를 돌려 눈으로 그녀의
손을 훑었는데 예의 그 전기충격기와 식칼을 들고 있었다. 마치
고기를 가지고 어떻게 요리하면 좋겠냐는 표정이라 끔찍했다.

"어떻게 하고 자시고 일단은 칭찬부터 해야겠네요. 잘 알아내
셨습니다. 자 박수."

그녀는 그러면서 혼자 박수를 쳤다. 정상이 아닌 것 같다.

"하지만 아깝네. 한 번 위기가 있었지만 잘 넘겼다고 생각했는
데. 아무 생각 없이 가지고 나온 가방이 다 망쳐놓을 거라고는 생
각 못했어. 귀걸이만 숨기는 게 아니라 가방도 숨겼어야 했나?"

그러고는 귀걸이를 들어서 흔들어 보였다. 역시 숨겨놨나. 내
가 얼굴을 일그러뜨리자 여자가 웃기 시작했다. 웃는 모습이 섬뜩

했다. 도대체 웃음의 의미가 뭔지 조차 짐작할 수 없었다.

"사실 가방 때문이 아니지. 그 망할 애새끼가 끼어들어서 계획을 다 망쳐놨으니까. 거기다 할망구는 또 왜 이상한 얘기를 해 줘서. 노망났나. 남자 새끼는 또 왜 여기로 와서 뒤지는지. 참내, 정말 가지가지로 빡치게들 한다, 정말."

"너, 그때도 웃고 있었지?"

나는 그녀의 말이 끝나자마자 질문했다. 여자는 웃음을 멈추고 물었다.

"언제?"

"이상한 우산을 쓴 남자."

"아, 그때. 웃었지. 봤구나? 물을 주르륵 쏟아버리니까 이 괴물들이 난리 치는 게 웃겨서 말이야. 솔직히 발광하는 꼴을 보면 너도 우습잖아?"

"미친년, 사람을 죽게 내버려두고는 웃음이 나와? 미쳤어."

그러자 그녀는 칼을 슬쩍 들어 다리를 죽 그었다. 너무 아파서 비명이 나올 뻔했다.

"너도 죽게 내버려둔 건 마찬가지잖아? 살리려면 어떻게는 해볼 수 있었겠지만 위험해서 문을 닫았잖아? 죽을까봐? 물론 난 네가 그럴 거란 걸 알고 있었지만 말이야. 처음에 나를 구했을 때처럼 사람을 도울 생각은 있지만 죽을 정도로 너무 위험한 건 싫은 거지. 물론 그 정도 사리분별은 할 걸 아니까 널 써먹은 거지만. 아니면 오지도 않았어."

그녀는 그렇게 말하고는 칼에 묻은 피를 침대 시트로 닦아냈다. 또 찌를 생각은 없는 건가 싶었더니 이번에는 반대쪽 다리에 빨간 선을 만들고 있었다. 이번에는 비명을 지를 수밖에 없었다. 이 여자는 도대체가 행동에 원칙이 없었다.

"그거 알아? 넌 처음에는 꽤 유용해 보였어. 비가 와도 나갈 수 있으니까 말이야. 다른 놈들은 금방 죽거든. 그래서 이번에는 착한 척을 좀 해보려고 했어. 그냥 조용히 붙어먹다가 세상이 돌아오면 그걸로 끝이었지. 그런데 멍청하게 네가 자꾸 일을 들추려고 하더라는 거야. 그래 물론 내가 실수를 하기도 했지. 하지만 그냥 넘어갈 수도 있잖아? 도대체 왜 그런 거야? 내가 뭐가 부족하디? 밥도 해 주지 침대에서 네 욕구도 풀어주지. 그냥 현모양처잖아? 아님 너 정신이상자냐? 결벽증? 꼭 작은 거라도 그렇게 다 신경을 써야 되겠냐?"

"미친년, 말이 되는 소리를 해. 너 같은 년하고 같은 집에서 잔다고 생각하면 잠이 올 것 같아? 뒤통수를 칠 사람을 뒤에 두고 사는 사람이 있을 것 같아? 그동안 많은 사람들이 서로 배신하는 꼴을 봤지만 나는 절대로 그런 꼴을 당하지 않을 거야."

그녀는 다리에서 칼을 떼고 다시 휴지로 그 끝을 닦았다. 그리고는 음흉하게 웃으며 말했다.

"근데 당했잖아?"

그녀는 칼을 바닥에 던지고 침대에서 일어났다.

"네가 저 현관으로 나갈 수 있을 것 같아? 저 밖에 얼마나 많은 놈들이 있는지 모르지?"

내가 그렇게 말했지만 여자는 웃었다.

"그게 무슨 상관이야? 네가 쓰던 우비가 있는데? 너도 알겠지만 나는 그걸 이미 한 번 써본 적이 있어서 말이야. 그리고 앞으로도 잘 쓸게. 아 그리고 너는 이제 깨어나서 잘 모르겠지만 지금 비와."

그녀는 그렇게 말하고는 옷을 입기 시작했다. 그러고 보니 내가 입고 있던 옷은 거의 벗겨지고 바지와 셔츠 한 장뿐이었다.

막을 수가 없다. 그냥 저렇게 나가버려도 나는 막을 수가 없는 것이다. 하지만 한편으로는 빨리 나가버렸으면 좋겠다는 생각뿐이었다. 비가 멈춰서 여자가 못 나가는 게 좋은지 비가 계속 내려서 여자가 당장 떠나는 게 좋은지 결정하기 힘들었다. 마치 기우제 남자 같았다. 내려라 내리지 마라. 돌아버리겠다.

그녀는 한동안 옷을 입다가 다 입었는지 나를 향해 돌아보았다. 그러고는 웃으며 말했다.

"사실 말이야. 나한테 잘해준 정을 봐서라도 살려두고 싶은데 만약에 살아서 나한테 무슨 짓을 할지 모르니 그냥 두고 가기가 좀 그래."

그러고는 침대 바로 옆의 창문을 열기 시작했다. 창문이 열리자 바람 부는 소리가 들렸다. 비바람이 심한 모양이었다.

"그래서 너를 괴물로 만들고 떠나려고. 아까 말했듯이 정이라는 게 있어서 죽일 수는 없겠더라고."

"미쳤어! 넌 완전히 미쳤다고!"

그러자 그녀는 창문을 열다 말고 기가 차다는 표정으로 코웃음을 쳤다.

"그럼 제정신으로 사람들을 죽이는 줄 아니?"

그러고는 창문을 확 열었다. 바람에 실려 침대까지 비가 들이쳤고 그녀는 얼른 모자를 썼다. 차갑다. 내 몸에 비가 튀는 게 확실히 느껴졌다. 얼마나 맞아야 변하는진 모르겠지만 아마 이미 치사량일 터였다.

"아, 맞다. 이렇게 하면 너는 묶인 채 죽을 수도 있겠구나. 흠. 하지만 기다리던 아빠가 올 수도 있는 거니까. 그치?"

"넌 사람도 아니야. 지독하고 추잡한 년."

"알아, 난 사람도 아니지. 하지만 그거 알아? 이제 너도 사람이 아니게 될 거라는 거?"

그리고 그녀는 방을 나가 깔깔거리며 파란 가방을 메고 현관으로 걸어갔다. 침대에 누운 상태로는 현관이 보이지 않았지만 군화소리와 문을 여는 소리가 똑똑히 들렸다. 그리고 계단을 내려가는 소리도 흐릿하게 들려왔다. 나는 이제 비정상으로 변하게 될 것이다. 벌써 머리가 어지럽다. 눈도 조금씩 흐려지고 들려오는 소리도 스피커 볼륨을 낮춘 것처럼 줄어들었다. 변하는 감각이 어떨지 궁금해했던 적이 있는데 이런 감각이었구나. 이제 여기에 묶인 채로 목이 말라 죽을 것이다.

역시 혼자였으면 좋았을 텐데.

0

그는 침대에 묶여서 옴짝달싹할 수 없었다. 팔도, 다리도 무엇으로 묶었는지 아무리 흔들어도 풀릴 기미가 보이질 않았다. 목이 너무 마르고 배가 너무 고팠다. 하지만 그를 도와주러 올 사람은 아무도 없었다. 그도 그것을 알고 있었다. 결국 이대로 죽겠지 싶었다. 그런데 그날 해가 질 때쯤 되어서 복도가 갑자기 시끄러워졌다. 누군가가 온 것일까 싶은 순간 거실로 빨간 사람이 들어오는 것이 보였다. 빨간 사람은 그를 보더니 놀란 표정으로 멍하니 서 있다가 어디선가 물통을 가져다가 입으로 부어 넣었다. 그는 물이 닿는 것이 끔찍이도 싫었지만 입으로 들어오는 물은 꿀꺽꿀꺽 잘도 삼켰다.

빨간 사람은 그 다음에는 먹을 것도 입에 넣어줬지만 그는 그 것보다는 빨간 사람의 팔과 손목에 더 관심이 많았다. 물론 그렇다고 그 살이 입으로 들어오는 건 아니었다. 빨간 사람은 가끔 왔다. 그러다가 갑자기 오는 숫자가 늘어나고 못 보던 여자아이도 생겼다. 그들은 그를 챙겨주는 것처럼 보였지만 그의 관심사는 옷 밖으로 나온 하얀 살들이었다. 게다가 그들이 무식하게 부어 넣는 물도 얼굴에 온통 튀어서 끔찍하기까지 했다.

그렇게 시간이 지나고 그는 이번에는 다른 시끄러운 소리가 들리는 것을 느꼈다. 우우웅 소리와 끼익 소리가 들리고 텅텅 하는 소리가 들리더니 현관으로 이상한 사람들이 들어왔다. 그 중에는 복장이 조금 다른 한 사람이 있었는데 그 사람은 원래 집에 있던 빨간 사람과 여자아이를 따라 내 방으로 들어와 나를 보더니 울음을 터뜨렸다. 그러고는 이렇게 말했다.

"아들아, 이제 일어나야지."

9

나는 희미한 빛에 얼굴을 찡그리며 눈을 떴다. 그리고 시계와 창밖을 확인했다. 도대체 이 습관은 왜 생겼는지 모르겠지만 정신을 차리고 나니 이미 생겨 있었다. 의사 말로는 기억이 없는 동안에 생긴 습관일지도 모르겠다고 했다. 세 시, 날씨는 약간 흐림. 한마디로 나른해지는 시간에 어두운 날씨의 잠자기 좋은 때였다.

"어머, 일어났니? 미안, 청소를 좀 하려고 커튼을 열었는데. 다시 칠 테니까 기다려."

엄마가 창가에서 그렇게 말하며 분주하게 움직였다. 나는 이제 더 잘 잠도 없다는 생각에 침대를 조정해서 앉을 수 있도록 했다. 병실 침대는 이런 점이 좋다. 침대 위에서 모든 걸 할 수 있어서 말이다. 뭐 바뀐 게 있나 주위를 둘러보는데 못 보던 선물용 음료수가 놓여 있었다.

"엄마, 누가 왔다갔어?"

"아, 그 음료수? 어떤 할아버지랑 할머니가 왔다 가셨어. 그분들 말로는 장마 때 너한테 도움을 받았던 분들이라는데, 자는 거 깨우기 싫다고 그냥 얼굴만 보고 가셨어. 다음에 다시 오시겠데. 누군지 알겠니?"

누군지 알 턱이 있나.

"알잖아. 그때 기억 하나도 안 나는 거."

이게 다 약의 부작용 탓이다. 바이러스를 없애기 위한 약이지만 애초에 뇌를 건드리는 바이러스를 죽이기 위해서는 약도 뇌를 건드리는 수밖에 없었다고 한다. 그래서 한 달 정도의 기억이 없다. 한마디로 그 일이 시작되었던 장마의 기억이 거의 지워진 것이다. 그래서 가끔 나를 도와준 진규와 보람이한테는 미안하기까지 하다. 그 둘은 신경 쓰지 말라고 하긴 하지만. 그러고 보니.

"진규랑 보람이는 안 왔어?"

그러자 엄마는 웃으며 말했다.

"걔들은 이제 학교 다니잖아. 너처럼 놀아도 될 애들이 아니니까. 학교 끝나면 찾아올지는 모르겠다만 이제 바쁘니까 자주 못 온다고 했어."

"아이고, 어머니. 소자도 놀고 싶어서 노는 게 아닙니다. 게다가 이게 노는 겁니까? 격리시킨 거지. 돈을 미국에서 대주니 망정이지 안 그랬으면 집안 거덜 날 뻔했습니다요."

"심심한 거 알지만 좀 참아. 어제 의사선생님이 그랬잖아 병실이 모자라서 이번에 이 병실에 한 명 더 온다고. 정 심심하면 그 사람이랑 친하게 지내든가."

생각해 보니 어제 의사가 그런 말을 했었지. 원래는 일인일실을 기준으로 격리하지만 이젠 시설이 모자란 모양이라 각 방에 한 명씩 더 들어 올 모양이었다. 하긴 감염됐던 사람이 엄청나게 많을 테니까. 아버지 말로는 그나마 미국이 모든 재정을 부담하게 돼서 이렇게 있는 거란다. 약, 의사, 생활비를 전부 미국이 부담하는데 미국도 그것 때문에 죽는 소리를 하고 있어서 언제 이런 생활이 끝날지도 모르겠다. 우리나라만 이런 꼴인 게 아니니까.

그나저나 누가 들어올지 모르겠다. 제발 꼬맹이나 노인이 아니었으면 좋겠다. 뭔가 말이라도 통할 그런 사람이어야지 안 그러면 그저 귀찮을 것 같다. 그리고 되도록 같은 TV채널을 봐도 되는 그런 사람이었으면 좋겠다. 일인일실이라 TV는 하나뿐인데 그걸로 채널 다툼을 하면 귀찮아진다.

그때 갑자기 핸드폰이 울리기 시작했다. 누군가 싶어 번호를 보니 아빠였다.

"여보세요."

"아들아, 나다. 어떻게, 지낼 만 하냐?"

"지낼 만은 하지만 이젠 좀 나갔으면 좋겠어. 이러다가 모든 채널을 다 보는 기록이라도 세우겠다고. 언제쯤이나 나갈 수 있는 거야?"

그러자 수화기 너머에서 음 하는 소리가 들렸다.

"재발의 가능성이 전혀 없다고 판단되면 나갈 수 있다고는 하는데. 아직 완전하게 판단할 수 있는 수준이 아닌가봐."

"누가 봐도 나는 정상이잖아. 대체 그 재발 가능성이 있는지 없는지를 어떻게 판단하는데?"

아빠는 음 하면서 서류를 뒤적거리는 듯했다.

"오, 여기 있네, 재발 가능성에 대한 보고서. 우선 폭력성, 지능 퇴화 등의 정신이상을 보이지 않을 것. 물에 대한 거부반응을 보이지 않을 것."

거기까지는 나한테 해당되는 것이었다.

"마지막으로 기억이 돌아와야 함. 이상이다."

하지만 마지막에 땡이네.

"그렇구나. 그럼 모든 가능성이 사라지는데 얼마나 걸릴지도 모르고?"

"이놈아, 내가 박사냐? 그걸 어떻게 알아."

제발 그놈의 박사들은 빨리 좀 어떻게 해달란 말이야. 아, 그러고 보니 물어볼 게 하나 더 있다.

"그 여자에 대한 단서는 찾았어? 진규랑 보람이네 아버지를 죽게 만들고 나를 이렇게 만든 여자 말이야."

"솔직히 찾기가 너무 힘들어. 알겠지만 지금 수사를 하기엔 나라 꼴이 말이 아니기도 하고. 그 여자랑 비슷한 죄를 지은 사람들도 너무 많아서 정부에선 그냥 덮자는 식으로 얘기하고 있는 모양이다. 게다가 그런 사람들이 만약 감염돼서 또 기억까지 없어봐? 찾기가 더 힘들어지는 거지. 일단은 계속 찾을 거지만 기억이 돌아오지 않는 이상 거의 불가능해. 그러니 편히 앉아서 기다려. 아버지가 찾을 테니까."

그 후로는 아버지와 아들의 안부와 잡담이 이어졌다. 그나마 이런 전화가 병실에서 가장 재미있는 시간 중에 하나이기도 하다. 역시 사람하고 대화를 해야 시간이 좀 빨리 간다. 그렇지 않으면 지루해서 죽을 지경이니까. 그래서인지 병실에 새로 들어온다는 그 사람이 조금 기대가 되기 시작했다. 적어도 대화를 하다 보면 없는 것보다야 재미있겠지.

"엄마는 이것 좀 치우고 올게."

엄마가 그렇게 말하며 쓰레기통을 비우러 병실을 나가고 나는 리모컨을 찾았다. 가만히 TV나 보려고 생각했기 때문이다. 물론 채널이 많이 사라져서 거의 재방송뿐이기는 하지만 그것도 감지덕지다. 그래서 리모컨으로 전원을 넣으려고 하는데 갑자기 문 두드리는 소리가 들렸다. 진규랑 보람인가 싶어서 들어오라고 소리쳤는데 알고 보니 간호사였다.

"오늘 한 명 더 올 거라고 얘기 들었죠? 그러니 먼저 자리 좀 만들게요."

그러고는 침대를 하나 더 들여보내고 벽 쪽으로 밀어 넣었다. 애초에 한 명이 쓰기에는 조금 큰 방이라 침대가 하나 더 들어온다고 그렇게 좁아지지는 않았다. 그렇게 준비가 끝나고 자리가 만들어지자 간호사는 조금 있으면 여자애 한 명이 찾아올 테니 안내를 해 주라고 말한 후 방을 나섰다. 나이만이라도 물어볼 생각이었는데 얼마나 바쁜 건지는 몰라도 순식간에 방문이 닫혔다.

여자애라. 애라고만 하면 도대체 몇 살인 건지. 중학생? 초등학생? 설마 청년이 있는 방에 고등학생을 보낼 리는 없겠지. 몇 살인지는 모르겠지만 정말 애라고 불릴 정도로 나이가 어리지만 않았으면 싶다. 매일 어린이 만화만 보고 싶지는 않다. 나는 그런 생각을 하며 기다렸지만 두 시간이 지나고 세 시간이 지나도 찾아오는 사람은 없었다.

결국 엄마도 집으로 돌아갈 정도로 밖이 깜깜해지고 내가 오늘은 안 오려나 보다 하는 생각을 할 즈음에야 누군가 문을 두드렸다. 나는 보고 있던 TV의 음량을 줄이고 들어오라고 말했다. 이렇게 늦은 시간이면 역시 간호사인가 생각했지만 들어온 사람은 환자복을 입고 커다란 캐리어를 끌고 있었다.

나보다 나이가 너덧은 어려보이는 여자애였다. 보람이랑 비슷한 나이일까? 머리는 평범한 단발이었지만 한쪽에만 귀걸이를 하고 있는 게 특이했다. 어쩐지 익숙한 느낌의 귀걸이였다. 엄마가 비슷한 것을 가지고 있던가?

누구세요 라고 말하려는 순간 간호사가 말한 여자애가 떠올랐다. 여자애? 애라고? 고등학생은 되어 보이는데? '아자! 여자하고 같은 방이다.'라는 생각보다는 생활이 불편해지겠구나 하는 생각부터 들었다. 병원은 무슨 생각으로 저런 다 큰애를 내 방에 넣을 생각을 한 건지. 아, 그래 애는 애구나. 다 큰애.

생각이 끝나자 바로 어색한 공기가 나를 휘감았다. 그래, 바로 이런 게 불편한 거라고.

"저기, 들어가도 되나요?"

여자애가 그렇게 말하자 나는 아차 싶어서 안으로 들어오라고 말했다.

"아, 네 들어오세요. 아까 간호사가 왔다 갔는데 그쪽 침대를 쓰면 된다고 했어요."

아까는 아니지만 말이다.

여자애는 말이 끝나자 자신의 침대로 가서 캐리어를 침대 위에 올리고 자신도 앉았다. 뭔가 피곤해 보이는 표정이었다. 여자애는 한숨을 한 번 쉬더니 가방을 열고 짐을 척척 꺼내기 시작했다. 나는 가만히 그걸 보고 있다가 남의 짐을 보는 건 예의는 아닌 것 같아서 TV로 눈을 돌리려고 하자.

"너무 늦게 왔죠? 늦은 시간에 시끄럽게 해서 죄송해요."

바로 그런 말이 들려왔다.

"아니요. 어차피 자고 있던 것도 아닌데요. 오늘은 안 오는 모양이라고 생각하는 중이긴 했지만."

"사실 제가 다른 병원에 있었거든요. 원래 제가 들어가기로 한 방은 그쪽 병원에 있었는데 무슨 일인지 저 말고도 다른 사람이 중복으로 입력이 돼 있었던 거예요. 결국 둘 중 한 명은 나가야 하는데 중복으로 들어온 사람이 다리를 다치신 할머니여서 제가 여기로 오게 됐죠."

그렇게 말하고 여자애는 갑자기 양말을 침대에 휙 내동댕이쳤다. 나는 순간 움찔했다.

"진짜 짜증나게. 웃기는 건 제가 방을 나와서 그럼 다른 방에라도 들어가게 해 달라고 했더니 다른 방들은 전부 두 명씩 차 있어서 못 들어간다는 거예요. 그래서 그럼 어쩌냐고 했더니 기다려 보라고 하고는 가버리는 거 있죠. 그렇게 아침부터 몇 시간을 기다렸는지 아세요? 무려 네 시간이에요! 그러더니 한 두 시쯤 돼서 어슬렁어슬렁 나타나서는 이 병원으로 가라고 하는데, 참내 어이가 없어서."

두 시쯤이라 그럼 이 애가 여기로 들어오게 된 건 갑자기 결정된 일이라 그거군. 그래서 그렇게 간호사가 바쁘게 움직였나. 어라? 그럼 원래 여기에 들어오기로 한 사람은?

"그런데 더 어이가 없는 건 창고를 병실로 바꿔서 쓰게 될 거라잖아요? 그게 네 시간 만에 나온 사람이 할 말이에요? 그래서 나는 절대 그럴 수 없으니까 다른 사람하고 바꾸든지 하라고 박박 우겼죠. 그랬더니 여기로 바꿔줬어요. 원래 이 방으로 올 예정이었던 어떤 아저씨가 바꿔줬다는데 나중에 감사하다고 인사라도 해야지."

나는 그 얘기를 들으며 피식 웃었다. 그랬군. 그래서 남자가 아니라 이 애가 왔군. 고것 참 당차기도 하지. 도중에 바뀌긴 했지만 그래도 괜찮은 룸메이트가 들어와서 다행이다. 나는 한마디도 안 하는데 계속 혼자 말하는 거 보면 적어도 심심하지는 않을 것 같다.

"그래서 결국 짐 챙기랴 병원 찾아오랴 시간 다 잡아먹고 이 시간에야 들어왔죠."

여자애는 그렇게 말하며 정리하던 짐을 신경질적으로 탁탁

226

배치했다. 이제야 말이 끝났나 싶어서 나도 뭐라고 말을 걸려고
했다.

"아, 맞다. 그리고 있죠."

아이고 아직 끝이 아니었구나. 나는 하려던 말을 삼키며 웃었다.

"너무 늦게 도착해서 병원은 깜깜하지 사람은 없지 길은 모르
겠지. 진짜 한참 헤맸어요. 결국에는 도저히 못 찾겠어서 카운터
로 갔는데 당직인 간호사도 마침 없는 거 있죠. 그래서 오늘은 병
원 홀에 있는 의자에서 자고 내일 찾아봐야 하나 하는 생각까지
했다니까요. 노란 우비를 입고 있는 언니가 길 안내해 줬으니 망
정이지. 안 그랬으면 아마 지금쯤 진짜 의자 붙여서 자고 있었을
걸요?"

뭐지? 방금 뭐였지? 순간 소름이 쫙 끼쳤는데.

"이 귀걸이도 그 언니가 여기로 안내해 주고 줬어요. 자기가 여
름 동안 죽을 뻔했을 때 만난 여자애가 딱 저만한 나이인데 그
애 생각이 나서 주는 거라나 뭐라나. 사실 좀 비싸 보이기도 하고
제가 하기엔 좀 촌스러워 보여서 안 받으려고 했는데 꼭 주고 싶
다고 하더라고요."

이번에는 소름이 끼치다 못해 오한이 들었다. 귀걸이다. 그래
그 부분에서.

"그 언니라는 사람 혹시 어떻게 생겼는지 말해 줄 수 있어요?"

여자애는 내가 갑자기 말을 꺼내자 정리하던 짐을 두고 나를
쳐다보았다. 그러고는 눈을 찌푸리더니 말했다.

"갑자기 그건 왜요? 그런데 어디 아프세요? 표정이 좀."

"아뇨, 괜찮아요. 그보다 그 여자는 어떤 모습이었죠?"

나는 내 목소리가 조금씩 커지는 걸 느꼈다. 여자애는 내 말에 약간 주눅이 든 것 같았지만 잠시 생각에 잠겼다가 다시 말했다.

"일단 머리는 단발보다는 조금 길었던 것 같아요. 원래 그런 스타일이라는 느낌보다는 처음에는 단발이었는데 시간이 지나서 자란 것 같은 느낌? 이 귀걸이랑 노란 우비는 이미 말했고. 눈이 약간 날카로웠던 것 같아요. 옷은 우비에 가려서 안보였고요."

"그밖에는?"

"그것 말고는 잘 기억이 안 나요. 건물에 불을 많이 꺼놔서 조금 어두웠고 그렇게 자세히 보지도 않았거든요. 그런데 진짜 왜 물어보는 거예요? 아는 사람이에요? 전 애인이라던가? 길 안내 받을 때 이 방 위치를 너무 잘 알아서 아는 사람인가 싶기는 했는데."

여자애가 그렇게 물어봤지만 나는 대답하지 않았다. 대신 머릿속을 이리저리 뒤집어보는 중이었다. 이상하다. 나올 건 다 나온 것 같은데 그래도 뭔가 부족했다.

"아, 그러고 보니 가방을 가지고 있었던 것 같은데, 로고가 조금 이상했어요."

내가 다시 쳐다보자 여자애는 이마를 찌푸리며 생각에 잠겼다.

"아니 이상하지는 않은가? 딱 보면 엄청 유명한 브랜드 가방인데 로고가 약간 달랐어요. 일부러 짝퉁처럼 보이게 까만 매직으로 낙서한 것 같은 그런 느낌이었어요. 색깔은 남색인지 파란색인지. 어두워서 확실히는 잘 모르겠네요."

테트리스 같았다. 네 칸짜리 블록이 딱 맞게 끼워져서 네 줄이 한꺼번에 터졌다.

파란 가방, 낙서, 귀걸이, 노란 우비. 점점 더 생각나기 시작했다.

파란 가방, 낙서, 귀걸이, 노란 우비, 핏자국, 여름, 슈퍼, 사람들. 나는 습관대로 창밖을 쳐다보고 시계를 쳐다보았다. 그리고 귀를 기울여 소리를 들으려고 노력했다. 무슨 소리일까. 나는 무슨 소리를 들으려고 그렇게나 귀를 열어두고 있었는지.

그때 조금씩 드드드드드하고 소리가 들려왔다. 내가 분명히 아는 소리였다. 그토록 바라고 그토록 바라지 않던 그런 소리였다.

"어, 비 오네? 장마도 다 갔는데 웬일이지."

여자애가 그렇게 말했다. 비 오네 장마도 다 갔는데.

비 오네, 장마도

비 그리고 장마

장마 비

"그 언니라는 사람 어디서 만났어요?"

"어, 2층 안내데스크요. 그런데 이 방 앞까지 저를 데려다 줬으니까 근처에 있을 거예요."

나는 바로 병실을 뛰쳐나갔다.

재발 가능성은 이제 없으니까 말이다.

〈끝〉

여름 좀비

김희진

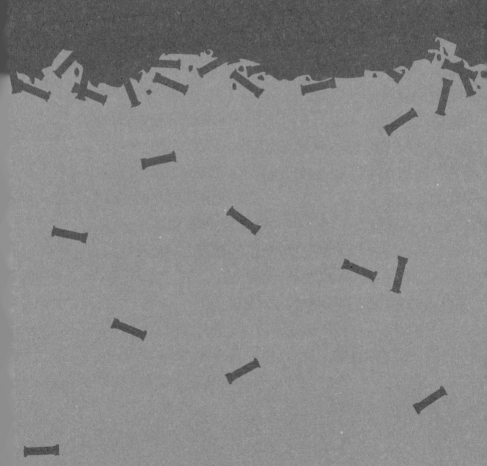

1

좀비 중에 짜증나기로는 여름 좀비가 제일이라.

나는 탁자 뒤에 몸을 숨긴 채 이렇게 중얼거렸다. 찰리는 킬 킬 웃었다. 녀석은 바로 옆 테이블을 쓰러뜨리고 몸을 막 숨긴 참 이다.

간만에 느껴보는 긴장감이다. 기분이 좋아졌다. 짜릿하거든. 찰 리도 입가에서 미소를 걷어내지 못하는 걸 보면 나와 같은 기분 인가보다.

"왔다."

노린내가 확 풍겼다. 몇십 미터 밖에서도 맡을 수 있는 굉장한 악취다. 우리들은 이미 익숙해진, 좀비의 살 썩는 냄새가 그대로 콧구멍을 직격한다. 누가 모를 수 있겠는가. 보통 좀비가 하수구 냄새를 풍긴다면 저건 정화조 냄새다.

힐끗 테이블 너머를 넘겨다보았다. 어기적어기적 걸어오는 검초록색 좀비들 사이로 뚜벅뚜벅 문을 열고 들어오는 싯누런 녀석이 있다. 말이 '뚜벅뚜벅'이지 일반 좀비랑 비교할 때 그렇다는 소리다. 일반적인 사람이 천천히 걷는 정도의 속도다.

"야, 너 모델 해도 되겠다. 워킹이 아주 그냥."

찰리가 그에게 소리쳤다. 그도 나와 같은 것을 느끼고 있던 모양이다. 어차피 좀비들은 우리가 여기에 몸을 숙이고 있다는 것을 냄새나 아니면 육감이나 그도 아니면 자기들만의 빌어먹을 어떤 감각 같은 것으로 감지하고 있었으므로 목소리를 낮출 필요도 없었다. 그들의 머릿속에는 온통 우리뿐일 것이다. 이번에는 내가 그의 말에 킬킬 웃어주었다.

누런 녀석은 우리를 향해 정면으로 걸어왔다. 다른 좀비들에 비하면 늠름한 자세다. 이 녀석들은 어째선지 등이나 어깨가 그다지 굽지도 않는다. 그래도 본능은 강해서 먹잇감을 잡겠다고 양손을 한껏 뻗은 것이 제식훈련 때 배웠던 '앞으로 나란히'를 하고 있는 것 같다.

그런 움직임은 보는 관점에 따라 더 우스꽝스러워 보이기도 하지만, 평범한 좀비를 상대할 때보다 훨씬 더 정신을 집중하고 있어야 했다. 나를 어떻게든 물어뜯어 보겠다고 어기적거리며 기어오는 놈보다는, 그래도 뚜벅뚜벅 걸어오는 놈이 더 위협적이지 않은가.

우리가 들어 있는 건물의 실내는 카페테리아로 쓰던 곳이므로 꽤 넓었다. 일반적인 보행속도로 걸어와도 입구에서 우리 쪽으로 걸어오기까지 한참이 걸렸다.

"빨리 좀 오시죠."

나는 답답해서 혼잣말을 내뱉었다. 악취가 나를 짜증나게 하는 건지도 몰랐다.

"오늘은 저 놈만?"

"저거하고 몇 놈 더 잡아가야지. 두 명이나 왔잖아. 밥값은 해야지."

"누런 좀비는 값이 30배라고. 충분히 대목 아냐?"

"거기다가 다섯 놈 더 담아가면 35배네. 계산 좀 해라."

"노랭이 새끼."

찰리가 경멸스러운 말투로 내뱉었다.

이윽고 노란 녀석이 테이블 앞으로 다가왔다. 나는 심호흡을 한 번 하고, 테이블을 발로 차 넘어뜨렸다.

별로 높은 턱이 만들어진 것도 아닌데, 누런 녀석은 그걸 밟고 비틀거렸다. 걷는 속도가 빨라서 다른 좀비보다 더 잘 넘어진다. 그런 걸 보면 더 쉬운 놈이라니까.

찰리가 누런 녀석이 밟은 테이블을 발로 세차게 차 밀었다. 그놈은 이번에는 완전히 중심을 잃고 자빠져 버렸다. 나는 잽싸게 그 가슴을 발로 밟았다. 그는 움직이려고 버둥거렸다. 물론 좀비는 보통 사람보다 힘이 세다. 게다가 이 녀석은 보통 좀비보다도 더 셀 것이다. 그러나 머리가 나빠 임기응변이라는 것을 모른다. 아마 오래 버티고 있는 것은 힘들더라도, 갑자기 넘어진 놈을 발로 밟아서 잠깐 동안 일어나지 못하게 하는 것은 어렵지 않은 일이었다.

내가 놈을 밟고 있는 동안 찰리는 굵은 와이어를 꺼내 먼저 놈의 손을 묶었다. 넘어진 몸을 일으키려면 손으로 바닥을 짚든지 해야 할 텐데 병신 같은 녀석은 내 다리를 잡아 보려고 손을 앞으로 내밀고 있을 뿐이었다. 그러나 그래 봐야 두껍고 긴 장화를 신은 내 맨다리에 손도 댈 수 없었다. 내 다리로 손을 뻗는 것을 포기하고 대신 땅을 짚고 일어서려고 할 정도로 똑똑하다면 우리도 훨씬 더 애를 먹을 것이었다. 바로 그 속절없이 내밀고 있는 손을 찰리는 와이어로 감아버린 것이다.

손을 묶은 것을 확인한 다음, 나는 찰리와 힘을 합쳐 와이어의 끝을 힘껏 잡아 당겼다. 여름 좀비의 몸이 힘없이 당겨 올라왔다. 우리는 와이어의 각도를 조절하여, 누워 있던 녀석을 엎드리게 하였다. 이제는 몸 전체를 묶을 차례다. 내가 와이어를 다리 쪽에서 당기자 앞으로 나란히 올라와 있던 녀석의 팔뚝도 결국 몸뚱이에 붙어버렸다. 찰리는 다른 와이어로 그 팔을 몸뚱이와 한꺼번에 묶어 버렸다.

나는 뒤를 홀끗 바라보았다. 아직 보통 좀비들은 식당의 반 정도를 어기적어기적 기어 왔을 뿐이다. 우리에게는 아직 삼십 초 정도의 시간이 남아 있었다. 우리를 향해 다가오고 있는 좀비들은 열다섯은 넘어 보였다. 그 정도 숫자의 녀석들이 어기적거리고 다가오는 것은 그런 광경에 익숙하지 않은 사람에게는 공포스러운 광경이겠지만, 우리에게는 물 밖에서 감상하는 피라냐처럼 시답잖은 것이었다. 우리가 여름 좀비를 다리까지 완전히 제압하는 데 걸린 시간은 채 십오 초도 걸리지 않았다. 그런 우리에게 저들은 그저 매우 느려서 제압하기 쉬운 사냥감으로밖에 보이지 않았다.

와이어에 칭칭 감겨 못 움직이게 된 좀비에게 해야 할 마지막 남은 작업은 헬멧을 씌우는 것이다. 고물상에서 구해 온 오토바이 헬멧을 하나 빼 들었다. 우리 작업에서 가장 귀찮은 장비였다. 이 부피가 큰 헬멧을 사냥할 좀비의 숫자만큼 싸들고 다녀야 하니 말이다.

그러나 사지를 와이어로 제압당한 좀비에게 위협적인 부분이라고는 검푸른 타액을 질질 흘리고 있는 아가리밖에 남아 있지 않은 법이었다. 아니, 사지가 자유로운 상태에서도 머리만 헬멧 같은 것으로 감싸 놓으면 별로 위험할 게 없는 존재가 좀비이기도 했다. 좀비는 사람을 때리지도, 발로 차지도 못한다. 지능을 갖춘 존재들은 무궁무진하게 이용할 수 있는 팔과 다리를, 좀비들은 단 한 가지의 용도로 사용할 줄밖에 모른다. 손은 먹잇감을 잡을 때. 발은 걸어 다닐 때 사용할 뿐이다.

그러고 보면 녀석들의 지능은 금붕어보다도 못할 것이다. 헬멧을 씌워 놓으면 사람을 손으로 잡을 수는 있어도, 더 이상 할 수 있는 일이 없다. 손톱으로 할퀴지도 못한다. 이런 절망적인 생물이 어디 있는가. 외모에서 느껴지는 공포감만 극복한다면, 이렇게 귀여워해 줄 수 있는 생물도 드물 것이다.

우리는 헬멧을 좀비에게 어렵지 않게 씌울 수 있었다. 이러고 나면 사실상 할 일은 다 끝난 셈이다. 찰리와 나는 누가 먼저랄 것도 없이 마주보고 웃었다. 비싼 녀석을 잡았다. 아까 찰리와 내가 주고받았던 것처럼, 일반 좀비의 삼십 배 가격이다.

보통 좀비보다 운동신경이 좋기 때문에 잡기 어려운 이유도 있지만, 무엇보다도 희소가치가 있기 때문에 높은 보수를 받을 수 있는 녀석이다. 생각보다도 훨씬 많은 수입을 올릴 수 있게 된 것이다. 처음 이곳에 와서, 좀비 무리 속에서 누리끼리한 녀석의 머리통을 발견했을 때 우리는 누가 먼저랄 것도 없이 환호성을 질렀었다. 오늘은 바에 가서 조니워커를 마실 수 있다.

2

"일단 움직여."

찰리가 칭칭 묶인 노란 좀비를 어깨에 떠멨을 때는 다른 좀비의 무리가 코앞까지 닥친 상황이었다. 운동능력이 떨어지는 좀비란 짐승은 혼자 있을 때는 하나도 두려울 게 없지만, 저렇게 모여 있으면 이야기는 달라진다. 좀비에게 둘러싸이는 것은 생각만 해도 끔찍한 일이다. 일단 거리를 확보해야 한다.

"저쪽으로! 뛰어!"

내가 찰리에게 뒷문을 가리켰다. 찰리는 나보다 덩치가 컸기 때문에 급한 상황에서 좀비를 운반하는 것이 저의 몫임을 잘 알고 있다. 그런 면에서 우리는 손발이 맞는 콤비다. 찰리는 불평을 하지 않는다. 나도 찰리에게 힘을 써야 하는 일을 맡긴 만큼, 위급하지 않을 때는 선선하게 내가 먼저 나서서 궂은일을 맡아서 하려는 편이다. 찰리도 그것을 알고, 나도 그것을 안다. 지금은 그가 힘을 쓰고, 내가 퇴로를 확보해야 할 때다.

좀비의 무리는 이제 우리가 노란 녀석을 제압하던 지점을 지나서 우리에게 몰려오고 있는 중이다. 녀석들의 어깨가 서로 부딪히고 있어서 그들의 전진 속도가 더욱 느려지는 것이 보였다. 한심한 광경이다.

철로 된 뒷문을 열자 어두컴컴한 복도가 나왔다. 빛이 들지 않는 이런 곳이 더욱 위험한 법이기 때문에 나는 재빨리 손전등을 켰다. 내가 앞장서고, 찰리가 그 뒤를 따랐다. 딱히 좀비가 갑자기 튀어나올 곳은 없는 좁은 복도였기 때문에 정면만 잘 비추면 별로 위험할 게 없어 보였다. 코너를 돌 때만 조심하면 된다.

좀비를 사냥할 때는, 일부러 소란을 피우면서 돌아다니며 그 일대의 좀비들에게 우리의 존재를 알려야 한다. 그 편이, 역설적으로 더 안전하다. 어차피 좀비는 지능이 없다. 그러니 작전을 짜서 숨어 있을 수도 없고, 자기들끼리 역할을 분담해서 우리를 몰이사냥할 수도 없다. 오히려 무서운 것은, 우리를 미처 인식하지 못했던 좀비가, 지금처럼 좁은 통로를 지나고 있을 때 뒤늦게 우리를 발견하고 갑자기 튀어나오는 것이다. 자신은 의도하지 않았지만 가장 위협적인 존재가 되는 것이다.

좀비들은 사람을 발견하거나, 혹은 그 냄새를 맡으면, 마치 축구를 처음 배우는 어린아이들이 포메이션을 무시하고 공만 우르르 쫓아가듯이 목표물의 뒤만 쫓기 마련이다. 결국 소란을 피우면서 크게 동선을 그리고 움직이면, 어느새 우리 뒤로만 쫄쫄 따르는 좀비의 무리만 눈덩이처럼 커지게 되는 원리다. 그렇게 모든 좀비들이 우리를 쫓게 만든 후에, 지형지물을 적절히 이용해서 하나둘 씩 따로 떨어진 좀비를 와이어로 묶고, 헬멧을 씌워 주면 우리의 사냥은 끝나는 것이다. 오늘도 우리는 그런 식으로 좀비를 사냥하고 있는 중인 것이다.

복도를 지나서 우리는 카페테리아의 뒤편으로 나왔다. 이 상가에 있는 모든 좀비들은 우리를 쫓느라고 지금 모두 카페테리아 안에서 어깨를 부딪치고 있는 중이다. 온 동네 좀비를 성공적으로 집합시킨 것이다. 옛날 같으면 좀비 소탕이니 어쩌니 하면서 이 건물을 통째로 불태우고, '소탕 끝'이라고 흐뭇해하겠지만, 그런 짓을 계속하다간 우리 밥줄이 끊긴다. 하나씩하나씩 사냥을 하는 것이 훨씬 돈이 되는 일이 된 지 오래다.

"이쪽이야."

그래도 담을 넘는 것은 귀찮은 일이었다. 우리끼리라면 또 모르지만, 좀비 하나를 어깨에 떠메고 담을 넘는 것은 성가신 일이다. 그러나 둘러보아도 담이 허물어진 곳을 찾을 수가 없었다. 보통 이렇게 버려진 좀비 마을에서 담이나 벽이 멀쩡히 남아 있는 일이 드문데 말이다.

"아, 제발."

찰리가 짜증 섞인 목소리를 냈다.

나도 그의 심정이 이해가 갔다.

"왜 이렇게 담들이 멀쩡해."

찰리에게 맞장구쳐주는 나의 말투에도 역시 짜증이 묻어났다.

내가 먼저 훌쩍 담을 뛰어 넘었다. 단련된 우리에게는 이런 정도 높이의 담을 넘는 일은 아무것도 아니었다. 찰리는 내가 담을 넘는 것을 기다리고 있다가, 어깨 위에 있던 좀비를 담 위로 나에게 넘겨주었다.

"영차!"

찰리가 아무리 덩치가 좋다지만, 그에게도 남자의 몸뚱이를 담

위로 넘기는 것이 아주 손쉬운 일은 못 되었다. 그리고 담 너머에서 그것을 받아 안는 나로서도 힘들기는 마찬가지였다. 이러니까여자 좀비를 선호하는 건데, 노란 녀석을 발견한 우리로서는 그성별 따위를 신경 쓸 여유는 없었다.

"그냥 가자."

찰리가 담을 넘어오자, 나는 그에게 말하고 발걸음을 옮겼다. 위급한 순간은 지났으니, 굳이 한 번 어깨에 멘 좀비를 찰리에게 넘겨줄 필요는 없다. 우리는 그대로 차를 세워둔 곳으로 이동했다.

차는 카페테리아 정문으로부터 약 오십 미터 떨어진 곳에 대놓았다. 좀비를 뒤에 충분히 실을 수 있도록 큰 짐칸이 마련되어 있는 픽업트럭이다. 아무래도 좀비랑 같이 실내에 탈 수는 없는 노릇이니 말이다. 실내에 태웠다가는 그 냄새를 어떻게 뺄 것인가. 그래서 좀비를 싣고 다니는 트럭은 똥차보다도 더 행인들이기피하는 대상이 되었다. 더 큰 트럭은 정비가 제대로 되지 않아망가진 도로를 다니는 데 힘들기 때문에, 저 정도가 가장 이상적인 좀비 사냥용 트럭이다.

나는 짐칸에서 마대를 꺼냈다. 좀비는 버둥거리기는 했지만, 와이어로 솜씨 좋게 묶어 놓았기 때문에, 운반하는 데에도, 그리고마대에 집어넣는 데에도 큰 어려움을 줄 정도가 아니었다. 내가떠메고 있던 좀비를 마대 안에 머리부터 집어넣자, 찰리는 솜씨좋게 마대의 입구를 원래부터 달려 있던 줄로 묶었다. 이것으로좀비를 사냥하는 과정이 완전히 완료된 것이다. 참 쉽지?

이게 오늘 사냥하기로 한 마지막 좀비였다면, 좀비가 든 마대를 짐칸에 도로 싣고, 차에 올라타서, 시동을 걸고 돌아가면 되는 일이다. 그러나, 찰리와 나는 앞으로 다섯 마리를 더 잡기로 했기 때문에 마대를 짐칸에 싣고 다시 고개를 카페테리아 쪽으로 돌렸다.

좀비들은 하나둘 씩 카페테리아 정문을 통해 밖으로 나오고 있었다. 우리의 냄새가 후문 쪽에서 정문 쪽으로 이동했으니, 자연스럽게 그쪽을 향해서 걸음을 옮기기 시작한 것이다. 녀석들이 코로 짧게 숨을 들이 쉬어 가면서 냄새를 맡는 광경을 한 번도 본 적이 없지만, 아마 후각 말고는 저렇게 효과적으로 목표물을 포착할 수 있는 능력을 설명할 수 없을 것이다.

"아, 지겨워."

찰리는 다시 일할 생각을 하니 짜증이 나는 모양이었다. 이해할 만한 일이다. 하루에 좀비를 대여섯 마리 잡는다고 했을 때, 오늘 하루 무려 일주일치 정도의 수입을 올린 것이다.

저게 대륙에서 편안하게 살던 녀석들의 사고방식이다. 땡잡았으니 그걸 빨리 누릴 생각을 하는 것이다. 나 같은 동방의 작은 나라에서 농경사회 마인드로, 벌 수 있으면 최대한 벌어야 한다고 생각하고 살아온 사람들은 잘 이해할 수 없는 생각이다. 나는 오늘 100만큼 일을 하기로 했는데 아직 20밖에 일을 하지 않았으니 더 일을 하면 되지 않느냐는 생각이고, 찰리는 일을 100을 했든 20을 했든 500을 일한 만큼의 수익을 올렸으니 뭣 하러 일을 더 하느냐는 생각이다. 누가 맞는 건지는 모르겠지만, 나나, 찰리나 서로를 가장 이해 못하는 지점이 바로 이 부분이라는 것을 알고 있기 때문에 웬만하면 그에 대한 언쟁을 피하려고 하는 중이었다.

"세 마리만 더 잡고 갈까?"

내가 은근한 목소리로 찰리에게 말을 꺼냈다. 아까 얘기했던 것보다 두 마리 줄인 것이다. 찰리는 내 뜻을 이해하고 껄껄 웃었다.

"노랭이 새끼. 두 마리만 더 잡자."

나는 찰리의 대답을 들으며 말없이 와이어를 점검했다. 흥정에 응했다는 의미였다. 물론 일부러 양보를 했음에도 불구하고 남의 속도 모르고 더 흥정을 붙이는 녀석에게 짜증은 났지만.

"헬멧."

"챙겼다."

보통 좀비를 잡을 때는 두 마리 씩 한꺼번에 잡는 경우도 많다. 모든 일이 그렇듯이, 숙련될수록 쓸 데 없는 움직임을 줄일 수 있다. 그래서 찰리가 들고 다니는 가방에는 항상 헬멧 두 개가 들어 있었다. 헬멧은 부피가 큰 물건이니 갖고 다니는 수를 최소화해야 했다. 좀비를 하나 잡아넣으면 가방에 헬멧을 하나 더 챙겨 넣는 식이다. 내가 갖고 다니는 가방에는 와이어와 쇠파이프, 그리고 혹시 모를 위급한 상황을 대비하기 위한 총기가 들어 있다. 와이어야 가볍기 때문에, 항상 충분하게 챙겨 넣는 식이었다.

우리는 좀비를 유인하기 위해 카페테리아 정문을 향해서 걸어갔다. 우리의 걸음걸이에는 망설임이 없었다. 대신 일상적인 권태로움이 묻어났다. 좀비의 무리들은 딱 우리가 예상한 그대로 우리를 향해 어기적거리며 걸어오고 있다. 이곳은 사람들이 떠난 지 오래된 곳이기 때문에, 좀비들이 걸치고 있는 옷가지도 제대로 남아난 것이 별로 없었다. 따라서 그들은 거의 나체나 다를 바 없는 모습으로 우리에게 다가오고 있는 것이었다.

처음 옷이 벗겨진 좀비를 보았을 때 충격은 컸다. 좀비가 실제로 생기기 이전에 영화를 통해 형상화되었던 모습과 같은 듯하면서도 너무나 달랐기 때문에 더욱 그러했다. 썩어 문드러진 부분을 옷이 가려주지 못하니 그 역겨움은 더 심했다. 여성 좀비의 경우, 그래도 옷가지 중 가장 내구성이 강한 브래지어만이 가슴이 제대로 달려 있을 때가 많았으므로, 그 광경을 보고 실소를 터뜨리기까지 했었다. 그러나 지금은 그들의 모습을 보아도 얼굴을 찌푸리지도 않게 되었다. 아직 그 냄새만은 참을 수가 없었지만.

좀비와 우리의 사이가 10미터 이하가 될 때까지 걸어갔다. 좀비들은 예의 그 무표정한 얼굴로 우리에게 다가오고 있었다. 팔을 앞으로 엉거주춤 뻗은 채. 모르는 사람이 보면 그들은 우리에게 무언가 할 말이 있어서 다가오는 것처럼 보이기도 할 것이다. 그러나 그들은 우리를 뜯어 먹으러 오는 중이다. 그들의 끝없는 굶주림은 도대체 어디에서 오는 것인지 모를 일이다. 어차피 굶는다고 죽지도 않는 놈들이.

우리는 카페테리아 옆 건물을 살폈다. 그곳은 잡화점이었던 곳으로 보였다. 찰리가 그쪽으로 뛰어갔다 와서 나에게 고개를 끄덕였다. 사냥을 하기 괜찮은 구조를 갖고 있다는 뜻이다. 그쪽으로 좀비를 몰기로 했다.

우리는 나란히 뒷걸음질을 치기 시작했다. 좀비를 보고 말이다. 물론 힐끗힐끗 뒤를 돌아 볼 때도 있었지만, 온 동네 좀비들을 모조리 유인해서 우리 시야 앞에다가 가져다 놓았기 때문에,

뒤에서 좀비가 우리를 급습할 가능성은 조금도 없었다.

"응?"

좀비의 숫자는 오십 마리가 넘어 보였다. 꾸물꾸물 우리를 위해 기어오는 벌레 같은 녀석들을 곱지 않은 눈빛으로 바라보고 있는데, 갑자기 나의 시야에 무언가가 들어왔다.

"저게 뭐야."

나는 찰리에게 슬쩍 고개를 돌려서 말했다.

"뭐?"

"저거."

나는 턱으로 좀비의 무리 안쪽을 가리켰다. 획일적인 좀비들의 움직임 속에 무언가 이질적인 움직임이 분명히 느껴지고 있었다. 찰리도 그걸 발견한 것 같았다.

"파이프."

찰리가 말을 하기도 전에 이미 나는 내 가방에 있던 파이프를 꺼내고 있었다. 순간적으로 긴장감이 내 몸을 휘감았다.

"누런 녀석이 하나 더 있나?"

"그럴지도."

"야. 그러면 우리 오늘 정말 횡재하는 날이다."

"그러게."

그렇게 말을 하면서 우리는 눈을 가늘게 뜨고 좀비의 무리를 응시했다.

무리 속에 이질적인 움직임이 확실하게 느껴졌다. 우리의 시야에 들어온 물체는, 좀비의 무리 속에서 조금씩 앞쪽으로 움직이고 있었다. 무리 속에서 다른 좀비들을 앞지르고 있는 것이다. 서

로 어깨가 부딪혀서 그럴 여유 공간도 제대로 없을 텐데. 그냥 그
들보다 속도가 빠르다고 해서 쉽게 앞으로 나올 수 있는 밀도가
아니다. 우리가 완전히 한 덩어리로 만든 무리는 그만큼 밀도가
높은 것이다.

"저거 뭐야?"

그 녀석은 노란 머리통을 가지고 있었다. 쉽게 눈에 들어오지
않았던 이유는 몸집이 작은 여성 좀비였기 때문이다. 그러나 한
번 시야에 들어오자 그 움직임을 절대로 놓칠 수 없을 정도로 다
른 녀석들과는 구별되는 외양을 가지고 있었다. 보통 좀비의 머리
칼은 회색으로 변해 있기 마련인데, 이 녀석의 머리칼은 까만색을
유지하고 있었다.

"누런 녀석이다!"

"가만. 저거 좀 다른데?"

찰리가 그렇게 말하는 것도 무리가 아니었다. 일단 검은 윤기
를 발하고 있는 머리칼도 눈에 띄었지만, 노란색이라도 우리가 아
까 잡았던 녀석과는 분명히 다른 색이었다.

"저런 색 본 적 있어?"

"아니."

사실 찰리나 나나 노란 좀비를 본 적이 그리 많지는 않았다.
우리가 노란 좀비를 잡은 것은 이번이 두 번째였을 뿐이다. 어차
피 내가 본 노란 좀비가 녀석이 본 노란 좀비니, 둘이 본 걸 합하
든 안 합하든 그게 그거인 것이다.

어찌 되었든, 좀비가 되면 흑인이든 백인이든 피부색은 거의 비
슷해진다. 얼굴의 생김새로 그 좀비가 생전에 어떤 인종이었는지

246

가늠할 수가 있는 것이다. 그런데 지금 좀비의 무리 속에서 존재 감을 발산하며 우리에게 다가오는 녀석은 지금까지 보아 왔던 노란 녀석들과는 다른 색깔을 보여주고 있었다.

"여잔데?"

찰리가 말했다. 이미 알고 있었던 사실이기 때문에 따로 대답을 하지 않았다.

"근데 움직임이……."

"나도 알아."

나는 그의 말을 끊었다. 긴장이 되었다. 그는 무리를 이루고 있는 다른 좀비들을 헤치고 전진하고 있었다. 워낙 좀비의 어깨들이 밀착되어 있는 터라 쉽지는 않았지만, 분명히 그 사이를 비집고 있었다. 이건 놀라운 일이 아닐 수 없다. 무리를 헤치려면, 무조건 전진하는 것 말고 분명히 다른, 복잡하고도 계산에 의한 동작을 해야 하는 것이다.

좀비가 일반적인 파충류나 포유류보다도 훨씬 덜 무서운 존재가 된 것은 그들의 낮은 지능 때문이다. 그들은 전진밖에 모른다. 목표물이 보이면 그것을 향해 전진밖에 하지 못하는 것이다. 장애물을 만나서 몸을 틀지도 못하고, 그것을 피하기 위해 옆이나 뒤로 돌아가지도 못한다. 그런데 저 녀석은 분명히 몸을 틀기도 하고, 방향을 바꾸기도 하면서 앞으로 전진하고 있는 것이다.

"야, 쟤 팔도 쓴다."

이게 우리로서는 가장 충격적인 광경이었다. 찰리의 말대로 녀석은 손을 들어 다른 녀석의 어깨를 짚고, 그 추진력을 이용해서 앞으로 나오고 있었다.

"야, 저거 잡자!"

입에 침이 고이는 것을 느꼈다. 저건 분명히 우리가 본 노란 좀비와는 또 다른 변종이다. 노란 좀비가 금덩어리라면 저건 다이아몬드 원석이다. 저런 게 있다는 건 듣도 보도 못했으니 부르는 게 값일 것이다. 어떤 놈이 어차피 같은 노란 좀비 아니냐며 그 가격을 제시하면 아구창부터 돌려놓으리라.

"저거 하나 잡으면 다른 놈들은 쳐다볼 필요도 없겠다!"

"그러게! 네 말 듣고 다시 오길 잘 했다."

"그거 봐, 친구. 기회는 잡는 거라고. 로또는 긁는 거야."

"알았어, 알았어."

찰리도 긴장과 흥분으로 억양이 높아진 걸 느꼈다. 일확천금을 얻게 됐다는 흥분. 지능과 운동신경이 발달한 좀비와 싸워야 한다는 긴장.

"나온다."

어느새 녀석은 무리의 틈을 거의 다 비집고 나온 참이다. 그 녀석의 전신이 시야에 들어왔다. 몸뚱이에 걸치고 있는 옷도 다른 녀석들보다 멀쩡한 편이었다. 다른 녀석들보다 훨씬 조심스럽게 움직여 왔다는 의미일 것이다. 아니면 죽은 지 얼마 안 됐든가.

키가 150대 후반쯤 되는 자그마한 여자였다. 여느 노란 좀비들이 똥색에 가까웠다면, 이 여자의 색깔은 한층 화사한 노란색이었다. 초록색이나, 노란색이나 지금까지의 좀비들은 누가 봐도 썩어빠진 색깔들을 보이고 있었다. 그런데 이건 오히려 싱싱한 파스텔의 색감이다. '그녀'라고 지칭해 줄까 하는 생각이 들 정도였다.

"식탁보로 써도 되겠다."

나는 이를 악물면서 악의 섞인 농담을 했다. 어차피 저건 사냥감인 것이다. 찰리가 무슨 뜻인지 알겠다는 듯 또 킬킬 웃어준다.

"가죽 벗겨 가면 되겠네."

그게 아니잖아. 나는 속으로 이렇게 삼킨 다음 파이프를 앞으로 향하게 들어서 방어 자세를 취했다. 무리를 뚫고 나와서 어떤 움직임을 보여줄 지 예측하는 것이 힘들었다.

"야, 저거 뛴다."

'그녀'는 우리를 향해 뛰어 오기 시작했다.

어이쿠. 보통이 아니다.

"어, 어."

사실 뛰는 속도는 별로 빠른 것도 아니었다. 운동 못 하는 여자들이 백 미터를 뛰는 정도의 속도. 저게 일반적인 여성이라면 전혀 두렵게 느껴질 만한 것도 아니었다. 저 좀비가 뚱뚱한 여자였다면 가슴이 못 봐줄 정도로 심하게 덜렁거렸을 것이다.

"어, 어."

찰리도 나와 똑같은 심정이었던 것 같았다. 생각하면 부끄러운 일이다. 벌써 흐느적거리는 좀비의 움직임에 익숙해진 것이다. 한때는 곰 사냥을 했던 적도 있는 우리 아닌가. 역시 사람이란 적응의 동물이기도 하지만, 그만큼 나태해지고 퇴화되는 동물이기도 하다. 겨우 몸집 작은 여자 하나가 뛰어온다고 이렇게 긴장하니 말이다.

"퍽."

그 녀석이 가까이 다가오자 찰리가 파이프를 휘둘렀고, 그게 어깨를 내리쳐서 둔탁한 소리를 냈다. 역시 일반적인 사람을 내리쳤을 때의 소리와는 다르다. 마치 나무 밑동을 내리치는 듯한 소리다. 이미 그 좀비의 피부도 딱딱하게 굳은 것이다.

"좀비는 좀빈데."

의아한 일이었다. 피부가 굳어서 평소와 같은 움직임을 내리려면 인간일 때보다 훨씬 많은 에너지가 필요할 것이었다. 그런데 저런 움직임을 보여주고 있다니. 생각보다 훨씬 힘이 센 녀석인 것이 틀림없었다.

"야, 그렇다고 때리냐."

나는 찰리를 책망했다. 상품성이 떨어지잖아. 그러나 만약 녀석이 나에게 다가왔으면 나도 그렇게 파이프를 휘둘렀을 거라는 것을 알고 있었다.

"장난이 아닌데."

우리는 뒷걸음질을 치고 있었다.

그때 그 녀석이 팔을 휘둘렀다.

"어?"

녀석은 분명히 우리를 때리려고 했다. 이게 뭐야.

"야, 이거 때린다."

"때릴 줄도 알아?"

더 이상 놀라고만 있을 수만은 없었다. 어떻게든 해야 했다.

"넘겨."

나는 그 녀석의 시야가 찰리를 향한 순간, 자세를 낮추고 녀석의 종아리 위쪽 관절을 향해 쇠파이프를 휘둘렀다.

"퍽!"

또 한 번 둔탁한 소리가 났다. 그러나 기대와는 달리 그 녀석은 넘어지지 않았다.

"안 넘어졌어!"

녀석의 시선은 자신을 때린 자, 즉 나에게로 향했다. 이제는 내 쪽으로 몸을 틀어 팔을 날렸다. 주먹을 쥐고 있는 것도 아니고, 그렇다고 손톱을 세우고 있는 것도 아니었지만, 얼굴을 가격당하면 뇌에 충격이 직통으로 올 것이었다.

나는 다시 뒷걸음질쳤다. 좀 더 센 충격이 있어야 이 녀석을 넘어뜨릴 수 있을 것이었다.

"안으로 유인해!"

우리는 원래 사냥을 하기로 계획했던 장소인 잡화점으로 들어갔다. 거기에 있는 넘어진 가구들을 이용해서 아까처럼 이 녀석을 넘어뜨릴 수 있을 것이었다.

잡화점 안으로 들어갔다. 잡화점은 아까 그 카페테리아만큼 사냥에 유리한 장소는 아니었다. 좀비를 넘어뜨리는 데는 테이블만 한 것이 없는데, 잡화점에서는 쉽게 찾을 수가 없기 때문이다.

"의자 찾아!"

내가 찰리에게 소리쳤다. 좀비는 계속 나를 향해 팔을 휘두르고 있었다. 분명히 머리를 손보다도 앞으로 내밀고 나를 뜯어 먹고 싶을 텐데, 용케도 그 충동을 이겨내고 나름의 전략적 움직임을 보이고 있는 것이다.

찰리와 나는 둘로 갈라졌다. 찰리는 잠깐이나마 좀비의 시야로부터 벗어났다. 그는 카운터 뒤로 넘어 가서 점원이 앉는 의자를 가져왔다. 카운터의 높이에 맞춰 설계된 다리가 긴 의자였다.

"그걸로 쳐!"

좀비가 다른 녀석들보다 지능이 높기는 하지만 당연하게도 우리의 대화를 알아듣지는 못할 것이었다. 내가 찰리에게 명령을 하는데도 녀석은 나에게 온 신경을 집중해서 달려들 뿐이었다.

"퍽!"

또 둔탁한 소리가 났다. 이번에는 성공했다. 관절이 꺾인 게 아니라, 의자의 충격에 발이 바닥에서 밀리는 바람에 중심을 잃어버린 것이다.

좀비의 몸이 공중에 뜨는가 싶더니, 둔탁한 소리를 내면서 바닥으로 추락했다. 아마 사람이라면 심한 뇌진탕이 올 정도의 충격이었다. 그러나 그 녀석은 곧바로 다시 일어나려고 했다. 전혀 충격을 받지 않은 듯. 하기야, 그러니까 좀비지.

내가 그 녀석의 가슴을 아까 사냥 때처럼 찍어 누르는 데에는 약간의 용기가 필요했다. 그러나 지금 기회를 놓치게 되면 더한 용기를 필요로 하는 상황이 될 것이었다.

"야, 야!"

내가 가슴을 찍어 누르자, 녀석은 두 손으로 내 발을 잡아서 떼어 내려 했다. 그 힘이 강한 것은 둘째치고, 이 녀석은 보기보다도 훨씬 똑똑한 것 같았기 때문에 간담이 서늘해졌다. 나는 무의식적으로 땅을 딛고 있던 발을 들어 올려서 온 체중이 녀석을 밟고 있는 발에 실리도록 했다. 순간적으로 찍어 누르는 힘이 강해졌고, 나는 좀 더 탄탄하게 그 녀석의 위에서 버틸 수가 있었다.

"빨리!"

찰리에게 소리쳤으나 그는 이미 자기 할 일을 하고 있었다. 내 다리를 잡고 있는 양팔을 와이어로 감은 것이다. 그리고 그는 힘껏 그 와이어의 양 끝을 잡아당겼다. 나도 그 녀석을 밟고 있던 발을 떼고 찰리를 도왔다. 찰리는 팔을 묶은 줄을 그대로 몸통으로 감았다. 몸통과 팔을 한꺼번에 묶은 것이다. 원래는 팔과 몸통을 따로 묶는 것이 정석이었지만, 지금 같은 비상사태에는 그런 매뉴얼을 따를 여유가 없었다. 조금이라도 빨리 이 녀석을 무력화시키고 싶었던 것이다.

"퍽!"

또 둔탁한 소리가 들렸다. 나는 까무러치게 놀랐다. 찰리와 나나 아무도 그런 소리를 낼만한 행동을 한 적이 없는 것이다.

"윽!"

찰리가 비명을 질렀다. 머리를 가격당한 것이다. 나는 찰리의 뒤쪽을 바라보았다. 거기에는 지금 우리가 잡고 있는 것과 똑같은 색깔의 좀비가 서 있었다. 녀석이 팔로 찰리를 내리친 것이다.

"괜찮아?"

이렇게 물었지만 찰리는 정신이 없어 보였다. 후두부를 강타당했으니 심각하지는 않더라도 뇌진탕을 겪고 있을 것이었다. 나는 더 이상 지금 우리가 사냥을 하던 녀석에 집중할 수 없었다. 녀석을 놔두고 찰리에게 달려갔다. 상반신이 통째로 와이어에 묶여 있으니 쉽게 일어나지 못할 것이었으나, 저 녀석이 보여준 지능으로 보아서는 방심할 수 없는 일이었다.

나는 발길질로 찰리를 공격한 녀석의 복부를 내질렀다. 녀석도 몸집이 작은 여성이었다. 화사한 노란색 피부에 윤기 있는 흑발을 가진 녀석이었다.

"괜찮아?"

좀비가 뒤로 나뒹굴고 있는 틈을 타서 나는 찰리를 부축했다. 눈이 뒤로 뒤집혀 있는 것이 적지 않은 충격을 받은 것 같았다.

"정신 차려!"

나는 그의 뺨을 강하게 두 차례 때렸다.

"으, 으음……."

찰리가 정신을 차렸다. 그러나 그의 뇌는 아직 완전히 그의 몸을 장악하지 못하고 있는 것 같았다. 그래도 차라리 다행한 일이었다. 평범한 좀비였다면 그를 가격하는 대신 물어뜯었을 것이다. 넘어뜨린 녀석을 묶느라고 완전히 정신이 팔려 있던 참이니 만약 그랬다면 속수무책으로 당했을 것이고, 나는 찰리를 포기해야 했을 것이었다.

지금은 누가 보아도 불리한 상황이었다. 나는 찰리를 부축했다. 그도 몸을 일으키기는 했지만, 자기 몸을 제대로 가누지 못했다. 두 번째 녀석은 다시 다가와서 팔을 휘두르기 시작했다. 팔을 휘두르는 패턴은 다양했지만, 지금 상태에서는 충분히 위협적인 것이었다. 나도 같이 쇠파이프를 휘둘렀으나, 고통을 느끼지 못하고 전진하는 녀석을 무력화시키는 건 불가능한 일이었다.

"정신 차려!"

찰리에게 다시 한 번 소리를 질렀다. 그의 다리에도 슬슬 힘이 들어가기 시작하는 참이었다. 앞으로 몇 초만 버티면 완전히 정신을 차릴 것 같았다.

"어떻게 해."

그가 나에게 물었다. 어떻게든 정신이 들기는 한 것 같았다.

"오늘은 포기하자."

내가 이를 악물면서 얘기했다. 지금 상황에서는 사냥이고 뭐고 우리가 먼저 당할 판이었다. 나는 달려드는 좀비의 배를 다시 한 번 발로 내질렀다. 이번 공격도 유효했다. 그 녀석은 또 한 번 뒤로 나가떨어졌다. 나는 그 녀석을 상대할 수 있는 요령을 터득한 것 같아 약간 안심이 되었다. 다른 녀석은 팔이 묶인 상태로 몸을 일으키려고 바둥거리다가, 간신히 한쪽 다리로 땅을 짚고 선 참이었다. 빨리 도망가야 한다.

나는 정문을 퇴로로 선택했다. 매우 위험한 선택이 아닐 수 없었다. 바깥에서 우리를 쫓던 좀비들이 얼마나 정문에 접근해 있을지 모를 일이었기 때문이다. 나가다가 그 무리와 정면으로 마주친다면 끝장을 맞는 것이나 다름 없었다. 그러나 선택의 여지란 없었다. 건물의 뒤로 돌아가기 위해서는 노란 녀석 두 마리를 다시 한 번 지나쳐야 하기 때문이다. 나는 찰리를 정문으로 이끌었다.

불과 몇 초의 차이였다. 좀비들의 무리는 정문의 바로 코앞까지 닥쳐 있었다. 아마 몇 초만 늦었어도 뛰어 나가다가 이 녀석들의 선두와 머리를 부딪쳤을 것이다.

"뛰어!"

나는 찰리의 등을 치고 뛰기 시작했다. 찰리도 그 말을 듣고 뛰기 시작했다. 다행히 그의 몸에 힘이 점점 돌아오는 것이 동작에서 느껴졌다.

"뛰어! 뛰어!"

나는 다시 한 번 찰리에게 소리 지를 수밖에 없었다. 두 번째 나타난 노란 녀석이 정문을 나와서 우리를 향해 뛰어오는 것을 발견했기 때문이다. 나는 공포로 등의 털이 쭈뼛쭈뼛 서는 것을 느꼈다. 도대체 녀석은 어디에 숨었던 것일까. 우리는 녀석의 존재를 전혀 파악하지 못하고 있다가 습격을 당한 것이었다. 이건 정말 공포스러운 일이 아닐 수 없다. 우리가 사냥을 하는 줄 알았는데, 사실 우리가 사냥을 당하는 입장이었을지도 모르는 일이었던 것이다.

다행히 두 번째 녀석의 달리기 속도도 처음의 녀석과 다를 바 없었다. 운동을 못하는 여고생의 달리기 속도. 건장한 찰리와 나의 뛰는 속도를 따라잡는 것은 쉽지 않았다. 그러나 문제는 차까지의 거리였다. 차까지는 500미터라는 거리가 있었다. 우리의 뛰는 속도는 점점 줄어들 것이지만, 녀석은 끝까지 속도를 줄이지 않을 것이었다. 좀비가 아닌가. 숨이 턱까지 차올랐지만 뛰는 속도를 조금도 줄일 수 없었던 것은 그런 계산 때문이었다.

찰리도 같은 생각인 것 같았다. 그와 나는 마치 달리기 시합을 하는 녀석들처럼 죽어라고 달음질을 치고 있었다. 차에 도달했을 때 내 심장은 터질 것만 같았다. 우리는 차에 올라탔다. 이미 녀석과 우리의 거리는 처음보다 훨씬 줄어들어 있었기 때문에, 내가 운전석 문을 닫자마자 녀석은 문에 와서 몸을 부딪쳤다.

"쨍그랑!"

녀석이 팔을 휘둘러 창문을 깼다. 나의 얼굴에 유리의 파편이 몇 개 박혔지만 고통도 전혀 느껴지지 않았다.

경유차를 고른 것이 지금만큼 후회되는 적이 없었다. 예열표시등이 꺼지는 데 걸리는 시간이 천년만년처럼 길게 느껴졌다.

"부르릉!"

나는 녀석이 깨진 창문 틈으로 손을 넣어 문고리를 잡아당기지 않을까 걱정까지 했으나, 다행히 그런 일은 벌어지지 않았다. 시동이 걸리자 나는 가속페달을 바닥까지 깊숙이 때려 밟았다. 차는 굉음을 내면서 앞으로 튀어나갔다.

녀석의 팔이 창틀에 부딪히고, 그 충격으로 녀석의 몸은 튕겨나가서 땅바닥에 굴렀다. 녀석의 몸이 차에서 떨어져나가고 나서야, 나는 안도의 한숨을 내쉴 수 있었다.

"뭐야 저거?"

찰리가 신경질적으로 물었다. 반드시 대답을 원하고 묻는 것은 아닐 것이었다. 어차피 그나 나나 영문을 모르기는 마찬가지니까 말이다.

"저게 몇 마리나 있는 거지?"

맞장구를 치는 나의 목소리도 찰리만큼이나 높았다. 우리는 고래고래 소리를 지르고 있었다. 엄청나게 흥분하고 있다는 증거였다.

좀비의 마을이 지나고 나서야 우리는 숨을 돌리고, 차의 속도를 낮출 수 있었다. 죽을 뻔했다. 횡재를 할 뻔도 했고, 죽을 뻔도 했다.

"저런 게 몇 마리나 있는 거지?"

"몰라. 저런 건 듣도 보도 못 했어."

"번식을 하나? 왜 노란 녀석이 저렇게 많아."

찰리는 우리 짐칸에 실려 있는 놈까지 염두에 두고 있는 것 같았다. 뒤에서 묶여 있는 녀석까지 치면, 세 마리다. 변종 좀비 세 마리. 아마 저 곳은 지구상에서 가장 위험한 장소인지도 모르겠다. 아니면, 지구상에서 가장 수지맞는 사냥터일지도.

"아무에게도 얘기하지 말자."

"……."

찰리는 내가 무슨 생각을 하는지 잘 알고 있는 것 같았다. 괜히 저 곳에 특별한 녀석들이 있다는 것을 우리가 알릴 필요가 없다. 짐칸에 있는 녀석도 녀석이지만, 우리가 미처 잡지 못한 놈들의 몸값은 상상을 초월할 것이었다. 현상금도 걸릴지 모른다. 그렇다면 우리의 경쟁자가 많아지는 것이다. 그런 것은 무조건 피해야 할 일이다.

"여름 좀비는 짜증나는군."

찰리가 중얼거렸다. 그 말이 맞다. 여름에 하는 좀비 사냥은 정말 끔찍하지. 그 냄새. 그리고 우리의 몸을 싸고 있는 우리의 땀내. 지긋지긋하다. 나는 맥주가 생각났다.

"집에 가서 쉬자. 오늘은 좀 마시자."

"그래. 오늘은 대박을 쳤다고, 우리."

"죽을 뻔했지만 말야."

"그게 묘미지, 친구!"

나는 허세를 부렸다. 그러나 이 상황에서 허세를 부리고 싶은 심정은 찰리로서도 마찬가지로 갖고 있었던 것이었다. 그도 껄껄 웃으면서 고개를 끄덕였다.

3

마을로 돌아왔을 때, 찰리는 어지러움을 호소했다. 당연하다면 당연한 일이었다. 후두부를 세게 가격 당했으니 말이다.

"같이 한 잔 하려고 했더니 안 되겠네."

"음."

대답하는 찰리의 목소리에도 아쉬움이 묻어났다. 사냥을 마친 날은 바에 가서 위스키를 먹는 날인 것이다.

"조니워커를 마시려고 했더니!"

"그러게. 대어를 낚았으니. 일단 팔아 보자고."

우리는 거래소로 향했다. 거기에는 우리 말고도 다른 좀비 사냥꾼들이 득시글거리고 있었다.

"이런 시간에 뭐 이렇게 사람이 많아."

"기다리는 시간이 길어지겠네."

"원래 이런가? 우리 평소보다 일찍 온 거잖아."

"이봐. 다 너처럼 극성스러운 게 아니라고. 일찍 퇴근한 거야."

나는 입맛을 다셨다.

"아, 준. 찰리. 왔나?"

얼굴에 곰보가 가득한 영감이 우리에게 인사를 했다.

"여어."

나도 간단하게 손을 들었다. 찰리는 옆에서 고개를 간단하게 끄덕였다. 녀석은 나만큼 영감과 친하지 않다. 어딘가 음흉한 작자라나.

"오늘은 많이 잡았나?"

"한 마리."

"한 마리? 준답지 않은데? 왜 이렇게 일찍 퇴근을 하려고?"

"그래도 대어야."

"누런 녀석? 운이 좋군! 요즘에는 통 잡아온 녀석이 없었는데 말야."

"여름 좀비는 짜증나. 냄새 때문에 머리가 돌아버릴 것 같아. 게다가 변종들이 들끓는다고."

찰리가 투덜거렸다. 나는 아차했다.

"변종? 무슨 변종?"

나는 찰리와 영감의 대화에 끼어들었다.

"누런 녀석 말야, 누런 녀석."

"아. 저 놈 말고 또 있던가? 그런데 여름이라고 녀석들이 많아지는 건 아닌 것 같던데?"

"진지하게 듣지 마. 영감탱이. 그냥 농담으로 던지는 거라고."

나는 찰리에게 한쪽 눈을 깜빡여 보이며 둘러댔다. 찰리는 무른 녀석이다. 아까 얘기를 했는데도 벌써 털어놓으려고 하다니. 분명히 집에 가면 자기 마누라에게도 나불거리면서 신기한 걸 봤다고 다 고해바치겠지만 그것까지 어쩔 수는 없는 노릇이다.

찰리도 자기의 실수를 알아차린 듯 입을 다물고 우리의 대화를 잠자코 듣고 있었다.

"어쨌든 오늘은 누런 녀석을 한 마리 잡아 왔어."

"자네답지 않아! 오늘은 찰리가 이겼나보지? 준이라면 그래도 더 잡겠다고 악착같이 덤벼서 트럭 가득 실어왔을 텐데. 게다가 한 마리 더 있었다면서? 믿을 수가 없는 노릇이군."

"뭐 이런 날도 있는 거지."

"그래. 1만 5000달러. 맞지?"

"그거야 기준 가격이고. 자네들도 알다시피 좀비 가격도 점점 내리고 있잖나."

"하도 많이들 잡으니 말이야."

내가 맞장구쳤다. 어중이떠중이들이 좀비 사냥으로 몰린다. 이렇게 풍족한 시대에도 인간들은 여전히 팔자를 고치고 싶어 한다. 결국 이리저리 사업을 한답시고 돈을 뿌려대던 놈들이 파산 직전까지 가서 궂은일을 해서라도 큰돈을 만져보겠답시고 좀비 사냥에 뛰어드는 것이다. 그래서 예전 같으면 넉넉하게 받을 수 있었던 좀비의 값도 점점 떨어지고 있었다. 수요와 공급의 원리. 냉정하다.

"그럼 얼마를 줄 건데?"

묻는 내 말끝이 올라갔다.

"어디 보자······. 노란 녀석도 가격이 많이 내려서 말야. 정확하게 1만 2950달러 나오네."

"1만 3000도 안 된다고? 장난하나?"

내 언성이 높아졌다. 찰리의 눈치를 살피니 그도 불만스러운 표정이었다.

"노란 녀석도 요즘에는 가격이 내리고 있는 추세라고. 예전 같지 않아."

영감탱이의 타이르는 듯한 말투가 더 내 마음을 거슬렀다. 나는 소리를 빽 질렀다.

"아까 뭐라고 그랬어? 요즘에는 통 잡아온 녀석이 없다며? 그래놓고 가격이 내렸다고?"

영감이 허를 찔렸는지 입맛을 다실 뿐 말이 없었다. 나는 더 몰아붙였다.

"이봐, 영감. 우리 얼굴 보면서 일한 지 벌써 3년짼데 우리한테까지 그렇게 업자티를 팍팍 내야 하나? 그것도 말까지 바꿔 가면서?"

"이봐, 이봐, 우리 입장도 이해를 해 달라고."

"어쨌든, 그 가격에는 못 팔아. 납득이 안 되잖아. 정말 누런 녀석들이 넘쳐 나면 그때 가격이 내려가는 건 가지고 누가 뭐라고 하겠어. 어쩔 수 없는 거지. 그런데 요즘처럼 하나 찾기도 어려운 시절에 가격이 내려갔다고 하면 누가 믿어?"

"알았네, 알았어. 그렇지만 우리가 느끼는 거와 통계는 다르다고. 어쨌든 1만 4000 주겠네. 그 이상은 곤란해."

"젠장, 1000달러 내려갔군."

나는 이쯤에서 수긍해 버렸다. 요즘 좀비를 사들이는 업자들은 잦은 합병을 거쳐서 점점 덩치를 불리고 있는 추세다. 결국 우리 마을에서도 이 영감탱이가 독점적 지위를 확보해 가는 중이다. 이 영감이랑 완전히 척을 지고 살게 되면 나로서도 골치 아픈 일이다.

좀비를 영감에게 넘기는 동안 나는 계속 투덜거렸다. 가격을 깎인 것이 이상하리만치 기분이 나빴다. 나는 영감에게 받은 금액의 반을 떼어서 찰리에게 주었다.

"너는 빨리 병원으로 가 봐."

"병원? 괜찮아."

"아니야. 아까 세게 맞아서 완전 정신이 나갔었어. 기억이 잘 안 날지 모르지만. 뇌진탕이라고. 병원에 가 봐."

"알았네."

그러나 나는 그가 병원에 가지 않을 거라는 걸 알았다. 그가 정말 병원으로 갈 거라고 생각했으면 오늘 받은 돈 중 내 몫을 조금 더 떼서 얹어주었을 것이다. 그는 아마 마누라에게 직행을 할 거다. 그리고 샤워를 하고, 마누라하고 도란도란 수다를 떨다가 잠자리에 들겠지. 나쁜…….

나는 괜히 질투심이 일어나는 것을 느꼈다. 나는 가정을 끔찍이 보살피는 그를 보면서 짜증과 동시에 부러움을 느끼기도 했다. 그에 비하면 내 삶이 삭막한 것은 어쩔 수 없는 사실인 것이다. 사실 찰리는 나와 함께 술을 마시는 것도 별로 좋아하지 않는다. 그는 그런 것보다는 '귀가'를 더 즐기는 녀석이다. 앵글로색슨은 어쩔 수가 없어. 가족에 충실하지 않으면 살아가야 할 이유를 잃는 것 같은 녀석이거든.

"그런데 자네도 가 봐야 되는 거 아냐?"

"나? 왜? 난 안 맞았어."

"자네 팔."

"아."

나는 내 팔을 내려다보고 살짝 놀랐다. 몇 군데서 피가 흐른 자국이 남아 있었다.

"이거 뭐야."

"아까 녀석이 유리창을 깼잖아. 그때 튄 것 같은데."

"이런 젠장."

재수 없는 일이었다. 나는 조심스럽게 피부를 쓸어 보았다. 특별히 유리조각이 박혀 있는 것 같지는 않았다. 나는 팔을 털었다.

"됐어. 유리가 박히지도 않았는데 뭐."

"알았어. 술 맛있게 마셔. 마담하고 잘 놀아."

나는 혼자 자주 가는 바로 걸어갔다. 그 바의 주인은 나보다 대여섯 살 어린, 삼십대 초반의 억센 여자였다. 얼굴은 평범하게 이쁜 편이었지만, 몸매는 누구에게도 뒤지지 않는, 그런 여자였다.

"준. 왔어? 오늘은 일찍 왔네?"

"조니워커 플래티넘."

"와우. 오늘 많이 좀 잡으셨나봐?"

"그럭저럭."

"그래도 엄청난 걸 잡았나보네. 블랙도 아니고 플래티넘을 달라니."

그렇게 말하면서도 그녀는 분주히 술병을 꺼내 와서 마개를 떼고 있었다. 손님의 마음이 변하기 전에 병을 재빨리 오픈하는 것은 이런 바에서 일하는 사람들이 기본적으로 터득하고 있는 스킬이다.

나는 말없이 잔을 내밀었고, 그녀는 내 잔을 조니워커 플래티넘으로 채웠다. 황금색 액체가 잔을 채워가는 모습은 언제 보아도 매력적이었다. 나는 그녀 앞에서 많은 이야기를 하지 않는 편이다. 과묵한 편이 더 매력 있어 보일 것이기 때문이다. 나는 그녀에게 마음을 두고 있었고, 굳이 그것을 숨기지도 않았다. 그녀는 굳이 그것을 모른 척하지도 않으면서 나를 보통보다 아주 약간 더 친한 손님으로 대할 뿐이었다. 잘못 걸렸지. 젠장.

평소에 노랭이 소리를 들으면서도 이곳에 와서 위스키를 마시게 된 이유다. 여기가 아니었으면 훨씬 더 많은 돈을 모을 수 있었을 것이다. 찰리와 나는 이 동네에서도 알아주는 실력 있는 콤비니 말이다. 이 동네에서 우리 얼굴은 꽤 알려진 편이다. 초저녁이었는데도 바는 붐비고 있었는데, 손님들 중 여러 명이 벌써 나를 알아보고 눈인사를 날렸을 정도니 말이다.

"건배."

그녀가 쾌활한 목소리로 잔을 부딪쳐 왔다. 그녀의 잔에도 어느새 황금색 조니워커 플래티넘이 따라져 있었다.

"많이도 따랐다."

"왜 이래. 노랭이도 아니면서."

"너한테나 그렇지."

"그러니까. 나한텐 노랭이 아니지."

"그래. 그래."

나는 귀찮다는 듯이 고개를 끄덕였다. 그러나 나의 입가에 미소가 떠오르는 것을 감추기 어려웠다. 그녀를 힐끗 보니 내 눈을 바라보며 웃고 있는 중이다. 나는 부끄러움을 느꼈다. 단숨에 첫 잔을 비웠다.

4

처음 좀비가 퍼졌을 때, 모든 사람들은 세상이 멸망하는 줄로만 알았다. 순식간에 인구가 삼분의 일로 줄었으니 그럴 만도 했다. 인구의 반이 좀비 바이러스에 감염되는 데에는 몇 달이 걸리지도 않았다.

그러나 인간은 적응의 생물이다. 처음에는 공포로 대응을 못하던 사람들이, 좀비의 행동패턴을 깨닫게 되는 데는 별로 오랜

시간이 걸리지 않았다. 어차피 좀비는 놀랄 만큼 멍청하고, 답답할 만큼 느린 '생물'이다. 군대에 갔다 왔거나, 혹은 사냥꾼이었거나, 혹은 격투기를 연마했거나 한 사람들은 얼마 지나지 않아서, 침착하게 대처만 하면 좀비로부터 피하는 것이 악어나, 곰 같은 동물들로부터 자기를 지키는 것보다도 훨씬 쉬운 일이라는 것을 깨달았다.

물론 자기의 엄마나 남편이 좀비가 되어 자기를 물어뜯으러 덤벼 온다면, 생각보다 인간의 마음이란 쉽게 무너지기 마련이다. 초반의 희생자는 그런 이유로 많이 발생했다. 나도 당시 여자 친구에게 공격을 당할 때 충격을 받아 몸이 굳어졌으니 할 말 다 했다. 금방 정신을 차리고 그녀에게 침착하게 '푸시킥'을 날린 다음 창문으로 빠져 나왔지만 말이다.

어쨌든, 그렇게 '애인 좀비', 혹은 '엄마 좀비'로부터 도망치는 데 성공해서 무사히 집 밖으로 탈출했다고 해도, 온 동네가 좀비로 뒤덮여 있는 꼴을 보면 또 인간의 마음이란 한 풀 더 꺾이기 마련이다. 그러니 '이젠 끝이구나'라며 멍하니 있다가 결국 좀비에게 포위당하고 마는 것이다.

좀비는 형편없이 느리기 때문에, 걸어서도 피할 수 있다. 사다리조차 오르지 못하기 때문에, 높은 곳에 사다리를 타고 올라가 있으면 안전하다. 물론 그런 식으로 고립되어 있다가 아사하거나 무모한 탈출을 시도하게 되어 결국 좀비의 먹잇감이 된 경우도 많지만.

결국 중요한 것은 계획성이다. 무작정 토끼몰이 당하듯 계획 없이 도망가게 되면 결국 막다른 곳에 갇히기 마련이다. 그리고 나면 자기 몸이 뜯어 먹히고 있음을 생생하게 느끼며 죽게 되고, 좀비가 되어 또 다른 인간을 먹이로 삼기 위해 흐느적거리게 되는 것이다.

나는 여자 친구를 발로 찰 정도로 냉정했고, 온 동네가 좀비로 덮여 있어도 당황하지 않을 정도로 긍정적이었고, 또 퇴로를 계산하면서 도망칠 수 있을 정도로 침착했기 때문에 살아남았다. 지구의 살아남은 인간들은 자기의 동네에 좀비가 발생하기 이전에 안전수칙을 배운 녀석들이 대부분이었다. 그러고 보면 나는 입지전적인 인물 소리를 들을 만했다.

처음 몇 달 동안 좀비 바이러스는 빠르게 확산되었기 때문에, 초기에는 전기도, 방송도 전부 먹통이 되었다. 인터넷과 통신도 차단이 된 것은 말할 것도 없다. 좀비 바이러스는 넓게 퍼졌지만, 바이러스 자체가 들어가지 않은 안전한 곳도 있었다. 예를 들면, 캘리포니아는 좀비 바이러스로 모든 시스템이 마비되었지만, 애리조나에서는 캘리포니아가 생지옥이 되는 광경을 위성 티브이를 통해 중계방송으로 보는 식이었다.

그렇게 멀쩡한 동네가 많이 남아 있는데도 불구하고, 캘리포니아에 사는 사람들은 모든 매스컴이 마비되었으므로 세상이 멸망한다고 생각할 수밖에 없었다. 곧 절망에 빠진 사람들은 거의 스스로라고 해도 좋을 만큼 쉽게 좀비로 변했다. 나는 엘에이의 한인 타운에서 살고 있었는데, 엘에이는 대도시였기 때문에 어느 곳보다도 빠르게 좀비 바이러스의 확산이 나타났다.

인터넷이 끊기고, 통신이 마비된 상태에서 사람들은 매우 빠르게 절망했다. 바로 옆 주로 도망치면 살 수 있는데도 불구하고 그들은 자기들의 눈앞에 벌어지는 일을 너무 쉽게 세상 전체에서 일어나고 있는 일로 일반화해 버린 것이다. 나처럼 평소부터 미쳤다는 소리를 들을 정도로 무모하게 살던 놈들만이 살아남았다는 것은 우스운 일이다.

미국의 경우, 50개 주 중에 좀비 바이러스로 뒤덮인 것은 42개 주였다. 인구밀도가 낮거나, 주와 주의 경계가 황무지로 이루어진 주들이 주로 좀비 바이러스의 확산 속도가 그 주의 행정능력과 안보능력을 넘어서지 못한 곳들이었다. 사실 인간은 좀비와 같은 한심한 생물에는 충분히 대응할 만큼의 과학기술과, 무력을 갖고 있었다. 다만 그 좀비들을 학살해 버리는 데 '민주적 토의'를 거치느라고 시간이 많이 걸렸을 뿐이다.

하기야, 처음에 자기 엄마였던, 자기 애인이었던 사람을 '좀비'라는 이름을 붙여서 불로 태워버리는 것은 누구에게나 찝찝한 일이 아닐 수 없다. 그러나 어쩌겠는가. 우리가 살려면 쓸어 버려야지. 북유럽의 어느 나라는 '좀비'를 '비인간적 존재'로 규정하는 문제가 국민투표에서 가결되지 못해 좀비 소탕을 벌이지 못하고 점점 좀비가 되어가고 있다는 소문이 들리기도 했지만, 완전히 믿을 만한 얘기인지는 모를 일이었다. 어차피 미국에서는 북유럽에 대한 여러 가지 이상한 소문이 끊이질 않거든.

좀비 소탕 작전이 전세계적으로 개시되자, 이 한심한 생물들의 확산은 금방 그 기세가 꺾여 버렸다. 좀비들이 들끓는 지역은 아메리카 인디언들의 생활터전이 줄어들 듯이, 놀라운 속도로 좁아지기 시작했다. 아마 곧 있으면 좀비는 지구상에서 완전히 소멸될 것이었다.

그런데 그러던 중 중요한 사실이 발견되었다. 그것은 놀랍게도, 좀비는 끊임없는 에너지를 가진 생물이라는 것이다. 좀비는 먹지 않아도, 에너지를 생산하는 존재였다. 그 원리는 앞으로 좀비를 연구하는 학자들이 밝혀낼 일이겠지만, 그들은 음식 에너지를 전혀 섭취하지 않아도, 끊임없이 앞으로 걸어갈 수 있는 능력을 갖고 있었다. 그들의 체력은 무한했다. 도대체 그들이 그러한 식욕을 보이는 이유조차 알 수 없을 정도로 그들은 지칠 줄을 몰랐다.

이 사실이 알려지자, 좀비의 박멸은 올스톱되고 말았다. 에너지 혁명의 시작이었다. 원자력발전과 화력발전이 세상에 안녕을 고하는 순간이었다. 동물에너지를 발전에 이용하려고 하는 시도들은 있었지만, 그들을 사육하는 데 들어가는 비용과 그들로부터 얻어낼 수 있는 전기에너지의 비용을 계산기 두드려보며 저울질해보았던 자본가들 아닌가. 나라도 그들로부터 전기를 뽑아낼 수 있는 궁리가 떠오르는데 기술을 갖고 있는 자본가들이야 어땠겠는가.

컨베이어벨트를 설치하고, 그 위에 좀비 여러 마리를 올린다. 그리고 그들의 전면에 고기를 한 덩이 놓아둔다. 그러면 그 고기를 먹으려고 녀석들은 어기적어기적 움직이기 시작한다. 속도는 느리지만, 컨베이어 벨트를 돌릴 힘은 충분하다. 연료도 들이지 않고, 방사능의 유출도 없는 청정에너지의 발견인 것이다.

그래서 졸지에 지구의 미래를 짊어질 청정에너지가 된 좀비들은 보호의 대상이 되어 버렸다. 인간은 좀비의 에너지를 이용할 수 있는 방법은 알아냈지만, 그들을 재생산할 수 있는 능력은 잃어버렸다. 좀비의 반 이상이 불타 사라졌을 때에야 비로소 인간은 이 사실을 깨달았다. 그들을 재생산하려면 인간을 좀비 바이러스의 재물로 바쳐야 한다. 아마 몇몇 정치가들은 쉽게 인간이 좀비가 된 상태를 '죽은 상태'로 규정한 것을 후회할 것이었다. 그렇다면, 좀비를 인공적으로 만든다는 것은, '사람을 죽이는 것'이 되니까 말이다.

어쨌든 좀비가 되거나 좀비에게 죽은 사람에게는 참으로 열 받는 이야기겠지만, 좀비는 살아남은 인간에게는 축복을 가져다 준 존재가 되었다.

첫째, 인간의 수를 반 이하로 줄여준 것이다. 시설들은 그대로 남아 있는데 인간만 죽은 것이다. 게다가 인구밀도가 높고, 치안이 형편없던 개발도상국이나 저개발국가가 좀비 바이러스의 피해를 정통으로 입었다. 미국의 여러 주도 피해를 입기는 했지만, 살아남은 곳은 대부분 생활수준이 아주 높은 선진국의 도시들이었다.

이 소수의 도시에 살아남은 사람들이 좀비 바이러스로 인해 공동화된 도시들을 식민지로 삼게 된 것이다. 어차피 그곳에는 인간들이 남아 있지 않으므로, 그곳은 이제 이 먼 도시들을 위해 물자를 생산하는 공장처럼 되었다. 아주 적은 인원들만이, 높은 보수를 받고 그곳을 통제하러 파견되었을 뿐이었다.

물론 일반적인 상태에서 인구 공동화가 이루어지면 자본주의 사회가 파괴되기 마련이다. 그러나 두 번째로, 좀비가 청정에너지의 역할을 해 주면서, 이러한 경제적 충격은 생각보다 어렵지 않게 완화될 수 있었다. 물론 주식의 폭락, 인플레이션, 디플레이션 등 각종 경제적 진통을 겪긴 했지만, 5년도 되지 않아서 지구의 경제는 세계 어느 때보다도 굳건하게 재생되었다. 그리고 살아남은 사람들은 지상 낙원에서, 좀비 발생 이전 시기의 기준으로 볼 때 최소한의 노동으로 최고의 임금을 보장받게 된 것이다. 에너지는 넘쳐나고, 인구는 줄었으니, 인력이 오르는 것은 당연한 일이다. 좀비들이 차지하고 있는 공간은 아직 많다. 그러나 인간의 영토를 회복하려는 속도는 눈에 띄게 줄어들었다. 어차피 인간이 활동할 만한 공간은 지금으로도 넘쳐나게 되었고, 좀비들이 있는 곳은 여론이 허락을 하지 않아서 그렇지 실제로 '좀비 보호구역'이라는 간판이 붙은 것이나 다름없게 된 것이다.

초저녁부터 비싼 술을 파는 바에 손님이 넘치는 것은 따라서 전혀 놀랍지 않은 일이다. 사람들이 흥청망청하며 살 수 있는 시대가 되었다. 백만장자가 되겠다고 도박하는 마인드로 무리하게 사업을 벌이지 않는 이상, 별 걱정 없이 일생을 마칠 수 있는 시대가 도래된 것이다.

그러나 여전히 일확천금을 꿈꾸는 녀석들은 너무나 많았다. 좀비 바이러스라는 거대한 사건을 겪고 난 때문인지, '인생은 한방이다.'라고 생각하는 녀석들의 수가 기하급수적으로 늘었다. 그도 그럴 것이, 좀비가 되어 비참한 최후를 마치는 것과, 그 이후 세상을 흥청망청 살아가는 것은 인간들에게 너무나 '우연하게' 벌어진 일들이기 때문이다.

그러한 불안감은 인간들을 한탕주의에 빠지게 하는 것 같았다. 자신의 생업을 지키고, 차근차근 돈을 모으는 것보다는, 개발도상국 시기의 한국인이나 일본인들이 그랬던 것처럼, 모두 투기와 사업에 몰려들었다. 그들 중 대부분은 실패했고, 그 중 많은 인원이 좀비 사냥꾼으로 빠진 것이다.

나는? 나도 사실 어떻게 보면 그런 한탕주의자 중 한 사람일지 모른다. 어차피 정도의 차이니까 말야. 그러나 나는 애써 그들과 내가 다르다고 생각하는 편이다. 나는 앞으로를 위해 돈을 모을 수 있을 때까지 모으는 것뿐이니까. 팔자를 고치기 위해 일에 뛰어드는 것들과는 분명히 다르다. 평생 이 일을 할 수 있는 것도 아니다. 충분한 돈을 만지게 된다면, 은퇴해서 평화롭게 교외에 카페를 차릴 것이다.

5

"준, 많이 마시네, 오늘."

그녀 앞에서 취한 모습을 보이는 것이 싫었기 때문에, 나는 적당히 마시고 일어나는 편이었다. 그러나 오늘 나는 내가 생각하기에도 많이 마셨다. 취기가 오르는 것이 느껴졌다.

그녀가 걱정스러운 눈빛으로 나를 보고 있었다. 그녀의 눈빛이 내 기분을 좋게 만들었다.

"왜, 걱정되나?"

"걱정은."

장난스러운 말투였지만, 내 목소리에는 아련함이 묻어났다. 그러나 그녀는 거기에 진지하게 반응해 주지 않았다. 안타깝다.

"젠장."

욕이 나왔다. 그러나 그녀는 역시 별 반응을 보이지 않았다. 다급히 그녀가 채워준 술을 들이켰다. '탁' 소리가 나게 그 잔을 내려놓았다.

"성질은."

그녀는 역시 침착했다.

그런 태도가 나를 한층 더 조급하게 했다.

"이봐. 언제까지 여기에서 바를 할 거야?"

"글쎄? 뭐 당신도 알다시피 바가 장사가 잘되거든. 그래서 직업 바꿀 생각이 없는데?"

"이런 젠장. 뭐 그렇게 꿈도 없나, 사람이."

"꿈은 무슨 꿈? 어차피 살아남아서 행복하게 살고 있잖아. 꿈은 이룬 거나 마찬가지지."

이게 문제다. 살아남았다고, 살아남는 것만이 대단한 일인 것처럼 여기게 된 인간들. 답답하다.

"꿈을 이뤘다고? 그럼 너 어릴 적 꿈이 좀비가 나서 세상의 인구가 삼분의 이가 줄었는데, 내가 살아남는 삼분의 일이 되게 해주세요, 이런 거였나?"

"이봐. 비꼬지 마."

내 말투는 내가 생각해도 날카로운 것이었다. 나는 스스로에게 무안해져서 입을 다물었다.

"그러면 너는 꿈이 뭔데?"

"이봐. 난 지금은 이러고 살지만, 앞으로는 안 이럴 거라고."

"안 이러면 어쩔 건데?"

"그만 둬야지. 언제까지 좀비 사냥꾼으로 살겠어."

"그만 하면 뭐 하는데?"

"……."

카페를 차리겠다고 말하는 게 쑥스러웠으므로 나는 입을 다물었다.

"뭐 하는데?"

"어쨌든, 이 일 안 해. 이제 곧 그만 둘 수 있을 것 같아."

"일 그만 두는 게 목표야? 네 꿈도 별로 나보다 나을 것 없을 것 같은데."

"흥. 넌 몰라. 굉장한 녀석들을 봤다고."

"뭐?"

찰리에게 입조심 시켜놓은 것을 내가 먼저 까발릴 판이다. 내가 취하긴 취했다.

"넌 상상도 못할 거야."

그러나 내 의지가 취기를 이기지 못한 모양이다. 나는 그녀 앞에서 의기양양하고 싶어서 견딜 수가 없었다. 내가 잡은 좀비가 아니라 내가 잡게 될 좀비를 가지고 말이다. 술이 깬 상태였다면 내가 형편없이 한심한 꼴이었음을 깨달았을 것이다.

"엄청난 녀석을 봤어. 아니야, 녀석이 아니라 녀석들이네."

"좀비?"

"응. 좀빈데, 지능이 있어. 게다가 움직임도 민첩해. 달리기도 한다고! 한 마리 가격이 얼마나 할지 상상도 못 하겠어!"

나는 목소리를 낮췄다. 그러나 흥분해 있기 때문에 옆에 있던 놈들이 듣기에는 충분히 큰 소리를 내고 말았다.

"달린다고?"

아, 정말 바보같이. 이렇게 되물어 온 건 그녀가 아니라 옆에 앉아 있던 이름 모를 영감탱이였다.

나는 그를 노려보았다. 대화에 끼어들지 말라는 뜻이었다. 그러나 그도 나만큼이나 취해 있는지, 내 험상궂은 얼굴을 보고도 겁을 먹은 기색을 보이지 않았다.

"달리기를 했단 말요?"

"……."

나는 떨떠름한 표정을 지은 채 대답을 하지 않았다. 찰리가 이 꼴을 보면 뭐라고 할 것인가. 내가 먼저 떠벌리기까지 했고, 게다가 그걸 생판 모를 영감탱이한테 들키기까지 한 것이다. 잘못하면 온 동네 소문이 날 판이다.

"좀비가 달리기를 하다니 말이 되오? 게다가 지능이 있다니? 어디서 그런 황당무계한 말을……."

그 말을 듣고 나는 발끈했다.

"이봐, 좀비에 대해 뭘 좀 아시오?"

"그럼? 나도 좀비 연구를 하는 사람이라오."

"그래요?"

나는 낭패다 싶어 입맛을 다셨다.

"그런데 당신 말이, 말이 되질 않거든. 좀비가 무슨 지능이 있어? 달리는 건 그렇다 쳐도 지능이 있다니? 당신 좀비 바이러스에 대해 알고 하는 말이야?"

"나도 알 만큼 알아요. 좀비 사냥꾼인데."

"사냥꾼들이 뭘 알아? 그냥 잡아댈 뿐이지. 자기들이 아는 게 다인 줄 아는 사람들이지."

"뭐라고?"

나는 화가 나서 격앙된 목소리로 되물었다. 그러나 그는 그런 눈치도 없이 말을 이었다.

"사냥꾼들이야 현장에서 일하는 사람 아니냔 말이야. 그 사람들은 가설과 증명이 없이, 그냥 현상만 파악할 뿐이지. 그러니까 좀비가 지능이 있다고 하는 말이 나오는 거야. 이봐, 좀비 바이러스는 제일 먼저 뇌를 다 갉아 먹는다고. 그런데 좀비가 무슨 지능이 있어? 말이 되는 소릴 해야지."

"이봐요. 그건 당신이 잘 모르는 소리 같은데."

"무슨 소리야. 내가 다 해부까지 해 봤거든."

"어떻게 해부를 하지? 좀비는 불태워서 재가 되기 전까지는 계속 움직인다고."

"그것도 무식한 소리군. 당신, 머리에 근육이 어디 붙어 있는 것 같나?"

"어디긴 어디야, 턱이지."

"그렇지. 머리를 잘라서, 턱뼈만 제거하면, 그 머리통은 움직이고 싶어 할지는 모르지만 움직일 근육은 없다고, 그때 자르면 되는 거야. 이런 거 처음 듣지? 그러니까 사냥꾼들이 뭘 모르는 거라고."

그 말은 나도 처음 듣는 소리였기 때문에 잠자코 있을 수밖에 없었다. 구체적이고 실무적인 이야기를 하는 것으로 보아 그가 좀비 연구를 하는 사람이라는 것을 믿지 않을 수 없었다.

"그래서 열어 봤더니 어떤 줄 알아? 뇌가 없어, 뇌가. 뇌가 있던 자리가 텅 비어 있다고. 무언가 쪽 빨아 먹은 것처럼 말이지."

그렇게 말하고 그는 자기 앞에 놓인 칵테일을 빨대로 쪽 빨아 마셨다. 얼굴이 찌푸려졌다. 하기야. 저 정도 미치지 않고서야 좀비 연구를 하겠다고 덤비지도 못할 테지.

"그러니까 좀비한테 지능이 있다는 건 우리 같은 전문가들이 보기엔 말도 안 되는 소리지. 어디서 그런 무식한 소리를 하나?"

"뭘 그렇게 흥분을 합니까. 모를 수도 있지."

나는 그에게 핀잔을 주었다. 그도 나 못지않게 취한 것으로 보였다.

"하하. 그런가. 미안하네. 그래도 나 먹고 사는 직업이라 민감할 수밖에 없지 않겠나. 말이 안 되는 소릴 하면 말이지."

나는 또 발끈했다.

"사실 그렇게 말이 안 될 건 뭐예요. 좀비 연구하는 사람들이 자꾸 성급하게 결론을 내고, 다른 말들은 망발로 취급하는 바람에 낭패 본 적이 한두 번이냐고요."

"그건 또 무슨 소린가?"

"사실 처음 좀비가 발생한 건 꽤 오래 전이죠. 그런데 그 경고가 퍼지는 걸 막은 게 당신네 과학자들 아니었어요. 좀비 같은 게 말이 되냐고. 그게 아니었으면 훨씬 더 앞서서 좀비 바이러스를 다스릴 수 있었을 거예요. 근데 결국 아니라고 우기다가 누구나 눈으로 확인할 수 있을 만큼 다 퍼지고 나니까, 기정사실이 되니까 인정을 한 거 아니에요. 늦어도 한참 늦었죠."

"그런가? 그렇지만 나는 좀비가 없다고 주장하지 않았어."

"누가 당신이 그랬대요? 그런데 당신이 그런 건 절대 없다고 주장하는 거나, 그 당시에 과학자들이 좀비 같은 거 절대 없다고 주장하는 거나 비슷해 보이니까 하는 말 아니오."

"……."

이번에는 내가 공세의 고삐를 쥔 것 같았다. 그래서 계속했다.

"과학자들은 그게 문제 아뇨. 자기가 설명을 못 하면 없는 거라고 주장을 해요. 그냥 당신이 설명을 못하는 것일 수도 있잖아요. 그럼 뇌가 없는데 걸어 다니는 건 어떻게 설명을 할 건데요. 뇌가 없으니 생각을 못한다는 건 만고불변의 진리고, 뇌가 없으니 걸어 다니는 건 그럴 수도 있다고 할 건가요? 결국 자기 멋대로잖아……."

"자네, 좀비 한 마리가 낼 수 있는 힘이 어느 정도인지 알고 있나?"

"사람보다 훨씬 세죠."

"1.3마력이네. 이거 봐. 이렇게 뭘 모른다니까. 그냥 생각 없이 사냥을 하니까 그런 수치도 모르지. 우리는 연구를 하니까 그런 수치를 아는 거야. 현장에 있는 녀석들은 말이 안 통해."

"말이 안 통하는 게 누군데? 갑자기 그 얘기가 왜 나와."

나의 언성이 높아졌다. 그때 그녀가 끼어들었다.

"그만 해요. 저 할아버지 필름 끊겼어."

"그래? 멀쩡한 것 같은데?"

"아니야. 저 정도면 끊긴 거야. 횡설수설 하잖아. 항상 저 정도 먹고 집에 간 다음에 나중에 와서 자기 어떻게 갔냐고 물어. 걱정 마."

안심이 되었다.

어디 가서 이 말을 할 염려는 안 해도 되는 건가.

"자네 나하고 내기하려나?"

그가 물었다.

"무슨 내기요?"

"난 자네가 본 좀비가 지능이 없다는 데 조니워커 블루 한 병을 걸겠네. 그걸 못 잡아 오면 나에게 블루 한 병을 사."

"하. 그럼 내가 잡아 오면 어쩔 건데? 영감이 블루를 살 거요?"

"아니. 만약 정말 그런 놈이 있다면 우리 연구실에서 사야지."

"나 이거 정말 비싸게 팔 거야. 당신한테 팔 거 같아?"

"저쪽 영감탱이가 부르는 가격의 두 배에 사지. 어때?"

그의 제안은 나로서도 솔깃한 것이었기 때문에, 마음이 동하지 않을 수 없었다.

"정말? 약속한 거야."

나는 그와 건배를 했다. 그녀는 웃으면서 그 광경을 바라보고 있었다.

"내가 증인해 줄게요."

"오케이. 계약 성립. 건배."

"건배. 건투를 비네. '생각하는 좀비'. 잘 잡아 보라고."

영감은 킬킬거렸다. 빈정거리려는 의도가 느껴졌지만 불쾌하지 않았다. 오늘 본 두 마리 다 잡아 와서 한 마리는 네 상관에 붙여 주지, 하는 생각이 들자 통쾌하기까지 했다. 오늘 대화를 영감이 잊는다고 해도, 정말로 연구실에 있는 사람이라면 중간상인보다 더 좋은 값을 쳐줄 수 있는 일이었다. 오늘은 운이 좋은 날이다.

6

"그런데 정말 지능이 있는 좀비를 봤나요?"

내 입에서 욕이 나올 뻔했다. 이번에는 영감탱이의 반대쪽에서 말을 걸어온 것이다. 도대체 몇 놈이 들은 거야. 아, 찰리. 미안.

"넌 또 뭐야."

나는 아주 험상궂은 표정을 지어 보였다. 옆에 앉은 녀석은 스무 살이 갓 넘어 보이는 꼬맹이였다. 그는 양손을 펴서 위로 치켜들면서 시비 걸려는 의도가 전혀 없음을 알렸다.

"아, 죄송해요. 그냥 궁금해서요."

그는 정말 미안하다는 말투로 사과해 왔다. 내 마음이 누그러졌다. 생각보다 예의가 바른 녀석이다.

"바에서 옆자리 얘기에 그렇게 끼어드는 거 아니야."

"죄송합니다."

그는 입을 다물었다. 그리고 무안한지 조용히 자기 앞에 놓인 잔을 들이켰다. 그는 러스티네일을 마시고 있었다.

그가 입을 다물자 초조해진 쪽은 나였다. 어디까지 들은 거지. 옆의 영감탱이야 필름이 끊겼다 치고, 이 녀석이 동네방네 소문을 내면 곤란한 일이었다. 입단속을 시켜야 할 판이다.

"젊은 사람이 어찌 러스티네일을 마시나?"

"아, 이거요?"

무안해서 있던 녀석이 반색을 하면서 자기가 마시던 잔을 들어 보였다.

"그래. 그거 잘 안 알려진 칵테일인데."

"그런가요? 제 친구들 이거 좋아하는 애들 많아요. 어른의 맛이잖아요. 쌉쌀한 게."

나는 그의 말을 듣고 픽 웃었다. 어른의 맛이라. 그런 말을 하는 거 자체가 네가 어리다는 증거다, 바보야.

"자네 무슨 일 하나?"

"전 학교 다녀요."

"아, 대학생이군."

"네."

"무슨 과?"

"문학 전공이에요."

"그래? 고리타분하군."

나는 입을 비죽 내밀었다.

"그렇죠? 요즘에 문과는 정말 고리타분하죠. 요즘 같은 세상에 인문학을 하다니 내가 미쳤었죠."

순순히 그가 수긍하는 것을 보고 나는 김이 빠지는 것을 느꼈다. 약 올리는 재미가 없다니까.

"그래서 지금은 모험 동아리에 들었어요."

"무슨 모험?"

"글쎄요. 그거야 정하기 나름이죠. 모험 없는 세상이 어디 있어요. 좀비 마을에 들어가서 전리품을 가져 온다든가, 뭐 이런 거요. 아, 아저씨처럼 좀비를 사냥해서 동아리 운영비로 쓰는 것도 재미있겠네요."

"이봐. 만만히 보지 마."

나는 또 위협적인 목소리를 내었다. 예의 바르지만 신경 건드리는 녀석이다. 팔자 좋은 젊은 녀석들. 세상을 잘 만나서 어려운 것도 모르고, 무서운 것도 모르는 녀석들이다. 자기들이 억세게 운이 좋은 것도 모르는 녀석들.

"나도 대학을 나왔지. 그렇지만 그렇게 쓸 데 없는 일을 하지 못하는 걸 부끄러워하지는 않았어. 자기 일을 사랑해야지."

내가 먼저 고리타분하다는 말을 해 놓고 이런 말을 하는 것도 우습긴 했다. 그러나 그는 잠자코 고개를 끄덕였다.

"어쨌든……."

나는 입을 열었다. 오늘 들은 걸 절대 발설하지 말라는 이야기를 위협을 섞어서 할 참이었다. 그러다가 문득 내 머리에 떠오르는 것이 있었다.

"네."

내가 말을 하다가 멈추자 계속 듣겠다는 의미로 그가 추임새를 넣었다. 나는 그의 얼굴을 물끄러미 바라보다 입을 열었다.

"자네 운동은 잘 하나?"

"운동이요?"

"그래."

"네. 고등학교 때 권투를 했고, 지금은 킥복싱을 하고 있어요."

"그래? 그럼 싸움 잘 하겠군."

"네. 사실 써먹을 데가 없어서 근질근질한 참이에요."

"나도 이길 수 있겠네?"

내가 도발적으로 물었다. 그러자 그가 손사래를 쳤다.

"에이, 설마요. 배웠다고 해도 취미로 배운 거예요. 아저씨는 나름대로 유명한 직업 사냥꾼이잖아요? 무모하게 덤비지 않아요."

나는 그가 마음에 들었다.

"그래. 그래도 젊은 녀석이 겸손하군. 자네 좀비 사냥 진짜 해 보고 싶나?"

"좀비 사냥이요?"

"그래."

"시켜주시려고요?"

녀석의 눈이 동그래졌다. 나는 대답 대신 눈을 가늘게 뜨고 그의 얼굴을 들여다보았다.

"시켜주시면 좋죠. 사실 한 번 해보고 싶었는데, 도대체 기회가 있어야죠. 한번은 친구들이 용돈벌이나 할 겸 해보자고 했었는데, 아무래도 무경험자들끼리 가는 건 위험할 것 같더라고요."

"그래. 풋내기 대학생들이 할 수 있는 레저 스포츠는 아니지."

"그런데 또 직업 사냥꾼들하고 같이라면 얘기가 다르죠."

"보수는 제대로 챙겨 주지."

"왓. 그 말은, 같이 하자고 하지는 거죠? 좋은데요!"

그의 목소리가 격앙되었다.

"일반 아르바이트 보조들이 받는 거의 세 배로 주겠어."

"정말요?"

"그래. 무경험자에게 주는 것치고는 엄청난 거야."

"그렇죠. 고마워요."

그는 고개를 크게 끄덕여보였다.

"그 대신 조건이 있어."

"뭔데요?"

"오늘 나한테 들은 이야기를 아무한테도 하지 않는 거야. 특히 나하고 마담, 그리고 저쪽 곤드레만드레가 된 영감탱이가 한 이야기. 무슨 이야긴지 알지? 자네가 물어보기도 했던 그거."

"아, 네. 알겠어요."

"마담은 입이 무겁고, 저 영감탱이는 필름이 끊겼어. 만약 다른 놈이 알게 된다면, 나는 네가 소문 낸 거라고 생각할 수밖에 없어. 그러면 아르바이트고 뭐고 너를 맛 좀 보여줄 테니 그렇게 알아."

그는 다시 침을 꿀꺽 삼켰다. 그리고 조심스럽게 말을 이었다.

"그건 좀 불공평한데요? 마담이 발설할 수도 있고, 저 할아버지가 필름이 안 끊겼을 수도 있잖아요."

"그래. 그러니까 저들이 발설하지 않기를 바라라고."

나는 위협적인 표정을 지어 보였다.

7

학생 녀석의 이름은 스티브였다. 나는 그에게 이 일이 위험할 수도 있다는 얘기를 하지 않았다. 우리가 발견한 새로운 변종에 대해서도 말이다.

"좀비는 패턴만 이해하면, 망아지보다도 덜 무서운 존재야."

"그렇죠."

그는 고개를 끄덕였다.

"하지만 잘 모르고 섣불리 행동하면, 결국 망아지한테도 잡아먹힐 수 있는 거라고."

약속 장소에서 찰리를 기다리면서, 나는 스티브에게 그렇게 교육을 시키고 있었다. 원래는 일주일에 두 번 사냥을 가는 것이지만, 이번에는 예정보다 하루 먼저 사냥을 나가기로 했다. 다른 사냥꾼 녀석들이 노란 녀석을 발견할까봐 조바심이 난 내가 찰리를 설득한 것이다. 스티브는 겁을 집어먹었는지, 오토바이용 보호구를 덮어 쓴 채로 나타났다. 거기에 헬멧까지 들고 있었다. 나는 그 모습을 보고 웃음을 터뜨렸다.

"왜, 그걸 좀비에게 씌우려고?"

"아니요? 이거 비싼 거거든요. 제가 쓰려고요. 물릴 데를 가려야죠."

"이봐. 그렇게 거추장스러운 걸 거치고 어떻게 사냥을 하나."

그러면서 나는 내 작업복을 보였다. 부츠를 제외하고는 평상복이나 다를 바 없었다.

"이편이 기동성 측면에서 더 유리한 거야. 이봐, 좀비하고 몸싸움을 하는 순간이 오면 너는 그냥 죽는 거야. 안 잡히는 게 중요하고, 그러려면 날째게 몸을 움직일 수 있어야 하는 거야."

스티브는 고개를 끄덕였다.

"그럼 어떡하죠?"

"글쎄. 원래는 우리 차에 여분의 작업복이 있는데."

"그럼 그걸 입을까요?"

"글쎄. 그런데 그걸 입고 제대로 움직일 수 있겠나?"

"그럼요. 평상복보다 약간 불편하긴 하지만, 요즘에는 이런 것도 잘 만들어서요."

그리고 그는 사지를 움직여 보였다. 생각보다 움직임이 날랬다.

"그럼 됐어. 자네 말대로 초보자는 몸을 가리는 것도 중요하니까. 대신 그 헬멧은 쓰지 마. 알겠지?"

"네."

찰리는 스티브를 보고 얼굴을 찌푸렸다. 미리 얘기는 해 놓았지만, 무경험자와 같이 간다는 것에 대해 탐탁지 않아 했다.

"머리는 어때?"

나는 그의 그런 표정을 외면하고 이렇게 물었다.

"괜찮아. 벌써 이틀이나 지났잖아. 그런데, 괜찮겠어?"

찰리는 스티브를 턱짓으로 가리켰다. 술을 먹고 즉흥적으로 결정한 일이라고 인정하기 싫었기 때문에, 나는 그에게 자신 있게 말했다.

"무슨 일 있으면 내가 책임질게."

찰리는 어깨를 으쓱했다. 그리고 스티브에게 말했다.

"이봐. 잘 들어. 오늘 가는 데에는 좀 특별한 좀비들이 있어."

"여름이라고. 여름. 여름에는 변종들이 나오지."

내가 근거 없이 지껄였다. 찰리는 한쪽 눈썹을 치켜뜨고 나를 힐끔 보았다. 앵글로색슨들이 잘 짓는 표정이다.

"여름에 좀비 사냥이 어려운 건 사실이야. 그런데 이번에는 그런 것하고는 차원이 달라. 지금까지 알려지지 않은 놈이야. 달릴 줄도 알고, 지능도 있는 것 같아."

"좀비한테 지능이요? 그런 말 처음 듣네요."

찰리가 또 나에게 앵글로색슨의 표정을 지어 보였다. 왜 아직 얘기를 해 주지 않았냐는 것이다. 왜는 왜야. 그럼 보수를 더 불러야 할 것 아닌가.

"지능이 있어. 그래서 정말 위험할지도 몰라. 그러니 마음 안 내키면 돌아가."

찰리가 낮은 목소리로 말했다. 착한 녀석이다. 쓸 데 없이.

"아니에요. 일단 왔는데. 그리고 좀비가 무슨 지능이 있어요."

286

"영감탱이랑 똑같은 말을 하는군. 가만, 너 그때 나랑 영감탱이 하는 말 못 들었어? 그때 지능 얘기 못 들었냐고."

"거짓말인 줄 알았죠. 그 할아버지 말이 맞아요. 뇌가 없는데 무슨 지능이 있어요."

"하여튼 학교 다니는 놈들이란. 이봐. 세상은 변하는 거야. 그리고 지식은 그 속도를 못 따라가."

나는 지겹다는 표정을 지었다.

"알았어요. 제 눈으로 확인하죠 뭐."

"그래? 그러면 알겠다."

찰리도 더 이상 말을 하지 않았다.

우리는 말없이 픽업트럭에 올라타서, 저번에 갔던 좀비 구역으로 차를 몰았다. 찰리와 나는 긴장감으로 입을 다물었다. 두 마리라는 것을 알고 있으니, 별 어려움 없이 제압을 할 수 있을 것이다. 이번에는 샷건까지 마련을 했다. 화력이 강해서 좀비를 뒤로 튕겨낼 수 있는 것이었다. 두 마리가 덤벼 와도 문제없을 것이었다.

우리는 먼저 픽업트럭으로 골목을 쑤시고 다녔다. 거리 어딘가에 흩어져 있을 좀비들의 주의를 끌기 위함이다.

"왜 이러는 거죠?"

"이래야 좀비들의 시선을 끌 수 있거든."

"왜 끌어요? 한두 마리씩 잡아야 하잖아요."

"이게 더 안전한 거야. 모든 좀비들이 시야에 들어 와야 기습당할 일이 없거든."

"아."

스티브는 크게 깨달은 기색이었다.

"학교에서 배운 거하곤 다르지?"

나는 의기양양해서 소리쳤다. 그러고는 운전하다 말고 뒤를 돌아서 그가 고개를 끄덕이는 것까지 확인하고야 말았다.

"이봐. 우리가 저번에는 잘못했어."

내가 찰리를 향해 말했다.

"뭘?"

"그 노란 녀석이 무리에서 튀어나왔을 때 바로 처리했어야 했어. 우리가 놀라서 잡화점 건물로 들어가는 바람에 기습을 할 틈을 준 거라고. 이제는 겁먹지 말고 바로바로 처리하자고."

"그래."

찰리가 수긍했다. 그러는 동안 좀비들은 차 꽁무니를 향해 모여들고 있었다. 벌써부터 그 지독한 냄새가 차 안으로 들어왔다.

"여름 좀비!"

나는 짜증나는 소리로 말했다.

여름에 녀석들은 더욱 고약하다.

"정말 냄새 엄청나군요."

스티브는 구역질을 할 정도였다.

"이봐, 토하지 마."

"안 토해요. 그래도 이건 좀 심하네요."

"안 죽어."

"냄새만으로도 감염될 지경이에요."

"이봐. 과장하지 마. 좀비의 타액이 피에 섞이지 않으면 괜찮다고."

"그건 또 어떻게 장담해요. 세상은 변하는 거라고요."

녀석이 비꼬는 말투가 되었다. 나는 짜증이 났다.

"아, 시끄러."

내가 언성을 높이자 그가 입을 다물었다. 젊은 녀석들이란. 틈만 나면 깐죽댄다.

"녀석이 안 보이는데?"

찰리가 걱정스러운 목소리로 말했다.

나도 그것을 깨닫고 있던 참이다. 나는 더욱 요란스럽게 차를 몰았다.

"이봐, 조심해!"

찰리가 나에게 말했다. 허물어진 상가 건물 쪽으로 트럭을 바짝 붙여서 몰다가 좀비 한 마리를 치어 버린 것이다. 좀비의 몸뚱이는 저만큼 나가 떨어졌다. 그리고 몇 초 지나지 않아서 스멀스멀 일어나는 광경이 보였다.

"으."

그것은 분명히 자주 보던 사람이 아니면 끔찍하게 여길 장면이었다. 스티브가 낮은 신음소리를 내었다.

"미안."

나도 좀비를 트럭으로 치는 것은 원하지 않았기 때문에 찰리에게 사과했다. 차에 흠집이 생겼을 것이다. 찰리나 나나, 신경이 날카로워졌다. 노란 녀석들은 어딘가에 숨어 있는 것 같았다. 아니면 다른 녀석들이 벌써 사냥해 버린 건가? 어느 쪽이든 우리로서는 전혀 달가울 수 없는 일이다.

"어떡하지?"

찰리가 나에게 물었다. 그의 동공이 흔들리는 것이 느껴졌다. 불안해하고 있는 것이다. 스티브를 데려오기 잘했다. 그가 뒤에서 우리를 구경하고 있지 않았다면 찰리는 오늘 사냥을 포기하자고 나에게 의견을 말했을 것이다. 그러면 나로서도 밀어붙여서 오늘 작업을 강행하자고 설득하는 데 애먹었을 것이었다. 그러나 젊은 꼬맹이 앞에서 그런 말을 꺼내기는 실리적인 그로서도 자존심 상하는 일이었을 것이다.

"평소대로 해야지."

좀비를 유인한 우리는 역시 저번처럼 카페테리아로부터 500미터 떨어진 곳에 차를 세웠다.

"많이들 몰려오는데요."

멀리서 우리를 향해 다가오는 좀비들은 충분히 그럴듯해 보이는 덩어리를 막 이루고 있는 참이었다.

"저렇게 좀비를 한 덩어리로 만들어 놔야 사냥하기가 쉬운 거야."

"그렇군요."

우리는 좀비들이 우리를 향해 몰려오는 것과 사선 방향으로 이동했다.

"왜 건물 쪽으로 이동하죠?"

"건물 안에서 지형지물을 이용해서 좀비를 사냥할 수 있으니까."

"이번에도 그런 방법이 좋을까?"

찰리가 물었다. 나도 사실 확실하게 판단할 수 없었다. 지금이라도 노란 녀석 두 마리가 저 좀비 무리를 뚫고 우리에게 달려와 주었으면 얼마나 좋을까. 지금 정도의 거리라면 시야도 트였고, 일반 좀비들을 걱정할 필요도 없었다.

그러나 우리가 상가 건물에 접근할 때까지 노란 녀석들은 나타나지 않았다.

"벌써 잡힌 건가?"

찰리가 실망스러운 목소리로 말했다.

"아니야. 어디 숨어 있을지도 몰라."

내가 대답했다. 좀비의 무리와 우리 사이는 이제 약 150미터 정도가 되었다. 우리가 사선 방향이기는 했지만, 그들 쪽으로 많이 다가간 것이다.

나는 재빠르게 카페테리아 안을 들여다보았다. 저번에 우리가 노란 녀석을 성공적으로 사냥했던 것과 전혀 바뀐 것이 없었다. 다른 사냥꾼들이 오지 않은 것 같았다. 그도 그럴 것이다. 일부러 우리는 다른 사냥꾼들의 발길이 닿지 않는 외곽지역까지 한참을 운전해서 온 것이니까.

우리는 조심스럽게 건물 안으로 들어왔다. 적막이 우리를 감쌌다. 나는 아무렇게나 테이블이 널브러져 있는 사이로 발걸음을 옮겼다. 그때였다. 노란 녀석이 우리를 향해 튀어 오른 것은.

"앗!"

녀석은 공교롭게도 우리가 전에 왔을 때 바리케이드로 쓰려고 넘어뜨려 놓았던 테이블 뒤에서 튀어 나왔다. 우리가 들어오기를 기다린 것이다. 나는 저절로 이가 악물어졌다. 이래도 지능이 없다고?

나는 들고 있던 쇠파이프를 휘둘렀다. 그러나 별다른 효과가 없었다. 녀석은 전처럼 또 팔을 휘두르기 시작했다. 나는 아슬아슬하게 그것을 피할 수 있었다.

"비켜!"

찰리가 소리를 질렀다. 내가 그 말을 듣고 물러가자 그의 샷건이 불을 뿜었다.

"탕!"

총소리가 나고, 노란 녀석의 몸뚱이가 뒤로 튀어 올랐다. 좀비용으로 개조한 샷건이다. 살상력보다도, 좀비의 몸뚱이를 밀어내는 데 위력이 집중되어 설계된 것이다.

"너무 쏘지 마!"

녀석의 상품성이 떨어지는 것을 우려하여 내가 지른 소리였다.

"이봐, 스티브, 넌 문 쪽을 봐."

"네?"

"좀비 반대쪽을 보라고. 딴 놈이 오나."

"네."

그의 목소리는 풀이 죽었다. 나는 그게 무슨 의미인 줄 알았다.

"이쪽은 걱정 말고! 우리한테 맡기고 너는 반대쪽을 보란 말이야. 이놈은 우리가 잡으니까 걱정 말고. 안 보이는 쪽이 더 위험한 거야!"

나는 소리 높여 얘기했다.

"네, 네!"

스티브의 대답에도 한층 힘이 들어갔다. 나는 안심하고 눈앞의 좀비에 신경을 집중시킬 수 있었다.

"의자!"

나는 테이블 앞에 놓인 의자를 집어 들며 찰리에게 소리쳤다.

찰리도 의자를 하나 집어 들었다.

"동시에!"

이렇게 말하고 우리는 동시에 녀석의 다리를 내리쳤다. 아무리 좀비라도 두 명의 건장한 남자가 내려치는 힘을 당하기란 힘들었다. 녀석이 저번처럼 뒤로 넘어져 버렸다. 나는 녀석의 가슴을 세게 밟았다. 사람의 갈비뼈를 부러뜨릴 수 있는 강도였다.

"묶어!"

찰리에게 소리쳤다. 찰리는 와이어를 꺼내들었다.

"나왔어요!"

뒤에서 스티브의 다급한 목소리가 들렸다. 공포에 질린 것 같은 목소리였다.

"뭐?"

나는 날카롭게 소리를 지르며 뒤를 돌아보았다.

"근데, 어?"

스티브는 놀랐다. 그가 무엇을 보고 놀라는지 나도 금방 알 수 있었다. 스티브와 나의 시야에 들어온 녀석은 우리가 처음 만났던 변종이었다. 그 녀석을 왜 알아볼 수 없겠는가. 그의 팔과 몸이 와이어로 칭칭 감겨 있는데.

"그럼 이건 뭐야?"

지금 내가 발로 찍어 누르고 있는 녀석이 저 녀석인 줄로만 알았던 나는 깜짝 놀랄 수밖에 없었다. 그러는 동안 밑에 깔린 녀석이 나의 다리를 잡아서 한 쪽으로 밀어버렸고, 나는 녀석을 제압하던 힘을 잃어버리고 쓰러져 버렸다.

"으악!"

스티브는 비명을 질렀다. 그의 머릿속에서 이성이 급속도로 빠져나가는 소리였다. 그도 그럴 것이, 지금 스티브의 눈앞에 나타난 녀석의 모습은 그로테스크함 그 자체였기 때문이다. 며칠 동안 계속 와이어를 풀려고 노력했는지 녀석의 팔은 와이어에 의해 반쯤 잘려 있었다. 반쯤 잘려 있는 팔의 피부에서는 노란 고름 같은 액체가 끈적끈적하게 흘러내리고 있었다. 그 액체에서는 말할 것도 없이 참을 수 없는 악취가 풍겼다.

이렇게 훼손된 좀비는 학교 교재에 나와 있지 않았을 것이므로, 스티브는 그 광경을 보고 얼어붙어 버린 것이었다. 와이어로 팔을 못 쓰게 된 노란 녀석은, 오히려 팔을 못 쓰게 되었기 때문에 그렇게 얼어 버린 스티브에게 먼저 입을 대 버렸다.

"이런 젠장, 물렸어!"

찰리가 소리쳤다. 나는 눈앞이 노래지는 것을 느꼈다. 이런. 내가 무슨 짓을 했단 말인가. 아무 것도 모르는 대학생 녀석을 끌어들여 좀비로 만들다니. 찰리의 고함에는 나에 대한 책망이 느껴졌다.

"쏴!"

노란 녀석은 스티브의 목을 물어뜯고 있었다. 그러나 찰리는 쉽게 총을 발사하지 못했다. 한 발 더 쏘면 재장전을 해야 하거니와, 둘이 너무 근접해 있어서 좀비만 쏘는 것도 힘들었기 때문이었다.

"틀렸어! 쏴!"

그러나 찰리는 오히려 내 쪽으로 총구를 돌렸다. 탕! 옆에서 나를 향해 덤벼들던 좀비가 뒤로 날아갔다. 스티브에 신경 쓰느라고 지금 나를 넘어뜨린 녀석을 잊었던 것이다.

"뒷문으로!"

이제는 사냥이고 뭐고 글렀다. 오히려 우리가 함정에 떨어진 것이다. 사냥을 하러 온 게 아니고 당하러 온 셈이다. 빠져나가는 수밖에 없다. 아, 젠장. 스티브가 이곳에 사냥하러 온다는 것을 누구에게 안 알렸으면 좋을 텐데.

스티브를 물어뜯던 녀석이 행동을 멈추고 우리를 향해 다가왔다. 지금 눈앞의 먹잇감을 놔두고 새로운 먹잇감을 확보하려 하는 것이다. 저게 지능이 없다고? 좀비 중에서는 단연 천재다, 천재.

찰리는 쉽게 발이 떨어지지 않는 것 같았다. 나는 그의 팔을 잡아끌었다.

"늦었어."

찰리는 아주 순식간이지만, 나를 노려보았다. 나는 재빨리 그의 눈을 피했다.

"가자."

찰리도 어쩔 수 없다는 것을 모를 정도로 바보가 아니었다. 그는 나의 손에 이끌려 뒷문을 통과했다.

"악!"

찰리가 비명을 질렀다.

"뭐야!"

나는 급하게 손전등을 비추었다. 미처 손전등을 비추지 못하고 어두운 복도로 들어간 것이 패착이었다.

"할퀴었어!"

내 손전등에 노란 얼굴이 들어왔다. 두 마리가 아니었다. 세 마리째 노란 녀석을 발견한 나는 결국 공포에 질려버렸다.

"뛰어!"

우리는 이제 완전히 이성을 잃었다. 다만 공포에 질린 사냥감일 뿐이었다. 우리는 햇빛이 비치는 복도의 끝을 향해 뛰었다. 거기에도 한 마리가 진을 치고 있었다면, 아마 우리의 삶은 여기에서 끝장일 것이다. 그러나 천만다행으로, 뒷문에는 아무 것도 없었다.

"저것들, 번식하는 게 틀림없어!"

뒷문을 빠져 나온 나는 그렇게 소리쳤다. 이제 우리 둘이서 감당할 수 있는 일이 아니다. 저런 녀석들이 늘어난다면 다시 인류에 위기가 찾아올지도 모를 일이었다.

나는 뒤를 돌아보았다. 노란 대가리가 문을 통과하는 것이 보였다. 나는 소스라치게 놀랐다.

"온다!"

찰리는 뛰는 데 어려움을 겪는 것 같지 않았다. 우리는 저번보다도 더 여유 있게 트럭에 도착했다. 내가 시동을 걸고, 차를 출발시키는 동안 찰리는 나를 제지하지 않았다. 이미 스티브는 그의 머릿속에서 지워져 있었다. 우리가 사는 게 더 먼저였던 것이다.

"물린 거 아니지?"

내가 그에게 물었다.

"아니야. 할퀴었어."

"그럼 됐어. 좀비 바이러스는 타액에 의해 감염된다고."

"그럴까? 저놈들 보통 좀비가 아니잖아."

찰리는 얼굴이 흙빛으로 변해 있었다. 당연한 일이었다. 그를 안심시키고 있는 나도 안심이 안 되는데 본인은 오죽하겠는가.

"괜찮아. 물려야 감염이 되지. 그냥 할퀸 건 괜찮다고."

그리고 조심스럽게 그의 할퀸 곳을 보았다. 삼두근 쪽에서 피가 배어나오고 있었다. 부르트고 곪긴 하겠지만, 항생제를 맡고 소독을 잘 하면 후유증은 걱정하지 않아도 될 것이다. 좀비 바이러스는 타액이 아니면 옮지 않는다.

"너는 괜찮아?"

"나는 괜찮아."

"아까 너한테 깔렸던 녀석이 너 넘어뜨렸잖아."

"아, 괜찮아. 장화 위라서, 상처 안 났어."

"다행이네."

"응."

그렇게 말하면서도 나는 내 팔뚝을 한 번씩 훑어보았다. 정신 없는 중에 상처가 났을지도 모를 일이기 때문이다. 그때, 왼쪽 팔뚝을 훑던 내 오른손 끝이 어떤 감각을 감지했다.

"응?"

나는 찰리 모르게 팔뚝을 걷어보았다.

"오, 이런."

나는 역시 찰리 모르게 탄식했다. 저번 사냥에서 노란 녀석이 주먹을 휘둘러 깨진 유리에 다친 상처였다. 거기에서 고름이 배어 나오고 있었다. 그 고름은 파스텔 톤의 노란색이었다. 아까 스티브를 문, 자신의 팔을 반쯤 잘라버린 녀석의 몸과 똑같은 색깔이었다. 나는 잠깐 그 눈부시고 포근한 빛깔에 마음을 빼앗길 수밖에 없었다.

이건 정말 유리에 다친 상처였을까? 아니면 유리에 그 녀석이 흘린 침이라도 묻어 있었던 걸까? 나의 얼굴은 아마 찰리가 조금 전에 보였던 것보다 더 짙은 흙빛이 되어 있었을 것이었다.

"왜 그래?"

찰리가 자신의 팔뚝을 들여다보다가 걱정스러운 말투로 물었다. 그도 여전히 자신의 상저를 손바닥으로 쓸고 있는 중이었다.

"아니야, 아니야."

나는 다급하게 대답하며 팔뚝을 덮었다. 찰리는 내 얼굴을 빤히 쳐다보았다. 나는 정면을 응시하며 운전대를 꽉 잡았다. 이제 우리는 좀비 구역으로부터 완전히 빠져나온 상태였다. 나는 가속 페달을 밟고 있던 발의 힘을 슬그머니 뺐다. 차의 움직임이 완연해졌다.

"저번에 유리에 찔린 상처가 이제는 아물고 있네. 딱지가 앉았어."

나는 찰리의 얼굴을 보지 않고 말했다. 저물녘의 태양은 어느새 북미대륙 서부의 끝없이 펼쳐진 지평선 가까이 내려와 있었다. 나는 가만히 그 광경을 바라보았다. 그리고 깊은 한숨을 내쉬었다.

"괜찮을 거야, 찰리."

나의 말투는 스스로도 놀랄 정도로 차분해져 있었다. 찰리도 그 말을 듣고 차분함을 되찾았을 것이었다. 그러나 나는 그의 얼굴을 돌아보지는 않고 있었다. 석양이 비추는 풍경의 아름다움에 오래간만에 매료되어 있었기 때문이다.

〈끝〉

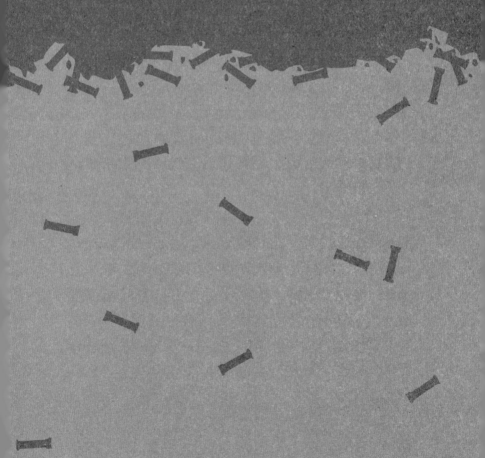

해피랜드

우명희

대관람차가 움직이기 시작했다. 혜지는 속이 메슥거렸다. 많이 먹어야 한다고 등을 떠미는 시어머니 때문에 급하게 먹은 궁중 갈비가 소화 장애를 일으킨 것이다. 명치부위를 손으로 쓸어내렸다.

마주 앉아 있던 금옥이 걱정스러운 얼굴로 물었다.

"아가, 속이 안 좋니?"

"괜찮아지겠죠. 걱정 마세요."

"나도 주책이지. 그냥 나 혼자 탈걸. 그 양반은 무슨 날만 되면 여길 와서 이걸 타자고 했다니까. 그 양반만 아니면 내가 이 딴 걸 타겠니? 내리자마자 집에 가자꾸나."

관람차를 탈 때마다 늘 하는 소리였지만 혜지는 네, 하고 다소곳이 대답했다. 금옥이 창밖으로 시선을 돌리자 혜지는 손가락으로 승기의 허벅지를 꾹 찔렀다.

'시간 없어. 빨리 말해.'

혜지와 승기가 빠듯한 시간을 쪼개 서울에서 부산까지 내려온 데는 금옥의 생일보다 더 중요한 이유가 있었다. 부동산 중개업자인 승기는 부동산침체가 장기화 되면서 넉 달째 사무실 임대료도 못 낼 정도로 생활고를 겪고 있었다. 인건비와 지출을 줄이고 아파트부터 중형차까지, 팔만 한 것은 모두 팔아치웠지만 형편은 나아지지 않았다. 생활고에서 벗어날 수 있는 유일한 방법은 김해와 창원에 상가 여러 채를 소유한 금옥에게 돈을 융통하는 것뿐이었다. 딸만 셋을 뒀던 금옥은 서른다섯에 승기를 낳았고 어려서부터 몸이 허약했던 아들을 끔찍이도 아꼈다. 아들의 부탁이라면 상가 한 채쯤이야 손에 넣는 것은 문제도 아니었다. 문제는 승기였다. 승기는 어머니의 지독한 관심에서 벗어나고 싶어 결혼까지 서두른 남자였다. 단칸방에서 삼시세끼를 라면으로 때우는 한이 있어도 어머니의 도움을 절대 받지 않겠다고 신혼 초부터 못 박았다. 그러나 혜지의 설득과 지독한 생활고 앞에서는 승기도 어쩔 도리가 없었다.

눈치만 살피던 승기는 금옥의 옆자리로 옮겨 앉았다.

"엄마."

"왜, 아들?"

"엄마, 나중에 나랑 단 둘이서 해운대 달맞이나 갈까?"

한가하던 해변이 시끌벅적해졌다. 혜지는 호기심어린 눈으로 해변을 내려다보다가 고개를 갸웃거렸다. 사람들이 벌떼처럼 몰려다니면서 비명을 질러댔다. 뭔가에 쫓기는 건지, 쫓아가는 건지 사람들의 행동이 이상했다. 창밖에 시선을 둔 채로 승기를 불렀다.

"승기 씨, 영화 촬영 중인 거 같은데 좀 이상해."

밖을 내다본 승기도 낯선 광경에 고개를 갸웃거렸다. 금옥이 두 사람 틈을 부비고 들어왔다.

"뭔데? 영화 찍어?"

우왕좌왕하는 사람들 틈에서 예닐곱 살쯤 돼 보이는 남자아이가 혜지의 눈에 들어왔다. 이십대 커플 두 명이 겅정겅정 다가왔고 양쪽으로 아이의 팔을 하나씩 붙잡았다. 혜지는 사내아이의 부모겠거니 생각했지만 두 사람은 아이를 서로 차지하려는 듯 팔을 쭉 끌어당겨 비틀었다. 아이의 몸뚱이가 휘청거리다가 이내 팽팽해졌다. 승기에게 저걸 보라고 말하려는 순간, 아이의 양팔이 몸통에서 후드득 떨어져나갔다. 더 놀라운 것은 그 뒤의 일이었다. 두 사람은 뜯겨진 팔을 입으로 가져가더니 질근질근 씹어 삼켰다.

"아이를 먹고 있어!"

혜지는 저도 모르게 목청을 높였다. 그 순간, 어깨너머로 "탕!" 하는 소리가 들렸다. 세 사람이 동시에 관람차 출입문으로 고개를 돌렸다. 머리가죽이 반쯤 뜯겨진 여자가 시커먼 혓바닥을 날름거리며 유리창에 얼굴을 비비고 있었다. 살빛은 하얗다 못해 파랬고 두 눈은 반질반질한 자갈돌을 박아 넣은 것처럼 크고 까맸다.

관람차가 상승하자 여자의 얼굴이 창문에서 사라졌다. 세 사람은 꽁꽁 얼어붙은 채 핏자국만 남은 유리창에서 눈을 떼지 못했다.

"이러고 있을 때가 아니야."

혜지는 119에 연락을 취했다. 통화량이 많아 연결이 되지 않았다. 경찰서도 마찬가지였다. 서울에 있는 막내 동생에게 현재 상황을 문자로 알려 도움을 요청했다. 곧바로 연락이 왔다.

"언니, 어디야? 서울은 지금 난리가 났어."

"도, 도대체 어떻게 된 거야?"

"사람들이 좀비처럼 미쳐 날뛰고 있어."

"좀비?"

"집에 꼼짝하지 말고 있어. 집 밖으로 절대……"

"혜정아, 여기 광안리 관람차 안이야."

"뭐? 왜 거기 있어?"

"그렇게 됐어. 119, 112에 연락해도 계속 연결이 안 되니까 대신……"

뚜뚜뚜―

전화가 끊겼다. 대화를 엿듣고 있던 승기가 얼빠진 얼굴로 물었다.

"좀비? 영화에 나오는 그 좀비?"

"서울도 난리가 났대. 도대체 이게 무슨……"

혜지는 말을 하다말고 부리나케 DMB를 켰다.

"다시 한 번 말씀드립니다. 전염성이 강한 바이러스니만큼 외출과 외부인의 접촉을 피하십시오. 보건당국에 의하면 바이러스에 노출됐을 경우 12시간 안에 어지럼증과 구토 증세를 보이다 24시

간 안에 사망에 이르고 사후, 시신이 되살아나는 기이한 현상이
벌어지고 있으니 주변에 이 같은 증세가 나타나면 꼭 격리조치
하십시오. 시체와도 절대 접촉을 해서는 안 됩니다."

쿵쿵쿵탕탕
관람차가 지상에 닿을 때마다 시체들은 관람차 문에 들러붙
었다.
"승기 씨, 저러다 문이 열리겠어. 어떻게 좀 해봐."
혜지의 말이 떨어지기가 무섭게, 덜컹거리던 출입문이 거짓말
처럼 발칵 열렸다. 악취를 풍기는 몸뚱이 하나가 관람차 안으로
쑥 기어들어왔다. 간신히 상체만 걸친 놈이 안으로 기어들어오려
고 두 팔을 휘저었다. 혜지와 승기는 반대쪽 창문으로 몸을 밀착
시켰지만 금옥은 너무 놀란 나머지 옴짝달싹 못했다.
"엄마!"
승기가 손을 내밀었다. 금옥은 아들의 손을 잡으려고 손을 쭉
뻗었다. 그러나 놈이 더 빨랐다. 놈은 금옥의 오른쪽 발목을 낚아
채 끌어당겼고 금옥은 바닥에 엎드린 채 살려달라고 악을 썼다.
승기가 구둣발로 놈의 아래턱을 걸어찼다. 혜지가 소리쳤다.
"팔을 밟아!"
승기는 놈의 팔을 끊어놓을 작정으로, 사정없이 짓밟아대기 시
작했다. 창백한 살갗이 으스러지고 뼈가 우지끈 부서졌다. 놈은
금옥의 발목을 잡은 손을 남겨놓고 나가떨어졌다.

정신을 잃고 쓰러졌던 금옥은 30분 만에 깨어났다.

"무울. 물 ······"

금옥은 반이나 남은 생수를 벌컥벌컥 들이키더니 땅이 꺼질 듯 푸하고 숨을 내뱉었다.

"정신이 좀 드세요?"

혜지가 물었다.

"그래, 이제야, 정신이, 좀, 든다."

금옥은 춤이라도 추듯 어깨를 들썩거렸다. 그러고는 어서 여기서 나가자고 자리에서 벌떡 일어났다.

"엄마, 지금 못 나가. 구조될 때까지 기다려야 돼. 조금만 참아."

"못 나간다고?"

혜지는 현재의 상황을 차근차근 설명했다. 금옥은 밖을 나가는 즉시 놀이공원 측을 상대로 고소를 할 거라는 둥, 놈들에게 돈을 쥐어주고 협상을 해보라는 둥, 속을 뒤집는 소리만 해댔다.

관람차가 오르락내리락 거리기를 한 시간, 거대한 바퀴가 쇳소리를 내며 천천히 멈춘 것은 오후 세 시쯤이었다.

혜지는 창문에 머리를 기댄 채 길게 숨을 토해냈다. 오장육부가 뒤틀리고 꼬챙이로 머리통을 후벼 파는 듯한 통증은 사라졌지만 13호차가 2시 방향에 멈춰선 건 지독한 불운이었다. 두 남학생이 탑승한 12호차로 눈길을 돌렸다. 계집아이처럼 예쁘장하게 생긴 남학생이 일어섰다가 앉았다가 다시 일어서서는 13호차로 눈을 돌렸다. 혜지와 눈이 마주치자 반가운 듯 손을 흔들었고 혜지도 손을 들어 답례를 했다.

"넌 어딜 보고 손을 흔드니?"

금옥이 물었다.

"옆 차 학생한테요."

"시어미가 죽다 살아났는데 너는 손 흔들 정신이 있니?"

"애들이라……"

"아들."

금옥은 더 들어볼 것도 없다는 듯 혜지의 말을 딱 자르고 승기에게 생수병을 건넸다.

"땀을 많이 흘렸네. 물 좀 마셔."

혜지는 몇 모금 남지 않은 물을 보자 정신이 번쩍 들었다. 구조가 늦어질 걸 대비해 마실 물을 아껴야 했다. 생수병을 빼앗아 가방에 집어넣었다.

"혹시 모르니 아껴야 돼."

금옥이 가만히 있을 리가 없었다.

"서방이 물 좀 마시겠다는데 넌 그게 뭐니?"

"어머니, 오늘 안에 구조가 안 될 수도 있어요."

"먹어야 힘이 나지."

"지금 힘 내봐야 소용없어요."

금옥은 말끝마다 토를 다는 며느리를 삐딱하게 쳐다보았다.

오후 9시가 넘어설 무렵, 유리창 깨지는 소리가 들렸다. 그로부터 10분이 지났을 때였다.

"저는 21호차에 탑승한 사람입니다. 제 말이 들리면 바닥을 한 번 치세요."

여기저기서 바닥을 때리는 소리가 울렸다. 남자가 말을 이었다.

"저는 지금 아들놈이랑 같이 있는데 아들놈이 골육종 환자입니다. 약을 차안에 두고 와서 초등학교 앞에 세워둔 사다리차로 가야 합니다. 만약에 제게 무슨 일이 생겨 못 돌아오면 21호차에 어린이 환자가 있다고 구조대가 오면 꼭 말해주세요. 제가 무사히 사다리차를 가지고 돌아오면 여러분을 꼭 돕겠습니다. 부탁합니다……."

용기와 배짱이 묻어나던 굵은 목소리는 마지막 한마디에서 바람 앞의 촛불처럼 위태롭게 흔들렸다.

승기가 혼잣말로 중얼거렸다.

"고작 몇 시간 지났다고 탈출이야? 약을 하루 거른다고 죽는 것도 아니고."

"내일 당장 구조된다고 믿어?"

혜지가 말했다.

"설마 여기 평생 갇혀 있겠어? 구조될 때까지 기다리지 위험천만한 짓을 왜 해? 물이나 줘."

"입술만 축여."

승기는 혜지의 눈치를 살피며 물 한 모금을 홀짝거렸다. 아쉬운 듯 젖은 입술을 혀로 핥으며 생수병을 도로 건넸다. 혜지가 생수병을 받아드는 순간, 금옥이 냉큼 낚아채 벌컥벌컥 들이켰다.

"어머니!"

혜지가 새된 소리를 지르며 생수병을 빼앗았지만 물은 한 방울도 남아 있지 않았다.

"아끼면 똥 된다는 말을 이럴 때 쓰는 거야. 알겠냐, 아가?"

그날 밤 혜지는 의자에 모로 누운 채 자정이 되길 기다렸다. 21호차 남자의 탈출을 지켜볼 생각이었다. 승기의 말대로 위험천만한 짓이지만 희망이 아예 없는 것은 아니었다. 놈들은 주택가나 아파트 단지로 이동한 듯 해안도로와 놀이공원 주변은 한산했고 뛰어서 10분 거리에 있는 초등학교에 무사히 도착한다면 사다리차를 몰고 놀이공원으로 돌아오는 일은 그리 어렵지 않았다. 뉴스보도에 따르면 좀비들의 후각과 청각은 인간에 비해 서너 배나 뛰어나지만 시각은 떨어지고 망막의 손상으로 색깔 구분하지 못하는 색맹가능성을 언급했다. 좀비들과 거리를 두고 줄곧 앞만 보고 달린다면 승산이 있었다.

관람차는 최고 높이에 도달했을 때 지상에서 70여 미터, 혜지의 13호차는 최고 높이에 가까운 2시 방향, 21호차는 4시 방향에 멈춰져 있다. 자전거 바퀴를 연상케 하는 대관람차는 회전축에서 각각의 관람차까지 수직과 원형철골로 이어져 있어 구조물을 타고 지상으로 내려가는 건 충분히 가능했다. 문제는 어떠한 안전장치도 없다는 것이다.

21호차 남자의 움직임이 포착된 건 오전 12시 03분. 그는 관람차끼리 연결된 원형철골에 팔다리를 걸어 밧줄타기 자세로 내려가고 있었다. 시체들은 대낮보다 확실히 줄었지만 관람차 매표소와 대기구역을 어슬렁거리는 놈들이 서넛 있었다. 한 놈은 빨간 티셔츠에 호루라기를 목에 건 놀이공원 직원이었고 다른 한 놈은 양복을 입은 작달막한 체구의 대머리였다. 대머리는 새끼오리처럼 뒤뚱거리며 빨간 티셔츠만 따라다녔다. 21호차 남자가 지상과 가까운 27호차 지붕에 착지했을 때 매표소 근처를 맴돌던 빨간 티셔츠가 갑자기 고개를 홱 돌렸다. 땀 냄새를 맡은 것이다. 놈이 관람차 쪽으로 다가왔다.

"아저씨, 저기 괴물이었어요! 저기, 저……"

탈출하는 남자를 돕는답시고 한 아이가 목청껏 소리 질렀다. 누군가 아이의 입을 틀어막긴 했지만 빨간 셔츠는 소리가 난 쪽을 정확하게 올려다보았다. 남자가 몸을 숨긴 27호차 바로 위 26호차였다. 혜지는 탈출 계획이 수포로 돌아갔다고 생각했지만 남자는 포기할 생각이 없어보였다. 놈들의 관심을 딴 데로 돌리려고 땀에 흠뻑 젖은 티셔츠를 벗어 관람차 저편으로 힘껏 던졌다. 효과가 있었다. 놈은 코를 킁킁대면서 셔츠가 떨어진 저편으로 어기적어기적 걸어갔다. 21호차 남자는 재빨리 철골에 매달려 3미터를 미끄러져 내려와 28호차 관람차 지붕에 착지했다. 곧장 바닥으로 뛰어내려 해안도로로 빠지는 길로 쏜살같이 달려갔다. 그의 몸놀림은 입이 쩍 벌어질 정도로 노련했다. 안심하기에는 일렀다. 혜지와 승기는 해안도로가 보이는 반대편 창문으로 자리를 옮겨 놀이공원을 막 빠져나간 남자를 눈으로 좇았다. 그는 해안도로를 따라 필사적으로 달렸다. 해변을 어슬렁거리던 놈들은 남자의 뒤로 하나, 둘 따라붙었고 카페골목을 빠져나와 길을 가로막는 놈들도 있었다. 남자는 공을 손에 넣은 미식축구선수처럼 날렵하게 놈들을 피했다. 순조로운 듯 보였다. 그러나 40미터 전방, 한 무리의 시체가 카페골목에서 우르르 쏟아져 나오자 남자는 당황한 듯 달리기를 멈추고 사방을 두리번거렸다. 보이는 거라곤 점점 거리를 좁혀오는 시체들뿐이었다. 빠져나갈 길은 없어보였다.

"저러다 붙잡히겠어."

승기는 혜지를 억지로 자리에 앉혔다.

"어차피 안 되는 거였어. 남자가 탈출해도 달라질 건 없어."

"지금 그런 말이 나와?"

승기는 귀찮다는 듯이 손사래를 치며 바닥에 털썩 앉았다. 의자에 누워 몸을 이리저리 뒤척이던 금옥이 뭉그적거리며 일어나 앉았다.

"아가, 물 남은 거 없냐?"

"어머니가 다 마셨잖아요."

혜지는 시큰둥하게 대꾸했다.

"넌 사람이 셋인데 생수를 달랑 한 병만 챙겼니?"

"놀이공원 오는데 물을 머릿수대로 챙겨야 돼요?"

"얘가 어디서 또박또박 말대꾸야? 버르장머리 없이."

승기는 두 사람의 실랑이에 울컥 짜증이 치솟았다.

"엄마! 아까 엄마가 다 마셨잖아. 안 그래도 답답해 죽겠는데 서로 힘 빼지 맙시다."

금옥은 아들마저 며느리 편을 들자 부아가 치밀었다.

승기는 어머니를 진심으로 존경하는 마음씨 착한 여자를 만나기 전까지는 평생 독신으로 살겠다고 입버릇처럼 말해왔다. 혜지를 아내로 받아들이게 된 결정적인 이유도 고운 마음씨 때문이라고 했다. 금옥은 가난하고 붙임성 없는 운동선수 출신의 며느리가 성에 안 찼지만 아들의 말만 믿고 덜컥 결혼을 허락했다. 일생일대 최악의 실수임을 뼈저리게 느끼는 순간이었다. 분한 마음에 아들 내외를 번갈아 노려보았다. 눈이 마주친 며느리가 이때다, 하고 말을 꺼냈다.

"어머니, 뒤꿈치가 왜 그래요?"

혜지는 무의식적으로 오른발 뒤꿈치를 긁어대는 금옥을 한 시간 전부터 주시하고 있었다. 처음에는 대수롭지 않게 여겼지만 가려움이 심해지는 듯 긁는 횟수가 잦아, 몇 번이나 물어보려던 차였다.

"혹시……"

혜지가 입을 열자 승기가 슬그머니 몸을 낮춰 금옥의 발뒤꿈치를 관찰했다.

"상처는 없는데."

혜지는 승기를 밀어내고 가방에서 스마트 폰을 꺼내 불을 밝혔다.

"어머니, 발 주세요. 확인해야 돼요."

"싫다."

금옥은 얼굴을 꼬기작꼬기작 구기며 오른발을 치마 아래로 쏙 감췄다.

"확인만 하는 거예요."

"싫어."

승기가 금옥을 달랬다.

"엄마, 확인해야 돼. 상처 있으면 큰일 난단……"

금옥이 소리를 꽥 질렀다.

"무슨 큰일? 그깟 발목 좀 부었다고 내가 죽기라도 한단 말이야?"

보다 못한 혜지가 금옥의 발목을 억지로 잡아당겼다.

"어머니만 죽는 게 아니라 우리 모두가 죽어요!"

상처는 발뒤꿈치 바로 아래 발바닥에 있었다. 1센티 길이의 긁힌 상처에는 불그스름한 진물이 배어 있었다. 혜지는 상처가 몸에 닿지 않도록 조심스럽게 뒤로 물러나 앉았다.

"어쩔 거야?"

승기는 한차례 길게 숨을 몰아 쉰 뒤 덤덤하게 말했다.

"감염됐으면 벌써 변하지 않았을까?"

"틀림없이 놈에게 긁힌 거라고. 감염 증세는 12시간 안에 나타나고 24시간 안에 사망한 다음, 놈들처럼 변한다고 했어. 벌써 12시간이 지났어."

금옥은 혜지를 꼬나보며 말했다.

"이깟 상처 때문에 내가 저것들처럼 변하기라도 한단 말이냐?"

"엄마, 걱정하지 마. 아직은 모르니까."

승기는 금옥을 안심시켰다.

"모르긴 뭘 몰라?"

혜지는 눈을 흘기며 따져 물었다.

"지금은 멀쩡하잖아."

"지금 멀쩡하다고 가만히 있을 거야? 언제 변할지도 모르는데!"

"그래서 어쩌라고!"

"저대로 놔둘 거야?"

"그럼?"

"재갈을 물리고 손발이라도 묶어놔야 할 거 아냐?"

금옥은 자신의 귀를 의심했다. 나를 어쩌고 저째? 전신의 피가 거꾸로 솟는 듯한 분노를 느꼈다. 시체와 처절한 사투를 벌이는 동안 며느리는 아들을 방패삼아 뒤에 숨어 있었다. 아들을 도와 놈을 짓밟았더라면 금세 위기를 모면했을 것이고 상처 따위도 생길 리 없었으며 자신을 앞에 두고 재갈을 물리고 결박하자는 끔찍한 소리 따위를 입에 담지 못할 것이다. 무엇보다도 호텔 뷔페에서 화장실을 들락거리느라 시간을 끈 것도 며느리였다. 조금만 일찍 나왔더라면 코딱지만 한 관람차에 갇히는 일은 없었다. 며느리는 이 모든 끔찍한 결과를 초래한 장본인이었다. 갈기갈기 찢어죽이고 싶다는 말로는 부족할 만큼 혜지가 미웠다.

금옥은 억한 감정을 억누르며 말했다.

"그래, 좋아. 네 말대로 내가 저 놈들처럼 된다고 치자, 젊은 너희가 이 늙은이 하나 감당 못하겠냐?

혜지가 서둘러 대답했다.

"살짝만 긁혀도 전염이 돼요. 어머니는 지금 상상도 못할 정도로 무서운 바이러스에 감염됐단 말이에요."

잠자코 있던 승기가 입을 열었다.

"아직 확실치 않으니까 교대로 지켜보자. 증세가 나타나면 그때……"

혜지가 승기의 말을 잘랐다.

"저것들이 얼마나 무서운 놈들인지 눈으로 보고도 그런 말이 나와?"

"그렇다고 멀쩡한 엄마를 묶어놔? 장모님이었다면 넌 그렇게 했겠어?"

승기가 버럭 성질을 냈다.

"우리 엄마였어도 마찬가지야. 아니, 우리 엄마였다면 자식들 생각해서 스스로 그렇게 해달라고 말했을 거야."

"그렇게 자식을 생각하는 양반이 빚을 칠천씩이나 떠맡기고 가냐?"

혜지는 할 말을 잃고 어금니를 앙다물었다. 터질 것 같은 눈물을 참으려고 두 눈을 끔뻑거렸다. 승기는 얼떨결에 내뱉은 말을 곧 후회했지만 노골적으로 금옥을 비난한 것은 참을 수가 없었다. 생사가 달린 문제였기에 더욱 그랬다.

뜨악한 분위기 속에 금옥이 불쑥 말을 꺼냈다.

"아들, 네 처, 뜻대로 하자구나."

오전 6시, 사이렌이 울렸다.

"여기는 광남 지구댑니다. 광안리 해변과 놀이공원, 카페와 식당에 대피 중인 생존자들에게 알립니다. 앞으로는 방송을 통해 소식을 알려드리겠습니다. 부산방송국은 현재 폐쇄된 상태이고 부분적으로 전기 공급이 끊긴 지역도 있습니다. 차분하게 기다려주시고 외출을 삼가시고……"

방송이 거의 끝나갈 무렵, 발아래 어디에선가 유리창이 깨졌다. 곧이어 22호차 남자가 들입다 고함을 질렀다.

"나가고 싶어도 못 나간다. 이 시부럴 새끼들아!"

남자는 분이 풀리지 않는지 관람차 벽을 발로 쾅쾅 찼다. 여기저기서 폭죽처럼 유리창 깨지는 소리가 줄을 이었다. 승기는 기다렸다는 듯 출입문 유리창을 발로 차, 깨트렸다. 깨진 유리창 밖으로 손을 넣어 출입문 손잡이를 잡아당겼다. 철컹하고 출입문이 열렸다가 뭔가에 부딪혀 다시 닫혔다. 수직구조물이 출입문을 막고 있어 한 사람만 겨우 빠져나갈 정도밖에 열리지 않았다.

밖은 고래고래 소리를 지르는 사람, 벽을 치는 사람, 흐느껴 우는 사람들로 소란스러웠다. 그러나 이들의 흥분은 오래가진 못했다.

소란이 잦아들었을 때쯤, 22호차 남자가 탈출을 시도하려고 했다.

"내가 여서 나가면 이 새끼들 다 잡아 직이삘끼다!"

계속 뭐라고 구시렁대던 22호차 남자는 거친 말투만큼 배짱은 없었다. 발만 동동 구르기를 20분, 그는 관람차 안으로 쏙 들어가버렸다. 탈출시도가 싱겁게 끝나버리자 혜지는 12호차로 눈을 돌렸다. 한바탕 소란이 벌어졌는데도 남학생들은 보이지 않았다.

혜지는 의자에 쪼그리고 누웠다. 갑자기 조용해지자 누적된 피로가 덮쳐왔다. 금옥은 의자에 축 늘어져 잠들어 있었다. 가슴이 오르락내리락할 정도로 숨을 쉴 뿐 이상증세는 나타나지 않았다. 승기는 금옥을 묶어둔 게 신경이 쓰이는지 좁은 관람차 안을 정신없이 왔다 갔다 하더니 걸음을 멈추고 혜지에게 말했다.

"엄만 감염된 게 아니야. 벌써 18시간이나 지났잖아."

"앞으로 6시간 더 묶여 있다고 안 죽어. 지금 풀어주면 내가

여기서 나갈 거야. 내가 떨어져 죽든 말든 상관없으면 어머니 풀
어드려."

승기는 체념한 듯 의자에 털썩 앉았다. 금옥은 눈을 감고 자는
척 하면서 속으로 치를 떨었다. 망할 연놈들.

12호차 남학생이 유리창을 두드렸다.

"아줌마, 물 없어요?"

뿔테안경을 낀 녀석이었다.

"친구는 괜찮니?"

혜지가 큰소리를 말했다.

"친구요? 유리창에 대가리 박고 그러다가 지금은 자요."

탈수와 고립으로 인해 공황발작을 일으킨 것 같았다. 답답한
노릇이었다. 녀석은 더 이상 견디기 힘든 듯 출입문으로 다가갔
다. 유리창에 이마를 대고 잠시 아래를 내려다보더니 교복 상의를
벗어 손에 둘둘 말아 유리창을 겨냥했다.

"뭐하려는 거야?"

혜지가 소리쳤다.

"저기 있는 매점에 가려고요."

녀석이 가리킨 곳에 2평 남짓한 야외 간이매점이 있었다.

"안 돼. 너 거기 못 가!"

"좀비들은 달리기를 못하지만 저는 잘요."

녀석은 유리창에 연거푸 주먹을 날려 기어이 출입문을 열었다.
혜지는 더 이상 두고 볼 수 없었다.

"잠깐만! 아줌마가 거기로 갈게."

"쳇, 아줌마가 여길 어떻게 와요."

"아줌마 말 들어."

대화를 엿듣고 있던 승기가 혜지의 어깨를 잡아, 돌려세웠다.

"너 미쳤어?"

"쟤 친구가 발작을 일으킨 것 같아."

"네가 가서 뭘 어쩌려고!"

혜지는 공황발작은 일으킨 아이도 석성냈지만 금옥과 함께 있는 게 영 불편했다. 12호차로 건너간 뒤 구조될 때까지 남학생들과 함께 있을 작정이었다.

신발을 벗고 출입문 앞에 서자, 승기가 혜지의 팔을 붙들었다.

"너 운동 그만둔 지 3년이나 됐어. 진짜 가려는 거야? 어깨 다친 후로 무거운 거 못 들었잖아."

"못 든 게 아니라, 안 든 거야."

혜지는 출입문을 열었다. 좁게 열린 문밖으로 몸을 내밀었다. 승기는 아내의 고집을 꺾지 못하고 중심을 잃지 않도록 허리를 잡아주었다. 혜지는 심호흡을 한 후 출입문 앞을 가로지른 기둥 철골로 몸을 띄웠다. 철골에 매달리는 것까지는 수월했지만 차가운 철골이 귀뺨에 닿자 온몸이 덜덜 떨렸다. 발바닥으로 철골을 감싼 뒤 몸을 위로 쭉 끌어당겼다. 무심코 발아래를 내려다보았다가 소스라치며 고개를 들었다. 관람차에서 내려다보았을 때보다 세상은 훨씬 작았다. 다시 손을 뻗어 12호차와 13호차를 잇는 철골에 밧줄타기 자세로 매달렸다. 3미터만 가면 돼.

12호차 지붕에 손이 닿을 만큼 가까워졌다.

"문에서 비켜"

뿔테안경이 문 뒤로 냉큼 물러났다. 혜지는 기둥을 타고 1미터를 내려와 출입문에 껑충 매달렸다가 튕기듯 12호차 안으로 미끄러져 들어왔다. 중심을 잃고 그대로 엎어지긴 했지만 성공이었다.

등 뒤에서 박수소리가 터졌다.

"와, 대박"

혜지는 자리에서 일어서려다 흠칫 놀랐다. 전날 인사를 나눴던 남학생이 고개를 떨어뜨린 채 바닥에 축 늘어져 있었다. 조심스럽게 얼굴을 세워보니 얼굴 곳곳이 퍼렇게 멍이 들었고 살짝 벌어진 입안에는 피가 고여 있었다. 손가락을 코에 갖다 댔다. 호흡이 없다. 귀를 갖다 대고 다시 확인해 봤지만 숨이 느껴지지 않았다.

"언제부터 이랬니?"

"세 시간, 아니 네 시간 전에요."

언뜻 봐서는 자해한 흔적처럼 보였다. 그러나 이마는 멀쩡한 반면, 눈두덩의 멍 자국은 왠지 의심스러웠다. 아이를 의자에 눕히다가 더 이상한 점을 발견했다. 오른손의 중지가 눈에 띌 만큼 뒤로 꺾여 있었다. 바닥에 뉘이자 아이의 오른손이 의자 밑으로 축 늘어졌다. 손가락이 가리킨 곳에 사탕껍데기가 구겨져 있었다. 두 남학생 사이에서 무슨 일이 있었는지 알 것 같았다.

"너, 친구랑 싸웠니?"

혜지는 침착하게 말했다.

"아뇨."

뿔테안경이 짧게 대답했다.

"사탕 때문에 싸운 거 아니야?"

"아니라니깐요!"

뿔테안경이 아니라고 펄쩍 뛰었다. 혜지는 녀석의 눈을 똑바로 쳐다보았다.

"니 친군 죽었는데 넌 몰랐니?"

뿔테안경은 울음을 터트릴 것처럼 얼굴을 구겼다. 그러나 뒤통수를 긁적거리며 코를 몇 번 훌쩍일 뿐, 울지는 못했다. 눈물을 짜려고 애쓰는 모습이 안타까울 지경이었다. 혜지는 앙큼한 녀석 때문에 위험을 무릅쓴 자신이 원망스러웠다. 13호차로 돌아가려고 출입문을 열었다. 뿔테안경은 자기를 데려가 달라고 혜지의 허리에 들러붙었다.

혜지는 냉정하게 녀석의 손을 떼어내면서 흠씬 두들겨 패주고 싶은 걸 억지로 참았다. 화를 내는 대신 신경을 끄는 쪽을 택했다. 몸을 띄워 철골에 매달리자 아이는 자리에 털썩 주저앉아 울먹였다.

"아줌마, 저도 데리고 가요. 배고프고 목말라요. 제발요……"

혜지는 녀석의 부탁을 끝까지 무시했다. 울먹이던 녀석이 삽시간에 표정을 바꾸더니 철골에 매달린 혜지의 얼굴에 침을 퉤, 뱉었다.

"씨발년아, 미끄러져서 뒈져라!"

안경너머로 보이는 녀석의 작은 눈이 무섭게 번뜩거렸다.

혜지가 13호차로 막 돌아왔을 때 부산 남부일대의 생존자구조작업과 좀비소탕작전을 동시에 수행할 특수부대가 편성됐다는 소식이 전해졌다. 몇몇 탑승객들이 환호했다. 혜지는 어깨를 축 늘어뜨렸다. 환호하는 탑승객들은 방송을 제대로 듣지 못했거나, 두 발을 딛고 서 있는 곳이 어딘지 망각한 것 같았다. 생존자 구조작업 개시는 사흘 뒤, 오전 6시, 물과 음식 없이 사흘을 버티기란 불가능하기 때문이었다. 하루 꼬박 물 한 모금 마시지 못한 혜지는 단 몇 시간도 못 버틸 것 같았다. 비라도 내려준다면 다행이지만 쾌청한 가을하늘은 손톱만큼도 비를 뿌릴 기미가 없었다.

문득 관람차로 돌아온 이후, 줄곧 말이 없는 승기가 수상쩍었다. 금옥을 풀어준 것이다. 혜지는 원망스러운 눈으로 승기를 노려보았다. 기운이 쭉 빠져 화를 낼 힘도 없었다. 아들을 노려보는 며느리를 보자, 금옥은 입안에서 맴도는 말을 툭 내뱉었다.

"처음부터 마음에 안 들었어."

혜지는 떨떠름한 표정을 지었다.

"저 말인가요?"

"그럼 너지, 누구겠니? 키만 크고 힘만 세지 여자다운 데도 없지, 운동만 했으니 무식한 건 말할 것도 없고. 직장도 없고 돈도 없고. 뭐 하나 내세울 게 없잖아."

"엄마, 그만 해."

승기가 말렸지만 금옥은 아랑곳하지 않고 말을 이었다.

"솔직히 넌, 우리 승기랑은 레벨이 안 맞아. 이렇게 막돼먹은 줄 알았으면 결혼 허락도 안 했어!"

혜지는 켕하고 콧소리를 냈다.

"어머니. 제가 이런 말까지는 안 하려고 했는데요. 저랑 결혼할 때 승기 씨는 직장도 없었어요. 전 그때 아시안게임에 출전한, 잘나가는 기계체조 코치였고요!"

금옥이 질세라 맞받아쳤다.

"코치면 뭐하니? 빈손으로 시집와서 내가 사준 5억짜리 아파트에 들어와 사는 주제에. 그 따위로 시어미를 대하면 국물도 없어. 안 그래도 요즘 몸이 안 좋아서 창원에 있는 상가 두 채를 승기한테 양도하려고 했는데 너 때문에 생각 좀 해봐야겠다."

"굶어 죽을 판국에 그런 게 뭐가 중요해요?"

"무슨 소용이라니? 너, 흑사병 알지? 흑사병 때문에 구라파 사람들이 절반이나 죽었다지만 지금은 어떠니? 다들 잘 살고 있잖아?"

"세상이 예전처럼 돌아가기 전에 우리 셋 다 죽어버리면요?"

잠자코 있던 승기가 혜지를 나무랐다.

"너 엄마한테 말투가 그게 뭐야? 얼른 사과드려."

제발 부탁이니 하라는 대로 해달라는 눈짓도 없었다. 혜지는 신경질이 났다.

"누나들한테 상가 뺏길까 봐 겁나? 언제는 어머니 도움 받느니 차라리 라면만 먹고 산다며!"

승기는 그런 말을 한 적이 없다며 시치미를 떼면서 벌겋게 달아오른 얼굴로 금옥의 눈치를 살폈다. 속이 상할 만도 한데 금옥은 덤덤했다. 아들 승기가 단둘이 해운대 달맞이 가자고 했을 때부터 꿍꿍이를 눈치 챘던 것이다. 늙은이 비위를 맞춰가며 살랑거릴 때는 그만한 이유가 있는 법, 산전수전 두루 겪은 금옥이 아들의 속내를 모를 리가 없었다.

"엄마한테 사과해. 얼른 하라면 해!"

승기는 더 큰소리로 혜지를 윽박질렀다.

"싫어!"

"어서 하라면 해!"

"싫다고!"

승기는 왼손을 번쩍 치켜들었다가 무서운 기세로 혜지의 뺨을 때렸다. 혜지는 헛, 하고 비명 같은 숨을 토했다. 손으로 얼얼한 얼굴을 감싼 채 아랫입술을 지그시 깨물었다. 늘 다정다감하던 승기의 폭력은 심장이 얼어붙는 것 같은 충격을 주었다.

공원 매점을 발견한 승기는 출입문 앞을 서성거렸다. 손을 뻗었다가 거두기를 여러 번, 금옥은 아들의 셔츠자락을 잡고 자리에 앉혔다.

"아들, 뭐하는 거냐?"

"매점은 저기 있는데……"

금옥은 엄한 얼굴로 관람차를 벗어날 생각은 아예 꿈도 꾸지 말라고 따끔하게 말했다. 두 사람의 실랑이는 20분 동안 이어졌다. 잠자코 지켜보던 혜지는 복수라도 하듯 턱을 쳐들고 픽, 웃었다.

"어머니 아들은 배짱도 없고 운동신경이 둔해서, 죽었다 깨나도 여길 못 나가요. 안 붙잡아도 못 가니까 걱정 마세요."

금옥의 아들의 약점을 아무렇지도 않게 내뱉는 며느리가 얄미웠지만 이번만은 편을 들어주었다.

"쟤 말이 맞아. 저길 어떻게 간다고 설치는 거야? 군대도 안 다녀온 녀석이……"

금옥은 아들을 위한답시고 생각 없이 지껄이다가 아차하고 입을 꾹 닫았다. 전투경찰 전역자라던 승기의 말이 새빨간 거짓임이 들통나는 순간이었다. 혜지는 날카로운 눈길을 던졌다.

"폭력에, 거짓말까지…… 그것밖에 안 되는 인간이었어?"

말없이 고개를 푹 떨어뜨린 아들을 보자 금옥은 불안해졌다. 아들의 기세가 꺾이면 며느리가 더욱 대담하게 나올 게 빤했다.

"그게 뭐 대수라고 남편을 거짓말쟁이로 몰아세우니? 이제 그만 하자꾸나. 말이 나와서 하는 말인데, 네가 매점 가는 선 어떠냐? 너, 철봉 하나는 기가 막히게 타잖니? 아까 애들한테 가는 거 보니까 원숭이가 따로 없더라."

승기가 대답했다.

"엄마도 참, 말 같은 소리를 해. 이단평행봉이랑 저거랑 같아? 그리고 너무 위험해서 안 돼."

금옥은 꼬질꼬질해진 스카프로 콧등을 콕콕 찍어가며 승기의 말을 들은 척도 하지 않았다. 가방 안을 뒤져 뭔가를 꺼냈다.

"아가, 매점 가서 물 한 병이라고 가지고 돌아오면 이 통장 너 주마. 일억 이천이다."

"지금 저한테 일억 이천에 목숨 걸라는 소리세요?"

혜지는 발끈 성질을 냈다.

"왜? 적냐?"

"지금 그걸 말이라고 하세요?"

"네 입으로 그랬잖아? 구조될 때까지 물 없이는 못 버틴다고. 나랑 승기는 물 몇 모금이라도 마셨지만 넌 지금까지 한 방울도 못 마셨잖니? 가장 급한 건 너 아니니?"

그건 그랬다. 혜지는 하루 꼬박 물 한 방울 마시지 못했다. 앞으로 사흘, 구조가 더 늦어질 수도 있었다. 구조될 때까지 버티려면 물과 음식이 있어야 하고 세 사람 중 누군가가 매점에 가야 한다면 운동신경이 남다른 혜지뿐이었다. 용기가 필요했다. 용기가 생기려면 시간이 필요했다. 그러나 시간을 지체할수록 기력이 쇠해져 가고 싶어도 못 가게 될 공산이 컸다. 한참을 고민한 끝에 결론을 내렸다.

"혜지야, 가지 마. 구조될 때까지 여기서 기다리자. 응?"

승기는 마지막이 될지도 모른다고 생각했다. 철골을 타고 내려가다 떨어져 죽어버리거나, 놈들에게 잡혀 먹히거나, 이대로 도망가 버릴 수도 있다고 생각했다. 혜지는 눈시울이 붉어진 승기를 우악스럽게 밀쳤다. 그가 밉기도 했지만 마음을 다졌을 때 얼른 해치우고 싶었다. 머릿속은 단 한 가지, 물을 마셔야 한다는 지독한 욕구뿐이었다.

출입문을 가로지른 철골에 두 다리를 감고 매달렸다. 몸을 아래로 늘어뜨린 뒤 조심스럽게 몸을 움직였다. 무리하게 힘을 주느라 두 다리는 뻣뻣했고 누가 등을 잡아당기는 것처럼 몸뚱이는 무거웠다. 이단평행봉에서 갖은 재주를 부리던 때와는 차원이 달랐다.

"아가, 떵떵거리며 살게 해 줄 테니 꼭 살아서 돌아와야 한다!"

금옥이 소리쳤다.

승기가 팔꿈치로 금옥의 옆구리를 쿡쿡 찔렀다.

"왜 자꾸 돈 얘기만 해? 돈에 미쳤어?"

"쟤가 그냥 내빼면 어떡해?"

"이 통장은 혜지 돌아오면 줄 테니까 딴소리 하지 마."

"딴소리는 무슨."

금옥은 눈을 흘기며 의미심장한 미소를 띠었다.

혜지는 호흡을 가다듬고 경직된 목을 둥글게 돌렸다. 철골을 감싼 다리를 대관람차 중심축 방향으로 밀어냈다. 팔과 다리가 장단에 맞춰 쭉쭉 밀려났다. 중심축에 가까워질수록 철골타기가 수월해졌다. 그때, 날카로운 뭔가가 머리를 때리고 아래로 떨어졌다. 눈앞이 아찔해지며 정수리가 뜨거웠다. 갑작스러운 충격에 하마터면 철골을 감은 다리가 맥없이 풀릴 뻔했다. 젖 먹던 힘까지 짜내 철골을 힘껏 끌어안았다. 고개를 젖혀 위를 보니 뿔테안경이 관람차 안으로 쏙 숨어버리는 게 보였다. 놈이 뭔가를 던진 게 틀림없었다. 중심축에 도달하자마자 정수리를 만져보았다. 상처는 그리 깊지 않았지만 시뻘건 피가 손가락에 흥건하게 묻어나왔다. 추락하지 않은 것만도 다행이라고 생각했다. 주변을 두리번거렸다. 좀비 넷이 같은 자리를 반복해서 돌고 있었다. 그 중에는 빨간 셔츠 뒤만 졸졸 따라다니던 대머리도 끼어 있었다. 아까부터 한 놈은 바리케이드를 넘지 못해 시름 중이었는데 움직임은 더뎠지만 지치는 법이 없었다.

야외휴식공간에 자리한 매점까지는 뛰어서 3분이면 도착할 수 있는 거리지만 꺾어지는 계단이 두 개나 있고 매점 주변은 사방이 철조망으로 가로막혀 있어 좀비의 추격을 받게 되면 빠져나갈 구멍이 없었다. 다른 매점이 없는지 주변을 살폈지만 동선이 길고 복잡해 시도해 볼 엄두가 나지 않았다. 원래 계획대로 실행하기로 했다.

지상과는 불과 3미터, 29호차 지붕에 안전하게 착지했다. 향수를 잔뜩 뿌린 탓인지 놈들은 혜지의 냄새를 맡지 못한 듯, 제 자리를 맴돌았다. 28호차 지붕으로 옮겨 탄 뒤, 풀쩍 뛰어내렸다. 자세를 낮춰 뛰다시피 걸었다. 바리케이드를 넘으려던 그때, 빨간 셔츠가 갑자기 고개를 돌렸다. 놈이 낮게 그르렁거리자 주변에 있던 놈들도 동작을 멈추고 두 팔을 늘어뜨린 채 바리케이드 쪽으로 어기적어기적 걸어왔다. 혜지는 허둥지둥 바리케이드를 넘어 대기 구역을 가로질러 달렸다. 뒤를 돌아보니 놈들도 덩달아 뛰고 있었다. 빠른 속도는 아니었지만 느린 것도 아니었다. 얼마 가지 않아, 매점으로 가는 계단이 나타났다. 계단을 반쯤 올라 왔을 때 계단 끝에 누군가 있었다. 태양을 등지고 있어 형체는 불분명했지만 태평하게 계단에 걸터앉아 있는 걸 보니 시체 같았다. 움직임은 없었다. 혜지는 벽 쪽으로 몸을 붙인 채 한 걸음 한 걸음 조심스럽게 계단을 밟고 올라가다 어느 순간, 흠칫 놀랐다. 계단 끝에는 머리통이 없는, 몸뚱어리만 덩그러니 앉아 있었다. 끔찍하지만 다행이었다. 앞을 볼 수 없고 냄새도 맡을 수 없고 잡힌다 해도 먹힐 염려도 없었다. 혜지는 계단을 성큼성큼 뛰어 올라와 아래를 보았다. 관람차에서부터 뒤쫓던 놈들은 보이지 않았다. 안심하는 순간, 바위덩어리처럼 꿈쩍도 않던 몸뚱어리가 벌떡 일어났다. 그제야 놈의 뒷모습이 눈에 들어왔다. 모가지가 뒤로 확 꺾여 머리통이 등에 매달려 있었다. 거꾸로 매달린 얼굴이 입을 쩌억 벌렸다. 마치 하품을 하는 것처럼 보였다. 하품을 끝낸 놈이 갑자기 손을 휘저었고 발도 내디뎠다. 혜지는 진저리치며 매점 방향으

로 내달렸다. 뒤돌아보니 놈은 지그재그로 엉뚱한 방향으로 달리
고 있었다.

　매점에 도착하고 보니 문이란 문은 모두 닫혀 있었다. 억지로
문을 열려고 시도했다가 급한 마음에 매점 옆에 세워둔 플라스틱
박스를 들어 매점 앞 진열대 유리창으로 던졌다. 유리창이 박살
나자 누군가 비명을 질렀다. 안을 들여다보니 빨간 티셔츠를 입은
이십대 매점 직원이 두 손으로 머리를 감싼 채 벌벌 떨고 있었다.
혜지는 문을 열어 달라고 소리 질렀다. 매점 직원은 구석지로 몸
을 더 깊이 파묻고 자리가 없으니 딴 데 가보라는 말만 되풀이했
다. 아무리 사정한들 들여보내 줄 것 같지 않았다. 안 되겠다 싶
어 매점 안으로 팔을 쭉 뻗어 손에 잡히는 데로 끄집어냈다. 소형
냉장고에서 생수 두 병을 꺼내 허겁지겁 뚜껑을 땄다. 정신없이
물을 들이켜는데 뒷덜미가 서늘해졌다. 매점 안, 대형 거울로 놈
들이 몰려드는 게 보였다.
　"문 좀 열어줘요!"
　혜지의 간곡한 부탁에도 여직원은 꿈쩍도 하지 않았다. 매점
안으로 들어가려고 진열대 위로 상체를 걸쳤다. 꼭꼭 숨어 있던
여직원이 커다란 과일 통조림을 던질 듯이 들고 일어섰다.
　"몇 번이나 말해! 꺼져, 어서 꺼지라고!"

　혜지는 매점 뒤, 비닐로 덮어둔 박스때기 틈에 몸을 숨긴 채 한
시간을 버티고 오후 7시가 되어서야 관람차로 돌아왔다. 승기는
무사히 돌아온 혜지를 꼭 안아주면서 감격했다. 금옥은 낄낄거리

며 가방을 풀어헤쳐 생수병 하나를 꺼냈다. 생수병을 따고 물을 줄줄 흘리며 들이켜는 것을 보고 혜지가 생수병을 빼앗았다.

"한 모금씩만 마셔요."

금옥은 생수를 절반을 들이켜고도 모자란 듯 입을 쩝쩝거렸다.

"구조될 텐데 뭘 아끼냐? 아끼면 똥……"

혜지는 보란 듯이 생수병 뚜껑을 야무지게 닫고 두 사람에게 초콜릿 바를 건넸다. 금옥은 초콜릿 바 따위나 챙겨왔다고 구시렁거렸다. 혜지는 금옥이 뭐라고 지껄이든 말든 관심을 두지 않았다. 가방을 얼싸안고 의자에 기대에 눈을 감았다. 이제 이틀만 더 기다리면 된다.

꺼억 꺼억

혜지는 눈을 떴다. 시큼한 냄새가 코를 찔렀다. 몸을 일으켜 보니 평소 잠귀가 밝은 승기는 바닥에 쪼그리고 앉아 세상모르고 자고 있었고 금옥은 깨진 유리창 밖으로 머리를 내밀고 먹었던 것을 모두 토해내고 있었다. 빈속에 초콜릿 바를 두 개씩이나 먹어치우더니 고통을 당해도 싸다 싶었다. 가방을 베개 삼아 다시 누웠다. 겨우 잠이 들었는데 역겨운 냄새와 주룩주룩 쏟아내는 소리 때문에 잠이 싹 달아나버렸다. 다시 일어나 앉았다. 금옥은 어깨를 들썩거리며 계속 뭔가를 토해냈다. 먹은 것에 비해 토해내는 양이 너무 많았다. 이상한 생각이 들어 금옥을 불렀다. 어머니?

금옥이 토악질을 뚝 멈췄다. 기분 나쁜 정적이 흘렀다.

"어머니?"

대답도 없고 뒤돌아보지도 않았다. 등을 보인 채 우두커니 서 있기만 했다. 심상치 않은 예감이 들어 서둘러 승기를 깨웠다.

"어머니가 이상해!"

개개풀린 눈으로 좌우를 살피던 승기의 두 눈이 휘둥그레졌다.

"엄마?"

금옥은 비치적거리며 뒤돌아섰다. 눈동자가 제각각 다른 방향으로 요상하게 움직였고 아래턱이 목을 가릴 정도로 입이 쩍 벌어졌다. 계단 끝에 앉아 있던 몸뚱이의 얼굴과 꼭 닮아 있었다. 혜지는 입을 틀어막아 비명을 삼켰다.

"엄마!"

아들의 목소리에 금옥이 반응했다. 이리저리 움직이던 새까만 동공이 우산을 펼치듯 순식간에 커지더니 다짜고짜 승기에게 달려들었다. 피할 새도 없이 승기는 금옥에게 멱살을 잡혔다. 혜지는 허둥지둥 출입문 쪽으로 물러섰다.

"감염된 거야!"

혜지가 소리쳤다. 승기는 금옥의 팔목을 비틀어 힘껏 밀어냈다. 튕겨져 나온 금옥은 출입문을 등지고 서 있던 혜지와 부딪혔다. 출입문이 덜컹거렸다. 혜지는 출입문에 머리를 찧고 본능적으로 뒷걸음질쳤다. 더 이상 도망갈 곳이 없었다. 바닥에 나동그라졌던 금옥이 이번에는 혜지에게 덤벼들었다. 쿵. 문이 훌렁 떨어져나갔다. 문 밖으로 밀려난 혜지는 잡을 곳을 찾아 손을 휘저었다. 한쪽 팔이 관람차를 가로지른 기둥철골이 닿았다. 무작정 꽉 끌어안았다. 간신히 철골에 매달려 추락은 모면했지만 몸뚱이가 돌덩어리처럼 무거웠다. 아래를 보니 금옥이 혜지의 왼쪽 무릎에 매달려 버둥거리고 있었다. 몸뚱이가 조금씩 미끄러졌다. 심장이 터질 것만 같았다.

"엄마! 엄마!"

승기는 정신 나간 사람처럼 울부짖었다. 혜지는 승기를 매섭게 노려보았다. 나쁜 새끼. 이를 부득부득 갈면서 오른 발로 금옥의 정수리를 사정없이 내리찍었다. 내. 레벨이. 어쩌고. 어째?

끔찍한 일이었다. 승기의 목 언저리에는 여러 군데 긁히고 뜯긴 상처가 있었다. 승기는 한사코 자기 스스로 만든 방어 흔적이라고 반박했지만 어느 순간, 지레 겁을 먹고 눈물을 짜기 시작했다.

뉴스보도와 달리 금옥이 좀비로 변한 건 24시간이 한참 지난 뒤였다. 보건당국이 발표한 감염 진행속도는 믿을 게 못 되었다. 그렇다면 빠를 수도 있단 얘기였다. 남은 시간이 그리 많지 않았다.

혜지는 어렵사리 입을 열었다.

"기분은 어때?"

승기는 몰라서 묻냐는 표정을 지었다.

"날아갈 거 같다. 왜?"

대화는 길게 이어지지 못했다. 침묵이 길어질수록 혜지는 불안하고 초조했다. 마치 몸속 어딘가에 시한폭탄이 째깍대고 있는 것만 같았다. 눈앞이 막막했다.

승기가 한참 만에 입을 열었다.

"네 기분은 어떤데?"

혜지는 시선을 아래로 떨어뜨린 채 대답하지 않았다. 승기는 그 속을 빤히 안다는 듯 퉁명스럽게 말했다.

"엄마한테 그랬던 것처럼 나도 죽이지 그래?"

혜지는 고개를 들어 승기를 빤히 쳐다보았다. 마음 같아선 그러고 싶었다.

"승기 씨가 원하면 내가 다른 곳으로 갈게. 그럼 됐지?"

적절한 제안이었다. 아니, 생각해 볼 것도 없는 최선의 방법이었다.

"내가 아니라 네가 원하는 거겠지."

"그럼 같이 죽자는 거야?"

"왜? 겁나?"

미친 놈.

혜지는 차분히 해결책을 찾아보자고 안심시켰지만 감염이 된 이상, 해결책이 있을 리 만무했다. 승기가 잠든 후 13호차를 탈출할 계획이었다. 거듭 생각해 봐도 그것만이 서로를 위한 길이었다.

승기는 뜬 눈으로 혜지를 지켜보았다. 잠이 든 사이, 관람차를 떠날까 노심초사했다. 혜지를 위험에 빠뜨리고 싶은 마음은 추호도 없지만 좁고 텅 빈 관람차에 온전한 정신으로 혼자 남겨지는 게 두려웠다. 그간 못 다 한 얘기를 나눈 뒤 오후쯤에 탈출시켜도 늦지 않다고 생각했다.

뻥 뚫린 출입구로 쌀쌀한 바닷바람이 들락거렸다. 엄마 생각이 났다. 발아래를 보았다. 납작하게 엎드린 채 땅바닥을 긁던 금옥은 온데간데없었다. 가슴이 저렸지만 그렇게라도 눈앞에서 사라진 게 다행이라고 생각했다.

혜지는 한참 동안 승기를 훔쳐보고 있었다. 입구에 지키고 서 있는 걸 보면 설득과 회유도 통할 것 같지 않았다.

'저 남잔 거짓말쟁이야. 때리기까지 했어. 죽기 살기로 철골에 매달려 있을 때도 제 엄마만 찾았다고. 이제 널 시체로 만들 거야.'

금옥의 형상이 환영처럼 겹쳐져 숨통을 죄어왔다. 탈출할 수 없다면 없애버릴 수밖에. 지금이 절호의 기회였다.

혜지는 슬그머니 자리에서 일어났다. 밖을 내다보는 승기 뒤로 발소리를 죽이고 다가갔다. 고작 세 걸음밖에 되지 않았다. 대단한 용기가 필요한 것도 아니고 괴력을 발휘할 필요도 없다. 문을 열 듯, 슬쩍 밀어버리면 된다. 마음을 다지고 두 손을 가슴께로 올렸다. 인기척을 느낀 승기가 힐끗 뒤돌아보았다. 등 뒤로 바짝 다가선 혜지와 눈이 마주쳤다. 평소와 다른 섬뜩한 시선, 문득 깨달은 듯 승기의 눈이 커다래졌다. 혜지는 있는 힘껏 손을 뻗었다. 승기는 중심을 잃고 휘청거리며 어, 하고 짧게 신음했다. 철골이 바로 눈앞에 있었지만 엉뚱한 곳에다 두 팔을 휘저었다. 어둠은 삽시간에 그를 집어삼켰다. 퍽. 땅을 때리는 둔탁한 소리 뒤로 피 말리는 고요함이 이어졌다. 혜지는 비실비실 뒤로 물러나 의자에 앉았다. 드디어 해냈다. 나는 살았다.

오전 6시, 사이렌이 울렸다.

'오늘 자정, 미군과 합동으로 구조작업을 펼칠 예정입니다. 좀비 소탕작업도 함께 진행되니 외출을 삼가주시기 바랍니다. 침착

하게 기다려주시기 바랍니다. 다시 한 번 알려드립니다.'

혜지는 눈을 뜨고도 한참 동안 누워 있었다. 끔찍한 악몽을 꿀 거라고 생각했는데 악몽은커녕, 한 번도 깨지 않고 푹 잤다. 일어나자마자 꺼뒀던 스마트폰의 전원을 켰다. 그냥 켜두기만 해도 24시간이면 모두 소모될 양밖에 남아 있지 않았다. 아침으로 초콜릿 바한 개와 생수 세 모금을 마셨다. 의자 아래에 처박힌 금옥의 핸드백을 끄집어내 뒤졌다. 핸드크림과 안경케이스, 연락처가 적힌 손바닥만 한 수첩, 최신형 스마트 폰, 넉 장의 신용카드와 약간의 현금이 든 손지갑, 그리고 지퍼가 달린 안주머니에 스마트폰 한 대가 더 있었다. 평소 사용하는 것과 똑같은 최신형이었지만 색상이 달랐다. 전원을 켜니 배터리가 반 이상은 남아 있었지만 잠금 설정이 돼 있어 쓸모가 없었다.

어둠이 깔리기 시작할 무렵부터 출입문 앞에 웅크리고 앉아 구조대가 오길 기다렸다. 벌써부터 마음이 설렜다. 구조되는 즉시 시원한 냉수를 실컷 마셨으면 좋겠다고 생각했다. 생수를 입안에 모두 탈탈 털어 넣고 새것을 꺼내 뚜껑을 땄다. 홀짝홀짝 마시다 보니 절반밖에 남지 않았다.

자정이 넘었다. 구조대는 코빼기도 보이지 않았다. 초조한 마음으로 밖을 살피고 또 살폈지만 세상은 바다 속에 가라앉은 듯 고요했다. 시체들은 더 많아졌고 더 왕성하게 움직였다. 잠이 오지 않았다. 그 바람에 하나 남은 초콜릿 바를 먹어버렸다. 낭패다.

어김없이 사이렌이 울렸다. 생존자 구조작업이 내일 자정으로

334

미뤄졌다는 소식이었다. 어제도 그랬고 그제도 그랬다. 내일 자정이면 이 모든 악몽이 끝난다고.

방송이 끝나자 길고 긴 침묵이 흘렀다. 울고, 화를 내고, 불평하고, 탈출을 시도하는 탑승객은 없었다. 묵묵히 죽음 기다리거나 다들 죽어버렸는지도 모른다고 생각했다. 단 한 사람, 12호차 뿔테안경은 살아있었다. 작은 눈알을 요리조리 굴리며 손가락으로 유리창을 톡톡톡 두드렸다. 혜지는 못 본 척, 못 들은 척 시선을 피했다.

탕, 탕, 탕.

녀석은 포기하지 않았다. 옥수수처럼 크고 통통한 이빨을 드러내며 킬킬거렸다. 더 이상 참을 수 없었다. 당장 그만 두라고 소리치려는데 놈이 먼저 금붕어처럼 입을 뻥긋거렸다.

'난-봤-어-전-부-다-봤-지-롱.'

혜지는 오전 내내 생각지도 못한 골칫거리를 제거할 계획을 세웠다. 반쯤 남은 생수병으로 놈을 유인해 볼 생각이었다. 녀석이 오면 밀어 떨어뜨리고, 유인작전이 통하지 않으면 녀석의 관람차로 건너가 숨통을 끊어놓을 작정이었다.

뿔테안경은 유리창에 머리를 기댄 채 비스듬히 앉아 있었다. 혜지는 생수병으로 유리창을 톡톡톡 때렸다. 반응이 없다. 죽어버렸나? 다시 톡. 톡. 톡. 녀석이 뒤돌아보았다. 젠장, 살아 있잖아. 속이 뒤집혔다. 조그만 녀석이 지금껏 살아있다는 게 놀라웠다.

"물 마실래?"

빈 생수병을 흔들었다. 녀석은 생수병을 보자 침을 꿀꺽 삼켰다. 뚜껑을 열고 마시는 척하니 개처럼 숨을 할딱거렸다. 혜지는 손가락으로 출입문을 콕콕 찍었다. 녀석은 잠시 망설이다가 출입문을 열었다. 겁도 없이 풀쩍 뛰어서 철골에 용케 매달렸다. 어쭈, 제법인걸. 혜지는 도착 즉시 걷어차 버릴 생각으로 입구를 지켰다. 그런데 그럴 필요가 없어졌다. 녀석은 철골에 매달려 몇 번 끙끙거리다가 곧바로 추락해 버렸다. 피식 웃음이 났다.

잠에서 깨니 한밤중이었다. 머리가 지근거렸다. 관자놀이를 꾹꾹 눌러봐도 나아지지 않았다. 창가에 비스듬히 앉아 해안도로 입구를 주시했다. 자정이 다가오지만 구조차량은 보이지 않았다. 해안도로 입구를 붙박였던 시선은 어느새 걸어 다니는 시체들을 따라 움직이고 있었다. 손톱만큼 작아 보이는 그것들은 하나같이 뻣뻣하고 느릿느릿하고 우중충했다. 둔중한 어둠에 둘러싸인 광안리 해변은 피와 악취와 시체로 뒤덮인 음침한 시체 공시장 같았다. 어둠 속에 흐릿하게 떠 있는 아파트촌으로 시선을 돌렸다. 듬성듬성하게 불이 켜진 곳이 있었지만 꺼져가는 생명처럼 희미하기만 했다. 그중에 유난히 반짝이는 불빛이 있었다. 켜지고, 꺼지고, 다시 켜지고. 별안간 환영을 본 듯했지만 불빛의 깜빡임이 놀랍도록 분명해졌다.
저건 신호다. 누군가 신호를 보내오고 있다!
"여기요, 여기 생존자가 있어요!"
흥분한 나머지 유리창을 탕탕 쳐가며 소리쳤다. 그러다가 유리창에 머리를 박고서야 정신을 차렸다. 손에 들고 있던 스마트폰 전원을 눌러 유리창에 비췄다. 이 빛으론 어림도 없었다. 폰에 내

장된 플래시라이트를 켜고 좌우로 흔들었다. 구조신호를 모르니 어쩔 도리가 없었다.

얼마나 지났을까. 저편에서 반응을 보였다. 깜빡임이 잠시 멈췄다가 다시 깜빡거렸다. 이 신호를 포착한 게 틀림없었다. 희망이 보이기 시작했다.

나쁜 꿈을 꿨다. 음침한 저수지에서 쪽배를 타고 낚시를 하는 꿈이었다. 갓난아기만 한 잉어를 낚았는데 빛깔이 너무 고와, 눈이 부실 정도였다. 대가리를 뜯어내고 뼈를 발라 허겁지겁 먹었다. 갓 뽑아낸 가래떡처럼 쫄깃쫄깃하고 싱싱한 복숭아처럼 새콤하고 달달했다. 그렇게 맛난 잉어는 처음이었다. 하지만 먹어도, 먹어도 허기를 채울 수 없었다. 쪽배 구석에 던져둔 잉어대가리를 집어 들었다. 숨이 붙어 있었다. 광채를 내는 눈알부터 도려내 씹지도 않고 꿀꺽 삼켰다. 나머지 눈알을 도려내려고 칼을 들었다가 까무러쳤다. 잉어대가리가 묘하게 혜지와 닮아 있었다.

땀으로 흠뻑 젖은 채로 잠에서 벌떡 깼다. 전화벨이 울리고 있었다. 냉큼 전화를 받았다. 묵직한 음성이 "여보세요."라고 먼저 말했다. 혜지는 다짜고짜 관람차 안에 갇혀 있다고 울먹였다. 상대는 곧 구조될 거니 조금만 더 기다려달라고 말했다. 혜지는 그게 언제냐고 물었지만 남자는 대답도 없이 전화를 끊었다. 전화를 끊은 후 더러운 옷소매에 코를 벅벅 문질러 닦았다. 잠시 멍청하게 앉아 있다가 그대로 기절해 버렸다.

유리조각이 동공을 찌르는 것처럼 눈이 시렸다. 눈을 깜빡거리자 눈물이 볼을 타고 입가로 흘렀다. 혀끝으로 핥으니 짭짜름한 새우깡 맛이 났다. 잠시 잊고 있었던 허기가 무섭게 몰려왔다. 바닥에 무릎을 꿇고 앉았다. 검지에 침을 묻히고 바닥에 떨어진 부스러기를 찍어, 손가락 채로 입고 넣고 쪽쪽 빨았다. 달고, 짜고, 쓴 맛이 났다. 구부정하게 앉아 뒹굴러 다니는 초콜릿 바 껍데기를 모아 하나씩 핥고 또 핥았다. 껍데기마저 달달했다. 입에 넣고 꼭꼭 씹었다. 바삭하게 구운 김을 먹을 때처럼 맛있는 소리가 났다. 좁은 관람차 안을 엉금엉금 기어 다니며 과자 부스러기를 찾는데 몰두했다. 해가 저물고 있었다.

자정 무렵 남자에게서 전화가 다시 걸려왔다. 혜지는 전화를 받아 상대의 신원부터 물었다. 그는 정부기관 소속인 SSC연구소 직원이라고 대답했다. 한국인 암유전자를 연구하는 비밀단체인데 직원의 실수로 강력한 내성을 가진 신종 바이러스가 탄생했으며 초기에 제대로 수습하지 못해 이같은 사태가 벌어졌다고 했다.
"제 전화번호는 어떻게 아셨죠?"
혜지가 물었다.
"스마트폰 위치추적을 했어요."
예상대로였다.
"강 금옥 씨 아시죠?"
"저희…… 어머닌데요."
"어머니께서 파이크(Pike)로 활동하셨습니다."
"파이크요?"

"임상실험에 참여할 환자들을 비공개적으로 물색하는 사람을 파이크라고 부릅니다. 우리 기관에선 그렇게 부르죠. 어머니가 혹시 이번 사태에 대해 무슨 말이 하지 않던가요?"

"무슨……"

그는 금옥이 선발한 임상실험 참가자들 중 한 명이 이번 사태와 깊은 연관이 있으며 그 인물에 대해 몇 가지 조사를 하던 중 뜻밖의 사실을 밝혀냈다고 했다. 바로 혜지의 관한 것이었다. 자세한 설명은 연구소에서 도착하면 말해주겠다며 혜지의 DNA가 바이러스 치료약에 결정적인 역할을 하게 될 거라고 했다. 혜지는 멍했다.

남자가 구출작전에 대해 설명을 막 시작할 때 관람차 안에 똥파리 한 마리가 붕붕 날아다녔다. 혜지는 전화기를 든 채 똥파리의 움직임을 눈으로 쫓았다. 신기하게도 동체가 빨갰다. 그냥 빨간 게 아니라 루비처럼 반짝거리기까지 했다. 똥파리가 빨갛다니. 혜지는 그것을 만지려고 손을 뻗었다. 놈이 붕붕거리며 날아와 혜지의 콧등에 내려앉았다. 눈을 내리깔고 놈을 쳐다보니 위협적으로 크고 징그러웠다. 코를 찡긋거려 놈을 쫓아냈지만 도망갔던 놈이 또 달려들었다. 이번엔 왼쪽 뺨이었다. 근질근질한 게 기분이 나빴다. 놈은 혜지의 얼굴 위를 이리저리 옮겨 다녔다. 슬슬 약이 올랐다. 놈을 잡아 죽이려고 손바닥으로 세게 때렸다. 착. 착. 눈앞이 아찔해지면서 정신이 퍼뜩 들었다. 전화기 저편에선 아무 말이 없었다.

"여보세요? 여보세요?"

속이 타들어갔다. 화가 나서 전화기를 집어던지고 고래고래 소리를 질렀다. 똥파리는 유리창에 붙어 있었다.

"이 새끼!"

짓뭉개버리려고 손을 들었다가 갑자기 웃음보가 터졌다. 놈은 이 모든 게 자기 탓이라는 듯 두 손 모아 싹싹 빌고 있었다. 그 모습이 그렇게 우스울 수가 없었다.

"용서해 달라고?"

혜시는 바짝 오그라든 배를 움켜잡고 또 깔깔거렸다.

다다다다탕탕-

요란한 발포소리가 어스름한 새벽의 정적을 깨뜨렸다. 육공트럭 석대에 나눠 탄 베테랑 사격수들은 몰려드는 시체들을 향해 K6기관총을 난사했다. 여기저기서 번쩍번쩍 불꽃이 튀었고, 터지고 부서진 시체 잔해들이 사방으로 흩뿌려졌다. 육공트럭 뒤를 따르던 신형 지프차에는 운전병과 경찰특공대원 두 명, 젊은 지휘관인 우 창완 중령이 탑승하고 있었다. 부산남구일대를 지휘하는 우 중령은 바이러스가 노출된 공공장소에서는 감염자, 비감염자, 남녀노소 할 것 없이 발견 즉시 사살하는 '깡그리 작전'을 펼쳐 시민들의 공포와 불안감을 감소시켰다. 그러나 작전을 수행하는 부대원들은 우 중령의 작전이 잔인하고 비인간적인 처사라고 비난했다.

선두에 선 육공트럭이 해피 랜드에서 멈췄다. 장 대위가 선두에 섰다. 세 명씩 조를 이룬 부대원들은 전후좌우를 살피며 각자의 구역으로 발 빠르게 이동했다. 몇 번의 총성이 울렸다. 그로부터 15분 뒤, 장 대위는 생존자가 있다는, 김 상병의 무전을 받았다. 장 대위는 대관람차로 뛰어갔다. 소형 망원경으로 김 상병이 가리킨 1시 방향을 올려다보았다. 출입문은 온데간데없고 30대 여성이 죽을힘을 다해 하얀색 웃옷을 흔들고 있었다. 살짝만 건드려도 폭 쓰러질 것처럼 위태로워 보였다. 한참을 들여다보던 장 대위는 조종실로 가서 관람차를 운행시켜보라고 명령했다.

잠시 후 대관람차가 끙음을 내며 움직이기 시작했다. 1시 방향에 정차해 있던 13호차가 3시를 지나 5시, 그리고 6시 방향에서 멈췄다. 흩어져 있던 대원들이 대관람차 앞으로 하나, 둘 몰려들었다. 군인들의 총부리는 일제히 13호차를 향해 있었다. 여자는 브래지어 차림으로 납작하게 엎드려 있다가 천천히 고개를 들었다. 때 묻고 헤진 셔츠를 손에 꼭 쥔 채 굶주린 개처럼 비실비실 기어 나왔다.

김 상병이 소리쳤다.

"멈춰!"

여자는 고개를 삐딱하게 들었다가 그대로 폭 쓰러졌다.

우 중령이 군인들 사이를 비집고 들어와 장 대위 옆에 섰다. 장 대위는 갑자기 나타난 우 중령을 힐끗 쳐다보았다. 선글라스를 착용한 탓에 그의 표정을 읽을 수는 없었지만 입꼬리가 처질대로 처진 것을 보니 화가 난 게 틀림없었다. 장 대위가 무슨 말을 꺼내려고 하자 우 중령이 먼저 입을 열었다.

"뭐하는 건가?"

"생존자가 신호를 보내왔습니다."

장 대위가 얼른 대답했다.

"생존자?"

우 중령은 선글라스를 벗고 장 대위를 째려보았다. '공공장소에서 발견된 생존자는 감염자와 같다, 다시 말해줘야 알겠나?' 라고 무언의 질책을 보내고 있었다.

"우 중령님, 지금까지 생존한 걸 보면 감염자가 아닌 게 확실합니다."

장 대위가 말을 마치자마자 우 중령은 13호차 관람차로 저벅저벅 걸어가 안을 들여다보았다. 악취가 진동했다. 후하고 숨을 내뱉었다. 오물로 더러워진 바닥에는 찌그러진 생수병과 지퍼가 열린 여성용가방 두 개가 놓여 있었다. 차례로 가방을 뒤져 신원을 확인했다.

1945년생 강 금옥, 1983년생 윤 혜지.

우 중령은 허리춤에서 권총을 꺼내 여자에게 다가갔다.

"당신이 윤 혜지요?"

여자가 고개를 끄덕였다.

"같이 있던 사람은?"

"나만이…… 세상을…… 구할 수 있어요. 내가…… 꼬옥 필요하댔어요."

여자는 알 수 없는 말들을 늘어놓았다. 우 중령이 다시 질문을 던졌다.

"강금옥 씨는 지금 어디 있나요?"

"물…… 무울……"

우 중령은 의미심장한 표정으로 고개를 저였다. 그러고는 제자리로 돌아와 장 대위에게 사살명령을 내렸다.

장 대위가 말했다.

"멀쩡하잖습니까?"

"누군가와 함께 있었어. 감염자였겠지. 저 여자도 감염됐어."

우 중령이 대답했다. 장 대위는 이번만큼은 물러서지 않겠다는 심정으로 맞받아쳤다.

"어떻게 확신하십니까?"

"그럼 자네는 저 여자가 비감염자란 걸 어떻게 증명할 텐가?"

장 대위는 대답하지 못했다.

"감염사실을 숨긴 모녀 때문에 한 소대가 전멸한 걸 잊었나? 고작 나흘 전이었는데 그걸 잊었냐고!"

우 중령은 호통에 부대원들의 낯빛이 어두워졌다.

"김 상병!"

우 중령은 턱짓으로 여자 쪽을 가리켰다. 사살 명령이었다. 김 상병은 익숙한 솜씨로 권총집에서 K5권총을 꺼내들었다. 총을 쥔 오른손을 왼손으로 감싸 쥔 뒤 자연스럽게 한발을 내딛었다. 손가락으로 방아쇠를 슬쩍 쓰다듬으며 살포시 눈을 감았다.

"총 내려."

장 대위였다. 바짝 긴장해 있던 김 상병은 하마터면 방아쇠를 당길 뻔했다. 장 대위는 허리벨트에서 수통을 꺼낸 뒤 여자에게로 걸어갔다. 뚜껑을 열고 말없이 여자의 손에 수통을 쥐어주었다. 여자는 그게 무엇인지 몰랐다가 장 대위가 '물'이라고 입을 오므리자 그제야 수통 주둥이를 입으로 가져가 벌컥벌컥 물을 들이켰다. 우 중령을 비롯한 전 대원들이 그 광경을 숨인 채 지켜보았다.

"다 마실 때까지 기다려 줘."

장 대위는 김 상병의 어깨를 가볍게 두드린 후, 해피 랜드를 빠져나왔다. 대기 중인 육공트럭을 지나 해변이 내려다보이는 도로가에 섰다.

바람이 분다. 파도는 거칠었다. 태양은 구름 뒤에 가려져 사방이 회색빛으로 점점 변해갔다. 광안리 해변은 살풍경 그 자체였다.

'언제쯤 이 악몽이 끝날까?'

대답이라도 하듯 저 멀리서 한 발의 총성이 울렸다. 탕!

〈끝〉

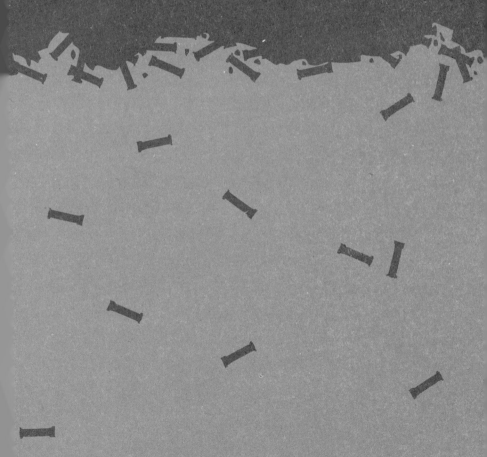

좀비, 눈뜨다

이종권

1

눈을 떴다. 4차선 도로 한복판이었다.

손등과 팔뚝으로 입가를 훔쳤다. 손바닥으로 머리를 쓸어 넘기고, 가래를 모아 침을 뱉었다. 뭘 하든 핏물이 배어 나왔다. 며칠이나 지났을까.

밤새 내리던 비가 그치고 눅눅한 햇살이 거리를 감쌌다. 살을 스치는 젖은 바람. 오랜만에 느껴보는 촉감이었다. 처음에는 무슨 일이 일어났는지 몰랐으나 오래지 않아 깨달았다. 이유는 알 수 없지만, 나는 정상으로 돌아왔다.

전부 기억난다. 아내와 아들, 딸과 함께 해운대로 여름휴가를 떠나는 중이었다. 휴가철 경부고속도로답게 길은 막혔고 가족들은 모두 잠이 들었다. 때마침 오징어를 든 상인이 눈에 들어왔다. 잠도 깨고 지루함도 달랠 겸 상인을 불렀다. 술이라도 마신 사람처럼 비틀대며 다가온 상인은 차창을 열자마자 돈을 든 내 팔을 물어뜯었다.

나는 감염자가 되었다. 아내와 아들을 물어뜯고 도망치는 딸을 쫓았다. 딸애라도 구하려고 애쓰던 아내는 현재 내 뒤에서 걷는 중이고, 아킬레스건을 다쳐 다리를 절던 아들은 얼마 전 목숨을 잃었다. 딸이 내게 잡히지 않아 불행 중 다행이었다. 정신을 차린 이상, 어떻게든 남은 가족을 구하고 싶다. 그러려면 일단 이곳에서 벗어나야 한다.

내가 속한 무리는 200명 정도였고, 그 안에서 20, 30명이 뭉쳐서 걸었다. 감염자들은 팔을 늘어뜨리고 발을 질질 끌며 힘겹게 걸었다. 서로 부딪치는 경우가 많아 더러는 발이 걸려 넘어지기도 했다.

혼자 걷는 녀석도 있었다. 나는 녀석에게 보스라는 칭호를 붙였다. 중간쯤에서 무리와 약간 떨어져 걸었는데, 외형부터가 평범한 감염자와는 달랐다. 2미터가 넘는 장신, 떡 벌어진 어깨와 가슴, 그리고 왼팔보다 두 배 정도 긴 기형적인 오른팔. 시커먼 털로 가득한 오른팔을 보노라면 영화에 나올 법한 괴수가 연상됐다. 특별한 돌연변이를 일으킨 건지, 처음부터 인간과는 다른 무엇이었는지는 모르지만 어쨌든 일반 감염자와는 궤를 달리했다.

사자 수컷들이 그러듯 보스는 전투에 잘 참여하지 않았다. 다만 총과 방패를 소지한 경찰들과의 대규모 전투에서 단 한 번 위용을 드러냈는데 수세에 몰린 전황을 순식간에 뒤집고 혼자서 남은 적을 전멸시켰다. 그 때 총알받이로 사용한 감염자 중 하나가 내 아들이었다. 총알이 미간을 꿰뚫기 전까지 아들은 보스의 손에 머리를 잡혀 산 채로 온 몸이 찢겨나갔다.

눈을 흘겨 보스를 쳐다봤다. 내 언젠가 너를 똑같은 모습으로 요절내리라.

정신을 차린 위치는 무리의 한복판. 빠져나가려면 어느 방향으로 가건 다수의 감염자들을 뚫어야 했다.

우선 몇 가지 테스트를 해봤다. 손가락이 자유롭게 움직인다. 혀에 뭔가 꺼끌꺼끌 걸리는 기분이지만 괜찮다. 마지막으로 목을 크게 한 바퀴 돌렸다. 조금 뻑뻑하지만 움직이는 데 무리는 없다. 테스트 끝. 나는 더 이상 감염자가 아니다.

무리와 다른 식사를 하거나, 단독 행동을 한 적도 없었다. 어떤 연유인지는 모르겠지만 지금 내 안에 감염자 바이러스 항체가 생겼다. 인류 구원의 시발점이 될지도 모를 일이다. 날 연구할 시설이 남아 있어야 하겠지만.

일단 빠져나갈 방법을 생각해야 했다. 왼편에는 단발머리의 여고생 감염자가, 오른편에는 20대 후반의 근육질 남자 감염자가 있었다. 이 둘을 가만히 보고 있노라면 자연스레 철이와 미애라는 이름이 떠올랐다. 우리 셋은 죽이 잘 맞았다. 내가 미애라 이름붙인 여고생 감염자는 작은 소리에도 매우 민감해 인간의 위치를 잘 파악했고, 무지막지한 힘을 가진 남자 감염자 철이가 상대를 제압하면 내가 목덜미의 천정혈(天鼎穴)[1]을 물어뜯었다. 나는 한의사였다. 감염자로 변해도 직업적 습성은 남아 있는 모양이었다.

---

1) 좌측 목의 경혈

미애는 벌써 이상한 낌새를 느낀 듯했다. 자꾸 킁킁대며 내 쪽을 쳐다봤다. 미애가 공격 신호를 보내면 철이가 나를 힘으로 제압할 테고 그 후 상황은 불 보듯 뻔했다. 방금 전까지 감염자였던 기억을 되살리며 그들처럼 걸으려 노력했다.

뒤에 걷고 있는 아내를 보고 싶다. 그녀는 현명했다. 도망가는 딸에게 자신의 핸드폰을 쥐어주고, 말없이 다가오는 사람은 무조건 피하라고 당부했다. 그리고 나를, 아빠가 아닌 아빠를 흉내 내는 악당이라고 말해 주었다. 만약 딸을 다시 만나게 된다면, 그 아이에게 나는 나를 어떻게 증명해야 할까. 정신을 차린 쪽이 내가 아니라 아내였더라면…….

2

기회가 왔다. 사거리 횡단보도에 이르렀을 때 미애가 고개를 돌렸고 무리는 일제히 방향을 틀었다. 열 동 이상 규모의 아파트단지가 보였다. 정문에서 세 블록 정도 떨어진 위치에는 책걸상이나 가구 등으로 급조한 바리케이드가 성인 남성의 가슴 높이 정도로 쌓여 있었다. 그 뒤를 쇠파이프와 공업용 렌치 등으로 무장한 인간들이 준비해 놨던 돌을 집어 드는 중이었다. 뾰족한 돌이 머리를 관통하지 않는 이상 저 정도로는 어림없었다. 여기가 미국이 아니어서 다행이다. 돌 대신 총알이 날아왔을 테니까.

이윽고 전투가 벌어졌다. 밀면 무너지는 허술한 방호벽 따위, 방어선을 돌파당하면 군인들도 통제 불능인데 하물며 급조된 민간인 부대가 버틸 리 만무했다. 돌덩어리들이 날아왔다. 몰려드는 물량 공세에는 소용이 없었다. 얼마 지나지 않아 바리케이드는 무너지고 학살이 시작되었다.

살이 찢어지고 뼈가 부러지는 소리와 함께 여기저기서 비명이 터졌다. 철이가 턱수염이 그득한 남자의 어깨를 잡고 아래로 당겼다. 나는 남자의 목덜미를 깨물 것처럼 몸을 기울이다가 그대로 무리를 빠져나갔다. 뒤를 힐끗 보니 내 역할은 미애가 대신하는 모양이었다.

정신없이 뛰었다. 아파트 정문이 마치 골인 지점처럼 보였다. 두고 온 아내가 맘에 걸렸지만 손을 잡고 끈다고 해서 순순히 따라올 상황이 아니었다. 일단 사람들에게 내가 감염자에서 정상으로 돌아왔다는 사실을 알리고 내 몸을 연구하는 대가로 제일 먼저 아내를 구하자고 할 생각이었다. 물론 그전에 이 증오스런 피비린내부터 지워야 한다. 깨끗한 물로 입 안을 헹구고 따뜻한 커피를 음미하고 싶었다. 생살로 가득한 뱃속에 조리된 음식까지 넣으면 금상첨화였다. 드디어 한 발, 정문 안으로 몸이 들어간 순간 눈앞에 플래시가 터졌다.

"감염자 새끼, 어딜 들어와!"

젊은 여자의 목소리. 나는 이마를 부여잡고 그 자리에 주저앉았다. 연이어 등과 목에도 통증이 닥쳐왔다. 하긴 그럴 수밖에. 정신을 차린 건 불과 몇 시간 전, 행색은 감염자와 다를 바 없었다. 나는 외쳤다.

"아여아아 아위이아!"

감염자가 아닙니다.

"아여아아 아위아우어!"

감염자가 아니라고요.

맙소사, 말이 제대로 안 나올 줄이야. 여자는 계속 몽둥이를 휘둘렀다. 이러다 어디가 부러지기라도 하면 낭패다. 나는 양탄자 펼치듯 바닥을 굴러 몽둥이찜질을 피한 후 정문 밖으로 후퇴했다. 다행히 쫓아오는 기색은 없었지만, 정문으로 몰려오던 한 무리의 감염자들과 마주치고 말았다. 감염자들은 멈칫하며 나를 바라보았다. 공격을 해야 하나 말아야 하나 헷갈리는 모습이었다. 양손을 쭉 펼친 후 목을 쥐어짜는 감염자 특유의 신음을 내자 무리의 선두에 있던 녀석이 고개를 갸웃하고는 다시 전진했다. 무리에 슬쩍 끼어들어 다시 정문으로 접근했다. 나를 상대로 따낸 작은 승리에 고무되었는지 몇몇 사람들이 무리가 정문에 닿기도 전에 공격을 해왔다. 바위에 계란 던지기였다. 나는 먹잇감이 되는 사람들을 외면하며 감염자들 사이에 섞여 아파트 단지 안으로 들어갔다.

아파트 중앙 현관 출입문마다 칭칭 감긴 쇠사슬이 눈에 띄었다. 감염자들이 문마다 몰아닥쳐 문을 두들겨댔다. 아파트는 이미 감염자 소굴로 변해 있었다. 후문과 쪽문 등 전투가 벌어지는 곳마다 감염자들이 인간들을 밀어붙이는 중이었다. 전투는 축제로 변했고, 혼란은 극에 달했다.

이 틈에 도피 루트를 찾아야 한다. 여기저기 둘러보는 와중에 아파트 외곽 한쪽 벽면에서 들썩이는 수풀이 보였다. 자세히 보니 뚱뚱한 남자 한 명이 엎드린 채 엉덩이를 씰룩거리고 있었다. 개구멍이었다. 나는 주위를 살피며 천천히 그곳으로 다가갔다.

남자는 구멍에 허리가 껴어 난처한 상황이었다. 당길까, 밀까.

잠시 고민하던 나는 남자의 엉덩이를 밀기 시작했다. 살려달라며 남자가 벽 너머에서 울부짖었다. 살려주잖아, 지금.

좀처럼 빠져나갈 기미가 보이지 않아 작전을 바꾸었다. 남자의 호주머니와 허리의 힙색을 뒤져보니 오만 잡동사니들이 가득했다. 라이터와 다용도 칼을 주머니에 챙긴 후 나머지는 버리고 다시 엉덩이를 밀었다. 이쯤 되면 이쪽의 의도를 눈치 챌 만도 한데 남자는 여전히 사람 살려만 외쳐댔다.

엉덩이가 빠져나가자 나머지는 속전속결이었다. 막힌 변기가 뚫리듯 남자가 구멍을 통과했다. 내가 이어서 빠져나가려고 머리를 넣는 순간, 길쭉한 오른팔이 구멍으로 쑥 하고 들어가 아직 일어나지 못한 남자의 다리를 붙잡았다. 침대 밑에서 물건 꺼내듯 남자는 끌려나왔다. 깜짝 놀란 남자가 발버둥을 쳤지만 이내 덫에 걸린 짐승처럼 거꾸로 공중에 매달렸다. 보스의 짓이었다.

감염자였을 때는 든든한 영웅이었지만 정상이 되고 보니 사신이 따로 없었다. 그 압도적인 위용은 아들의 복수를 떠올리는 것조차 허락하지 않았다. 감염자 흉내를 내며 반대 방향으로 몸을 돌렸으나 보스가 앞을 가로 막았다. 나도 모르게 침을 삼켰다. 꿀꺽하며 넘어가는 소리가 마치 천둥 같았다. 오랜만에 침을 삼키고 보니 지금의 내가 정상이라는 사실이 새삼 실감이 났다. 적어도 지금은 감염자의 먹이에 지나지 않는 인간.

떨리기 시작한 몸을 간신히 추스르며 다시 몸을 틀었다. 한 걸음 내딛자 보스가 내 앞으로 남자를 집어던졌다. 뇌진탕을 일으켰는지 남자가 눈을 희번덕거리며 입에서 거품을 뿜어냈다. 뒤통수에 꽂히는 보스의 시선이 느껴졌다. 테스트가 분명했다.

남자에게 다가갔다. 오랫동안 씻지 않았는지 역겨운 땀 냄새가 코를 찔렀다. 감염자들에 비하면 양반이었지만 막상 코끝이 닿으니 거부감이 생겼다. 한 손으로 머리를, 나머지 한 손으로 턱을 잡아 고정한 다음 침 치료하듯 목덜미에 송곳니를 박았다. 피와 땀이 섞인 액체가 목구멍에 닿자 구역질이 났다. 간신히 참고 살점을 뜯어냈다. 정신이 돌아온 남자가 발광을 한다. 씹지 않고 바로 살점을 삼켰다.

보스가 비로소 허리를 굽히고 남자의 뱃가죽을 헤집었다. 보스는 내가 움직임을 멈출 때마다 그르렁거리는 소리로 위협했다. 정신을 차린 후 첫 식사가 여전히 사람의 생살이라니. 나는 숨이 끊기기 직전인 남자의 급소를 계속해서 물었다. 일이 이렇게 된 이상 빨리 숨을 끊어 감염자로 변하게 해주는 편이 나았다.

남자는 좀처럼 감염자로 변하지 않았다. 감염자처럼 눈동자가 수축되긴 했는데 금세 정상으로 돌아왔다. 식사는 길어졌고, 보스가 먹어치운 가슴 아래쪽은 형체를 몰라볼 지경이었다. 이대로 눈을 떴다가는 사람 맛 한 번 못 보고 밟혀 죽을 것이다. 나는 남자를 진심으로 동정했다. 오랜만에 느껴보는 감정이었다. 남자에겐 아무 도움도 안 될 테지만. 보스는 이번에도 가슴 위로는 입을 대지 않았다. 항상 그래왔다.

나는 다시 무리로 복귀해야만 했다. 보스가 나에게서 눈을 떼지 않았기 때문이다. 정말 감염자이긴 한 건가? 인간 같지 않은 외모도, 늑대나 사자처럼 무리사냥을 하는 짐승의 리더쯤은 되는 지능도 다른 감염자들에게서는 찾아보기 힘든 특징이다. 감염자였을 때는 보스의 지능에 대해 생각한 적이 없었지만(사실, 생각

자체를 할 능력이 없었지만) 현재는 놈의 모든 것이 의문투성이다. 어쨌든 당장은 잠자코 놈의 의도대로 움직일 수밖에 없었다. 나는 또다시 정처 없는 행군을 시작했다.

무리는 대부분 무사했다. 무사할 뿐인가, 새로운 감염자들로 오히려 규모가 더욱 커졌다. 철이와 미애 콤비도, 아내도 건재했다. 이전과 다를 바 없는 상황이었지만 한 가지 달라진 점이라면 혼자 걷던 보스가 무리 안에서 같이 걷기 시작했다는 사실이었다. 바로 내 앞에서.

3

감염자들이 점령한 생명 없는 거리에 진입했다. 하릴없이 배회하던 감염자들이 합류하면서 무리의 덩치는 눈덩이처럼 불었다. 그건 그렇고 낯익은 지리였다. 걸어서 가본 적이 없어 긴가민가하지만 이대로 시가지를 넘어 가로수 길을 지나면 호수공원이 나올 것이다.

한바탕 비가 내렸다. 목이 마르던 참이라 단비였다. 갈증은 가셨지만 허기는 더 심해졌다. 감염자였을 때는 식욕에 휘둘리긴 했으나 공복이라도 움직이는 데 지장이 없었던 반면, 지금은 배가 고파 걷기조차 힘들었다. 이틀 가까이 굶고 나니 지나가는 쥐라도 있다면 잡아먹고 싶은 심정이었다.

세상이 뒤집어지기 전, 잘 나가는 한의사였던 시절에 난 소화불량으로 내원하는 환자들에게 일단 굶으라는 처방을 내리곤 했다. 2, 3일 정도의 단식은 체내의 독소를 배출하고 혈액을 맑게 하는 데 도움이 된다는 이유였다. 이 과정을 거치지 않고는 다음 치료를 진행하지 않았다. 환자 본인이 치료에 적극적으로 임하지 않으면 제아무리 효험이 좋은 한약이나 침 치료도 소용이 없는 법이었다. 환자에게 독한 의사라는 이야길 듣긴 했지만 진료 스타일을 바꿀 생각은 없었고, 나중엔 제법 추종자도 생겼다. 하지만 이렇게 굶게 되니 날더러 독하다 하던 환자들의 심정이 이해가 갔다. 다시 진료를 시작하면 일단 굶고 보라는 소린 함부로 하지 말아야겠다.

정신을 차린 후 2일 째 밤을 맞았다. 감염자들은 한 치 앞이 안 보일 정도로 어두운 밤에는 걸음을 멈췄다. 근처에서 큰 소리가 나거나, 사람이 보일 경우를 제외하고는 날이 밝을 때까지 가만히 선 채로 움직이지 않았다. 어둠 속에서 감염자들은 바람 부는 날 버드나무처럼 상체를 휘청댔고 지속적으로 늑대 울음소리 비슷한 저음의 목소리를 냈다. 어둠 속에서 무리를 잃지 않으려는 일종의 본능인지도 모르겠다.

헌데 보스는 예외였다. 상체를 움직이지도, 육성을 내지도 않는 대신 콧바람을 식식 뿜어대며 SF 영화에 나오는 살인 로봇처럼 이따금 붉은 안광을 뿜기까지 했다. 마치 투우사를 기다리는 황소 같은 모습이었다.

보스는 오늘도 몸을 돌려 나를 예의주시했다. 나는 다른 감염자들처럼 상체를 흔들며 소리를 냈다. 이등병 때 당했던 가혹행위는 이에 비하면 새발의 피였다. 이틀이 지나도록 감시당하다 보니 창살 없는 감옥이 따로 없었다. 이제는 체력적으로도 한계였다. 이 이상 아무것도 먹지 못하고 계속 감시당하며 24시간 긴장상태에 있다간 내일은 절대 견디지 못하리란 확신이 들었다.

내 몸의 변화는 축복일까, 저주일까. 늑대에게 키워져 늑대와 같은 습성을 가지고 살았다는 아이들의 일화처럼, 나 또한 감염자의 습성을 가진 인간으로 살아야 할까? 불가능하다. 녀석들은 오장육부가 잘려나가도, 급소에 상처를 입어도 살아남는다. 잠을 자지 않아도 미치지 않고, 밥을 먹지 않아도 쓰러지지 않는다. 녀석들은 불멸할지 모르지만 나는 사흘 만에 그로기 상태다. 불과 3일 전까지만 해도 초월자였던 나는 이성을 되찾고는 허약한 인간으로 돌아왔다. 다시 한 번 곱씹는다. 축복일까, 저주일까.

3일째의 낮, 무리는 가로수 길에 들어섰다.

4

아내가 총에 맞았다. 가슴에 한 발, 복부에 두 발, 허벅지에 한 발. 다행히 머리는 무사했다. 호수공원 산책로의 갓길 풀숲에 잠복한 군인들이 범인이었다. 일제사격 후 그들은 재빨리 엄폐물 뒤로 후퇴했고 미련하게 그들을 쫓던 일부 감염자들은 영원한 죽음을 맞이했다. 군인들은 감염자들의 약점을 정확히 아는데다가 지형지물을 이용하는 데도 능숙한 우수 병력이었다.

쾅. 거대한 폭음이 울렸다. 깊숙이 들어간 감염자 몇이 산산이 조각났다. 살상반경 등을 유추할 때 클레이모어가 분명했다. 아들을 잃었을 때가 떠올랐다. 그 때도 각종 화기로 무장한 군인들이 상대였다.

도망갈까? 지금이라면 가능했다. 보스는 이미 양쪽의 감염자를 방패삼아 총알 세례를 막는 중이었고, 철이와 미애를 포함한 감염자들은 사분오열로 흩어졌다. 이대로 호수를 건너 사람들 품으로 돌아가면 인류는 승리한다.

발이 떨어지지 않는 이유는 아내 때문이었다. 당장 총알 무서운지 모르고 달려드는 아내를 도저히 내버려둘 수 없었다. 아들이 걸레짝처럼 바닥에 버려졌을 때, 나는 아들과 비슷한 또래로 보이는 남자아이의 목덜미를 물고 있었다. 무수히 많은 감염자들이 아들의 시체를 짓밟았다. 부릅뜬 눈 안에는 흙모래가 가득 찼다. 당시에는 아무 생각도 나지 않았다. 오직 전진과 섭취뿐이었다. 지금은 달랐다.

달리는 아내의 발을 걸었다. 아내가 몇 바퀴를 구르며 넘어졌다. 일어서는 아내에게 다리를 뻗어 다시 한 번 넘어뜨렸다. 발밑으로 총알이 날아왔다. 내가 엉거주춤하는 사이 아내가 다시 일어나 달리기 시작했다. 총알이 아내의 어깨 위를 지나갔다. 허겁지겁 아내를 쫓아 양 팔로 아내의 등을 덮쳤다. 총알이 머리카락을 스쳤다.

아내를 끌고 나무 아래로 숨었다. 아내는 몸부림을 쳤다. 나는 아내의 허리를 감싸 안고 움직임을 봉쇄했다. 점점 힘이 부쳤다. 게다가 이제는 대놓고 인간 티를 내는 나를 감염자들도 이상하게 여기기 시작했다. 다시 감염자 흉내를 냈다간 아내의 목숨이 위험하고, 이대로 있어도 내 정체를 알게 된 감염자들이 날 먹으려 들 것이다.

고민은 길지 않았다. 내 정체를 알아챈 아내가 공격을 해왔다. 아슬아슬하지만 이대로 호수 쪽으로 유인한다면 아내를 구하면서 계획도 성공할 수 있다.

보스가 뒤를 돌아봤다. 새로운 총알받이를 찾기 위해 감염자들을 물색하는 모습이었다. 물론 그 안에는 나와 아내도 포함되었다.

나는 호숫가를 향해 달렸다. 아내가 뒤를 따라왔다. 눈치 빠른 감염자 둘이 숨바꼭질에 동참했다. 주황색 옷을 입은 여자와 웃통을 벗은 남자였다. 남자가 내 웃옷에 손가락을 넣었다. 주머니에서 다용도 칼을 빼들어 남자의 손가락을 잘라냈다. 남자가 균형을 잃고 벌러덩 넘어졌다. 이번에는 여자가 손을 뻗어 내 목깃을 잡았다. 칼을 휘둘렀지만 손바닥만 베는 데 그쳤다. 나는 땅바닥에 넘어졌고 여자가 내 배에 올라탔다. 여자의 얼굴이 가까이 다가왔다. 목덜미에 입이 닿기 전에 내 칼이 먼저 여자의 태양혈(太陽穴)[2]을 찔렀다. 여자는 즉사했다.

다시 일어서자 호수 반대 방향으로 뛰어가는 아내가 보였다. 보스의 오른 손이 아내를 맞이할 자세를 취했다. 입에서 절로 욕설이 나왔다. 주먹 절반 크기의 돌을 집어 들어 보스와 가까운 군인들 쪽으로 던졌다. 깜짝 놀란 군인들이 사격 방향을 바꿨고 보스는 어쩔 수 없이 몸을 피해야 했다. 동시에 나는 아내를 정면에서 들이받아 둘러메는 데 성공했다. 어마어마한 저항이 뒤따랐지만 어금니를 꽉 깨물고 버텼다.

보스는 다른 감염자를 방패로 붙잡고 본격적인 공세를 펼치기 시작했다. 보스의 오른팔에는 엄폐물도 소용없었다. 낚시하듯 군

---

2) 사람의 귀의 위, 눈의 옆쪽

인들을 들어 올려 등 뒤로 휙 던지면 뒤따르던 감염자들이 달려들어 마무리를 했다. 그러거나 말거나 나는 호수를 향해 달렸다.

아내를 물에 던졌다. 아내가 중심을 못 잡고 허우적대기 시작했다. 나는 주저앉아 몸을 추슬렀다. 당장 이 문 열라는 듯 심장이 쿵쾅댔고, 팔이며 어깨에서는 피가 흘렀다. 어깨에는 아내가 물어뜯은 자국이 선명했다. 정신이 혼미했다. 다시 감염자로 돌아갈까 두려웠다. 나는 남은 힘을 짜내 아내를 잡고 호수 깊숙이 들어갔다.

아내의 움직임이 심상치 않았다. 뭔가 괴로운 듯 몸을 비비 꼬았는데 이따금씩 전기 충격이라도 받은 것처럼 움찔거렸다. 눈에 띄는 변화였지만 공교롭게도 이성적으로 생각할 여유가 없었다. 얼굴의 구멍이란 구멍에는 다 들어간 물 때문에 감각을 모조리 빼앗겼다. 수심은 발이 닿지 않을 정도로 깊어졌고, 아내는 몸부림을 쳤으며, 체력은 한계에 도달했다.

머리가 무겁다. 마지막으로 본 하늘은 구름 한 점 없이 파랬다. 잠시 돌아왔던 인간의 기억, 마지막은 맑음. 미안하다, 내 딸. 그리고 나는 고개를 들지 못했다.

5

아내를 처음 만난 곳은 바다였다. 을왕리 해수욕장. 당시 한의과 6년 졸업반이던 나는 턱걸이로 가게 된 한방 병원 부원장 자리를 교수와의 마찰로 날려버리고 머리나 식힌다며 하릴없이 휴가를 떠났다. 기껏 찾은 바다는 내 신세마냥 작고, 더러웠다. 울컥

하는 마음에 준비운동은커녕 옷도 안 벗고 바다에 뛰어들었으나 결과는 처참했다. 다리에 쥐가 나 헤엄을 칠 수가 없었다. 살려달라고 셀 수 없이 외치다가 결국 정신을 잃었다.

눈을 떴을 때 제일 먼저 보인 사람이 지금의 아내였다. 안전요원으로 아르바이트 중이던 아내는 물리치료학과 대학생이었다. 아내의 얼굴에서 떨어진 물방울이 내 얼굴에 닿을 때 나는 운명을 예감했다. 일반적으로 한의사와 물리치료사는 서로를 못마땅해하며 적대하지만 상관없었다. 우리는 결혼에 골인했다. 그리고 우리를 이어준 곳을 기념하며 매 년 여름휴가는 바다에서 보냈다. 인명구조자격증이 있는 아내와 함께라면 든든했다.

올해 여름은 해운대를 가자고 했다. 여덟 살 아들과 여섯 살 딸에게 대한민국에서 으뜸가는 해변을 보여주고 싶었다. 아내는 일본 원전사고로 유출된 방사능이 동해까지 퍼지고 있다며, 이미 일본 해역에는 사람을 공격하는 죽지 않는 물고기들이 속속 발견 중이라는 기사까지 내게 보여주며 반대했다. 나는 방사능이 아직 덜 퍼진 지금이 적격이라고, 앞으로는 가고 싶어도 못 간다고 아내를 설득했다. 아이들은 내 편이었다. 아이들이 즐겨보는 티브이 유치원 프로그램의 여름 특집 배경이 해운대였기 때문이었다.

아이를 발견하시면 가까운 지구대에 꼭 데리고 가주세요. 아내는 이 문구를 포스트잇에 적어 아이들의 주머니나 옷 안 쪽 심지어 신발 속에도 붙여두었다. 물에 젖을 것을 대비해 방수테이프를 두르는 철저함까지 보였다. 그리고 본인은 해운대 가는 길에 위치한 경찰서 및 지구대의 목록을 출력해 부적처럼 간직했다. 극성이라며 내가 핀잔을 주자 아내는 일 터지면 그 땐 늦는 거라며 응수했다. 나는 절대 아무 일도 없을 거라고, 없게 할 거라고 자신 있게 말했다.

하지만 일이 터졌을 때 가족을 해친 장본인은 바로 나였다. 아내는 아이들 모두를 구할 수 없다는 판단을 내리고 내가 아들을 공격하는 그 시간에 딸을 챙겼다. 딸에게 현재 상황과 이 근방 지구대 위치를 최대한 차근차근 설명한 후 앞으로 혼자 부딪힐 여러 순간에 대처하는 방법까지 알려줬다. 딸은 아내를 닮아 사리 분별이 빨랐다. 울음을 터뜨린 와중에도 아내의 말을 귀담아 들었고 내게서 도망가는 데도 성공했다.

카라디오에서는 동해 일대에 괴한들이 대거 출몰했으니 여행을 삼가라는 뉴스 속보가 나왔다. 나는 그 시점에서 이미 괴한이 된 후였고 아내와 아들 역시 나를 닮아가는 중이었다. 진작 아내 말을 들었다면 이런 비극이 생기지 않았을 텐데.

이제 진짜배기로 죽은 건가. 혹시 다시 감염자로 변해 내 의식과 상관없는 사냥을 하는 중은 아닐까. 우주에 둥둥 떠 있는 기분이었다. 아들과 딸을 떠올리면 슬퍼서 죽을 것만 같았다. 죽었는데 또 죽다니.

가슴이 아팠다. 가족 생각에 상심한 탓인 줄 알았는데 그게 아니라 정말로 뼈와 근육에 압박이 있었다. 복장 뼈가 부러질 것 같은 압력이 30회 정도 이어진 후에는 고개가 뒤로 꺾이고 코가 막혔다. 입술에 부드럽고 촉촉한 '무언가'가 닿았다. 2회에 걸쳐 입 안으로 공기가 들어와 가슴이 팽팽해졌다. '무언가'가 입에서 떨어지고, 코로 숨을 쉴 수 있게 되었다. 구토하듯 물을 뱉었다. 목구멍이 따갑도록 기침을 하면서 어쩐지 익숙한 옛 기억에 사로잡혔다. 물방울 하나가 볼에 떨어졌다. 마침내 눈을 떴을 때, 아내의 얼굴이 보였다.

"괜찮아?"

아내가 말했다. 아내가 말했다?

"여보 나야. 정신 차려봐."

도무지 이해가 안 되는 상황에 나는 고개를 돌려버리고 말았다. 호수 너머는 슬슬 정리가 끝나가는 모양이었다. 먹혔거나, 변했거나, 영원히 죽었거나. 멀리서도 눈에 띄는 보스가 양 손으로 군인들을 한 명씩 들고 포도송이 다루듯 가슴 밑을 먹어치우는 중이었다. 석양에 닿은 것처럼 드넓은 호수가 붉게 물들었다. 석양 탓인지도 모르겠다.

"여보!"

내 어깨가 앞뒤로 흔들렸다. 다시 고개를 원래대로 돌려 도무지 이해가 안 되는 상황에 맞섰다. 감염자인, 아니 감염자였던 아내가 내게 안부를 물었다.

"어오!"

여보!

나는 아직도 말이 돌아오지 않았다. 하지만 8년을 같이 살았던 아내는 역시 달랐다.

"그래, 나야! 정신이 좀 들어?"

"어이이 으오아오."

정신이 들고말고.

"응? 잠깐 에 하고 혀 좀 내밀어봐."

아내가 시킨 대로 혀를 내밀었다.

"이게 뭐야. 혀가 완전히 생선 가시처럼 너덜너덜하네. 이러니까 말이 안 나오지."

"어워어워?"

"그래 너덜너덜. 억지로 말하지 마."

나는 고개를 끄덕였다. 아내가 물끄러미 나를 쳐다보다가 갑자기 목을 끌어안았다. 아내가 돌아왔다.

6

공중화장실과 이웃한 공원 관리실에 몸을 숨겼다. 5평 남짓한 공간에는 한바탕 감염자들이 휩쓸고 간 흔적들로 가득했다. 주저앉은 책상 서랍에서 초코바를 하나 찾아 아내와 나눴다. 단 음식이라면 몸서리를 칠 정도로 싫어했는데 엉망진창으로 뭉개진 초코바가 이렇게 맛있을 줄은 상상도 못했다. 초콜릿이 묻은 손가락을 쪽쪽 빨며 아내와 나는 빈곤한 식사를 마쳤다.

우리는 관리실 곳곳을 뒤졌다. 바닥은 어질러진 종이들로 가득했다. 이면지로 쓸 만한 것들만 건져 책상 위에 올려두고 나머지는 구석에 밀어버렸다. 쉬운 숨은그림찾기처럼 볼펜 몇 개가 눈에 밟혔는데 전부 검은색 모나미153이었다. 상태가 가장 온전한 것 하나를 주워 책상 위에 올려두었다.

"여보, 얼른 거기 앉아봐, 얼르은!"

아내가 내 손목을 잡고 보채기 시작했다. 무슨 일인가 싶어 돌아보니 아내는 구급상자를 들고 있었다. 나는 방금 건진 볼펜과 종이로 아내에게 글을 적어 보여줬다.

'그거 한 통 다 써도 모자를 걸? 붕대 감으면 우리 미라로 오해 받을지도 몰라.'

아내가 피식 웃었다.

"아까 내가 물어뜯은 데만 할 거야. 피가 안 멈추잖아."

그 말을 듣자 아내에게 물린 팔과 어깨가 화끈거렸다. 감염자였을 때 입은 상처들은 괜찮았다. 당시 입은 상흔이 선명했지만 이 때문에 몸에 무리가 가거나 고통이 뒤따르진 않았다. 아내 역시 총에 맞은 부위가 아무렇지 않다고 했다. 그래도 혹시 모르니 총알은 깨끗한 곳에서 빼기로 했다. 아내가 솜뭉치의 귀퉁이를 조금 뜯어 면봉에 두르고 빨간색 소독약을 적셨다. 빨간 덩어리가 어깨에 닿는 순간 나는 지옥을 떠올리며 비명을 질렀다.

"쉿! 소리에 반응하는 거 알면서 그렇게 큰 소리를 내면 어떡해!"

아내가 핀잔을 주었다. 나는 눈물을 찔끔 흘리며 간신히 입을 다물었다.

"조금만 참아. 그래도 다시 안 변하는 게 어디야. 당신이 다시 변해버렸으면 나는 아마 너무 미안해서 자살했을지도 몰라. 이전 기억이 다 난다는 게 너무 힘들다."

뻔한 거짓말이었다. 내가 다시 변한다면 어떻게든 나와 딸을 구하려 했을 거면서. 아내는 내 팔과 어깨에 소독약과 후시딘을 차례차례 바른 후 붕대를 풀기 시작했다. 그 틈에 나는 종이에 글을 썼다.

'왜 다시 돌아온 것 같아? 정신이 돌아오기 직전 어떤 느낌이

었어?'

"진료 보시려고요? 하여간 제 버릇 남 못 준다더니."

아내가 씨익 웃고는 사뭇 진지한 표정으로 말을 이었다.

"음, 글쎄. 당신 팔뚝을 물어뜯은 시점부터 뭔가 조금 그랬어. 효과 빠른 두통약 먹은 것처럼 머릿속에 웅웅대며 울리던 느낌이 없어지더니, 어느 순간 귓가에 뭔가 빵 하면서 모든 감각이 돌아오더라고. 기억도 전부 생생하고. 당신이 나를 들쳐 업고 호수를 건너던 거, 내가 그동안 사람들 잡아먹었던 거, 우리 아들……"

아내가 침을 한 번 삼키고 말을 이었다.

"처참하게 죽던 거까지, 전부."

아내가 침통한 표정으로 내 팔에 붕대를 감기 시작했다. 나도 아마 비슷한 표정이었겠지.

"그놈…… 죽일 수 있을까?"

나는 아내의 눈만 지그시 쳐다봤다. 아내가 애써 미소 지었다.

"역시 어렵겠지? 그 괴물 같은 놈을 어떻게 이기겠어."

붕대 감기가 끝난 후 나는 다시 글을 썼다.

'나를 깨문 다음부터 뭔가 이상했다는 말이지?'

아내가 고개를 끄덕이며 다음 붕대를 풀어냈다. 일전에 보스가 나를 테스트하기 위해 사용했던 뚱뚱한 남자가 떠올랐다. 스치듯이 본 그의 눈동자를 똑똑히 기억한다.

"우리 딸 살아있겠지?"

이 질문에는 육성으로 대답할 수 있었다.

"어."

"그거 기억나지? 작년 유치원 가을 소풍 때 집단 식중독으로 교사들 정신 못 차렸던 거. 우리 딸이 119에 신고하고 친구들 응급처치까지 했잖아."

기억이 난다뿐인가. 유치원 원장이 한의원으로 찾아와 큰 신세를 졌다며 읍소하고 경옥고까지 팔아줬는데…… 그래, 그게 바로 내 딸이다. 내 딸은 살아있다.

"찾으러 갈 거지?"

아내가 물었다. 나는 대답했다.

"어."

그리고 글을 썼다.

'기필코, 반드시, 무조건.'

아내가 이제야 활짝 웃으며 고개를 끄덕였다.

이 시점에서 확실해진 것 하나. 나는 이제 감염자에게 물려도 감염자로 변하지 않는다. 아내에게 물린 후 상당 시간이 흘렀지만 감염자로 변해갈 때 경험한 메스꺼움과 어지러움이 전혀 없었다. 내게 면역력이 생겼다는 확신이 들었다. 이를 기반으로 한 가지 가설을 세웠다. 확률은 반반이었지만 해볼 가치가 있었다. 준비물은 감염자 한 명과 나의 인내, 그 둘이면 충분했다.

7

한의학에서는 사람의 내장을 그 기능에 따라 장(臟)과 부(腑)로 나눈다. 흔히 알려진 오장육부(伍臟六腑)가 바로 이것이다. 인체의 오장 육부는 음양오행(陰陽伍行)의 원리에 따라 외부의 자극과 내부의 자극에 반응하면서, 서로 협조하고 평형을 유지함으로써 생명력을 지속시킨다.

쉽게 말해 인체의 음양이 서로 평형을 유지해야 인체는 '정상'을 유지한다는 얘기다. 양이건 음이건 한 쪽이 지나치게 많거나 부족하면 병이 생긴다. 음양의 조화를 살펴 부족한 쪽을 보(補)해주고 과한 쪽은 사(瀉)해 음양의 균형을 되찾도록 하는 것이 바로 한의학의 궁극적 목표다.

이런 관점에서 감염자는 완벽했다. 적어도 내가 겪은 감염자의 메커니즘은 그랬다. 생명을 유지하는 수단이 음양오행이 아니라 실체가 없는 강렬한 욕망이었고, 이를 통제하는 기관은 오장육부처럼 여러 개가 아닌 오직 하나의 뇌였기에 균형을 잡을 필요도 없었다. 무엇보다 감염자와 정상인을 혈액형 유전자로 비교했을 때 감염자가 AA, BB라면 정상인은 OO였다. 감염자가 우성이었다.

이쯤에서 내가 개입한다. 감염자였다가 정상이 된 후에는 감염자에 물려도 다시 감염자가 되지 않았고, 오히려 나를 물었던 감염자가 감염자가 아니게 되었다. 정상인과 감염자의 관계가 정확히 뒤바뀐 셈이다. 여기서 변수는 두 가지. 아내는 원래부터 나처럼 자연스럽게 정상으로 변할 예정이었다는 가설이 첫째, 나는 아직까지만 멀쩡할 뿐 실상은 바이러스가 퍼져 감염자가 되고 있는 중이라는 가설이 둘째였다.

많은 사람들이 한의사들은 임상 연구를 안 한다고 생각하는데 천만의 말씀이다. 대형 한방 병원이나 네트워크 한의원에서는 대부분 별도의 팀을 운영한다. 임상 연구의 목적은 변수를 제거하고 확률을 높이기 위해서였다.

임상 연구가 불가능하고, 변수를 제거하기 힘든 상황일 경우 방법은 두 가지였다. 포기하든가, 강행하든가. 포기에는 차선이, 강행에는 책임이 필요하다. 안타깝게도 지금 나에게 차선은 없다.

감염자를 찾아 밖으로 나섰다. 시뻘건 호수에는 화약 냄새가 진동을 했다. 멀리 가지 못하고 주변을 어슬렁거리다가 마침내 감염자 둘을 발견했다. 정확히 말하면 그들이 나를 발견했다고 해야겠다. 연이 깊은 콤비. 역시 사람 찾는 데는 도가 텄다. 미애가 걸음을 멈추자 사냥개처럼 철이가 달려들었다. 잡히면 골치 아파진다. 나는 몸을 돌려 관리실로 뛰어 들어갔다.

잠깐 소변을 보고 오겠다며 나갔던 내가 헐레벌떡 들어오자 아내는 소스라치게 놀랐고 나는 걱정할 것 없다는 수신호로 아내를 진정시켰다. 관리실 밖에 있는 철이와 미애를 창문 쪽으로 유인했다. 살짝 문을 열어 팔뚝을 노출시켰다. 아내가 뭐하는 거냐고 소리치기 무섭게 철이와 미애가 이를 들이댔다.

우두둑. 살점이 뜯겨나갔다. 피해를 최소화하기 위해 꾀를 썼음에도 심각한 고통이 뒤따랐다. 오만상을 찌푸리며 유리창을 닫았다. 고기 맛을 보고 사나워진 철이와 미애가 부술 듯 유리창을 두드린다. 나는 칼을, 아내는 걸상을 들고 혹시 모를 상황에 대비했다.

오래지 않아 상황은 종료됐다. 약 2분 만에 전의를 상실한 철이와 미애는 멀뚱히 서서 한참 동안 이쪽을 바라보다가 5분도 되기 전에 전에 바닥에 쓰러져 정신을 잃었다. 이로써 새로운 변수가 하나 더. 둘이 갑자기 일어나 우리를 공격할 가능성이 생겼다. 물론 이 변수는 제거가 가능했다.

10분 후, 둘은 눈을 떴다.

8

"유현준입니다."

"임아름이에요."

둘의 본명이었다. 어차피 나는 말을 못하니 마음 편히 철이와 미애라고 생각하기로 했다. 이 둘의 활약상은 감염자 시절 바로 뒤에서 걷던 아내도 잘 알고 있었다.

미애는 중학교 때부터 소위 일진들에게 괴롭힘을 당했는데 그렇게 몇 년을 버티다보니 자연스레 위기감이 좋아졌다고 했다. 기가 막히게 사람을 찾아냈던 이유였다. 감염된 직후 본능적으로 일진들을 찾아가 복수를 했다나 뭐라나.

본인이 보디빌더라고 밝힌 철이에게는 심각한 문제가 있었다. 감염자에서 인간으로 돌아오자마자 눈앞에 안개가 끼더니 한치 앞을 분간하기 힘들다고 했다. 그는 심각한 근시, 난시였다. 애타게 안경을 찾았지만 있을 리 만무했다.

서로의 단점을 기가 막히게 보완하는 둘은 어쩔 수 없는 콤비였다. 게다가 정상인으로서는 처음 대화를 나눈다면서도 마치 오래된 연인처럼 자연스러웠다. 미애 쪽이 훨씬 손해를 보는 느낌이었지만.

아내는 무모한 짓을 잘도 했다며 나를 타박했다. 당신을 설득할 자신이 없었고, 이걸로 우리 딸도 구할 수 있다는 내용이 담긴 쪽지를 아내에게 건넸다. 딸 얘기에 정신이 번쩍 든 아내는 앞으로 어쩌면 좋을지 고민했다.

　나는 펜을 잡고 생각했다. 내가 아닌 다른 사람도 감염자에서 정신이 돌아왔을 때 바이러스 면역력이 생길까?

　내게 생긴 우성 유전자가 AA, 감염자가 가진 열성 유전자가 OO라면 이 둘이 만났을 때 우성의 법칙에 따라 혈액형은 A, 정상이 된다. 하지만 그 결과 탄생한 유전자는 AO. 내가 우려하는 지점은 여기. AO가 OO를 만났을 때 경우의 수는 'AO, AO, OO, OO' 네 가지, 즉 50퍼센트의 확률로 혈액형은 O, 감염자가 된다.

　아내에게 실험하긴 상상조차 싫었다. 나는 눈이 안 보여 감염자 마냥 양 손으로 벽을 더듬는 철이와, 쪼그려 앉아 철이를 보며 키득키득 웃는 미애를 놓고 갈등했다. 감염자로 변해도 다시 내 몸을 희생하면 그만 아닌가. 아니지, 다시 정상으로 돌아온다는 보장이 없잖아. 뭐가 아니야, 어차피 내가 되살린 거나 다름없으니 다시 변해도 본전치기잖아. 잠시나마 인간의 행복을 느낀 것만으로도 감사해야지.

　아내가 벽에 머리를 쿵쿵 찧는 내게 다가와 어깨에 손을 올렸다.

　"당신 기억나?"

　아내가 계속해서 말했다.

　"약재 값 폭등했을 때 중국산 값 싼 약재로 갈아탈지 말지 고민하다가 결국 안 했던 거. 돈 때문에 양심을 팔면 그 때부턴 장사꾼이 되는 거라고 의사로 남겠다고 했잖아. 그 때 당신 참 멋있었다."

　아내의 말이 끝나자 머릿속이 가글이라도 한 듯 개운해졌다.

어깨 위, 아내의 손을 잡고 눈을 마주쳤다. 아내는 고개를 끄덕였다. 잠시 후, 뭔가 결심이 생긴 난 종이에 글을 쓰고 세 번 접어 웃옷 주머니에 넣었다. 아내에겐 들키지 않았다.

9

밖으로 나왔다. 구름이 잔뜩 낀 밤하늘, 가로등 하나 켜지지 않은 공원은 한 치 앞도 보이지 않을 만큼 어두웠다. 감염자들이 어둠 속에서 어떻게 행동하는지는 다들 알았기에 지금이 적기임은 전원이 동의했다. 딱 한 명, 시력이 안 좋은 철이는 어두울 때 나오길 두려워했지만 우리가 그를 지켜주겠다고 달랜 끝에 데리고 나올 수 있었다. 근육질 사내를 상처 투성이 한의사와 여자 둘이 지켜주겠다고 말하는 모습이 좀 우스웠다.

아내는 현재의 위치를 파악하고 딸이 향했을 만한 지구대 몇 군데의 경로를 지도에 표시해 뒀다. 걸어서 간다는 건 상상도 못할 일이었다. 차가 필요했다.

철이는 공원 주차장을, 미애는 도로변을 찾아보길 주장했다. 곰곰이 생각하던 아내가 주차장보다는 도로변이 열쇠가 꽂힌 빈 차를 발견하기 쉬울 것 같다며 미애 의견에 손을 들었다. 나 역시 같은 의견이었다. 일이 틀어졌을 때 주차장은 도로변에 비해 도피 경로를 찾기가 어렵고, 그 와중에 보스라도 만나면…… 상상만 해도 가슴 아래가 서늘했다.

맨 앞은 내가 섰다. 한 손에는 라이터, 나머지 손에는 다용도 칼을 들었다. 10초에 한 번씩 라이터 불을 비춰 방향을 잡는 것이 주된 임무였다. 아내는 제비뽑기로 정하자고 했지만 바이러스에 면역이 있는 내가 제일 앞에 서는 게 맞다고 아내를 설득했다.

내 바로 뒤에는 미애가 섰다. 특유의 감으로 위험을 감지하는 역할이었다. 눈이 잘 안 보이는 철이는 미애의 옷자락을 잡고 섰다. 우락부락한 남자가 백화점에 따라 간 어린아이 같은 자세로 여고생 곁에 있는 모습이라니. 본인도 스스로가 부끄러운지 아무와도 눈을 마주치지 않았다.

아내는 맨 뒤에 섰다. 내 옆에 딱 붙어 있었으면 했지만 위기 관리능력은 나보다 뛰어날 거라며 우겨대 어쩔 수 없었다. 실제로 순발력이 좋아 못하는 운동이 없었고, 상황 판단도 나보다 훨씬 빨랐다.

철이와 미애는 제 팔 길이만 한 나무 막대기를, 아내는 관리실에서 발견한 붉은 손잡이의 대형 드라이버를 무기로 삼았다. 정문까지는 약 300미터, 라이터를 켜서 위치를 파악하고 마지막으로 결의를 다진 후 걸음을 떼었다.

발 앞이 안전함을 확인했는데도 의심과 두려움을 떨치기 힘들었다. 라이터를 다시 켜기까지의 10초가 10분처럼 길게 느껴졌다. 우리는 최대한 발소리를 줄이며 느리지만 신중히 걸었다. 3, 2, 1. 불빛을 밝혔다. 약 2초 간 나는 앞을, 미애는 옆을, 아내는 뒤를 살피고 불을 껐다. 위협 요소는 없었다.

다시 전진. 속으로 세는 카운트가 2가 될 무렵 미애가 손가락으로 톡하고 내 등을 한 번 건드렸다. 한 번은 잠깐 멈춤, 두 번은 감염자 흉내, 세 번은 달리기였다. 미애가 다시 신호를 보내기 전까지 라이터 점화는 보류한다. 잠깐 멈춘 지 1초 만에 미애가 다시 등을 건드렸다. 라이터를 켰다. 발아래 돌덩이 하나가 보였다. 나는 미애를 보며 고개를 끄덕여주었다.

그런 식으로 3분을 걸었다. 평소 걸음이었으면 진작 도착했어야 할 위치였지만 아직 절반도 미치지 못했다. 라이터를 켜기 1초 전, 미애가 등을 두드렸다. 톡톡. 감염자 흉내 신호였다. 가까운 곳에서 감염자의 낮은 음성이 들려왔다. 비슷한 음색으로 화답을 하며 비틀비틀 걸었다. 모두들 연습한 대로 잘해주고 있겠지. 20초 정도가 지나자 미애가 신호를 보냈다. 톡. 안도의 한숨을 내쉬며 라이터를 켤 때 신호가 두 번 더 왔다. 톡톡. 합이 톡톡톡. 라이터 불이 붙었다 꺼진 찰나의 순간, 볼링 핀처럼 서 있던 다수의 감염자와 눈이 마주쳤다. 달리기를 시작했다.

아내가 악, 하고 탄식을 냈다. 걸음을 멈추고 등 뒤에 불을 비췄다. 작은 키에 호리호리한 체형의 남자 감염자가 아내의 팔을 붙잡고 있었다. 가까이 있던 미애가 막대기로 감염자의 머리를 가격했다. 감염자가 미애 쪽으로 고개를 돌렸다. 철이가 합세해 감염자의 다리 관절을 후려쳤다. 자세가 무너진 감염자의 관자놀이에 내가 칼을 박았다. 남자는 즉사했다.

오랜만의 콤비플레이에 잠시 취했나 보다. 내 등 뒤로 다가오는 감염자를 아내가 먼저 눈치 채고 드라이버로 녀석의 이마를 꿰뚫었다. 아내가 정신 똑바로 차리라는 말을 표정으로 전해왔다.

잠에서 깬 감염자들이 더 다가왔지만 어차피 불을 끄면 피차 안 보이긴 마찬가지였다. 라이터를 끄고 미애의 신호를 기다리며 계속해서 감염자처럼 걸었다. 10초를 다섯 번 정도 건너 뛸 무렵에야 미애가 신호를 보냈다. 라이터를 켰다. 공원 정문이 보였다.

10

공원 정문 밖 대로변에 이르렀다. 구름이 걷히고 보름달이 얼굴을 내밀었다. 덕분에 불빛이 필요 없을 정도로 눈앞이 밝아졌지만 반대로 생각하면 감염자들도 우리를 발견할 확률이 대폭 올라갔다는 뜻이었다.

자동차를 고르기 전 주의 사항. 빠져나가기 좋은 위치에 있는 차를 골라야 한다. 무질서하게 늘어선 차량들 때문에 도로를 타기는 무리다. 비포장도로를 골라 가거나, 호수 공원을 역으로 빠져나가 시가지를 우회해야 한다. 앞 뒤 공간이 충분히 확보됐는지, 파손 상태나 주유량은 어떤지, 나중에 짐을 충분히 실을 만한 공간이 넉넉한지도 체크해야 한다.

감염자들 눈에 띄지 않게 조심하면서 본격적으로 차량 확인을 시작했다. 열쇠가 꽂혀 있는 차량은 많았으나 하나같이 기준에 못 미쳤다. 미애는 대충 아무거나 타자고 했지만 아직 포기하긴 일렀다.

아내가 괜찮은 차를 발견했다며 신호를 보냈다. 은색 소렌토였다. 앞 범퍼가 조금 찌그러지긴 했지만 차체도 멀쩡했고 앞 뒤 공간도 넉넉했다. 동행이나 짐이 더 늘었을 때를 고려하면 세단보다는 내부 공간이 넉넉한 SUV 쪽이 훨씬 낫다. 아내에게 엄지를 펼쳐 보이며 소렌토 운전석의 문손잡이를 붙잡았지만 문은 꿈쩍하지 않았다. 제기랄, 안쪽에서 잠겨 있다. 포기하지 못하고 고민하던 중 뒤쪽에서 사단이 났다.

삐삐삐삐—

도난 경보음이었다. 야제증(夜啼症)³⁾을 앓는 아이의 새벽 울음처럼 갑작스럽고 커다란 소리가 울려 퍼졌다. 철이와 미애가 건드린 차량에서 문제가 난 모양이었다. 미애가 사색이 된 얼굴로 뛰어와 말했다.

"감염자들이 와요."

검은색 소나타에는 열쇠가 없었고, 하얀색 아반떼는 뒷바퀴에 펑크가 나 있었다. 소렌토의 앞뒤 차량은 기준점에서 한참 미달이었다.

"작전 실패예요. 주차장으로 갑시다."

철이가 말했다. 아내가 고개를 가로저었다.

"이미 소리 때문에 놈들이 다 깨어났을 거예요. 돌아가는 건 자살행위예요."

"여기 있는 건 뭐, 타살 행위입니까?"

이 때 미애가 끼어들었다.

"시간 없어요. 우선 가면서 얘기해요."

내가 갈팡질팡하는 사이 철이가 내 손에서 라이터를 빼앗아 미애에게 건넸다. 미애가 라이터 불기둥을 한 번 키워보고 철이에게 고개를 끄덕였다.

"이번엔 내가 앞장설게요."

철이와 미애가 왔던 길로 달리기 시작했다. 감염자들이 소렌토까지 다가왔다. 선택의 여지가 없었다. 얼른 따라가자고 아내에게 신호를 보내려는데 아내가 내 상의를 잡아당겼다.

---

3) 초생아가 낮에는 멀쩡하다가 밤이면 불안해 우는 증상

"여기 좀 봐봐!"

아내가 땅바닥을 가리켰다. 어둠 가운데 뭔가 묵직한 사물의 윤곽이 시야에 잡혔다. 허리를 굽혀 손을 뻗어보니 내 주먹의 네 배 정도 크기의 돌덩이가 손에 잡혔다. 아내가 외쳤다.

"어서!"

나는 돌덩이를 들어 소렌토의 차창을 내리쳤다. 유리 표면에 거미줄 같은 금이 쫙 퍼졌다. 아내는 키가 180센티미터는 족히 넘어 보이는 남자 감염자의 머리에 드라이버로 구멍을 내는 중이었다. 다시 한 번 돌덩이를 휘둘렀다. 와장창, 팡파르가 울리며 유리가 깨졌다. 잠금 장치를 풀고 문을 열었다. 아내는 볼륨감이 상당한 여자 감염자와 백발의 남자 감염자에게 공격을 받고 있었다. 주머니에 넣어둔 칼을 빼 남자의 백회혈(百會穴)[4]을 찔렀다. 아내가 찌른 드라이버가 빗나가고 여자가 아내를 덮쳤다. 펄쩍 뛰어 아내의 어깨를 내 팔로 막았다. 여자의 이빨이 살을 파고들었지만 통증은 오래가지 않았다. 아내의 드라이버가 여자의 눈을 관통했다.

아내를 먼저 차에 태우고 뒤를 따랐다. 중학교 교복을 입은 남자 감염자가 다리를 붙잡았지만 아내의 도움으로 떼어내고 차문을 닫는 데 성공했다. 운전대를 잡고 시동을 넣었다. 이럴 때 영화에서는 꼭 몇 번씩 시동이 안 걸리곤 하지만 그 정도로 불운하진 않았다. 소렌토를 둘러 싼 감염자들을 뚫고 나가기가 쉽지 않아 보였지만 어쨌든 지금부터는 안전했다. 아내는 내가 물린 곳을 살

---

4) 정수리에 위치한 혈 자리

피며 괜찮은지를 계속 물어봤다. 고개 끄덕일 정신도 없었다.

후진기어를 넣었다. 뒤로 붙으며 왼쪽으로 머리를 조금씩 돌려 차를 90도로 꺾은 후, 다시 후진했다가 크게 좌회전을 하며 앞으로 나갔다. 감염자들이 움직이는 차체에 부딪혀 튕겨나갔다. 공원 정문이 헤드라이트 시야에 들어왔다. 다행히 문을 막는 장애물은 없었다.

11

되돌아가는 길은 훨씬 수월했다. 아내는 관리실에 들려 응급상자를 챙겨 오자고 했다. 뒤따라오던 감염자들은 속도에 뒤처져 어둠 속에서 자취를 감췄고 이따금씩 앞으로 달려드는 감염자들은 차에 부딪혀 쓰러졌다.

관리실 앞에 도착했다. 맨 몸으로 달려간 철이와 미애가 염려스러웠다. 헤드라이트를 켜 잠시 주변 상황을 확인했다. 감염자의 상반신이 라이트에 잡혔다. 놀랍게도 철이였다. 명콤비를 다시 적으로 삼아야 할지 모른다는 두려움도 잠시, 철이의 하반신이 보이지 않아 자세히 보니 가슴 아래가 엉망진창으로 망가진 모습이었다. 철이는 바닥에 엎드려 엉금엉금 기고 있었다.

"어? 현수 씨 아니야? 먼저 달려가더니 결국 저렇게 됐구나. 눈도 잘 안 보인다는 사람이……아름 양은 무사한가 모르겠네."

아내가 잠시 혀를 차고 계속해서 말을 이었다.

"일단 관리실에 다녀올게. 문 앞에 불 좀 비춰줘. 여보? 내 말 듣고 있어?"

나는 겁에 질렸다. 철이의 모습이 낯설지가 않았다. 집요하게 가슴 아래만 포식하는 감염자를 딱 한 명 알고 있었다.

"여보? 무슨 생각해? 시간 없어!"

아내가 닦달했다. 나는 아내를 보고 고개를 가로저었다. 종이에 글을 쓸 시간도 없었다. 설명은 여기를 빠져나가서 하기로 하고 가속 페달을 밟았다. 아내가 비명을 질렀다. 차의 급발진 때문이 아니었다. 길쭉한 털투성이 팔이 깨진 차 유리로 불쑥 들어와 내 머리를 붙잡았다. 상황을 직감하고 아내에게 소리를 질렀다.

"아!"

아내가 도리질을 쳤다.

"당신 두고 어딜 가!"

나는 아까 물린 상처에 너덜너덜 붙은 살점을 일부 뜯어 아내에게 던지며 다시 한 번 소리쳤다.

"아아오!"

"못 가!"

놈이 계속 소리 칠 시간을 줄 리 없었다. 나는 곧 시트에서 붕 떠올라 낚시에 걸린 물고기처럼 차창 밖으로 빠져나갔다. 2미터 높이의 포물선을 그리며 날아간 끝에 바닥에 처박혔다. 정신이 혼미해질 정도로 고통이 뒤따랐지만 내 앞으로 다가오는 길쭉한 다리 두 개는 똑똑히 보였다. 고개를 들어 그의 얼굴을 보았다. 오전의 처참한 전투를 상징하듯 온 몸은 피투성이에, 왼 팔은 절단된 상태였다. 역시 살아있었구나, 보스. 성난 야수처럼 보스는 하늘을 향해 포효했다. 감염자들이 속속 모여들어 강강수월래하듯 주변을 둥그렇게 둘러쌌다.

소렌토가 경적을 울리며 달려왔다. 보스가 주춤거리며 뒤로 물러서는 사이 나는 품에서 세 번 접은 종이 한 장을 꺼내 소렌토 정면에 서서 펼쳤다. 운전대를 부여잡고 흐느끼는 아내의 모습이 보였다. 이윽고 소렌토는 후진했다. 보스의 오른팔이 나를 끌어당겼다.

보스가 다시 한 번 포효했다. 기다렸다는 듯 감염자들이 내게 달려들었다. 나는 한 녀석을 방패삼아 인형 품듯 붙잡고 입에 닿는 모든 것을 물어뜯었다. 피라니아가 온몸에 달라붙을 때 이런 느낌일까. 닥터피시가 담긴 수조에 발을 담갔을 때와는 비교도 안 되는 통증이었다.

끔찍한 시간이 얼마나 지났을까. 내게 올라탄 감염자들이 움직임을 멈췄다. 물어뜯는 공격이 효과가 있었다. 다만 점화된 다이너마이트 심지처럼 정신의 끈이 조금씩 짧아지고 있다는 점은 문제였다.

엉금엉금 기어 보스의 발 앞에 닿았다. 보스는 가만히 나를 내려 보았다. 배신자의 말로를 똑똑히 보여주겠다는 듯 안광을 번뜩였다. 피하지 않고 보스와 시선을 교류했다. 아직도 네가 먹이사슬의 정점이라고 생각한다면 오산이다. 아들의 원한을 갚아주마.

보스의 상처투성이 다리를 양팔로 꼭 껴안고 피범벅인 내 몸을 비볐다. 보스가 망치 휘두르듯 오른 주먹으로 내 등을 내리쳤다. 입 밖으로 핏물이 튀어나왔다. 스러져 가는 정신을 붙잡고 이번엔 보스의 다리를 미친 듯이 깨물었다. 효과를 빨리 보고 싶을 땐 그만큼 다량의 약을 투여하면 된다. 한약도 양약도, 그리고 바이러스도.

더 이상 버틸 힘이 없다. 나는 바닥에 대자로 뻗어 버렸다. 가슴 아래로 고개를 처박는 보스가 보였다. 지금쯤 뱃가죽을 한 입 뜯어 먹었을까? 모르겠다. 온몸의 감각이 하나 둘 사라져 가다, 청각을 마지막으로 방의 불이 꺼지듯 침묵과 고요가 전신을 집어삼켰다.

해운대가 물 반, 사람 반이라며 겁을 주는 아내에게 딸은 말했다. 물은 없고 사람만 있는 것보다는 낫잖아. 기가 막혀 하는 아내에게 아들도 말했다. 사람은 없고 물만 있는 것보다도 낫지. 나 역시 딸과 아들을 거들었다. 사람도 없고 물도 없는 것보다도 낫지. 그제야 아내가 웃음을 터트렸다. 그 때의 기억이 영원할 것처럼 반복된다.

12

여보, 나야.

이렇게 써도 볼 수 없다는 거 알지만 그냥 오늘따라 자기가 많이 생각나네. 달력 보니까 결혼기념일이더라. 우리 10주년이야.

우리는 무사해. 지금 사하구청 피난소야. 감염자였던 우리 딸, 당신 덕분에 다시 원래대로 돌릴 수 있었어. 기특하게도 내가 찍어둔 지구대 중 하나에 잘 찾아갔었더라고. 경찰들이 발견했을 때 이미 감염을 당한 상태였는데 너무 어려서 공격하기도 찝찝하고 어쩔 수 없이 탈의실에 가둬 뒀었대. 기적이었지, 뭐.

아름 양도 여기 있어. 당신 거기 남았을 때 관리실 안에 있었다더라. 차마 밖으로 나가진 못하고 안에서 모든 상황을 지켜봤대. 다행히 날이 밝자마자 지원 병력이 도착해서 당신을 포함한 중상자들을 싣고 갔다고는 하는데, 거의 기대하기는 힘든 상황이었다고 하네. 자세한 얘긴 안 해 주고 신체가 거의 알아보기 힘들 정도로 훼손 됐었대. 그러니까 자기 말이야……

그 때 당신이 정상으로 돌린 사람들 대부분 여기 있어. 모두 감사하다고 전해달래. 당신 덕분에 우리 딸 여기서 공주 대접 받고 있어.

하고 싶은 말이 많은데 오늘은 하나만 할게. 나 소렌토 끝까지 못 끌고 갔어. 가장 먼저 도착한 지구대에서 차를 보자마자 총을 쏘는 바람에 결국 망가졌거든. 그쪽에서 미안하다고 경찰차를 하나 내줘 다행이었지. 살면서 경찰차 몰아보긴 처음이었어, 하하. 뭐 여러 일이 또 있었는데 그건 나중에 얘기해 줄게. 자기도 할 이야기 많지? 나중에 꿈에서 만나면 꼭 들려줘야 해.

아이고, 이만 줄여야겠다. 사실 여기 인터넷이 금지된 곳인데 친해진 경비병 하나가 잠깐만 하라고 시켜준 거거든. 다 끝나 가냐고 벌써 두 번째 물어보네. 많이 난처한 모양이야. 이제 정리해야겠다. 우리 끼니도 안 거르고, 잠도 잘 자고, 좋은 사람들이랑 잘 지내고 있어. 자기도 우리 걱정 말고 천국에서 행복하게 지내야 해.

아참, 깜빡했다. 그 오른팔 길쭉한 놈 말이야. 당신 배 위에 엎드린 모습으로 죽은 채 발견됐는데, 들리는 말로 속 안이 다 녹아 버렸다더라고. 아름 양이 목격한 바로는 그런 표정을 짓는 건 처음 봤을 정도로 고통스러워했대. 그리고 정상으로 돌아오지 않고 그냥 죽은 걸로 봐서, 아마 원래부터 감염자로 만들어진 인조인간일지도 모른다나봐. 어쩌면 이 사태가 천재가 아닌 인재일지도 모른다는 거지. 추측이야, 추측.

줄인다면서 계속 썼네. 에이 참, 저 사람 세 번째 물어본다. 한국인 삼세 번이니까 이번까지는 좀 봐주겠지? 여보야, 보고 싶다. 정말 많이 사랑해!

이메일 답장 항목을 클릭했다. 아직 타자를 칠 만큼 몸이 회복되진 않았다. 본문의 마지막 단어를 마우스로 복사해 붙여넣기를 한 다음 메일을 발송했다. 인터넷 브라우저를 종료하고 다시 베개에 머리를 파묻었다. 조금 지나자 코밑으로 허연 수염이 덕지덕지 붙은 박사 한 명이 헐레벌떡 달려왔다. 한 손에 엄지만 펴고 있는 모습에는 양기가 충만했다. 뭔가 좋은 소식을 전하려는 모양이었다.

품에서 세 번 접은 종이를 꺼냈다. 활짝 펼쳐 읽은 후 다시 곱게 접어 주머니에 넣었다.

'나는 아빠가 아닌 악당이야. 우리 딸, 당신이 구해야 해.'

〈끝〉

크르르르

1판 1쇄 찍음 2015년 2월 25일
1판 1쇄 펴냄 2015년 3월 3일

지은이 | 김민수, 전승제, 우명희, 김희진, 이종권
발행인 | 김세희
편집인 | 김준혁
펴낸곳 | 황금가지

출판등록 | 2009. 10. 8 (제2009-000273호)
주소 | 135-887 서울 강남구 신사동 506 강남출판문화센터 5층
전화 | **영업부** 515-2000 **편집부** 3446-8774 **팩시밀리** 515-2007
홈페이지 | www.goldenbough.co.kr

도서 파본 등의 이유로 반송이 필요할 경우에는 구매처에서 교환하시고
출판사 교환이 필요할 경우에는 아래 주소로 반송 사유를 적어 도서와 함께 보내주세요.
135-887 서울 강남구 신사동 506 강남출판문화센터 6층 민음인 마케팅부